Retrouvailles en famille

Susan Wiggs

Retrouvailles en famille

Traduit de l'américain par Béatrice Pierre

J'AI LU

POUR elle

Titre original :
Table for Five
Published by Mira Books

Pour Jay

Remerciements

Un grand merci à l'inspecteur Scott Anderson de la police de Bainbridge, à Jay et la bande du golf et du country club de Meadowmeer, et à Lori Cross. Comme toujours, j'aimerais remercier l'équipe de Port Orchard Brain Trust and Test Kitchen : Rose Marie, Anjali, Kate, Lois, P.J., Susan, Krysteen et Sheila pour leur talent, leur générosité et leur jugement littéraire. Merci aussi à mon agent, amie et championne Meg Ruley, et à Martha Keenan et Dianne Moggy de Mira Books. Et enfin, cela va sans dire mais je le dirai quand même, merci à Jay qui sait que, comme tout bon parcours de golf, la vie est faite de découvertes et de changements et qu'on a plusieurs occasions de la remettre d'aplomb.

Remerciements

[illegible]

Première partie

Certaines choses sont
si inattendues que personne
n'est préparé à les affronter.

Leo Rosten

1

Vendredi, 14h45

— Hé, mademoiselle Robinson, vous voulez savoir comment trouver votre nom de star du porno ? demanda Russell Clark, qui sautillait sur le trottoir menant à l'arrêt des cars.

— Je crois que je m'en passerai fort bien.

Lily Robinson posa la main sur l'épaule du petit garçon pour le retenir sous l'auvent et l'empêcher de courir sous la pluie.

— C'est facile, vous savez. Vous dites le nom d'une rue et...

— Non, merci, Russell, coupa Lily d'un ton qui signifiait : « Maintenant ça suffit », tout en espérant qu'il ignorait ce qu'était une star du porno. Ce n'est pas le moment et rappelle-toi que tu es censé guider tes camarades cet après-midi.

— Oh...

Se souvenant de ce privilège, Russell se redressa et reprit une trajectoire rectiligne à la tête des vingt-trois autres élèves de CE2.

— Je vais à Echo Ridge, aujourd'hui, annonça-t-il en s'arrêtant à l'extrémité du trottoir. J'ai une leçon de golf.

— Sous la pluie ?

— Ça va se dégager, j'en suis sûr. Au revoir, mademoiselle Robinson !

Russell s'élança vers le car numéro quatre en sautant par-dessus les flaques.

Lily distribua des « au revoir » et des « passe une bonne soirée » à ses élèves qui s'égaillaient comme une bande de canetons vers les cars et les voitures. Main dans la main, Charlie Holloway et sa meilleure amie, Lindsey Davenport, attendaient Mme Davenport en bavardant joyeusement.

Charlie croisa le regard de Lily et, aussitôt, détourna les yeux. La petite fille savait fort bien que ses parents étaient convoqués à l'école. Elle avait l'air si petite et si fragile dans son grand ciré jaune que Lily eut envie de la rassurer.

Charlie ne lui en fournit pas l'occasion.

— Voilà ta maman, dit-elle en tirant la main de Lindsey. Au revoir, ajouta-t-elle à l'intention de l'institutrice, et bon week-end.

Les fillettes se précipitèrent vers un break Volvo bleu. Lily sourit et agita la main, émue malgré elle. La vue de ces deux petites filles lui rappelait que Crystal, la mère de Charlie, était sa meilleure amie depuis l'enfance. Non, le rendez-vous à venir n'allait pas être une partie de plaisir.

— Hé, tu n'as pas l'air dans ton assiette, s'écria Greg Duncan, le professeur d'éducation physique.

Il était aussi l'entraîneur de l'équipe de golf du lycée, mais il était surtout connu comme dragueur à plein temps.

— Si, si. Ça va.

Il s'approcha en souriant. Avec ses yeux de velours marron, ses grandes pattes un peu gauches et le sifflet argenté suspendu à son cou, il faisait penser à un saint-bernard amical et pataud.

— Je sais très bien ce qui ne va pas, dit-il. On est vendredi après-midi et tu n'as rendez-vous avec personne.

Et voilà, il remettait ça ! Elle aimait bien Greg, vraiment, mais elle était lasse de ses avances continuelles. Deux fois divorcé, il était sorti avec toutes les femmes que connaissait Lily et, depuis peu, c'était son tour.

— C'est faux, répliqua-t-elle en lui rendant son sourire. J'ai des projets pour la soirée.

— Menteuse. Tu dis ça pour m'envoyer paître poliment.

« Coupable », commenta Lily en son for intérieur.

— Il vous embête encore ? demanda Edna Klein, la directrice, qui les rejoignait sous l'auvent.

Avec ses longs cheveux argentés et ses yeux d'un bleu intense, Edna ressemblait à une grand-mère de Woodstock. Elle avait beau porter des chaussures Birkenstock avec des socquettes, des bijoux turquoise et argent, et vivre dans une commune appelée la Montagne du Nuage, l'idée de ne pas la prendre au sérieux ne traversait la tête de personne. En plus de cette allure de déesse de la fertilité, elle possédait un doctorat obtenu à Berkeley, trois ex-maris, quatre enfants adultes et dix années d'abstinence chez les Alcooliques Anonymes. En tant que directrice d'école, c'était une professionnelle accomplie, qui savait soutenir les maîtres, encourager les élèves et inspirer confiance aux parents.

— Harcèlement sur le lieu de travail, déclara Lily. Je vais peut-être porter plainte.

— C'est moi qui devrais me plaindre, riposta Greg. Je courtise cette femme depuis la Saint-Valentin, et tout ce que j'obtiens, c'est un cinéma par mois.

— Au moins, je te laisse choisir le film.

— Tu n'as pas de cœur, Lily Robinson, déclara-t-il en s'éloignant. Passez un bon week-end, mesdames.

— Il a misé sur le mauvais cheval avec moi, dit Lily à Edna.

— Est-ce envers tous les hommes ou seulement Duncan que vous êtes aussi négative ?

— Que se passe-t-il avec le passage de la trentaine ? Soudain, tout le monde se préoccupe de ma vie amoureuse.

— Bien sûr, mon petit. Parce que nous voulons que vous en ayez une.

Les gens n'arrêtaient pas de demander à Lily si elle avait un ami, si elle avait l'intention d'avoir des enfants, quand elle comptait se caser. Ils ne comprenaient pas. Elle était déjà casée. Sa vie était exactement telle qu'elle la voulait. Les relations sérieuses l'effrayaient. À ses yeux, se lancer dans une histoire d'amour était aussi dangereux que monter dans la voiture d'un ivrogne. On s'embarquait dans une aventure folle, et quelqu'un finissait forcément par souffrir.

— Je me mêle de ce qui ne me regarde pas, c'est ça ? demanda Edna.

— Absolument.

— C'est plus fort que moi. J'aimerais vous voir avec quelqu'un auquel vous tiendriez, Lily.

Lily ôta ses lunettes et essuya les verres sur un coin de son chandail. Le monde se transforma en taches grises et vertes, les couleurs habituelles du printemps dans l'Oregon.

— Pourquoi personne ne croit que ma vie actuelle me satisfait ?

— La satisfaction et le bonheur sont deux choses différentes.

Lily remit ses lunettes et le monde reprit des contours précis.

— Me sentir satisfaite me rend heureuse.

— Un jour, mon amie, vous aurez envie d'autre chose, déclara Edna.

— Pas aujourd'hui, répliqua Lily en songeant à l'entrevue à venir.

Un groupe d'élèves s'approcha pour leur dire au revoir. Edna prit le temps de parler à chacun, et tous s'éloignèrent avec un grand sourire.

Une pointe d'amertume asticotait Lily. *La satisfaction et le bonheur sont deux choses différentes.* Trouver le bonheur était difficile, alors rendre les autres heureux… Pourtant, quand elle regardait autour d'elle, elle devait admettre que des quantités de gens y parvenaient tous les jours. Une mère faisait rire son bébé, un homme apportait des fleurs à sa femme, un enfant trouvait dans la boîte contenant son déjeuner un mot tendre de sa maman…

Mais le bonheur ne durait pas, Lily le savait.

Tandis qu'elle regardait les enfants qui couraient se jeter dans les bras de leurs parents, elle eut l'impression d'être une touriste examinant une population étrangère. Ces gens n'étaient pas comme elle. Ils savaient ce que c'était que d'être reliés à d'autres, de faire partie d'un groupe, de dépendre d'autrui. Par contraste, Lily se sentait curieusement éloignée des autres et si légère qu'elle aurait pu s'envoler.

Tout en attendant les Holloway, Lily disposa trois petites chaises autour d'une table basse et ronde.

Les bureaux étaient bien rangés, les chaises posées dessus afin que la femme de ménage puisse passer l'aspirateur. Les odeurs de craie, de détergent, de livres souvent utilisés se mélangeaient au parfum ineffable, légèrement caramélisé, de jeunes enfants.

Elle posa deux objets sur la table – un classeur épais qui contenait des échantillons du travail de Charlie et l'indispensable boîte de mouchoirs en papier que Lily achetait par lots. Une classe d'enfants de huit et neuf ans en faisait une grande consommation.

Elle descendit à moitié les stores. Sur les vitres, des silhouettes de canards découpées par les enfants comportaient la phrase donnée par Lily pour l'exercice de calligraphie du jour: « Les averses d'avril font naître les fleurs de mai. » Dehors, un éclair traversa le ciel, soulignant le vieil adage.

Un sourire aux lèvres, elle s'approcha du calendrier et compta les vendredis. Il en restait neuf avant la fin de l'année scolaire. Dans neuf semaines, ce serait le soleil, le ciel bleu tous les jours et le voyage qu'elle planifiait depuis des mois. Aller en Europe lui avait longtemps paru un objectif trop élevé et déraisonnable pour une institutrice de l'Oregon, mais peut-être était-ce ce qui le rendait aussi attrayant. Tous les hivers, Lily mettait de l'argent de côté pour s'offrir un voyage l'été. Celui-ci serait le plus ambitieux.

Écartant ces idées de vacances, elle se concentra en vue du rendez-vous à venir. Comme chaque fois, elle inspecta la salle de classe. Les parents aimaient constater que leurs enfants passaient la journée dans un environnement propre, organisé et plaisant.

Le tableau noir faisait face aux bureaux. On lui en avait proposé un blanc, mais elle avait refusé. Elle préférait la qualité nette et contrôlée de son écriture sur cette surface, lisse mais pas glissante. Elle aimait la fraîcheur de l'ardoise sous sa main et l'empreinte humide, vite évaporée, qu'y laissaient les doigts. Le bruit de la craie sur un tableau noir lui rappelait le seul endroit où, enfant, elle s'était toujours sentie en sécurité: la salle de classe.

L'école était son univers, l'unique lieu où elle se sentait à sa place. Elle ne pouvait s'imaginer une autre vie.

Elle jeta un coup d'œil à l'horloge, puis alla ouvrir la porte. L'inscription « Mlle Robinson – salle 105 » était entourée d'étoiles jaunes portant la photo et le nom de chaque enfant.

Lily adorait les enfants – ceux des autres. Pendant une année de leur vie, c'était à elle de veiller sur eux, de les instruire, de les aider à s'épanouir, et elle y mettait tout son cœur. Son travail lui permettait de dire aux gens que oui, elle avait des enfants. Vingt-quatre, même. Et, à l'automne suivant, elle en aurait vingt-quatre autres. Ils lui donnaient tout ce qu'elle pouvait désirer d'une famille : de la joie et des rires, du chagrin et des larmes, de la fierté et de la déception. Si, parfois, ils lui brisaient le cœur, le plus souvent ils étaient sa raison de vivre.

Elle aimait ses élèves de septembre à juin, et lorsque l'année scolaire s'achevait, elle les rendait à leurs familles, un peu plus grands et un peu plus savants, les tables de multiplication plus ou moins gravées dans le crâne et ayant atteint un bon niveau de lecture. L'automne venu, elle reportait son attention sur la fournée d'élèves suivante. C'était ainsi que cela se passait, année après année. Programme satisfaisant, et surtout sans danger.

Avoir des enfants à soi, c'était follement imprudent. Ils faisaient partie de vous pour toujours et vous infligeaient des paroxysmes de joie et des abîmes de chagrin. Certaines personnes étaient bâties pour gérer ces excès, d'autres non. Et parmi celles qui ne l'étaient pas, beaucoup tombaient amoureuses et avaient quand même des enfants. Ensuite, lorsque l'amour s'éteignait, toute la famille souffrait.

Exemple : les parents de Charlie Holloway.

« Ce que je préfère » avait été le sujet d'écriture créative du jour. En trois minutes, les enfants devaient écrire autant de choses qu'ils pouvaient. Lily avait pris l'habitude de faire les exercices en même temps que ses élèves afin de les stimuler. Sur sa liste, elle avait écrit, rapidement mais très proprement :

les satsumas *japonaises*
les jours de neige

les leçons de sciences
les voix d'enfants qui chantent
certaines séries télévisées
les romans policiers
le premier jour de l'année scolaire
les plats à emporter
le tourisme
les histoires qui se terminent bien

Elle arracha la feuille du bloc et la froissa en boule. C'était trop révélateur. Bien sûr, rien dans cette liste n'aurait surpris Crystal Holloway. Elles avaient fait connaissance alors que Crystal, une préado mâchouillant des chewing-gums, servait de baby-sitter à Lily, laquelle avait l'âge de Charlie aujourd'hui, peut-être un peu moins.

Quel long chemin elles avaient parcouru ensemble ! Mais la séance à venir était une nouveauté pour elles deux. Annoncer à des parents que leur enfant était en train de rater son CE2 était déjà difficile. Le fait que Lily et Crystal étaient amies ne faisait qu'empirer les choses. En agissant pour le bien de Charlie, Lily allait devoir faire souffrir sa plus chère amie. Et, pour couronner le tout, les Holloway étaient divorcés et ne pouvaient plus se supporter.

Normalement, être l'institutrice des enfants de Crystal aurait dû n'être que gratifiant. Lily était leur tante d'élection et avait accueilli avec des larmes de joie la naissance de chacun – d'abord Cameron, puis Charlie et enfin Ashley.

Cameron était intelligent, aimable et aussi doué pour le travail scolaire que pour suivre les conseils de son golfeur professionnel de père. À quinze ans, le garçon était le meilleur joueur de l'équipe de golf du lycée.

Charlie, c'était une autre histoire. Depuis la rentrée, elle reculait devant les notions les plus élémentaires. Lily avait à plusieurs reprises rencontré séparément Crystal et Derek. Ils avaient embauché un professeur particulier et affirmaient qu'ils prenaient le temps de faire lire l'enfant à la maison. Malgré les efforts de tout le monde, Charlie ne faisait aucun progrès. Elle semblait piégée dans une sorte de blocage qui ne pouvait être attribué à aucun handicap détectable. Elle était simplement... bloquée.

Lily regarda de nouveau l'horloge et lissa sur ses hanches son chandail en coton mauve. Les Holloway allaient arriver d'une minute à l'autre.

— Vous voulez un peu d'eau ? demanda Edna en passant la tête par la porte.

— Oui, merci. Le mauvais temps risque de les mettre en retard.

Edna regarda les fenêtres, frissonna exagérément et resserra autour d'elle son châle tricoté à la main. Elle posa sur la table un pack de six petites bouteilles d'eau.

— Pour dire la vérité, dit Lily, ce rendez-vous-là, je m'en serais bien passée.

Edna examina la photo de Charlie au centre de son étoile jaune. Avec ses nattes blondes, ses taches de rousseur et son sourire édenté, elle ressemblait à Fifi Brindacier.

— Elle a mal vécu le divorce ?

— Ça a été dur. Derek et Crystal ne sont divorcés que depuis un an et leur rupture a surpris tout le monde. Bien que, évidemment, les enfants soient les premiers à savoir qu'un mariage est malheureux, ajouta Lily en pensant à sa propre famille.

En regardant son reflet dans une vitre, elle se rappela le jour où Crystal était venue lui annoncer d'un même souffle sa troisième grossesse et la trahison de Derek. Jusque-là, Lily avait cru que son amie menait une vie idyllique. Après avoir été élue Miss Oregon, elle était devenue l'épouse éblouie d'un champion de golf et la mère de beaux enfants. Sa vie ressemblait tellement à un rêve que Lily avait été choquée d'apprendre que son mariage s'effilochait.

— Ils ont géré la rupture aussi bien que possible, compte tenu des circonstances, reprit-elle afin d'être équitable envers les deux parties.

Crystal avait réclamé la garde, mais Derek s'était battu pour obtenir du juge la garde alternée. Les enfants passaient une semaine chez l'un, une semaine chez l'autre. L'été serait coupé en deux : cinq semaines avec Crystal, cinq semaines avec Derek.

— Ça va être pénible pour vous, non ? demanda Edna en la regardant attentivement.

— Vous connaissez mon opinion sur Derek en tant que mari. C'est un bien meilleur ex, mais j'ai toujours trouvé que c'était un bon père. Je vous le promets, je me concentrerai sur Charlie.

— Si vous voulez que je reste, dites-le-moi, je le ferai volontiers.

C'était tentant. Calme, intelligente et expérimentée, Edna apportait équilibre et sagesse dans les débats. Elles travaillaient ensemble depuis que Lily avait quitté l'université, et une solide confiance réciproque s'était établie entre les deux femmes. Néanmoins, l'autorité indiscutable d'Edna pouvait faire de l'ombre au rôle de l'institutrice.

— Merci. Pour ce rendez-vous, je crois qu'il vaut mieux que je sois seule.

— Très bien. Je serai dans mon bureau. Appelez-moi si vous avez besoin de soutien.

Un éclair zébra le ciel, les lampes clignotèrent et le tonnerre éclata, résonnant dans le bâtiment.

De nouveau seule, Lily avala sa salive, mais le nœud douloureux qui s'était formé dans sa gorge ne s'effaça pas. Elle était déchirée entre la loyauté envers une amie très chère et les besoins d'une élève très chère elle aussi. De toute sa vie, elle n'avait eu qu'une seule véritable amie : Crystal. Elles étaient plus proches que des sœurs. Si Lily s'était installée dans la petite ville de Comfort, c'était uniquement pour vivre auprès de son amie. Et elle avait définitivement fermé son cœur à toute autre personne.

2

Vendredi, 15 h 15

Derek Holloway arriva le premier.

— Pardon, je suis en retard, dit-il en ôtant son chapeau dégoulinant.

— Donne-le-moi. Le blouson aussi.

Lily alla suspendre le tout dans le vestiaire. Le logo de la société Legends Golf Clubs ornait la poitrine du blouson en Gore-Tex, cadeau de l'un des sponsors de Derek. La chaleur de son corps et le parfum boisé de son après-rasage imprégnaient la doublure. Elle s'en voulut de le remarquer. Phénomène purement biologique. Derek Holloway était un salaud qui avait trompé sa femme enceinte. Sa beauté et son sourire éblouissant ne compensaient pas sa goujaterie, bien que certaines femmes y voient une raison de pardonner à peu près n'importe quoi.

— Je suis désolé.

Il déchira plusieurs feuilles du rouleau de papier absorbant suspendu au-dessus de l'évier et les disposa sur la piste humide qu'il avait laissée sur le plancher.

— Ce n'est pas grave, dit-elle avec un sourire qu'elle espérait convaincant.

Mieux valait commencer sur une note amicale. Elle ne devait plus penser au fait que, peu de temps auparavant, les termes du divorce qu'il avait obtenus avaient fait sangloter Crystal au point qu'elle avait failli s'évanouir. Une attitude hostile ne jouerait pas en faveur de Charlie.

— Je peux t'offrir à boire ? proposa-t-elle. J'ai de l'eau, et il y a du café et des jus de fruits dans la salle des professeurs.

— Non, merci. Rien du tout.

Les dimensions du mobilier pour enfants le faisaient paraître plus grand qu'il ne l'était. Très élégant dans son pantalon bien repassé et son chandail en cachemire avec col en V, il était légèrement différent de l'homme que Crystal avait épousé seize ans plus tôt. Il semblait plus mûr et plus sophistiqué. Et, bien sûr, sa brillante carrière l'avait rendu plus sûr de lui. Étant l'un des meilleurs joueurs PGA – sigle de l'Association des golfeurs professionnels –, il ne doutait pas de mériter tout ce qui lui arrivait, et cela incluait les femmes qui se jetaient dans ses bras lorsqu'il sillonnait le pays de compétition en compétition.

— Voici quelques-unes des œuvres de Charlie, dit Lily en sortant du classeur une chemise en carton portant l'étiquette « Charlene » soigneusement calligraphiée. Tu peux les regarder en attendant Crystal.

Elle n'avait pas revu Derek depuis leur dernier rendez-vous. Crystal et lui avaient promis d'embaucher un professeur particulier, ce qu'ils avaient fait, et de mettre en tête de leurs priorités les difficultés de leur fille, ce qu'ils n'avaient pas fait.

Il jeta un coup d'œil à sa montre, une Rolex qui était probablement le cadeau d'un autre sponsor.

— Elle est toujours en retard.

Qu'est-ce qu'il croyait ? Que Lily allait acquiescer ?

— Il fait un temps épouvantable, dit-elle. Elle ne va pas tarder.

Bien qu'elle le cachât, Lily était irritée. Ce rendez-vous concernait Charlie. Crystal aurait au moins pu arriver à l'heure.

Celui-ci est charmant, dit-elle comme Derek regardait le dessin d'un koala avec son bébé sur le dos. Elle l'a fait après notre excursion au zoo de Portland. Charlie est douée pour noter les détails. Quand sa curiosité est piquée, rien ne lui échappe.

Il hocha la tête et passa au dessin suivant. Une échelle se dressait le long de la page. Tout en haut, un personnage s'apprêtait à sauter dans une espèce de petite cuvette.

— Et celui-là ?

— C'est un exercice de vocabulaire. Le mot du jour était « oser », il me semble.

Les autres enfants avaient écrit « oser » sur leur dessin, mais pas Charlie. Elle évitait systématiquement d'écrire et de lire.

— Elle est très intelligente, dit Lily. Elle a un esprit inventif et utilise des mécanismes de pensée élaborés.

Le dessin suivant représentait une maison entourée d'un jardin à l'herbe bien verte, sous un ciel bleu vif et un soleil jaune citron. Les quatre fenêtres de la façade étaient comblées de gribouillis noirs.

« C'est pour qu'on voie pas à l'intérieur », avait répondu la petite fille lorsque Lily s'était étonnée.

Derek ne posa pas de question et passa au dessin suivant, une étude remarquablement vivante d'un petit chien marron tacheté de blanc et dont un œil était cerclé de noir.

— Et ça ?

— Encore du vocabulaire. Le mot était « souhait ».

— Elle me tanne pour que je lui achète un chien. Peut-être cet été. On verra.

« Mais si tu n'as pas vraiment l'intention de le faire, ne lui dis même pas "peut-être" », supplia mentalement Lily. La vie de Charlie était déjà trop alourdie d'incertitudes pour y ajouter des « peut-être » et des « on verra ».

Crystal surgit enfin dans un tourbillon humide de hâte et d'excuses.

— Mon Dieu, je suis désolée, s'écria-t-elle tandis que Lily prenait sa veste, son chapeau et son parapluie. Les routes sont un cauchemar. J'ai failli me tuer sur la 6 en essayant d'arriver à l'heure.

Lorsque Lily émergea du vestiaire, Crystal lui offrit son fameux sourire de reine de beauté. Son maquillage était impeccable, et Lily devina qu'elle avait pris le temps de le rafraîchir avant de sortir de sa voiture.

— Bonjour, Derek.

Un carré Hermès drapé sur les épaules, Crystal passa devant son ex-mari en l'inondant du parfum Rush de Gucci et s'assit, les chevilles croisées avec modestie mais ses jambes splendides habilement mises en valeur. Crystal avait toujours su utiliser le pouvoir de sa beauté.

Ensemble, Derek et elle faisaient penser à une publicité pour dentifrice. Hélas, présenter l'image d'un bonheur typiquement américain n'avait pas suffi à sauver leur mariage.

Lily mit ses lunettes, des Fiorelli à la monture faite main, qui lui donnaient l'air d'une abrutie. Elle ferait mieux d'arrêter de se ruiner à suivre la mode, parce que, une fois sur son nez, on aurait dit un article acheté en promotion. Était-ce dû à son air sérieux ? Malheureusement, elle était allergique aux lentilles.

Elle prit une profonde inspiration pour se donner du courage et examina successivement les deux parents, peu à leur aise sur les chaises minuscules. L'expression de son amie la surprit. Crystal regardait Derek avec, sur son joli visage, un regret déchirant et la souffrance d'un animal blessé qui ne comprend pas ce qui lui vaut tant de souffrance.

Lily compatit, mais l'exaspération l'emporta. Il s'agissait de Charlie, et non de ces deux imbéciles et de ce qu'ils avaient laissé l'amour leur faire.

D'un geste précis et contrôlé, elle donna à chacun une feuille imprimée.

— Ce sont les résultats des tests de lecture de l'Oregon, expliqua-t-elle. Tous les élèves de CE2 les passent en mars.

De la pointe de son crayon, elle traça une ligne grise.

— Voici la moyenne de l'État. La ligne rouge au-dessus représente la moyenne de l'école.

Laurelhurst était une école privée et exigeante dont les résultats étaient toujours supérieurs à la norme.

— La ligne bleue montre les performances de Charlie.

La ligne bleue rampait misérablement parmi les notes les plus basses et flirtait parfois même avec le zéro. Les visages des Holloway exprimèrent la surprise et la déception auxquelles Lily s'attendait. Elle aussi avait été déçue – mais, étant l'institutrice de Charlie, pas surprise. Elle avait essayé de prévenir les parents de la fillette lors de rendez-vous précédents, mais la réalité ne s'était pas imprimée dans leurs cerveaux. Peut-être y parviendrait-elle aujourd'hui.

Crystal regardait Lily avec incrédulité et l'air vulnérable qu'on lui voyait souvent ces derniers temps, comme si tout la blessait. Derek, lui, semblait en colère et sur la défensive. Réactions classiques de parents aimants. L'échec de leur enfant les attristait, mais était aussi ressenti comme une atteinte personnelle.

— Comme vous le savez, reprit Lily, je n'aime pas trop ces tests standardisés. Celui-ci est imposé par l'État et ne nous apprend rien au sujet de Charlie.

— Elle ne sait toujours pas lire ! commenta Derek d'un ton accusateur. Tu sais, j'en ai ras le bol d'entendre ça. Ce prof particulier me coûte une fortune, et on ne voit toujours pas de résultat !

— Derek, intervint Crystal en tendant la main vers le bras de son ex-mari.

Elle se ravisa et croisa ses doigts fins aux ongles impeccablement manucurés.

— Je comprends que vous soyez déçus, dit Lily. Nous le sommes tous, y compris Charlie. Et je sais que tout le monde a beaucoup travaillé là-dessus cette année.

Elle choisissait ses mots avec soin. Il était vrai qu'en plus d'embaucher un professeur particulier, les Holloway avaient emmené Charlie chez le pédiatre, chez le pédopsychiatre et même chez un spécialiste de la lecture de Portland. Les résultats étaient peu concluants. Il n'existait aucun nom scientifique pour désigner le blocage dont souffrait la fillette. Lily espérait que le travail qu'elle était censée faire à la maison était suivi avec soin par le parent chez qui elle passait la semaine. Hélas, rien n'était moins sûr. Derek et Crystal aimaient leur fille, mais, compte tenu de leurs existences chaotiques, sa scolarité ne faisait pas partie de leurs priorités.

— Je sais que nous avons tous espéré des progrès, poursuivit-elle. Mais comme il ne reste que neuf semaines d'école, nous devons parler de l'été et de l'année prochaine.

— Il faut la faire redoubler, dit Crystal en clignant des yeux pour refouler ses larmes.

— Oh, bravo ! Punissons-la ! s'exclama Derek.

Lily ne répondit pas immédiatement. Derek ne supportait pas l'échec, c'était évident. Mais il s'agissait de Charlie, pas de lui. Il ne s'agissait même pas non plus de Crystal, dont le cœur se brisait sous les yeux de Lily.

— Dans le cas présent, je ne crois pas que le redoublement serait bénéfique, dit-elle enfin.

— Tu veux la pousser dans la classe supérieure comme tout le monde l'a fait depuis le CP ? s'écria Crystal avec exaspération. Voilà qui lui a rendu service, laisse-moi te le dire, grand service.

Lily comprenait l'angoisse de son amie. Les parents projetaient tant de choses dans leurs enfants : amour, fierté, estime de soi, validation de leurs propres efforts. Tout cela faisait peser un fardeau accablant sur un petit être qui ne parvenait pas toujours à se redresser.

— J'ai envisagé plusieurs possibilités, reprit Lily en tendant à chacun d'autres feuilles imprimées. Étudiez-les chez vous. Dans l'immédiat, partons de l'hypothèse qu'elle fera des progrès durant l'été et pourra suivre le CM1 à Laurelhurst.

— Autrement dit, il est possible que vous ne vouliez plus d'elle, remarqua Derek d'un ton sec.

Derrière l'œil gauche de Lily, un début de migraine s'éveilla comme une allumette qui s'enflamme. Laurelhurst avait une réputation nationale et il fallait y inscrire son enfant longtemps à l'avance. Pour un homme comme Derek – brillant, célèbre, privilégié –, tout autre établissement était impensable.

— Il ne s'agit pas de ce que l'école veut ou ne veut pas, mais de ce qui est le mieux pour Charlie. Nous devons nous concentrer sur l'été. À mon avis, une session de rattrapage à l'Institut de lecture Chall, de Portland, devrait résoudre ses difficultés.

Ce programme pesait lourd, en temps et en argent, mais son taux de réussite était inégalé.

— Ça dure dix semaines, dit Crystal en examinant la brochure.

Elle jeta à Lily un regard désemparé et ouvrit un agenda en cuir.

— On a réservé des places sur une croisière Disney et, ensuite, elle a son camp d'équitation. En août...

— En août, les enfants sont avec moi, coupa Derek. J'ai loué une maison à Molokai.

Comme il aurait été agréable de s'écrier : « Parfait ! Je suis très contente pour vous. Passez de bonnes vacances ! » et de laisser à l'institutrice de CM1 le soin de gérer les problèmes de l'enfant. Néanmoins, quels que soient ses sentiments pour Crystal, Lily se devait de ne penser qu'à l'avenir de Charlie, quitte à ce que ce rendez-vous marque la fin d'une longue amitié.

— Je suis désolée, mais le programme de votre été doit tenir compte des besoins de Charlie, dit-elle.

— Tu n'as pas entendu ? C'est une croisière Disney, insista Crystal d'une voix pointue. J'ai réservé en ne pensant qu'aux enfants et à leur plaisir. Je le leur ai promis tout l'hiver. Et le camp aussi, c'est pour Charlie. Tu n'imagines pas les ficelles que j'ai dû tirer pour l'inscrire. C'est à Sundance, pour l'amour du Ciel ! Il a sûrement fallu éjecter les gamins de Demi Moore pour libérer une place là-bas cet été.

— Combien ce camp d'équitation va-t-il me coûter ? demanda Derek.

— Probablement moins que ta location à Molokai, répliqua Crystal.

— Je suis toujours en train de payer ton séjour de Noël à Sun Valley.

— Je connais ton classement et je peux deviner ce que tu gagnes. Tu as les moyens de nous payer Sun Valley.

— Je ne gagne pas la totalité de ce que tu claques ! Tu as donné une nouvelle signification à l'expression « pension alimentaire ».

Lily attendait, en se mordant la langue jusqu'à se faire mal. Lorsqu'un couple se disputait pour des questions d'argent, ce n'était pas l'argent le vrai sujet de la querelle, mais le pouvoir et l'estime de soi. Cela, Lily l'avait appris de ses propres parents autrefois, tandis qu'elle restait éveillée la nuit, telle la victime d'un naufrage dérivant dans la tempête.

Durant ses huit années d'enseignement, elle avait eu d'innombrables rendez-vous de ce genre et avait compris qu'il valait mieux endurer les prises de bec et attendre qu'elles se calment d'elles-mêmes.

Sa migraine s'accentua. Ni Crystal ni Derek ne semblaient se soucier d'elle.

Le pire était qu'elle ne leur avait pas tout dit. Elle eut envie de s'arrêter là, mais ce n'était pas possible. La petite fille avait appelé au secours.

— Pourrions-nous revenir à Charlie ? demanda-t-elle enfin. S'il vous plaît ?

Sa question les interrompit une fraction de seconde. Elle en profita.

— Il y a autre chose dont nous devons discuter.

Crystal et Derek échangèrent un regard assassin – visiblement, ils comptaient reprendre leur querelle à la première occasion. Derek serra les dents, croisa les bras et se tourna vers Lily. Crystal pinça les lèvres, ferma son agenda et se tourna elle aussi vers Lily. Un gouffre séparait cet homme et cette femme, mais ils avaient toujours en commun leur amour pour leurs enfants.

Lily fit de son mieux pour ignorer la migraine qui lui fendait le crâne et les regarda.

— Nous avons parlé des résultats scolaires de Charlie. À présent, j'aimerais vous faire part d'un changement de comportement que j'ai constaté récemment chez elle.

— Qu'est-ce que tu veux dire par « changement de comportement » ? grommela Derek, toujours sur la défensive.

— Je veux parler de petits vols qu'elle a commis cette semaine.

Le silence envahit la pièce. Un silence incrédule, scandalisé. Les visages des deux parents se figèrent. Lily avait enfin capté leur attention. Elle ne leur laissa pas le temps de se ressaisir et poursuivit :

— Tout d'abord, sachez que le vol est très fréquent chez les enfants de cet âge. Et, un beau jour, chez presque tous, cela cesse. Ensuite, dans la plupart des cas, en particulier celui de Charlie, peu importe l'objet. L'enfant vole pour voler.

— Attends une minute ! s'écria Derek. Des vols ? Tu dis qu'elle vole ? C'est impossible, voyons !

— Nous avons toujours donné à Charlie tout ce dont elle avait besoin, tout ce qu'elle désirait, affirma Crystal, et Lily pouvait voir qu'elle le pensait sincèrement.

— Bien sûr. Mais avec une enfant fondamentalement honnête comme Charlie, le vol a une signification cachée.

Permettez-moi de vous dire ce que j'ai observé et ce que je pense.

— Oui, s'il te plaît, acquiesça Crystal d'une voix ténue.

Durant un instant, elle eut l'air si perdue, si triste que Lily se souvint qu'à l'adolescence Crystal avait été son idole et son modèle. Aujourd'hui, les rôles étaient inversés. Crystal avait besoin d'aide, une aide que Lily désirait désespérément lui fournir.

De Derek, il émanait une animosité presque palpable. Ce n'était pas la première fois qu'un parent la regardait avec méfiance et colère, et ce ne serait pas la dernière. Les risques du métier, selon Edna.

D'un ton posé et compétent, elle commença :

— Lundi, après le cours d'éducation physique, un élève s'est plaint de ne pas retrouver l'harmonica qu'il avait laissé dans son casier. J'ai pensé qu'il l'avait égaré et je l'ai aidé à le chercher, mais nous ne l'avons trouvé nulle part.

— En voilà une histoire pour un harmonica ! commenta Derek.

— Tais-toi, laisse-la finir, dit Crystal.

— Mardi, après le cours de musique, trois enfants ont constaté qu'il leur manquait quelque chose – un bracelet porte-bonheur, une gomme parfumée et je ne sais plus quoi. Du coup, j'ai interrogé la classe entière. Personne n'a pris la parole, mais j'ai remarqué que Charlie avait l'air troublée.

Lily en avait parlé aux professeurs d'éducation physique et de musique, et tous deux s'étaient souvenus que Charlie avait demandé à s'absenter pour aller aux toilettes.

— Comme je vous l'ai dit, c'est une enfant foncièrement droite. Tromper est complètement étranger à sa nature.

Crystal prit un mouchoir en papier dans la boîte que Lily avait posée sur la table et se mit à le déchiqueter.

— Elle n'a jamais été douée pour nous cacher des trucs.

— Je suis d'accord, dit Lily. Pendant la récréation, je lui ai demandé si elle savait quelque chose des objets disparus. Elle évitait mon regard et, lorsque je lui ai demandé de me montrer son casier, elle a eu l'air bouleversée. Je n'ai pas insisté, mais je lui ai dit qu'il valait mieux que ces objets refassent surface rapidement, ce serait moins grave.

Lily ne dit pas qu'une des victimes était Mary Lou Mattson, la tragédienne de la classe, qui avait juré que son père, un avocat célèbre, porterait plainte et réclamerait des millions à l'école.

— Charlie s'est alors montrée très coopérative. Elle est allée ouvrir son cartable et en a sorti les objets manquants.

— Ô Seigneur, souffla Crystal. Un harmonica ? Un bracelet porte-bonheur ? Une gomme ? Elle ne sait pas que je les lui aurais volontiers achetés ?

— C'est peut-être ça le problème, grommela Derek. Tu ne lui refuses rien. C'est une enfant gâtée.

— En fait, intervint Lily, je pense que ce comportement signifie qu'elle veut autre chose.

— Que peut-elle vouloir d'autre ? s'exclama Crystal.

Lily tenait une liste à leur disposition, mais ce n'était pas le moment.

— On en reparlera. Laissez-moi finir le récit de la semaine. J'ai fait part de la situation à la directrice et au conseiller d'éducation, et nous avons opté pour une réaction discrète. D'ordinaire, quand un enfant a volé, on lui demande de rendre l'objet et de s'excuser auprès de sa victime. Pour Charlie, nous avons décidé de n'en parler à personne afin qu'elle ne perde pas la face. Je lui ai seulement demandé de me promettre de ne pas recommencer et de venir m'expliquer un jour pourquoi elle avait fait ça. Mercredi, il n'y a pas eu d'incident, mais hier, j'ai découvert qu'il me manquait quelque chose.

— Bravo, fit Derek. Tu l'as laissée s'en sortir impunément, alors elle pousse le bouchon un peu plus loin.

— C'est plus compliqué que ça.

« Ne prends pas un ton défensif, s'ordonna-t-elle. Contente-toi de régler le problème. »

— J'ai interrogé Charlie, et elle m'a rendu l'objet qu'elle avait volé.

Elle montra son presse-papiers, un globe dans lequel la neige se déversait si on le renversait. C'était Cameron, l'aîné des Holloway, qui le lui avait offert sept ans plus tôt, lorsqu'il était son élève. À l'intérieur du globe, on distinguait un ange vêtu d'une grande robe blanche.

— Après cela, j'ai jugé préférable de vous appeler plutôt que d'attendre la réunion de la semaine prochaine avec tous les parents.

— Tu as bien fait, dit Crystal en amie loyale. Il faut aller au fond de cette histoire immédiatement.

— Nous y sommes, au fond, grommela Derek. Que peut-il arriver de pire ? Cette enfant ne sait toujours pas lire, et la voilà qui dégringole sur la pente de la délinquance !

— C'est peut-être ton hostilité qui la bouleverse, suggéra Crystal.

— Ou bien le fait que tu la dorlotes tellement qu'elle ne distingue plus le bien du mal.

— Y a-t-il eu des changements récents dans sa vie ? demanda Lily. Ces vols pourraient être une réaction à un événement.

— Elle avait six ans quand nous nous sommes séparés, sept ans au moment du divorce, dit Derek. Elle a eu tout le temps de s'adapter.

Manifestement, il n'avait aucune idée de ce que représentait pour un enfant sensible le divorce de ses parents. On avait tiré de sous les pieds de Charlie le tapis émotionnel de sa petite enfance, et elle en était toujours à chercher son équilibre.

— Elle a peut-être des difficultés à s'habituer à ta petite amie, dit Crystal en découpant chaque mot avec la précision d'un rasoir.

— Ça fait trois ans que Charlie connaît Jane, protesta-t-il.

— On dit qu'il y a toujours une pauvre femme pour tomber amoureuse de votre ex-mari. Pour le bien de la gent féminine, j'aurais dû rester mariée avec lui.

Lily s'éclaircit la gorge. Il était temps de revenir au sujet de cette conversation.

— Charlie parle souvent de son oncle Sean. Elle a l'air de beaucoup l'aimer. Il est revenu de l'étranger ?

— Tout le monde aime mon petit frère, dit Derek.

— Tout le monde sauf l'Association asiatique de golf, répliqua sèchement Crystal. Son frère a joué dix ans en Asie jusqu'à ce qu'on le disqualifie pour avoir triché dans une compétition.

— C'était un coup monté, s'écria Derek.

— En tout cas, il s'est fait éjecter du circuit.

— C'était de la basse politique.

— Ce type est allergique à toute espèce d'engagement, poursuivit Crystal. Il a passé sa vie à se défiler. C'est pour ça que tu ne le connais pas, Lily. Il a toujours été trop occupé à fuir.

Lily n'avait qu'un vague souvenir de Sean… qui ne s'appelait pas Holloway, puisque Derek et lui n'avaient pas le même père. Maguire, voilà, c'était ça. Sean Maguire. Elle avait fait sa connaissance au mariage des Holloway, seize ans auparavant, alors qu'il était un jeune frimeur d'environ dix-huit ans et elle une adolescente de quinze ans qui se sentait ridicule avec sa robe mauve de demoiselle d'honneur et ses chaussures assorties. En le voyant évoluer sur la piste de danse, elle avait été convaincue qu'il tirait sa science de *Dirty Dancing*. Sean ne cessait de se servir dans les bouteilles de bière cachées derrière le bar et de draguer les filles en leur demandant d'une voix rauque : « On va se payer un peu de bon temps ? » Il n'avait pas posé la question à Lily, bien sûr. Personne ne s'attardait auprès de Lily, sauf pour se moquer de ses lunettes et de son appareil dentaire.

— Il s'est installé pour de bon à Comfort ? demanda-t-elle afin d'en revenir à Charlie, qui ne cessait de parler de son oncle.

— Je ne crois pas que Sean fasse quoi que ce soit de bon, commenta Crystal. C'est peut-être lui qui a appris à Charlie à voler.

— C'est plutôt ta folle de mère, riposta Derek.

Crystal fondit en larmes.

— Comment peux-tu dire une chose pareille ? gémit-elle en se tamponnant les yeux avec son mouchoir roulé en boule. Ce que Derek vient de lâcher si grossièrement me rappelle qu'il est arrivé un autre drame dans la vie de Charlie. J'ai dû installer ma mère dans une clinique de Portland. Je savais que cela allait venir, que c'était inévitable, mais j'ignorais que ce serait aussi pénible.

Derek bondit et, mettant un genou à terre devant son ex-épouse, il posa une main sur la table et une autre sur le dossier de la chaise, dans une sorte d'étreinte qui ne la touchait pas.

— Seigneur, Crys, je n'en reviens pas d'avoir dit ça ! Je t'en prie, pardonne-moi !

Le geste et les mots d'excuse émurent Lily. Cette aptitude à dissoudre toute rancœur et toute colère grâce à quelques mots sincères faisait partie du charme de Derek Holloway. Même Crystal, malgré la fureur qu'elle avait accumulée durant deux ans, ne semblait pas immunisée.

— J'ai toujours apprécié ta mère, ajouta-t-il. Je déteste ce qui lui arrive.

— Je sais, marmonna Crystal en s'essuyant les joues. Je sais.

Lily ferma brièvement les yeux. Elle aussi aimait Dorothy Baird. Enfant, elle avait souvent fui sa sinistre vie de famille en se réfugiant chez Crystal, dans une maison où les gens savaient s'aimer et se pardonner. Hélas, une violente attaque cérébrale avait frappé Dorothy, l'isolant de tout le monde, y compris d'elle-même.

Ce moment d'émotion marqua la fin du rendez-vous, Lily le sentit tout de suite. Chacun se replia sur lui-même, laissant les problèmes de Charlie en suspens.

— Il reste un certain nombre de choses à examiner au sujet de Charlie, dit-elle, bien qu'ils n'aient pas l'air de l'écouter. Pour l'instant, ce serait bien si chacun de vous pouvait lui parler seul à seul de ces vols. Faites-lui savoir qu'il faut que ça cesse et tâchez de comprendre ce que ça cache. Nous pourrons en reparler lundi.

— Lundi, je ne serai pas en ville, dit Derek. J'ai un tournoi.

— Je ne serai pas libre non plus. Cet après-midi-là, j'ai une réunion importante au sujet des sponsors de l'équipe de golf du lycée, expliqua Crystal. J'ai déjà demandé à Mme Foster de venir garder les enfants.

« Et voilà pourquoi votre fille a des problèmes », songea Lily avec amertume.

3

Vendredi, 15h45

— Ils n'ont que de bonnes intentions, disait Lily à Edna dans la salle des professeurs. Le problème est qu'ils sont tellement emberlificotés dans d'autres soucis qu'ils ne voient pas réellement Charlie.

Edna prit une gorgée d'infusion. Tandis que presque tous les enseignants buvaient des litres et des litres de café, Edna préférait les tisanes censées apporter la paix intérieure. Lily aussi évitait le café et ne buvait que des infusions de plantes issues de l'agriculture biologique, mais sans y trouver la paix intérieure. Un meilleur sommeil, peut-être.

Il ne restait plus qu'elle et Edna – les seules femmes célibataires du personnel enseignant – dans l'école. Laurelhurst était un petit établissement. Les vendredis de mauvais temps comme celui-ci, tout le monde avait hâte de rentrer à la maison retrouver sa famille ou se préparer pour le week-end.

Lily admirait Edna tout en la plaignant, car le trait le plus marquant de la directrice était sa tendance à se lancer dans des relations amoureuses rocambolesques dont, un jour ou l'autre, elle se faisait systématiquement éjecter. Chaque fois, elle se redressait, s'époussetait et plongeait derechef dans le même genre d'aventure. Lily ne la comprenait pas. Pourquoi se jeter délibérément dans des histoires dont on savait d'expérience qu'elles se terminaient mal ?

— Le fait qu'ils l'adorent laisse penser qu'ils vous soutiendront.

— Je l'espère, dit Lily en parcourant le tableau d'affichage.

« Je suis disponible pour garder une maison tout l'été, de préférence près de la plage ou de la rivière », disait une petite annonce. À cette époque de l'année, tout le monde pensait aux vacances, et Lily ne faisait pas exception. Elle avait un projet. Un énorme projet. L'avantage de son métier était de disposer de l'été pour se reposer et se remettre des émotions qu'on éprouvait forcément lorsqu'on s'attachait à ses élèves.

Les parents n'avaient pas ce répit, songea-t-elle en pensant aux Holloway. Il n'existait pas de temps mort lorsqu'on était père ou mère.

— Ça va être un travail de longue haleine, reprit-elle. À peine ai-je parlé de l'Institut de lecture qu'ils m'ont opposé la croisière Disney et le camp d'équitation prévus par maman, et la maison que papa a louée à Hawaï.

— Ça me donne envie d'être leur gosse, dit Edna.

— À mon avis, des gosses, ils en ont assez comme ça, répliqua Lily.

— L'Institut de lecture n'est peut-être pas la bonne solution pour cette famille. Il faudrait plus de flexibilité… Pourquoi est-ce que vous ne vous chargeriez pas de ces leçons particulières ?

Pourquoi pas, en effet ? Lily adorait Charlie et pensait qu'un enseignement personnalisé pouvait seul sortir la petite fille de son blocage. Hélas, la situation était compliquée.

— Vous connaissez mes principes, dit-elle. J'ai besoin de séparer ma vie privée de l'école. En outre, je tiens à traiter tous mes élèves de la même façon.

— Ils n'ont pas tous autant besoin de vous, riposta Edna.

— Non, c'est impossible. D'ailleurs, dans cette famille, ce serait particulièrement épineux.

— Je pense au contraire que ce serait plus facile, puisque la mère de Charlene et vous avez grandi ensemble.

— Son ex ne me supporte pas. Comme institutrice, il me trouve nulle.

— C'est comme si je disais qu'il joue mal au golf.

— Ce n'est pas le même enjeu. Un joueur professionnel peut perdre une compétition, une grosse somme d'argent ou même sa carte PGA. C'est embêtant, mais ce n'est pas dramatique. Lorsqu'un enseignant travaille mal, ce sont les enfants qui en pâtissent.

— Exact, mais ce n'est pas ce que je constate en ce qui concerne la fillette des Holloway. Vous faites du bon travail, même si on ne voit pas de résultat pour le moment.

— J'ai travaillé sur ce problème toute l'année. Mais ça n'a pas suffi, le temps m'a manqué.

Elle devina ce que pensait Edna : « Eh bien, justement, donnez-le-lui, ce temps. »

Elle en avait envie, mais ce serait dangereux. Elle répugnait à s'impliquer autant. Très jeune, elle avait appris à protéger son cœur, même d'une enfant comme Charlie – en particulier d'une enfant comme Charlie.

Dehors, un éclair fusa et un coup de tonnerre explosa, si près du bâtiment que les vitres vibrèrent. La pluie ruisselait, brouillant la vue du parking. Lily aperçut les gribouillis rouges des feux arrière d'un véhicule qui s'éloignait. Sans doute le 4 x 4 de Derek.

— Je serai contente de voir cette année s'achever, dit-elle en attachant la ceinture de son imperméable.

— C'est vraiment dommage pour cette famille, déclara Edna en rinçant sa tasse dans l'évier. Cela fait dix ans que je connais les Holloway, depuis le jour où ils ont inscrit Cameron. Je n'avais pas imaginé une seconde qu'ils divorceraient.

Personne, pas même le couple le mieux assorti, ne semblait pouvoir éviter le divorce, se dit Lily. Heureux un jour, séparés le lendemain.

Crystal pressait souvent Lily de se marier et de fonder une famille. Malgré tout ce qu'elle avait subi, Crystal croyait toujours au mariage. Lily, non. Sa vie était organisée exactement selon ses désirs. Elle avait à la fois des enfants à aimer et du temps libre pour elle. C'était sa formule personnelle de satisfaction, et elle la protégeait de tout ce qui risquait de la perturber, sans même s'interroger sur l'origine de cette prudence.

4

Vendredi, 15h45

Crystal Baird Holloway introduisit la clé de contact de sa Subaru Outback. Puis elle ferma les yeux, inspira profondément et compta jusqu'à dix. Elle devait se ressaisir. Avec ce temps, conduire alors qu'on était en colère était une très mauvaise idée.

Elle rouvrit les yeux et tâtonna à la recherche de sa ceinture de sécurité. Des torrents de pluie dessinaient sur le pare-brise des sillons argentés qui déformaient la silhouette de Derek. Tel un fantôme maladroitement griffonné, il traversait le parking sous un grand parapluie blanc et noir. Un corbeau aux plumes ébouriffées courut devant lui avant de s'envoler. Trente secondes plus tard, le 4 x 4 flambant neuf s'éloignait dans le brouillard. Tous les ans, l'un des sponsors de Derek lui offrait une nouvelle voiture.

Le divorce avait privé Crystal d'un certain nombre de choses, il fallait le reconnaître.

« Bon, calmons-nous, songea-t-elle. Pas de panique, comme dirait Cameron. Charlie va s'en tirer. Comment pourrait-elle ne pas y arriver, avec Lily comme institutrice ? » D'accord, la journée avait été atroce, mais le pire était passé.

Elle hocha la tête avec énergie, comme un génie qui, en un clin d'œil, pourrait transformer le chaos en un univers ordonné, et tourna la clé de contact.

Clic.

Le petit bruit sec était dépourvu d'ambiguïté. Néanmoins, elle tourna de nouveau la clé plusieurs fois, mais n'obtint rien d'autre que des *clics* à répétition accompagnés de faibles frémissements, évoquant le rythme d'un cœur défaillant.

Super. Quel était le problème maintenant ?

Oh, Crystal. Tu n'as pas fait ça, si ? Les doigts tremblants, elle chercha le bouton des phares et son ventre se noua. Il était resté enfoncé.

— Plus bête, tu meurs, marmonna-t-elle.

Bien qu'elle connût le résultat, elle tenta d'allumer la lampe intérieure. Sans succès. La voiture était plus morte qu'un... qu'un mariage raté.

Quel sale temps ! Il n'y avait que dans ce patelin qu'on devait rouler de jour avec ses codes allumés, si bien que, pour peu qu'on soit énervé ou en retard, on jaillissait de la voiture en oubliant de les éteindre.

Tout ça, c'était la faute de Derek. Sans lui, jamais elle ne se serait installée dans la région la plus pluvieuse de la planète. Sans lui, elle n'aurait eu aucun problème ; elle aurait été heureuse, tranquille, super bien.

Mais quand il entrait dans votre vie, Derek occupait beaucoup de place. Il était excessif dans tous les domaines : prouesses athlétiques, beauté physique, habitudes onéreuses. Sans parler de son appétit des femmes.

C'était à cause de lui, de son avidité, de sa désinvolture envers les sentiments d'autrui qu'elle se retrouvait en train de pleurer éperdument dans cette voiture morte sous une pluie battante.

— Je te hais, Derek Charles Holloway, marmonna-t-elle en fouillant son sac à la recherche d'un Kleenex.

Elle trouva une quantité de choses, mais pas de mouchoir : une ordonnance (une course à faire en vitesse avant d'aller chercher les enfants), une vieille tétine qui avait récolté les peluches du fond du sac (Ashley y avait renoncé six mois plus tôt), deux marqueurs de balle et des *tees* portant les initiales de Derek (son sac était donc si vieux que ça ?), un échantillon de trois cigarettes Virginia Slim offert lors d'une compétition (oui, il était vraiment vieux à ce point), une pochette d'allumettes du Bandon Dunes Golf Course. Et toujours pas de Kleenex.

À présent, la buée avait rendu les vitres si opaques que des passants pourraient imaginer qu'une partie de jambes en l'air était en cours dans la voiture. Pour Crystal, ce genre d'activité appartenait au passé. En revanche, c'était bien ce qui l'avait amenée là. Au début. Et ensuite. Et encore après.

Seigneur, que m'est-il arrivé ? Derek. C'est Derek Holloway qui m'est arrivé.

À l'époque où elle était étudiante à Portland, tout lui réussissait. Après avoir gagné plusieurs concours de beauté, elle avait été élue Miss Oregon en 1989 et se trouvait en bonne voie pour remporter le titre national. Puis Derek avait surgi. Trois mois plus tard, elle avait de bonne grâce transmis sa couronne à sa dauphine, une blonde fadasse à la dentition rectifiée au laser qui débarquait du comté de Clackamas.

Crystal était tellement bête qu'elle n'avait même pas pleuré en cédant sa couronne. Elle était enceinte – volontairement, bien que Derek ne l'ait jamais su – et sur le point d'épouser un homme qui, à l'âge de vingt-deux ans, avait déjà figuré à trois reprises en couverture de *Sports Illustrated*. Franchement, pourquoi aurait-elle pleuré ?

Elle s'essuya le nez sur la manche humide de son imperméable en microfibres. Comme Kleenex, c'était nul. Le mieux était donc d'arrêter de pleurer.

— Ça suffit, se sermonna-t-elle. Ressaisis-toi.

Elle parvint à reprendre son calme. Il s'agissait d'une panne de voiture, bon sang, pas d'un cancer. Elle avait enduré trois accouchements, la trahison d'un mari, un divorce, la solitude, la dégringolade financière, et rien de cela n'avait déclenché la fin du monde. Ce n'était quand même pas une batterie morte qui allait avoir raison d'elle.

Quelle importance attribuerez-vous à cet incident dans cinq ans ? La question préférée de son thérapeute lui traversa l'esprit. Pour une fois, la réponse était « aucune ». Dans cinq ans, la panne de cette stupide bagnole, dont elle devait se contenter parce que son imbécile d'avocat n'avait pas été fichu de lui obtenir une pension alimentaire correcte, ne serait qu'un vague souvenir.

Le regard de Crystal tomba sur le relevé rose du laboratoire d'analyses qui traînait à côté du frein à main. Elle le prit et le glissa dans le pare-soleil. Ça, oui, c'était quelque chose qui aurait encore de l'importance dans cinq ans. Qui en aurait toujours.

Dommage qu'il pleuve autant ! S'il avait fait beau, elle aurait abandonné cette guimbarde fatiguée et, en prenant sa démarche de reine de beauté, elle serait allée tout droit chez Rain Shadow Lexus. Elle se serait glissée dans l'intérieur en cuir d'une voiture neuve, aurait baratiné le vendeur et serait partie vers le coucher de soleil.

Autrefois, Derek et elle aimaient rouler. Quittant les grandes artères, ils suivaient les routes sinueuses qui longeaient l'océan Pacifique. Souvent, ils s'arrêtaient sur la falaise et faisaient l'amour à l'arrière de la voiture.

Il pleuvait plus fort que jamais. Elle songea brièvement à demander l'aide de Lily. Non. Lily aurait tout lâché pour lui rendre service, elle le savait. Elle se serait jetée à l'eau, si Crystal le lui avait demandé. Elle l'avait prouvé à maintes reprises. Eh bien, c'était fini. Il était grand temps que Crystal commence à se débrouiller toute seule. Et, franchement, elle en avait marre d'être l'idiote de service.

Elle prit son portable en retenant son souffle. Si cette batterie-là aussi était morte, elle se flinguerait, songeat-elle en se voyant revenir vers l'école sous la pluie pour trouver un téléphone.

— Marche, s'il te plaît, marche, dit-elle en ouvrant l'appareil.

Il s'éveilla à la vie dans une lumière bleue et joua gentiment sa chansonnette. Une chose au moins fonctionnait. Et, en plus, Crystal, telle la femme compétente et organisée qu'elle n'était pas, avait fixé sa carte d'adhésion à l'Automobile club au pare-brise. Quelle fille futée !

Elle composa le numéro gratuit et suivit les consignes.

— Je suis désolée, fit une voix féminine compatissante. Votre abonnement a expiré. Veuillez appeler le service clientèle entre 9 heures et 18 heures afin de renouveler votre adhésion.

— Va te faire voir, marmonna Crystal en coupant la communication.

Le service clientèle était sur la côte Est, où il était beaucoup plus tard que 18 heures.

Comme tout dans leur mariage, Derek avait laissé leur adhésion expirer sans se donner le mal de la prévenir.

Tout en jurant à mi-voix, elle prit une Virginia Slim et l'alluma. N'étant qu'une fumeuse occasionnelle, elle toussa, mais allumer cette cigarette était un geste de défi, une réaction à l'accumulation des frustrations. Pendant un bref instant, elle pouvait faire quelque chose de stupide et de dangereux dont les conséquences n'affecteraient qu'elle. Calmée par la cigarette, elle détacha sa ceinture et se sentit soudain libérée.

Elle savait très bien ce qu'elle allait faire. Elle allait le tuer. Elle sourit, tira sur sa cigarette et rouvrit son téléphone. Ses doigts composèrent le numéro sans hésiter. Elle n'eut même pas à regarder les touches.

Il répondit dès la première sonnerie – avec trois gamins, on ne savait jamais à quelle urgence il allait falloir faire face.

— La batterie de ma voiture est morte, dit-elle sans préambule. J'ai besoin que tu reviennes me chercher.

— Appelle l'Automobile club. J'ai à faire, répondit-il, tandis que son autoradio jouait une chanson des Talking Heads.

— Tu as laissé l'abonnement expirer.

— Non. C'est toi qui ne l'as pas renouvelé.

— Je l'aurais fait si tu m'avais dit qu'il était fini.

— Appelle un dépanneur.

— Bien. Ça va coûter au moins cent cinquante dollars. Je t'enverrai la facture.

— Oh, non…

— Et comme je vais devoir attendre ici pendant des heures, il faudra que tu ailles chercher les enfants, même si ce n'est pas ton tour. Tu n'as pas de projets pour la soirée, j'espère ?

— Voyons, Crystal. Il y a sûrement quelqu'un à l'école qui peut te dépanner. Ta copine institutrice n'a qu'à t'aider. Elle fera ça mieux qu'instruire Charlie.

— Oh, s'il te plaît, arrête d'essayer de refiler tes problèmes à autrui, répliqua-t-elle.

— Il doit bien y avoir un homme à tout faire dans cette putain d'école ou…

— Derek, au lieu de discuter, reviens démarrer ma voiture, tu perdras moins de temps. Ensuite, tu seras un homme libre.

— Tu me rends fou, Crys. Vraiment.

— À tout de suite, fit-elle en souriant.

Le téléphone se tut brusquement. Crystal regarda l'écran. Le salaud lui avait raccroché au nez.

Que faire, maintenant ? En pleine tempête, au milieu de l'obscurité grandissante, dans une voiture morte, personne ne l'entendrait hurler.

Elle ouvrit sa portière et fit quelques pas autour de la Subaru avant de se remettre à l'abri. Une paire de phares perça soudain la buée du pare-brise. Ami ou ennemi ? Le jour était plus sombre que jamais. Les phares l'aveuglaient. Le véhicule roulait vite, droit sur elle. Trop surprise pour crier, elle agrippa le volant et se prépara au choc.

Le 4 x 4 s'arrêta à quelques centimètres de son pare-chocs avant. Éblouie, elle cligna des yeux. Derek. Dieu le bénisse, ce salaud ne l'avait pas laissée tomber.

5

Vendredi, 15 h 55

Cette garce de Crystal restait assise, immobile et bien au chaud dans sa voiture, sans même lui adresser un signe de remerciement. Il garda ses phares braqués sur elle. *Tiens, prends toujours ça.*

Il lui dit tout le mal qu'il pensait d'elle, dans les termes les plus grossiers. Mais elle ne pouvait pas l'entendre, bien sûr, alors pourquoi se donnait-il cette peine ?

Il enfila son blouson en Gore-Tex et mit la capuche sur sa tête. Puis, sans un regard pour Crystal, il sortit du 4 x 4 et alla prendre les câbles dans son coffre.

Il sentait son regard sur lui et savait fort bien à quoi elle pensait. C'était une partie de bras de fer. En le faisant revenir, elle avait gagné la première manche. Mais la bataille n'était pas finie, loin de là. Ils le savaient, l'un comme l'autre.

Un filet liquide s'insinua dans ses chaussures. Il baissa les yeux et vit qu'il avait de l'eau jusqu'aux chevilles.

— Putain, grommela-t-il en regrettant qu'elle ne l'entende pas, car elle détestait ce mot. Putain, putain, putain.

Il fixa le câble aux plots de la batterie en espérant ne pas se tromper. Puis il se tourna vers la voiture de Crystal. Non, sa voiture à lui. Celle qu'elle lui avait volée, en même temps que la maison et tout le reste, avec ce putain de jugement de divorce.

Au moins, elle eut l'intelligence d'ouvrir son capot avant qu'il le lui demande. Les plots de la batterie étaient couverts de corrosion, et il dut les gratter avec son canif. Une fois les câbles connectés, il s'écarta et, d'un geste du poignet, fit signe à Crystal de tourner la clé. Il pleuvait si fort qu'il ne put entendre le moteur réagir.

Elle ouvrit sa portière et cria :

— Ça ne marche pas.

— Essaie encore.

Elle lui décocha un regard exaspéré et tourna la clé. Elle avait laissé la portière ouverte, aussi put-il la voir faire. Rien ne se produisit. Ni bruit, ni lumière. Échec complet.

— Essaie encore, cria-t-il.

Elle secoua la tête.

— Ça ne marche toujours pas.

Perdant patience, Derek lui fit signe de se pousser. Elle dut enjamber le frein à main, et il eut droit à un bref aperçu d'une cuisse de reine de beauté. Même ainsi, les pieds dans une flaque, sous une pluie battante, même en se rappelant toutes les raisons qui l'avaient poussé à divorcer, il éprouva un tel élan de désir qu'un gémissement lui échappa.

C'était en cela que résidait le pouvoir de Crystal. Voilà pourquoi il était resté avec elle quinze ans et non quinze minutes. Elle était la femme la plus attirante qu'il ait jamais connue.

À présent, elle était assise à côté de lui, silencieuse et pas du tout reconnaissante, répandant le parfum d'un créateur quelconque, mêlé à… Il lui jeta un regard accusateur.

— Tu fumes, maintenant ?

Elle lui tendit un paquet de cigarettes aplati.

— Tu en veux ?

— Ce truc-là te tuera.

— Il faut bien mourir de quelque chose.

Constatant ce dont il se doutait, Derek prit un air écœuré.

— La batterie est morte.

Des gouttes tombaient de son blouson sur le tissu du siège.

Crystal, lèvres serrées, visage livide, yeux mi-clos, ne dit rien.

— Putain, s'écria-t-il en frappant le volant. Putain, putain, putain.

D'habitude, elle protestait lorsqu'il parlait ainsi. C'était d'ailleurs surtout pour cette raison qu'il le faisait. Comme elle ne réagissait pas, il se tut. Puis il inspira à fond, en emplissant ses poumons d'air comme son *coach* le lui avait enseigné.

Oui, il avait un foutu *coach* pour lui apprendre à bien respirer. Il avait des *coaches* et des entraîneurs pour toutes les activités, physiques et mentales. S'il n'y prenait pas garde, il allait se retrouver avec un *coach* pour pisser.

La voiture était jonchée d'objets divers. Une paire de boucles d'oreilles qu'il ne reconnaissait pas traînait sur le bord du cendrier. Cette femme avait une façon bien à elle de se répandre, d'imprégner la voiture de sa personnalité. Les souvenirs aussi imprégnaient la Subaru. Elle était flambant neuve le jour où ils avaient déposé Charlie pour sa première matinée au jardin d'enfants. La fillette sanglotait misérablement sous le regard écœuré de son grand frère.

Puis, réalisant que le nid était vide, ils avaient roulé jusqu'au Chemin des Amoureux et s'étaient arrêtés sur la falaise. Derek connaissait depuis le lycée cet endroit éloigné de tout. Ce jour-là, les enfants étant tous les deux à l'école, Crystal et lui avaient fait l'amour à l'arrière de la Subaru, sur le tapis gris jonché de *tees* de golf, de cartes de scores, de jouets Happy Meal et de pièces de monnaie égarées. Il aurait pu la ramener à la maison, dans leur lit, mais non. À la maison, des coups de téléphone et du travail l'attendaient. Ce jour-là, elle avait noué ses longues jambes nues autour de ses reins et soupiré de satisfaction.

— Appelle ton Automobile club, dit-elle en lui tendant son portable.

Il lui arracha l'appareil des mains, prit le numéro dans son portefeuille et le composa. La pluie crépitait sur le toit de la voiture avec une violence accrue. L'employé lui répondit qu'aucune équipe de dépannage ne serait disponible avant trois ou quatre heures.

— Je ne vais pas attendre ici, protesta Crystal.

— Va attendre dans l'école.

— C'est ridicule. Il faut aller chercher Cameron dans une heure et demie. Et ensuite Charlie. Elle joue chez son amie Lindsey. Je ne sais pas quelle heure tu as donné à la nounou pour récupérer Ashley.

Derek n'avait pas confié le bébé à sa nounou habituelle, mais ce n'était pas le moment de l'avouer. Crystal était assez en colère comme ça.

— Demande à Lily de te ramener. Moi, j'irai chercher les enfants et je te les déposerai.

— Non, je ne veux pas embêter Lily.

— C'est ta grande amie, non ? cria-t-il. Elle t'aidera, c'est sûr.

— Oui, elle m'aiderait si je le lui demandais. Mais je ne le ferai pas. Lily n'est pas responsable de nos enfants.

Une telle détermination se lisait dans ses splendides yeux bleus que Derek se sentit battu d'avance.

Avoir une famille lui avait toujours paru une perspective raisonnable. Une femme et des enfants. Qu'y avait-il de plus simple et de plus agréable ?

Mais auprès de Crystal, rien n'était simple, et peu de choses étaient agréables. Et qui savait quel parcours du combattant c'était de jongler avec trois enfants ? La lessive, les coups de fil, le travail scolaire, les allers-retours à l'école, la programmation des leçons de sport et de musique. Il aurait fallu un contrôleur aérien pour tout gérer !

Rien d'étonnant à ce que Charlie ait des problèmes. Cette balle-là, à un moment donné, on l'avait laissée tomber. Les remords formèrent un nœud dur dans l'estomac de Derek. Charlie. Son petit souci numéro un.

Il jeta un coup d'œil à sa montre. Il leur restait une heure et demie à tuer avant d'aller chercher les gosses. Il tira la capuche sur sa tête, ouvrit la portière et sortit sous l'orage. Crystal le vit débrancher les câbles, fermer les deux capots, puis sa portière s'ouvrit.

— Monte dans le 4 x 4, cria-t-il.

— Mais pourquoi…

— Monte dans le 4 x 4, bon Dieu !

Il monta dans sa voiture, boucla sa ceinture et admira malgré lui la grâce fluide avec laquelle son ex-épouse ouvrait son parapluie, sortait de la Subaru et le rejoignait. Elle s'assit à côté de lui, replia son parapluie et le glissa sous son siège.

— Où vas-tu ? demanda-t-elle en le voyant partir tout droit au lieu de rentrer en ville.

— On a une heure pour discuter, alors discutons.

— Charlie a des problèmes, grommela-t-elle en bouclant sa ceinture. Se disputer pendant une heure ne réglera rien.

Il lui jeta un coup d'œil et ne vit aucune trace d'ironie sur son visage.

— Alors, ne nous disputons pas.

Était-elle aussi lasse que lui ? Gérer la fin d'un amour alors que trois gamins étaient impliqués était épuisant.

La pluie se calma, comme à regret, et finit par s'arrêter. Derek tourna et prit la route de la côte. Le soleil tentait de percer les nuages ventrus qui s'attardaient au-dessus de la mer agitée.

La vue était spectaculaire. Sean et lui avaient grandi à Comfort et, le week-end, ils traînaient sur la plage ou jouaient au golf sur le parcours qui surplombait l'océan. Plus tard, alors qu'ils étaient étudiants à Portland, ils aimaient revenir ici. Le parking aménagé pour admirer le panorama était l'endroit idéal pour peloter les filles. La première fois qu'il était sorti avec Crystal, c'était là qu'il l'avait amenée. Ce n'était pas par hasard qu'il avait choisi cet endroit aujourd'hui.

La route sinueuse était déserte, à l'exception d'écureuils ou de daims qui traversaient la chaussée. La récession avait durement frappé le comté, et les difficultés budgétaires se voyaient à l'état de la route. Les nids-de-poule n'étaient pas tous bouchés et la glissière de sécurité était effondrée par endroits, quand elle ne manquait pas complètement. Ici et là, des éboulements de terrain avaient emporté le bas-côté. Le macadam était glissant, et il sentit à plusieurs reprises les pneus sur le point de patiner. Éclairées par le soleil, des fumerolles de vapeur s'élevaient de la chaussée humide.

Derek cherchait un sujet de conversation qui ne risquerait pas de dégénérer en dispute. Tâche impossible ces temps-ci avec Crystal. Elle était aussi fragile que son prénom l'annonçait, et le moindre heurt pouvait la briser en mille morceaux. Néanmoins, il leur fallait bien parler de Charlie.

— Alors, dit-il enfin, que penses-tu de notre rendez-vous avec ton amie ?

— Lily nous a parlé en tant qu'institutrice de Charlie, pas en tant qu'amie. Et, pour être franche, je suis contente qu'on aborde carrément les problèmes et qu'on cesse de se voiler la face. Depuis notre premier rendez-vous en septembre, il est clair que Charlie ne suit pas. Maintenant, il faut trouver une solution.

— Charlie n'avait pas de problèmes avant d'être dans la classe de Lily.

Derek se mordit la langue. Cette remarque allait mettre Crystal en colère. Tant pis. Il s'agissait de Charlie. Sa fille, son cœur.

— Oh ? Parce que tu crois que c'est à cause de Lily que Charlie ne suit pas à l'école et se met à voler ? Lily est la meilleure institutrice que nos enfants aient jamais eue !

Il s'engagea sur le parking du panorama. Le souvenir du jour où il y avait amené Crystal pour la première fois lui revint. Elle était sa reine de beauté, il était un chaud lapin qui s'efforçait d'obtenir sa carte PGA, et ils étaient amoureux. Elle avait renoncé à sa couronne, et il avait promis de se débarrasser de ses habitudes de fêtard. Un avenir doré les attendait.

Mais l'or s'était terni sous la patine du temps, de la trahison, des tensions dues aux compétitions et à ses efforts pour rester parmi les meilleurs.

— Je dis seulement que Lily fait peut-être partie du problème. C'est une idée qu'il faut envisager.

— Ce serait plus facile que d'envisager l'idée que toi, tu puisses être la cause du problème.

Elle croisa son regard et se reprit.

— Bon, d'accord. Nous sommes sans doute tous les deux responsables. J'ai toute confiance en Lily. Quand elle était la maîtresse de Cameron il y a sept ans, tu n'as rien eu à lui reprocher. Il s'est épanoui dans sa classe.

— Cameron est moins compliqué. Un singe aurait pu être son prof. C'est le gamin parfait.

Son fils savait-il qu'il pensait ça de lui ? Ce matin même, ils avaient eu leur dispute habituelle sur le sujet habituel – le golf.

— Pourquoi fais-tu cette tête ? demanda Crystal.

Ils avaient beau ne plus vivre ensemble, elle était toujours capable de lire en lui comme dans un livre ouvert.

— Cam m'a encore mis en colère, avoua Derek. Il ne veut pas participer à la compétition de ce week-end. Je ne comprends pas. C'est un excellent golfeur… À moins qu'il n'ait dit ça que pour me provoquer. Je parie qu'il est en train de s'entraîner. Il ne peut pas se passer de jouer.

— Ce qui montre que tu connais mal ton fils.

— Tu prétends qu'il n'aime pas le golf ?

— Il t'aime, toi. Il croit qu'il doit jouer au golf pour que tu t'intéresses à lui.

— N'importe quoi ! Je n'en reviens pas qu'il refuse mes conseils. Lorsque je lui ai proposé d'en parler à Duncan, il a piqué une crise, une vraie crise.

— Laisse Greg Duncan en dehors de ça, s'écria Crystal avec une hâte qui surprit Derek. Je parlerai à Cameron – un autre jour.

Elle détacha sa ceinture et sortit faire quelques pas devant la voiture. Il n'eut pas d'autre choix que de la rejoindre. L'air était encore froid et sentait l'asphalte humide, le cèdre et l'arbousier. Plus bas, les vagues qui s'écrasaient sur les rochers projetaient des arcs-en-ciel lumineux. Cet endroit les avait ensorcelés, jadis. Même le phare désaffecté de Tillamook Rock, en mer, avait fait partie du sortilège. C'était là qu'ils seraient enterrés après avoir vieilli ensemble, s'étaient-ils promis.

— Concentrons-nous sur Charlie, dit Crystal. Pas sur Cameron. Ni sur Lily.

— Elle fait partie des problèmes de Charlie.

— C'est ma meilleure amie.

— Ce qui fausse peut-être ton jugement.

— Bon sang, Derek ! Regarde les faits. Charlie ne sait toujours pas lire et elle s'est mise à voler. Lily n'y est pour rien. Elle essaie d'y remédier. Il faut qu'on revoie nos projets pour l'été.

— C'est-à-dire ?

— C'est-à-dire faire, comme le dit Lily, ce qui est le mieux pour Charlie.

— Tu vas annuler tes projets et rester ici pour l'emmener tous les jours à Portland ?

— Je pense qu'il faut y réfléchir. Désolée si ça bouscule ton programme.

Il lâcha un rire bref.

— Ça ne le bouscule pas, chérie. Ça l'annule. Tu sais bien que je ne ferai rien cet été sans Charlie.

— Quel dommage que Joan et toi deviez renoncer à Hawaï !

— Elle s'appelle Jane, corrigea-t-il automatiquement, mais Crystal le savait, bien sûr. Ne pas passer de vacances à Hawaï n'est pas grave en soi, mais je dois participer au tournoi qui s'y déroule en août. Sinon, comment veux-tu que je paie ce foutu institut de Portland et tout ce dont tu prétends avoir besoin ?

— Peut-être que si tu gérais ton argent un peu mieux, tu aurais moins de soucis financiers.

— Qu'est-ce que tu veux dire, bon Dieu ?

— Tu gagnes de grosses sommes, Derek, mais tu en dépenses d'encore plus grosses. Combien de personnes as-tu embauchées ? Une douzaine ? Vingt ? As-tu vraiment besoin de voyager avec ton masseur personnel ?

— Eh bien, oui. Mes employés sont le moteur qui maintient le train sur la voie. Tu le sais, Crystal.

Il jeta un regard lourd de sens à ses escarpins sortis des mains d'un créateur et au pendentif orné de diamants qui brillait sur sa gorge.

— Et toi, il ne t'est pas venu à l'idée que tu pourrais freiner un peu sur le shopping ?

Elle le fusilla du regard, puis consulta sa montre.

— Il est temps d'aller chercher le bébé chez Mme Foster et Cameron au country club.

Elle s'assit dans la voiture et boucla sa ceinture, en reine de beauté, ou même reine tout court habituée à être servie.

Il monta et démarra. La vapeur s'élevait en tourbillons du capot et de l'asphalte. Il ne pleuvait plus, mais un brouillard épais s'accrochait aux fossés et aux anfractuosités le long de la route.

— Ça n'ennuie pas Cameron d'attendre quand il est au club, dit Derek, afin qu'elle ne pense plus à la personne qui gardait le bébé. Depuis que Sean y travaille, ça leur arrive de taper des balles ensemble.

Il recula en trombe, les pneus arrière dérapant sur la surface lisse de la route.

— Cameron passe trop de temps avec ton frère.

— Bon sang, Crystal ! Les gosses ont le droit de faire la connaissance de leur oncle. Cameron l'aime bien. Sean lui donne des conseils pour améliorer son jeu.

— Il lui apprend à tricher ?

Derek prit un virage un peu trop vite, et la voiture mordit sur les gravillons du bas-côté.

— C'est un coup bas. Sean n'est pas un tricheur.

— Ah, bon ? Dans ce cas, pour quelle raison l'a-t-on chassé du circuit asiatique ?

— Pour avoir baisé la femme qu'il ne fallait pas, répondit Derek qui, poussé par un démon intérieur, ajouta : Dieu sait que ça, je peux le comprendre.

— Espèce de salaud, tu…

Elle s'interrompit et regarda la route.

— Tu viens de louper l'embranchement vers la ville.

— Je vais d'abord à Echo Ridge.

— Ça nous obligera à traverser toute la ville, ensuite, pour aller chez la nounou.

Bon, se dit Derek, autant lâcher le morceau maintenant.

— Ashley est chez Jane.

Crystal lâcha un cri étouffé.

— Ça, c'est le pompon ! L'idée que mon bébé est dans les mains de ta copine ado me révulse.

— Jane a vingt-quatre ans et un doctorat en philosophie.

— Tu adores me le rappeler. Je m'en fiche complètement, de ses diplômes.

Derek savait qu'il n'en était rien. Crystal disait souvent sur le ton de la plaisanterie qu'elle avait quitté l'université avec le diplôme de « madame », mais le fait de n'avoir pas fini ses études était un point douloureux que seul Derek connaissait.

— Jane aime Ashley… Et, autant que tu le saches, elle va s'installer chez moi.

— Ah ! Vous allez vivre dans le péché. Quel exemple pour tes enfants !

— Nous n'allons pas vivre dans le péché, rectifia Derek, dont les mains se couvrirent de sueur sur le volant. Nous allons nous marier. Nous comptons l'annoncer aux enfants le week-end prochain.

— Salaud, dit-elle d'une voix étrangement posée. Maudit salopard de baiseur.

Il eut une sensation bizarre de déjà-vu. Puis il éclata de rire. Il était un salopard. Son beau-père le lui avait assez dit. Quant à la partie baiseur ? Ça aussi, c'était vrai. Il baisait tout ce qui frétillait du derrière sous son nez et, dans le milieu du golf professionnel, ce n'étaient pas les frétillements de derrières qui manquaient.

— Tu trouves que c'est drôle ? demanda Crystal.

— Je trouve ça désopilant. Nous sommes désopilants. Bon Dieu, regarde-nous, Crystal. Quel merdier nous avons fait, moi avec mes pulsions et toi avec le fric !

Il pouffa de rire, la tête aussi légère que s'il avait avalé un verre de tequila. Puis il jeta un coup d'œil à Crystal et, dans le regard de la jeune femme, vit son cœur à nu.

— Merde, Crystal, souffla-t-il. J'étais éperdument amoureux de toi, mais c'est de ta faute si je n'ai pas pu le rester.

Les yeux de Crystal s'embuèrent, et il revit la fille qu'elle avait été, l'amoureuse de rêve qu'il croyait chérir toute la vie. Cette fille-là l'avait aimé avec une ferveur bouleversante. Où était-elle partie ?

— Seigneur, Derek, dit-elle, c'est tellement plus facile de… Attention !

Reportant son attention sur la route, il vit une biche et son faon tacheté descendre en cabriolant le talus et traverser juste devant lui.

Derek avait grandi dans cette région. Il connaissait chaque virage, chaque affleurement, chaque falaise, chaque cèdre et chaque sapin Douglas qui bordaient cette route isolée. Ainsi, il savait que durant deux kilomètres, le terrain qui longeait la route appartenait à la famille Huffelmann. Le vieux Huffelmann l'avait parsemé de panneaux « Propriété privée » et « Défense d'entrer » et interdisait aux Ponts et chaussées de remplacer la rambarde et de reconstruire l'accotement.

Les pneus hurlèrent sur la chaussée humide tandis qu'il tournait frénétiquement le volant. Crystal resta silencieuse, mais elle planta les mains sur le tableau de bord. Derek parvint à redresser la voiture.

Crystal lui jeta un regard furieux.

— Tu conduis comme un cinglé.

— Tu aimais ça chez moi.

— J'aimais beaucoup de choses chez toi.

— Hé, au moins, je n'ai pas écrasé Bambi et sa maman.

Bon, puisqu'elle n'était pas d'humeur à plaisanter, autant qu'il lâche sa dernière bombe.

— Je ne serai pas là pour l'anniversaire d'Ashley.

— Oh, voyons, Derek !

— Je regrette, mais je dois aller à Las Vegas pour une compétition importante. Tu peux changer la date.

— Je ne changerai rien du tout.

— Elle n'a que deux ans. Elle ne s'en rendra pas compte. Ce n'est qu'un bébé. Ce n'est pas dramatique.

Une paire d'arbousiers, dont l'écorce arrachée révélait le bois rouge sang, se dressait dans le virage aigu devant eux. Ignorant le panneau qui recommandait la prudence, Derek accéléra.

— Ce n'est pas dramatique ? répéta Crystal d'une voix pleine de fureur contenue. Alors, écoute bien, parce que j'ai moi aussi quelque chose à te dire : ce bébé n'est pas de toi.

Deuxième partie

Ce sont souvent les hommes
qui n'en sont pas capables qui
comprennent combien un
amour fort et durable est beau.

Murray Kempton

6

Vendredi, 17 heures

Et voici le challenger, Sean Maguire, qui se dirige vers le green et un eagle *possible. La foule retient son souffle tandis qu'il choisit un club très ouvert de marque Titleist et adopte sa célèbre position. Un swing aisé, athlétique, un accompagnement du geste impeccable et… Ça y est, mesdames et messieurs ! La balle est sur le green et elle roule. Dix, sept, trois ! Sean Maguire n'est qu'à trois mètres du trou, à un* putt *d'une victoire historique. Non seulement il remportera un million de dollars et le trophée du tournoi, mais il couchera avec de vraies jumelles blondes qui se transformeront par magie en bière et pizza au douzième coup de minuit. Mesdames et messieurs, le silence est tel que vous pourriez entendre tomber une épingle. Le challenger s'apprête à jouer. Trois mètres de green seulement le séparent de la victoire. Ce qui ne devrait poser aucun problème au légendaire Maguire. Il ajuste sa position et prend son élan, prêt à marquer l'histoire. La tête du club redescend en douceur en visant la balle, et…*

— Hé, m'sieur ?

Sean sursauta et tapa de travers. La balle longea le trou et s'en éloigna. Serrant les dents de frustration, il se redressa et jeta un œil noir au gamin qui se tenait au bord du practice.

— Ouais ? fit-il d'un ton exaspéré qu'il se reprocha aussitôt.

Cet enfant aux yeux écarquillés était sûrement un fan qui désirait un autographe du fameux Sean Maguire.

— Qu'est-ce que tu veux ?

— Vous avez la monnaie d'un dollar ?

Super. Il fouilla sa poche et ne trouva que trente-cinq cents. Les pièces pesaient si peu dans sa main qu'elles semblaient irréelles.

Il se pencha et ramassa la balle sur le terrain spongieux. L'élève attendu à 16 heures n'était pas venu, sans doute à cause du temps, aussi en avait-il profité pour s'exercer. Dans quel but, il l'ignorait.

— De quoi as-tu besoin, petit ?

— De monnaie pour le distributeur de Coca.

L'enfant se dandina et, se rappelant une leçon maternelle, ajouta :

— S'il vous plaît, m'sieur.

— Tu peux m'appeler Sean.

— Vraiment ?

— Oui, puisque je te le dis. Viens, je vais faire de la monnaie au club house.

Il désigna du menton le long bâtiment bas. Son lieu de travail. Il mettait un point final à sa brillante carrière de joueur professionnel à l'endroit où il l'avait commencée, ici même, à Echo Ridge.

— Comment t'appelles-tu ? demanda-t-il au gamin qui le suivait.

— Russell Clark.

Ils se serrèrent la main sans s'arrêter.

— Dites, vous voulez savoir comment trouver votre nom de star du porno ?

— Mon quoi ?

— Vous savez bien, votre nom de star du porno. Les stars du porno n'utilisent jamais leurs vrais noms.

Ce gamin n'avait pas dix ans. Que savait-il des stars du porno ?

— C'est quelque chose que tu demandes à tous les gens que tu ne connais pas, ou bien seulement à moi ?

Comme Russell haussait les épaules, Sean reprit :

— Bon, d'accord. Je meurs d'envie de le savoir.

— Comment s'appelle la rue où vous habitez ?

— Ridgetop Avenue.

Il y louait un appartement très quelconque. Il ne s'était jamais intéressé aux innombrables endroits où il avait vécu.

— Maintenant, dites-moi le nom du premier animal que vous avez eu.

— À ton âge, j'avais un corniaud appelé Duke.

Le gamin éclata de rire.

— Alors, votre nom de star du porno, c'est Duke Ridgetop.

Oh, voilà qui était désopilant, songea Sean. Irrésistible.

— Devinez quel est mon nom de star du porno. Je parie que vous ne pouvez pas.

— Tu as raison. Je ne peux pas. Qu'est-ce que c'est ?

— Pepper McRemond. Cool, hein ?

Russell rit de plus belle en se tapant la cuisse.

Une fois pourvu de monnaie, Russell courut au distributeur de boissons. Sean le suivit des yeux, un peu éberlué. Décidément, il ne comprenait rien aux enfants. Son chèque de la semaine l'attendait dans son casier. Il le fourra dans la poche de sa veste sans même regarder le montant. Bien sûr, il aurait dû se réjouir de ce revenu régulier, mais, bon sang, cela ne représentait même pas le pourboire qu'il donnait à son caddie autrefois !

Il consulta sa montre. Sa journée en tant que professeur de golf était finie, mais, dans trois heures, il tiendrait le bar et préparerait des cocktails pour des avocats du coin et des retraités à la peau tannée comme du cuir. Autant rester sur place. Maura, sa petite amie, rentrerait tard de l'hôpital et, le lendemain matin, elle devait partir très tôt pour assister à un séminaire à Portland. Sean fut surpris d'éprouver un pincement désagréable. Elle lui manquerait, supposa-t-il, bien qu'il n'osât plus se fier à son jugement en ce qui concernait les femmes et ses relations avec elles.

De toute façon, dès que Maura ne travaillait pas, elle se mettait au lit et dormait. Rien n'avait été dit, mais depuis peu, c'était chez lui qu'ils se retrouvaient et, objet après objet, les affaires de Maura suivaient le mouvement. Deux jours plus tôt, elle avait apporté sa collection de CD et une photo de ses parents. C'était la première fois que la vie amoureuse de Sean s'approchait d'un arrangement permanent.

Il regarda autour de lui. Des joueurs s'étaient rassemblés, comparaient leurs scores et faisaient leurs comptes.

À cause de l'orage, ils étaient peu nombreux. Seuls les irréductibles sortaient par un temps pareil. En les entendant rire et bavarder, Sean se rappela que le golf était censé être amusant et regretta l'époque où ce n'était qu'un jeu pour lui.

Au vestiaire, il ôta son pantalon kaki et son coupe-vent orné du logo du club et remit son jean – interdit par le règlement du club.

Son portable sonna. Il reconnut le numéro, et son pouls s'emballa.

— Oui ?

— Bonjour à toi aussi, beau gosse, fit la voix joyeuse de Harlan Corliss, surnommé Red, l'agent de Sean.

— Tu as l'air content de toi.

Sean coinça le téléphone sous son menton et transféra le contenu des poches du pantalon kaki dans celles du jean.

— Que fais-tu samedi prochain, Maguire ? demanda Red.

Sean lâcha ses clés et étreignit le téléphone.

— Tu m'as inscrit au tournoi Redwing ?

— Exactement. J'ai quelques dispenses de sponsors et j'en ai utilisé une pour toi, fiston.

Les compétitions. Ce pour quoi Sean avait vécu, ce qui l'avait défini. Il avait été une étoile montante, un héros aux yeux d'innombrables passionnés de golf. Et aujourd'hui, il n'était plus rien. Peu importait ce qu'il avait fait – ou plutôt ce qu'il n'avait pas fait –, la honte et le sentiment de culpabilité l'accablaient comme un linceul.

— Allô ? fit Red, comme le silence se prolongeait. Tu n'es pas inquiet pour ton jeu, au moins ?

— Le talent est intact, répondit Sean en marchant de long en large.

— Oublie le talent. Le tien est presque anormal. Ce n'est pas cette vieille histoire qui te tracasse, quand même ?

— Tu sais bien que non, Red.

— Écoute, tu ne dois plus te ronger les sangs pour ça. Tu n'as pas triché. On t'a tendu un piège. Ça fera partie du passé avant que tu t'en sois rendu compte. En fait, c'est déjà du passé.

Sean appuya le front contre la porte de son armoire. Peu importait qu'on lui ait tendu un piège. Il était coupable non pas de tricherie mais de stupidité. Il méritait ce qui lui était arrivé : revenir à son point de départ, être obligé de s'extirper du trou qu'il avait lui-même creusé.

— Pigé, Red. C'est du passé.

Il se redressa et regarda par la fenêtre. Rafraîchi par la pluie et bordé par de vieux cèdres majestueux, le parcours était d'un vert brillant qui agressait les yeux. À cet instant, il sut que la chance de revenir dans le jeu lui était offerte.

— Bon sang, Red.

Refoulant tous ses doutes, Sean sourit jusqu'à en avoir mal aux zygomatiques. Maura lui dirait sûrement de se méfier et Derek le préviendrait qu'il n'était pas prêt, mais Sean s'en fichait. C'était l'occasion qu'il attendait et espérait : une seconde chance de faire carrière dans le sport qu'il adorait. Il était rentré aux États-Unis trop tard pour se présenter aux sélections de la Q School, grâce auxquelles les golfeurs décrochaient – ou récupéraient – leur carte PGA de professionnel, et il s'était résigné à attendre la session suivante. Mais c'était compter sans Red, l'un des meilleurs agents sportifs du pays, qui le poussait sur la voie rapide.

— Bon sang, comme tu dis. Gail va m'envoyer les papiers et je te rappellerai demain.

Sean était encore hilare lorsque la porte s'ouvrit.

— Qu'est-ce qu'il y a de si drôle ? demanda Greg Duncan, l'entraîneur de l'équipe de golf du lycée.

— Savais-tu qu'il y avait un moyen de trouver ton nom de star du porno ?

Mettre Duncan au courant de la bonne nouvelle aurait sonné comme une vantardise. Greg Duncan était un excellent golfeur qui désirait sa carte PGA avec une faim quasiment palpable. Il s'était présenté à la Q School, mais n'avait jamais pu dépasser l'étape des sélections. Lui aussi avait besoin qu'on lui donne sa chance, mais c'était ça, le golf : un sport cruel, comme disait toujours Red.

— Oncle Sean ? appela Cameron, qui s'essuyait les pieds sur le paillasson. Bonsoir, *coach*.

— Bonsoir, Cameron, dit Greg Duncan en refermant son armoire. J'ai fini, je m'en vais. À dimanche, d'accord ?

Sans attendre la réponse, il sortit et se dirigea vers le parking.

Cameron Holloway ressemblait étrangement à son père, Derek : mêmes cheveux blonds, mêmes yeux d'un bleu intense, même silhouette à la fois dégingandée et gracieuse, et surtout, même talent ahurissant pour taper sur une balle de golf. L'équipe du lycée s'en félicitait. Et vu son aspect – joues rougies par le vent, cheveux mouillés, chaussures boueuses –, il venait de s'entraîner.

— Qu'y a-t-il ?

— Maman était censée venir me chercher il y a une demi-heure, mais elle a dû oublier… Elle oublie tout en ce moment, ajouta-t-il, l'air renfrogné.

Sean n'avait aucune affection pour son ex-belle-sœur, qui avait plumé son frère lors du divorce, mais il n'aimait pas qu'un garçon dénigre sa mère.

— L'orage a dû la retarder, suggéra-t-il.

Il y avait un certain nombre de choses que Sean enviait à son frère, mais son idiote d'ex-femme n'en faisait pas partie. À elle seule, Crystal était capable de rendre un homme complètement dingue.

— Non, elle a oublié, et elle ne répond pas au téléphone. Papa non plus.

— Je vais te déposer, dit Sean en sortant ses clés de sa poche.

— Merci.

— Retrouve-moi au parking.

Sean alla prévenir Duffy, le responsable des greens, qu'il partait, puis il rejoignit son neveu. Cameron chargeait ses clubs dans le coffre – des Callaway avec des manches en graphite que même les membres les plus fortunés du club, médecins, avocats et riches commerçants, ne s'offraient pas. C'étaient les vieux clubs de Derek qui, tous les ans, en recevait des neufs de l'un de ses sponsors.

Sean se rappela que son frère avait travaillé pour obtenir un tel succès, coup après coup, compétition après compétition. Il méritait tous les avantages qu'il en tirait. Et Sean… eh bien, lui aussi avait ce qu'il méritait.

— Appelle ta mère, préviens-la que je te ramène, dit-il comme ils quittaient le parking. Qu'elle ne perde pas son temps à venir ici.

Cameron prit son portable et composa le numéro.

— Elle ne répond toujours pas.

— Laisse-lui un message.

Il y eut un silence, puis Cameron dit :

— C'est moi. T'es en retard, alors oncle Sean me ramène. À plus.

Sean lui jeta un coup d'œil.

— Le ton que tu as pris était à la limite de la grossièreté.

— C'est carrément grossier de me planter là.

— Je suis sûr qu'il y a une explication.

— Il y a toujours une explication.

— Tu ne dois pas être grossier avec ta mère.

— Qu'est-ce que ça peut te faire ?

Ignorant la question, Sean alluma la radio. Nickel Creek chantait *Angels Everywhere*. Lorsqu'il avait quinze ans, était-il perpétuellement en colère ? Sûrement pas. Mais pourquoi l'aurait-il été ? Il était un gamin insouciant, obsédé par le golf et les filles, dans cet ordre. Des années plus tard, un sacré paquet de choses avait changé. Peut-être avait-il aujourd'hui de quoi être en colère comme son neveu. Mais il avait toujours le golf et les filles en tête.

— Tu as fait un parcours cet après-midi ? demanda-t-il.

— Non. J'ai tapé trois seaux de balles et je me suis entraîné aux approches. Il y a une compétition ce week-end contre un lycée de Portland.

— Comment est ton jeu ?

— Bon.

— Bon, pas plus ?

— Assez bon pour gagner ce week-end, dit Cameron avec assurance mais sans aucune vanité.

— Alors, ça ira.

— Je le pense.

Le peu d'enthousiasme du garçon surprit Sean, mais il se dit que cela ne le regardait pas.

Comme il approchait de Candlewood Street, il s'aperçut qu'il n'était jamais allé chez Crystal. Lorsque Derek vivait avec sa reine de beauté d'épouse, lui-même était à l'autre bout du monde.

Il connaissait la maison, cependant. C'était la plus grande et la plus ancienne de Saddlebrook Acres, un quartier d'élégantes demeures construites à l'époque des barons du bois de charpente. Lorsque Derek et lui étaient enfants, ils prenaient leurs vélos et venaient l'admirer.

— Un jour, j'habiterai là, disait Sean.

Cette propriété donnait envie de s'y installer et de ne plus bouger, rêve qu'il avait rejeté pour courir le monde comme joueur de golf professionnel et que Derek s'était approprié.

Pendant longtemps, celui-ci avait réussi à tout mener de front – carrière, famille, maison. Et puis, patatras. Sean n'en revenait pas que Derek ait tout fichu en l'air. Avec tant de choses en jeu, il aurait tout de même pu s'abstenir de batifoler lors de ce tournoi à Monte-Carlo. Mais ça, ça ne regardait que Derek. Vu la façon dont elle l'avait plumé lors du divorce, vivre avec Crystal Baird Holloway ne devait pas être une promenade de santé. Mais quand même…

Sean jeta un coup d'œil à Cameron. C'était un gentil garçon, compte tenu des montagnes russes que lui faisait subir la rupture de ses parents. Bien sûr, il était un peu pénible ces temps-ci, mais qui ne l'aurait pas été, avec cette vie de nomade d'une maison à l'autre ? Sur ce point-là, Derek avait refusé de transiger. Il voulait ses enfants la moitié du temps, et son avocat, dont les tarifs faisaient frissonner Derek lui-même, avait obtenu la garde alternée.

— Alors, comment ça va au lycée ? demanda-t-il pour briser le silence.

— Ça va, ça va.

Sean sourit.

— Question indiscrète. Excuse-moi.

— Ça me gêne pas.

L'art de la conversation n'avait jamais été une qualité familiale, songea Sean. Apparemment, Cameron suivait la tradition.

Il tourna dans l'allée privée de Crystal. Son intention première avait été de déposer Cameron, puis de filer chez lui, de prendre une douche et de manger quelque chose avant de repartir travailler. Mais sur une impulsion, il coupa le moteur et descendit de voiture.

— Je vais sortir tes clubs, proposa-t-il.

— Merci.

Cameron enfila son sac à dos et alla ouvrir la porte de service.

Sean le suivit à l'intérieur, posa les clubs contre le mur d'une petite pièce encombrée de chaussures de différentes tailles, d'une poussette, d'un assortiment de parapluies et de chapeaux et d'un panier rempli de gants et de moufles. Quelque part dans la maison, un bip-bip insistant perçait le silence.

— C'est le répondeur, dit Cameron. Je ferais mieux d'aller voir.

Ils entrèrent dans la cuisine. Sean prit le temps d'examiner la maison de ses rêves d'enfant, dans laquelle il entrait pour la première fois. La cuisine au plancher en bois était plutôt en désordre. Des vitrines exposaient une quantité de verres impressionnante. Des calendriers, des listes de courses à faire et des œuvres d'art enfantines recouvraient la porte du réfrigérateur. Tout en suivant Cameron dans le vestibule, il remarqua les boiseries, l'escalier imposant et les photos d'enfants accrochées un peu partout.

Cameron mit en route le répondeur. Le premier message était d'une personne qui se présenta sous le nom de Lily.

— Bonsoir, Crystal. J'appelais juste pour savoir comment ça allait et ce que tu avais pensé de notre réunion. Rappelle-moi, s'il te plaît.

— C'est l'institutrice de Charlie, expliqua Cameron.

Elle avait une voix un peu guindée. Sean imagina une petite dame aux cheveux bleutés et aux lunettes épaisses.

— Pas le genre à plaisanter, on dirait, commenta-t-il.

Le message suivant se déroula, ponctué de gazouillis de bébé :

— Crystal, c'est Jane Coombs à l'appareil... Derek devait passer récupérer Ashley, mais il est en retard.

Je donne un cours ce soir, alors j'aimerais bien que vous veniez la chercher dès que possible.

— Oh, maman va adorer ça, dit Cameron.

Le troisième message concernait le goûter d'anniversaire d'Ashley. La plus jeune nièce de Sean était née dans le désarroi d'un mariage en train d'exploser, mais, trop jeune pour comprendre ce qu'elle perdait, c'était la moins affectée des trois enfants.

Ensuite, Charlie avait appelé, très fâchée :

— Viens me chercher ! Je suis chez Lindsey et tu as dit que tu viendrais me chercher et je suis toujours là. Viens me chercher, tu es en retard !

Le dernier message était presque inintelligible, la jeune fille qui avait appelé étant plus douée pour s'exprimer par des gloussements que par des mots. Manifestement, c'était à Cameron qu'elle voulait parler. Sean vit les oreilles du garçon rougir, son regard se détourner et ses mains plonger dans les poches de son jean.

« Fin des messages », signala la voix électronique du répondeur.

Sean sentit un pincement bizarre lui étreindre le ventre.

— Rappelle ta mère.

Cameron haussa les épaules, mais obéit.

— Pas de réponse.

— Essaie ton père.

Comme il portait de nouveau l'appareil à son oreille, Cameron montra le premier signe d'inquiétude – le battement d'un nerf dans la mâchoire.

— Il ne répond pas.

— Tu n'as aucune idée de l'endroit où tes parents pourraient être ?

— Non.

Normal. Les gosses ne tenaient pas leurs parents en laisse. Que faire, maintenant ?

Le téléphone sonna, les faisant sursauter tous les deux. Cameron décrocha brusquement.

— Allô ? s'écria-t-il avec un air d'espoir qui s'effaça aussitôt. Oh, bonsoir, Jane. Non, ma mère n'est pas là... Tu peux me déposer Ashley, puisque je suis rentré... Je t'en prie.

Il raccrocha et expliqua :

— J'ai une tonne de boulot, mais ce n'est pas maintenant que je vais pouvoir m'y mettre, si je dois garder Ashley.

La minuscule nièce de Sean était si mignonne qu'il aurait fallu avoir un cœur de pierre pour ne pas l'aimer. Mais la surveiller était une autre histoire.

— Je parie que ta mère va rentrer d'une minute à l'autre, dit Sean en se gardant bien de proposer ses services.

Cameron haussa de nouveau les épaules.

— Et Charlie ? demanda Sean.

— On dirait qu'elle a envie de rentrer.

— Tu sais où habite Lindsey ?

— Non, répondit Cameron. Mais son numéro est là, ajouta-t-il en désignant l'écran du téléphone.

— Je ferais mieux de l'appeler.

Une voix de femme lui répondit.

— Bonsoir, madame. Je suis l'oncle de Charlie Holloway, Sean Maguire. Je vous appelle au sujet de ma nièce.

— Oh ! Nancy Davenport à l'appareil. Vous voulez parler à Charlie ?

— En fait, j'appelais seulement pour vous dire que… je crains que sa mère n'ait été… retardée. Mais je peux venir la chercher. Son frère est rentré, il la gardera.

— Je vais vous la ramener, dit la femme. Je n'ai pas encore commencé à préparer le dîner.

Sean la remercia et raccrocha. Il interrogea Cameron du regard. Le garçon secoua la tête.

— Maman a toujours plein de choses à faire. Elle a sans doute oublié de nous prévenir.

Sean regagna la cuisine et examina le calendrier maintenu sur le réfrigérateur par de petits aimants. À la date du jour, on pouvait lire : « Rendez-vous Lily et D. 15 h 15. »

— Que penses tu de ça ? demanda-t-il à Cameron.

— Lily, c'est l'institutrice de Charlie, celle qui a téléphoné. Mlle Robinson. C'était ma maîtresse de CE2, et maintenant, Charlie est dans sa classe. Elle a complètement foiré son année… Comment est-ce qu'on peut rater son CE2, c'est ce que j'aimerais bien savoir, ajouta-t-il en levant les yeux au ciel.

Ils attendirent, parlèrent un peu de golf, histoire de briser le silence et de penser à autre chose.

— Donc, tu as une compétition ce week-end, dit Sean, qui regardait le calendrier de l'équipe, lui aussi fixé par des aimants sur le réfrigérateur.

Cameron se détourna.

— Ton enthousiasme me sidère, dit Sean.

— Mon *coach* est nul, marmonna le garçon en voûtant les épaules.

— Greg Duncan ? Il ne m'a pas l'air si nul que ça.

Sean plongea la main dans sa poche et en sortit un penny avec une tête d'Indien.

— C'était mon porte-bonheur. Je le trimballe depuis toujours.

Cameron se retourna, prit la pièce et l'examina.

— C'est cool.

— Tu veux que je te le prête ?

— Tu disais que c'était ton porte-bonheur.

— Oui, il l'était. À l'imparfait. Il m'a trahi.

Cameron hocha la tête. Il était au courant du fiasco qui avait fait rentrer Sean aux États-Unis.

— Ça te plaisait de jouer là-bas, au Japon, en Indonésie et dans tous ces coins exotiques ?

— Oui, tant que ça a duré.

Dès qu'il avait connu Asmida, il avait sauté sur toutes les occasions de jouer en Malaisie. Les compétitions étaient suivies de libations, d'ébats amoureux délicieux et dépourvus d'arrière-pensée dans de luxueuses chambres d'hôtel, de balades dans des voitures hors de prix. Une folle vie qui n'avait pas duré. Comment une histoire de ce genre aurait-elle pu durer ? Surtout, se rappela-t-il avec un pincement douloureux, avec la fille d'un mafieux. Personne ne pouvait l'accuser d'avoir un jugement sûr, ça, c'était une certitude. Derek se moquait souvent de lui et de sa façon d'organiser sa carrière. Encore eût-il fallu qu'il ait une carrière.

Cameron mit le porte-bonheur dans sa poche. Ils rappelèrent Crystal et Derek. En vain. Cameron but du lait et en proposa à Sean, qui refusa.

Une sensation étrange s'était installée dans ses tripes, semblable à l'étreinte d'un poing glacé. Il n'en dit rien à Cameron. Inutile de l'inquiéter.

Il explora le rez-de-chaussée. Cette maison avait été celle de Derek pendant plus d'une décennie. Trop occupé à traquer les gros chèques et les femmes faciles à l'autre bout du monde, Sean n'avait pas pris la peine de revenir, ne fût-ce que pour une visite. Il y avait un grand salon et un long couloir où son frère s'était certainement exercé à *putter*. La salle à manger contenait une table entourée de chaises et une vitrine vide qui avait dû renfermer les trophées de Derek. Sean secoua la tête et pensa à son frère avec un mélange d'amour, d'admiration et d'envie.

— Tu n'es pas obligé de rester, dit Cameron. Je peux m'occuper des filles.

— Tant mieux, parce que, moi, les enfants, je n'y connais rien. Mais je vais rester jusqu'à ce qu'on ait des nouvelles de ta mère.

L'obscurité tombait et l'ombre noyait les coins des grandes pièces vides. Sean alluma deux lampes. Cameron brisa le silence en mettant la radio sur une station de hip-hop.

Quelques minutes plus tard, les phares d'une voiture balayèrent les murs du salon. Le soulagement envahit Sean. Crystal ne serait sans doute pas enchantée de le voir, mais tant pis. Il avait quelques mots bien choisis à lui adresser.

Son soulagement s'évanouit lorsqu'il reconnut Jane Coombs, chargée d'une Ashley aux joues rouges et d'un énorme sac. Sans connaître vraiment la jeune femme, Sean la trouvait plutôt sympathique. Mais en cet instant, elle affichait l'expression fermée de quelqu'un qui frôle la crise de nerfs.

— Oh, bonsoir, Sean, fit-elle, visiblement surprise de tomber sur lui. Je n'en reviens pas que Crystal oublie l'un de ses enfants comme ça. Heureusement, tu es là.

Elle lui fourra la petite fille de deux ans dans les bras.

— Tu as eu des nouvelles de Derek ? demanda-t-il en tenant gauchement le bébé, qui le regardait avec appréhension.

— Pas un mot. Il a dû y avoir un malentendu. Écoute, je suis affreusement en retard… Viens avec moi, s'il te plaît, Cameron, pour prendre le siège de bébé. Dieu merci, vous me sauvez la vie, tous les deux.

Quand Ashley vit son frère, elle hurla de joie et tendit les bras.

— Cam ! Cam !

— Je reviens tout de suite, répondit l'adolescent en sortant à la suite de Jane.

En le voyant s'en aller, Ashley se cambra en arrière et émit un cri perçant.

— Voyons, voyons, fit Sean, paniqué. Tout va bien. Il va revenir.

Elle balança sa tête de droite à gauche en hurlant de plus belle. Ses petits poings agrippèrent la chemise de Sean et lui martelèrent la poitrine. Il se souvint soudain de la scène dans laquelle la créature d'*Alien* jaillissait de l'estomac d'un homme qui ne s'y attendait pas du tout. Qu'avaient donc les bébés pour être à la fois aussi redoutables et surprenants ? Cette petite fille en tout cas avait du souffle et ne sentait pas très bon. Il soupçonna Jane de n'avoir pas pris le temps de la changer.

Il lui sembla qu'il s'écoulait une éternité avant que Cameron revienne avec le siège. Dès qu'elle le vit, Ashley cessa de hurler, et Sean eut bien du mal à l'empêcher de sauter hors de ses bras.

— Je crois qu'elle ne m'aime pas, dit-il en la tendant à son frère.

— Non, elle est seulement grognon. Elle doit être fatiguée et avoir faim. Pas vrai, bébé ?

— Nana. Veux nana, babilla l'enfant, que Cameron reposait à terre et emmenait à la cuisine.

En une fraction de seconde, la petite terreur s'était transformée en ange. Comment avait-elle pu effectuer une telle métamorphose aussi rapidement ?

Un instant plus tard, Charlie franchissait la porte d'entrée en courant.

— Oncle Sean !

Il l'attrapa en plein vol et la souleva. Ses bras et ses jambes étaient maigres, mais elle était vigoureuse et il émanait d'elle un parfum de chewing-gum. Il se sentit plus à son affaire, avec une nièce qui l'aimait vraiment.

— Hé, p'tit bout, comment vas-tu ?

— Je meurs de faim, répondit-elle en s'étreignant le ventre. Où est maman ?

— Je vais rester avec vous jusqu'à son retour, répondit-il en la posant à terre.

— Ah, bon ?

— Oui. Ça t'ennuie ?

— Peut-être bien ! cria-t-elle en riant comme il la pourchassait jusqu'à la cuisine.

Le bébé enfournait avec joie un morceau de banane dans sa bouche. Charlie en prit une aussi.

— Tu sais que les singes les épluchent comme ça, en commençant par le bas ? demanda-t-elle.

— Tu te prends pour un singe ?

— J'aimerais bien en être un.

— Tu ressembles à un singe, dit Cameron.

Charlie lui tira la langue.

— Singe, répéta Ashley, la bouche pleine de banane.

— Pourquoi voudrais-tu être un singe ? demanda Sean à Charlie.

— J'serais pas obligée d'aller dans une école merdique.

— Me'dique, dit Ashley.

Sean regarda Cameron.

— Elle a le droit de dire ça ?

— Je ne crois pas.

Sean se pencha vers Charlie.

— Il ne faut pas dire « merdique ». C'est défendu.

— Me'dique, répéta Ashley.

— Je reviens tout de suite, dit Sean en s'éclipsant pour décrocher le téléphone de l'entrée.

La situation devenait vraiment… merdique. Combien de temps était-il raisonnable d'attendre avant de s'inquiéter pour de bon ?

Il appela le portable de Derek. Si celui-ci ne pouvait pas répondre, il n'omettait jamais de consulter ses messages et rappelait peu après.

— Salut, frangin, c'est moi, dit-il après le bip. Je suis avec tes gosses, chez Crystal, et elle n'est pas rentrée. Que se passe-t-il ? Rappelle-moi.

Le numéro du portable de Crystal était affiché près du téléphone. Il le composa et laissa le même message. Il regretta, brièvement, de si peu la connaître. Et de ne pas savoir si elle était de ces femmes qui sont capables, momentanément, d'oublier leurs enfants.

Et maintenant, que faire ? Il composa le numéro de Maura. Pourquoi ? Elle connaissait à peine Derek et n'avait rencontré ni Crystal ni les enfants. Les personnes qui faisaient partie de sa vie s'ignoraient les unes les autres, constata-t-il soudain. Pour la première fois, il se rendit compte qu'il entretenait avec les gens, famille et amis, des rapports disparates et creux.

— Docteur Riley, répondit-elle d'un ton ferme.

— Salut, doc, c'est moi.

— Sean ! s'écria-t-elle d'une voix qu'éclairait un sourire. Qu'y a-t-il ?

— Je ne sais pas trop. Je suis avec les gosses de mon frère. Il y a eu un malentendu, les parents ne sont pas là...

— Eh bien, appelle-les et...

— Je n'arrive pas à les joindre.

— Eh bien... euh... Écoute, je suis en train de faire mes visites. Et demain, je vais à Portland pour un séminaire. Je te l'ai dit, non ? Je peux te rappeler tout à l'heure ?

— Oui, quand tu veux.

Il ignorait complètement ce qu'il attendait d'elle. Ce qu'il advenait de ses neveux n'était pas le problème de Maura.

Dans la cuisine, Ashley hurlait tout en tapant sur quelque chose. Cameron avait poussé à fond le volume de la radio.

Sean fit défiler les noms des gens qui avaient appelé. Le premier était masqué. Le deuxième était « Robinson Lily ».

La maîtresse d'école. Son nom lui disait quelque chose, comme s'il l'avait déjà rencontrée. Il en doutait, pourtant.

Ce n'était pas son genre de fréquenter les maîtresses d'école, mais peut-être cela allait-il changer.

— Tirez-moi de là, mademoiselle Robinson, marmonna-t-il en composant le numéro.

7

Vendredi, 19h30

Avec un soupir de contentement, Lily s'installa dans son fauteuil préféré, à côté d'un saladier de pop-corn et d'un verre de vin rouge. Sur la table basse devant elle était étalée une carte d'Italie avec, entourés de rouge, les noms des villes où elle comptait s'arrêter – Positano, Amalfi, Ravello, Vietri Sul Mare.

Encore deux mois à patienter. Ensuite, l'été serait là et l'aventure dont elle rêvait depuis l'automne commencerait. Elle serait toute seule, glorieusement, merveilleusement seule.

Ses collègues de l'école trouvaient bizarre qu'elle aime voyager ainsi, mais pour Lily, ne dépendre que de soi ajoutait au plaisir. Le voyage qu'elle faisait tous les étés contribuait à son équilibre, l'aidait à relativiser les choses et lui donnait l'impression d'être une personne différente. Et si, parfois, elle se demandait pourquoi elle voulait être différente, c'était en passant, sans insister.

Elle aimait découvrir des endroits inconnus, se faire de nouveaux amis. Crystal lui demandait toujours ce qui clochait chez les vieux. Rien, songeait Lily, sauf qu'ils vous entraînaient dans des émotions épuisantes. Lily était bonne pour un tas de choses, mais pas pour cultiver les liens profonds et éventuellement douloureux d'une véritable intimité. La vie ne l'avait pas préparée à ça. Elle pouvait comprendre le cœur d'un enfant, elle pouvait encourager et enseigner, mais elle était incapable de plonger tête en avant dans un engagement permanent. Certaines personnes, avait-elle décidé longtemps auparavant, n'étaient pas taillées pour l'aventure étourdissante et dangereuse d'aimer à en souffrir.

Cela ne signifiait pas qu'elle était immunisée contre toute attirance. Peut-être, cet été, s'offrirait-elle une aventure romantique, dépourvue de complications et de promesses. Puis elle rentrerait à Comfort, ressourcée, prête à accueillir une nouvelle fournée d'élèves.

Ce rythme, année scolaire et vacances d'été, lui semblait parfait. Il lui suffisait de regarder sa famille pour constater qu'elle avait raison. À la suite d'une tragédie dont chacun évitait de parler mais souffrait encore, ses parents passaient leur vie à se rendre malheureux. Et il n'y avait pas de raison que ça s'arrête.

Lily en avait tiré la leçon et avait organisé son existence avec prudence. Sa sœur cadette avait pris le chemin inverse, en optant très jeune pour un mariage avec un homme fauché, deux enfants et une grande maison à Tigard dont le loyer dépassait ses moyens et ceux de son mari.

À l'opposé, Lily avait un travail qu'elle aimait, un logement petit mais confortable et dont elle était propriétaire, et la liberté de faire ce qui lui plaisait. Elle avait l'intention de continuer à vivre ainsi, tranquille et en sécurité.

« Tu es très seule », lui dit une petite voix intérieure qui ressemblait étrangement à celle de Crystal.

Elle l'ignora et but son vin tout en lisant un article sur une boutique de céramiques dont Hillary Clinton et Dustin Hoffman étaient de fidèles clients. Ensuite, elle repoussa la carte d'Italie et regarda la pendule. D'ordinaire, le vendredi, elle allait voir un film à l'Echo Ridge Pavilion, mais la pluie avait repris et elle n'avait pas envie de sortir.

Bon, dans ce cas, elle allait s'offrir une soirée vidéo, se dit-elle en examinant sa collection de DVD. Autre avantage de la liberté : avec un homme dans sa vie, elle ne serait sans doute pas en train de choisir quelque chose comme *Potins de femmes* ou *À fleur de peau*. À sa connaissance, aucun homme au monde n'endurait de bon cœur *Raison et Sentiments*.

Elle hésita entre *Sous le soleil de Toscane*, qui la préparerait à l'Italie, et *Duo à trois*, dans lequel une institutrice libérée couchait avec un Kevin Costner très jeune. Elle se souvint qu'il y était question de baisers interminables, et la décision fut prise.

Le générique défilait lorsque le téléphone sonna.

— La barbe !

Elle mit sur pause et alla décrocher. Ce devait être Crystal qui l'appelait pour parler de Charlie.

Son cœur se serra. Sa vie à l'école et sa vie privée, qu'elle maintenait d'ordinaire bien séparées, se rejoignaient dans ce cas précis. Charlie trouvait amusant de connaître son institutrice en dehors de la classe. Lorsqu'elle appelait Lily « mademoiselle Robinson », un sourire complice éclairait son visage. Pourtant, elle ne cherchait jamais à profiter de leurs liens personnels. D'ailleurs, en règle générale, Charlie essayait de ne pas attirer l'attention. Ce qui rendait ses petits larcins d'autant plus inquiétants.

— Allô ?

— Mademoiselle Robinson ? demanda une voix masculine inconnue.

— Je regrette, mais je n'ai besoin de rien, dit-elle sèchement en s'apprêtant à raccrocher.

— Je ne… Attendez ! Je vous appelle au sujet de Crystal Holloway.

Lily fronça les sourcils et coinça l'appareil entre sa joue et son épaule. Crystal avait donc un petit ami ? La dernière fois qu'elles avaient abordé ce sujet, son amie avait dit renoncer définitivement à la gent masculine.

« C'est aux hommes que je dois tous mes problèmes, avait-elle déclaré d'un ton mélodramatique.

— Tu veux dire, à un homme en particulier ? avait demandé Lily en pensant à Derek.

— Non, non », avait répondu Crystal sans entrer dans les détails.

— Qui est à l'appareil ? demanda Lily.

— Sean Maguire. Je suis l'oncle de Charlie.

Ah, oui… Le fameux oncle Sean, le sujet favori de Charlie lorsque Lily demandait aux enfants de faire part de leurs expériences. Depuis le retour de Sean Maguire sur le sol américain, la fillette avait raconté plusieurs longues anecdotes sur lui, dont l'idée de départ était toujours oubliée au cours du récit car le vrai sujet était l'adoration du héros.

Selon Crystal, Sean était le portrait de Derek, en plus jeune. Lily se souvenait vaguement de lui lors du mariage des Holloway. Il lui avait rappelé Brad Pitt dans son premier film, ce qui ne le lui avait pas rendu plus sympathique. Au contraire. « Méfie-toi des beaux gosses », lui avait un jour conseillé Crystal.

— Allô ?

La voix grave la ramena à l'instant présent.

— Monsieur Maguire, que puis-je faire pour vous ?

— Je ne sais pas trop.

Il y eut un bruit étouffé, comme s'il mettait la main devant le micro.

— Je suis chez Crystal, je garde ses gosses. Elle n'est toujours pas rentrée.

— Je vois.

Quel pauvre type ! Il ne pouvait pas surveiller ses neveux sans appeler à l'aide.

— Et que puis-je faire pour vous ? répéta-t-elle.

— J'espérais que vous sauriez où elle est, répondit-il d'une voix tendue.

— Eh bien, je l'ignore. Vous devriez appeler son portable. Je vais vous donner le numéro, mais vous pouvez aussi le demander aux enfants…

— Ça fait plusieurs heures que j'essaie d'appeler son portable. Elle ne répond pas. Derek non plus.

La main de Lily étreignit l'écouteur.

— Ça ne leur ressemble pas.

Avec trois enfants qui allaient d'une maison à une autre, Crystal et Derek veillaient à être joignables en permanence.

— Je suis d'accord, dit Sean.

— Quand avez-vous eu des nouvelles d'eux pour la dernière fois ?

— À ma connaissance, c'est vous qui les avez vus en dernier, répondit-il d'une voix dans laquelle Lily crut percevoir une note accusatrice. Crystal a oublié d'aller chercher Cameron au golf et Charlie chez son amie. Savez-vous ce qui se passe ?

À présent, l'appareil était humide et glissant dans la main de Lily.

— Non. Malheureusement, je n'en ai aucune idée.

— Je vois. Bon, eh bien, merci quand même.

Lily eut envie de raccrocher et de reprendre le cours de la bonne soirée qu'elle s'était programmée : regarder un film, finir son vin et s'instruire sur la côte italienne. Mais il n'en était plus question. Ce serait plus fort qu'elle, elle allait se ronger les sangs toute la nuit au sujet de Crystal et des gosses.

— Pourquoi m'appelez-vous, monsieur Maguire ?

— J'ai entendu votre message sur le répondeur, et je me suis dit que vous saviez peut-être quelque chose.

Comment réagirait Crystal si elle savait que son ex-beau-frère avait envahi sa maison et écoutait ses messages ? se demanda Lily.

— Eh bien, j'ignore où est Crystal. Vous m'en voyez désolée.

— Ah, bon... Je voulais juste vous poser la question. Je travaille ce soir et je me disais... Non, ça ne fait rien. Je vais appeler et dire que j'ai un contretemps.

— Monsieur Maguire... fit Lily, avant de s'apercevoir qu'il avait raccroché. Sympa, marmonna-t-elle en reposant l'écouteur.

Que faire ? Quelques minutes plus tôt, elle était heureuse de clore la journée bien au chaud dans son salon, son refuge, un endroit douillet rempli de livres et de photographies. Son regard tomba sur celle qu'elle préférait : Crystal et elle en train de rire, bras dessus, bras dessous sur la plage de Cannon Beach en face de Haystack Rock.

Il y avait un problème, Lily en était intimement persuadée. Et trouver le repos maintenant était impossible.

Comme elle prenait son sac et cherchait ses clés, elle aperçut son reflet dans la glace de l'entrée.

— Charmante, dit-elle sarcastiquement.

Elle portait sa tenue de soirée DVD : un pantalon de jogging d'un gris tirant sur le jaune et un maillot de hockey trop grand, seul vestige laissé par Trent Atkins, des Trailblazers de Portland, avec lequel elle n'était sortie que deux ou trois fois. Comment un joueur de basket s'était-il retrouvé en possession d'un maillot de joueur de hockey ? Il le lui avait dit, mais elle avait oublié son explication. D'ailleurs, elle s'en fichait.

Elle n'était pas maquillée, et ses cheveux bruns étaient retenus en queue de cheval. Et alors ? Des baskets, un imperméable et un chapeau de pluie complétaient son équipement. Plus mal fagotée, c'était impossible.

Mais quelle importance ?

8

Vendredi, 19h40

Sean Maguire n'était plus un joli garçon, remarqua Lily à la seconde où elle poussa la porte. Il était devenu un homme d'une beauté scandaleuse. Un « canon », selon l'expression des ados, dont le jean délavé moulait le bas des reins. Le logo d'Echo Ridge ornait sa chemise de golf, une mèche de cheveux retombait négligemment sur son front et le bleu perçant de ses yeux tranchait sur sa peau dorée.

— J'espérais que c'était Crystal, dit-il en maintenant la porte ouverte.

Très aimable.

— Lily Robinson, se présenta-t-elle.

Elle avait toujours un ton horriblement guindé lorsqu'elle était sur la défensive, or la beauté masculine la mettait systématiquement sur la défensive.

Le bord de son chapeau de pluie, peu élégant mais efficace, faisait office de gouttière : des gouttes de pluie se déversaient entre ses yeux avant d'éclabousser le paillasson.

Elle le suspendit à un crochet derrière la porte et, tout en s'exhortant à rester naturelle, elle laissa Sean la débarrasser de son imperméable. Plus grand encore que son frère, il la dominait de toute sa taille. La proximité de son corps troubla Lily, qui se morigéna aussitôt. S'il n'y avait pas eu les gosses, rien ne les aurait rapprochés.

— Où sont les enfants ? demanda-t-elle en enlevant ses lunettes couvertes de buée.

— En haut. Je leur ai dit qu'il y avait eu un malentendu. Les filles regardent une vidéo et Cameron les surveille.

Cameron était plus probablement en train de surfer sur Internet. Cet homme ne connaissait manifestement rien aux enfants.

— Vous avez eu un message de Derek ou de Crystal ? demanda-t-elle en remettant ses lunettes.

— Aucun… Allons dans la cuisine.

En le suivant, elle ne put s'empêcher de remarquer l'absolue perfection de ses fesses. Si, comme l'avait dit Crystal, sa carrière de golfeur était finie, il pouvait faire le mannequin pour les jeans Levi's.

Une fraction de seconde plus tard, elle s'aperçut qu'il s'était retourné et l'avait prise en flagrant délit d'examen indiscret. Mortifiée, elle détourna les yeux.

— Vous en voulez ? demanda-t-il en désignant les boîtes de pizza empilées sur la table.

— Non, non, répondit-elle, un peu désorientée.

— Jane, la fiancée de Derek, n'a aucune idée de l'endroit où il se trouve, reprit Sean en marchant de long en large, les pouces enfoncés dans les poches arrière de son jean.

— Ils sont fiancés ? s'écria Lily, bouleversée.

Crystal l'ignorait. Sinon, Lily aurait été la première à en entendre parler. En fait, la ville entière aurait entendu les hurlements indignés de l'ex-épouse.

— Oui. Officiellement depuis le week end dernier.

— Quand comptait-il le dire à Crystal ?

Lily s'assit sur un tabouret devant le comptoir. Elle regarda de nouveau les pizzas, mais elle se sentait trop nerveuse pour manger. Surtout un truc aussi malsain.

Au fil des ans, elle avait passé d'innombrables heures dans cette cuisine, à boire de la tisane avec du miel biologique et un quartier d'orange, en savourant la compagnie de sa meilleure amie. Cela faisait un drôle d'effet d'être là avec un inconnu.

— Mon Dieu, reprit-elle, je parie qu'il le lui a dit aujourd'hui. C'est peut-être pour ça qu'ils ne sont pas rentrés.

— Pourquoi auraient-ils disparu et éteint leurs portables ?

— Ils ont dû rouler et se retrouver hors réseau.

Il se retourna et la regarda, l'air sceptique, un sourcil froncé. Un seul sourcil. Étonnant. Comment faisait-il ça ?

— Je ne comprends pas, dit-il.

— Réfléchissez. Si Derek se remarie, la vie des enfants va complètement changer. Du coup, il y a beaucoup de choses à mettre au point.

Elle n'entra pas dans les détails. Que Maguire en sache plus ou non sur la situation, ce n'était pas à elle de l'éclairer.

— Je n'en reviens pas qu'ils soient partis comme ça sans se soucier des gosses, dit-il à mi-voix, comme pour lui-même.

Elle pianota sur le comptoir. Il n'était pas impossible que Derek et Crystal aient disparu sans prendre la peine de donner des explications. Pendant les dernières années de leur mariage, ils étaient connus comme les Scott et Zelda Fitzgerald de la PGA – ils étaient de toutes les fêtes, s'aimaient et se déchiraient en public. Dans ces instants de folie, ils se focalisaient l'un sur l'autre en oubliant totalement le reste du monde. Pourquoi n'auraient-ils pas, cette fois-ci, oublié leurs enfants ?

L'amour modifiait étrangement les gens, se dit Lily. Puis une nouvelle pensée la fit frissonner. Se seraient-ils fait du mal ?

Elle s'obligea à poser la question odieuse qui lui tournait dans la tête.

— Vous avez appelé la police ?

— Oui. Je leur ai donné la marque et le modèle des deux voitures. La police de la route n'a signalé aucun accident.

Une bouffée de soulagement envahit Lily.

— Ouf, c'est toujours ça. Alors, ils les cherchent ?

— Non. Dès qu'ils ont su que Derek et Crystal étaient des adultes sans problèmes médicaux particuliers, ils m'ont envoyé paître. Il faut attendre vingt-quatre heures. Cela semble être le chiffre magique. Après ça, ils déclenchent les recherches.

— Non, ça ne va pas durer vingt-quatre heures, affirma Lily en mettant la main dans sa poche pour s'empêcher de se ronger les ongles.

— Que fait-on ? demanda Sean.

Avant qu'elle ait pu répondre, un fracas sourd se fit entendre au-dessus d'eux, suivi d'un cri furieux d'Ashley.

Sean et Lily se ruèrent d'un seul élan vers l'escalier et grimpèrent les marches quatre à quatre.

Crystal avait redessiné l'étage quelques années plus tôt, créant une salle de jeux, un coin télévision et un autre pour l'ordinateur. Assise sur le sol à côté d'une lampe cassée, Ashley hurlait. Charlie l'observait avec une moue désapprobatrice qui la faisait terriblement ressembler à Crystal. Cameron ne leur prêtait aucune attention et regardait l'écran de l'ordinateur, sur lequel défilaient des messages colorés. Un mot inquiétant dansait dans un coin de la fenêtre – « porno ».

Enregistrant l'ensemble de la scène d'un seul regard, Lily se pencha et prit Ashley dans ses bras. Les enfants de Crystal avaient toujours suscité en elle un étrange instinct de propriétaire.

— Bonsoir, trésor en sucre, murmura-t-elle. Comment ça va ?

Les sanglots de la petite fille s'arrêtèrent net. Puis elle vit Sean et se remit à pleurer.

— Ch'taime pas, gémit-elle.

Il leva les mains, paumes ouvertes.

— Je ne lui ai rien fait.

— Je t'aime, moi, oncle Sean, dit Charlie en l'escaladant comme un arbre. Bonsoir, Lily.

Tout en se suspendant au bras de Sean, elle offrit à son institutrice un grand sourire édenté.

— Comment va ma grande fille depuis tout à l'heure ? demanda Lily, tout en tapotant le dos du bébé.

— On attend maman, répondit Charlie.

— Je sais, dit Lily en se rapprochant de Cameron. Quitte ce site porno, lui murmura-t-elle. Tout de suite.

— Un site porno ? grommela Sean. Tu regardais un site porno ?

— Il regarde ça tout le temps, déclara Charlie en sautant à terre.

— C'est pas vrai, protesta Cameron.

— Si.

— Crétine.

Cameron cliqua sur la souris, et l'écran s'éteignit. Ashley cessa de crier et mit le pouce dans sa bouche.

À noter, songea Lily. Recommander à Crystal d'installer sur cet ordinateur un logiciel de contrôle parental.

— Qu'est-ce que tu fais là, Lily ? demanda Charlie. Si tu es venue voir maman, elle est pas encore rentrée.

— Écoute bien, dit Lily. Cameron et toi, vous allez ramasser les morceaux de la lampe. Votre oncle va vous aider. Pendant ce temps, je vais préparer notre jeune fille, ici présente, à aller au lit.

— Pas au lit, dit Ashley en ôtant son pouce de sa bouche avec le bruit d'un bouchon qui saute.

— Tu as raison, petite chose odorante. Il faut d'abord te donner ton bain.

Cachant ses inquiétudes sous un air souriant, Lily emmena le bébé dans la salle de bains. Sans cesser de bavarder joyeusement, elle remplit la baignoire et déshabilla Ashley. Jouets en plastique, flacons de shampooing et de bain moussant, peignes et brosses à dents, barrettes et serviettes dépareillées jonchaient la pièce.

Avec Crystal, ce genre de chose avait l'air si facile, songea Lily, qui essayait de maintenir l'enfant immobile tout en s'efforçant d'ouvrir le shampooing pour bébé. N'osant ni lâcher Ashley ni regarder ailleurs une seule seconde, elle le déboucha avec les dents. Le goût du savon emplit sa bouche.

— Pouah, fit-elle en s'essuyant les lèvres sur son épaule.

Ashley éclata de rire et tapa l'eau des deux mains.

Et dire que la soirée avait commencé avec l'Italie, un verre de vin et Kevin Costner jeune homme ! songea Lily. À présent, chaque minute qui passait renforçait sa conviction qu'il était arrivé quelque chose de grave à son amie.

Aucune autre explication n'était plausible.

9

Vendredi, 21 heures

Sean était dans la cuisine et regardait les boîtes de pizza vides – presque vides. Il prit le dernier morceau de celle au hamburger et aux olives noires et le mit dans sa bouche. Qui connaissait la pizza au hamburger et aux olives noires ? L'idée venait de Charlie. Bizarre mais pas mauvais, songea-t-il en s'essuyant les mains sur son jean.

En haut, le calme régnait enfin. Lily Robinson avait pris les choses en main. Résultat, le bébé dormait, et Lily et Charlie lisaient un livre ensemble.

Mlle Lily Robinson à la rescousse. Ce n'était pas la maîtresse d'école au port imposant et aux cheveux bleutés qu'il s'était attendu à voir, mais elle en avait bien la personnalité. Néanmoins, Sean lui était reconnaissant de ne pas l'avoir laissé tomber.

Cameron était retourné sur Internet et, malgré les avertissements de son oncle, il devait surfer sur des sites pornos. Sean était descendu pour jeter les débris de la lampe et ranger un peu la cuisine.

Les boîtes à pizza avaient visiblement été conçues par quelqu'un qui n'avait jamais eu à les jeter. Comment faire rentrer un truc aussi grand et rigide dans une poubelle de cuisine ? Il en lança une sur le carrelage, marcha dessus pour l'écraser, la plia dans un sens puis dans l'autre et la fourra dans la poubelle en l'enfonçant du pied. Il répéta l'opération avec la deuxième boîte, puis avec la troisième.

Lorsque Lily entra dans la cuisine, Sean avait un pied dans la poubelle et la bouche pleine de pizza. Elle le regarda comme s'il était un de ses élèves, non pas avec animosité ou désapprobation, mais avec une sorte de tolérance perplexe qui donna aussitôt à Sean l'envie de faire plein de bêtises.

Il parvint successivement à avaler le morceau de pizza, extraire son pied de la poubelle d'un coup sec, sauter en arrière et agripper une chaise pour éviter la chute. Ensuite, il s'adossa au plan de travail et croisa les chevilles dans une attitude désinvolte.

— Les enfants sont couchés ?

— Les filles, oui. Charlie vient de s'endormir. Cameron fait ses devoirs.

— Je vais rappeler la police.

— Oui. Il vaut mieux.

Il remarqua sa pâleur et la façon fébrile dont elle tripotait sa bague en turquoise et argent. Malgré les verres épais de ses lunettes, elle n'était pas trop moche. Enfin, pour une maîtresse d'école.

Il appuya sur la touche *bis* et, suivant la procédure à présent familière, composa le 3 avant que la voix faussement apaisante ait fini de débiter les instructions.

— Agent Brad Henley à l'appareil.

— Je voudrais parler à l'agent...

Il examina sa paume sur laquelle, ne trouvant pas de papier, il avait écrit le nom du policier. Lily fronça les sourcils.

— Nordquist, acheva-t-il.

— Il n'est plus de service, dit Henley d'une voix lasse.

Super, les équipes avaient changé. Peut-être celle du soir serait-elle plus dynamique que la précédente.

— Il s'agit d'une affaire pour laquelle j'ai téléphoné un peu plus tôt. Je m'appelle Sean Maguire.

— Oui... Que puis-je faire pour vous ?

— C'est au sujet de mon frère, Derek Holloway, et de son ex-femme, Crystal.

Il y eut un bref silence, puis Henley reprit :

— Oui. Je vois votre appel sur le registre. Que puis-je pour vous, monsieur Maguire ?

« Que vous les trouviez ! faillit-il hurler. Trouvez-les et ramenez-les chez eux afin que je puisse reprendre ma vie. Ma vie de pauvre mec. Laquelle, si les choses se passent bien lors du tournoi de Redwing, pourrait repartir dans la bonne direction. »

— Ils n'ont toujours pas donné signe de vie, insista-t-il en jetant un coup d'œil à Lily, qui l'écoutait sans le quitter des yeux. Vous devriez les rechercher, ajouta-t-il.

Des doigts pianotèrent sur un clavier.

— Est-ce que l'un d'eux a des problèmes médicaux ou un handicap qui…

— J'ai déjà répondu à ces questions, coupa Sean en s'efforçant de ne pas crier. Ils sont tous les deux en parfaite santé, sains de corps et d'esprit, ce qui rend d'autant plus inexplicable leur disparition.

— Dans ce cas, ce n'est pas une urgence et nous devons attendre vingt-quatre heures avant de lancer des recherches. Mais à votre place, je ne m'en ferais pas trop. En général, les adultes reviennent d'eux-mêmes, ajouta le policier d'un ton sec. Je peux juste transmettre l'info aux patrouilles.

— Trois enfants sont impliqués, lui rappela Sean. Vous avez ça dans vos notes ?

— Ils sont en danger ?

— Non. Pas du tout.

— Alors, je ne peux… Votre frère, c'est Derek Holloway, le golfeur ?

La célébrité avait ses avantages.

— Lui-même.

— Eh bien, il est trop tôt pour qu'on lance des recherches officielles, mais je vais vous envoyer quelqu'un… Quelle est l'adresse ?

Sean chercha le regard de Lily. « L'adresse ? » articula-t-il silencieusement.

Elle lui tendit une enveloppe de la pile de courrier posée sur la table.

Il y avait au moins une personne capable de réfléchir dans cette pièce, constata-t-il. Il donna l'adresse au policier et raccrocha.

— Quelqu'un va venir, annonça-t-il à Lily.

— Quand ?

— Il a dit tout de suite. J'imagine que ça signifie immédiatement.

— Et si personne ne vient ?

Sean sentit un nerf frémir dans sa mâchoire.

— Écoutez, tout de suite veut dire tout de suite. Maintenant.

— Vous n'êtes pas obligé de me crier dessus.

— Je ne vous ai pas crié dessus.

— Si. Et vous continuez.

— Hé, je n'ai pas besoin qu'on me sermonne.

— Je ne vous sermonnais pas... C'est juste que je n'aime pas qu'on me crie dessus.

— Je n'ai pas...

Sean s'obligea à se taire. Cette prise de bec, alors que Derek errait Dieu seul savait où, était grotesque.

— OK, reprit-il en se remettant à déambuler dans la pièce. Je suis désolé. Je n'avais pas l'intention de crier.

Elle s'approcha de l'évier et commença à rincer les assiettes.

— Je suis aussi inquiète que vous, monsieur Maguire.

— Sean. Appelez-moi Sean.

— Pourquoi ferais-je ça ? demanda-t-elle en ouvrant le lave-vaisselle.

— Parce que moi, en tout cas, je ne vais pas vous appeler « mademoiselle Robinson », Lily.

Elle se détourna et entreprit de remplir le lave-vaisselle. Sean consulta le répondeur de son portable, mais il n'avait pas de nouveau message. Après s'être occupée des assiettes, Lily passa aux couverts, qu'elle rangea par catégorie – les fourchettes dans un panier, les cuillères dans un autre. Une spatule en bois la fit hésiter une fraction de seconde, avant de se retrouver allongée soigneusement sur le plateau supérieur. Ensuite, elle aligna les verres par ordre de grandeur. Finalement, elle prit le flacon de liquide vaisselle et étudia les instructions.

— Vous avez besoin d'aide ? demanda-t-il en posant son téléphone.

— Non, mais je n'ai jamais utilisé cette marque. C'est marqué « super concentré ». J'imagine que ça veut dire qu'il faut en mettre moins... Voyons, soixante millilitres... Ça doit faire deux cuillerées à café...

Sean n'y tint plus. Il lui arracha le flacon des mains, remplit le réservoir et rabattit le couvercle. Puis il ferma la machine et tourna le bouton jusqu'à ce qu'il entende l'eau couler.

Lorsqu'il se redressa, Lily Robinson le fixait comme s'il avait franchi une ligne interdite. Bon, peut-être était-ce ce qu'il avait fait.

Il repéra une tasse à café sur le plan de travail. Une demi-lune de rouge à lèvres en marquait le bord. Sans quitter Lily des yeux, il rouvrit le lave-vaisselle, ajouta la tasse n'importe comment et referma la machine en poussant la porte de la cuisse.

— Voilà, dit-il. C'est fait.

— Merci, répondit-elle d'une voix faible.

— Je pourrais sortir la poubelle, dit-il en montrant le récipient qui débordait.

— Les grandes poubelles sont dans le garage. Faites attention à bien refermer le couvercle, à cause des ratons laveurs.

— Oui, m'dame, répondit-il avec une politesse exagérée.

Il prit le sac-poubelle et se dirigea vers la porte de service. Lorsqu'il se retourna pour fermer derrière lui, il vit Lily Robinson rouvrir le lave-vaisselle et ranger soigneusement la tasse à café.

10

Vendredi, 21 h 25

D'une certaine façon, se disait Lily en rangeant le plan de travail avant de le nettoyer, la présence de Sean Maguire était une bénédiction. Ce type était tellement odieux qu'il l'empêchait de paniquer. C'était toujours ça.

— Je vais jeter un œil à Cameron, dit-il en revenant dans la cuisine.

— C'est une bonne idée, répondit-elle en posant la bouteille de détergent. Il est très inquiet.

— Ça ne ressemble pas du tout à Derek de partir sans prévenir.

— Crystal ne ferait pas ça non plus.

— Ah, bon ? fit-il en haussant les sourcils. Elle les a pourtant laissés toute une nuit chez Derek il y a deux semaines.

— C'était différent. Elle avait raté son avion et, à tout moment, on a pu la joindre au téléphone. Écoutez, Crystal est ma meilleure amie. Quand j'ai fait sa connaissance, j'avais l'âge de Charlie. C'est une bonne mère, et je suis sûre qu'il y a une explication.

Il la dévisagea d'un regard bleu presque vexant.

— On s'est déjà rencontrés ?

— Pourquoi me demandez-vous ça ? demanda-t-elle en se remettant à frotter le plan de travail.

— J'ai l'impression de vous avoir déjà vue.

Elle finit de nettoyer le plan de travail et passa à la cuisinière. Elle y trouva d'innombrables taches de graisse. Crystal n'avait jamais été la meilleure ménagère du monde. Cela n'avait aucune importance quand elle était mariée, car Derek et elle avaient une employée à plein temps. Mais à présent, l'entretien de la maison reposait sur les seules épaules de Crystal, lesquelles ployaient, visiblement.

— Nous nous sommes vus à leur mariage, répondit-elle enfin.

— C'est possible, fit-il.

— C'était il y a seize ans, lui rappela-t-elle. Je n'étais qu'une gamine. Vous ne vous souvenez sûrement pas de moi.

— En fait, si, s'écria-t-il avec un claquement de doigts. Je me suis moqué de votre appareil dentaire et de vos lunettes. « Depuis quand les voies ferrées ont-elles quatre yeux ? » Vous vous souvenez ? C'est une blague dont j'abusais à l'époque, je la trouvais à hurler de rire.

Elle frotta furieusement autour d'un brûleur.

— Quel charmeur vous étiez !

— J'étais un voyou, corrigea-t-il. Vous auriez dû m'envoyer paître.

— Je crois que c'est ce que j'ai fait.

Énervée, elle passa à la vitrine d'un placard. Sean Maguire reçut quelques gouttes de produit nettoyant.

— Oh, pardon.

Il lui saisit le poignet et lui ôta la bouteille des mains.

— Venez, Lily. Allons tous les deux parler à Cameron.

Elle ne put retenir un petit hoquet de surprise.

— Très bien, dit-elle en baissant la tête.

À son grand désarroi, elle sentit ses joues s'empourprer. Fallait-il qu'elle soit sotte ! Sean Maguire l'avait à peine touchée, et elle se comportait comme une vierge effarouchée.

C'était plus fort qu'elle, les hommes beaux l'intimidaient. Elle était toujours convaincue qu'ils se moquaient d'elle. Aussi préférait-elle ses élèves qui, eux, avaient le droit d'être beaux.

Le téléphone sonna. Sean décrocha, parla brièvement, puis raccrocha.

— Ils ont trouvé la voiture de Crystal. En panne de batterie sur le parking de l'école. Qu'est-ce que vous en pensez ?

— Cela signifie qu'ils sont probablement ensemble.

— Ça nous donne au moins quelque chose à dire à Cameron.

Ils trouvèrent le garçon devant un livre de biologie mais les yeux plus souvent fixés sur son réveil que sur sa leçon.

— Comment ça va, fiston ? fit Sean en allant s'appuyer contre le bureau.

Lily fut soulagée qu'il s'efforce, comme elle, de cacher son anxiété.

— C'était qui, au téléphone ? Qu'est-ce qui se passe ?

— Eh bien, on vient d'apprendre que ta mère a laissé sa voiture sur le parking de l'école et que la batterie est morte. Du coup, on peut supposer que ton père l'a emmenée.

— Emmenée où ? À Chicago ? Ça fait des heures qu'ils sont partis.

— On ne sait pas, mais on le saura. En attendant, la police va venir nous interroger.

— Quand ? Quand est-ce que la police va venir ?

— Ils ont dit qu'ils envoyaient quelqu'un tout de suite, intervint Lily.

— Qu'est-ce que ça veut dire, tout de suite ?

— Vous deux, alors… fit Sean en jetant un coup d'œil agacé à Lily. Ça veut dire bientôt, compris ? Et les policiers demanderont sûrement à te parler.

— J'ai rien à leur dire, déclara Cameron en refermant son manuel d'un geste furieux. Tout ce que je sais, c'est que mon idiote de mère n'est pas venue…

— Cameron ! coupa Lily. Fais attention à ce que tu dis de ta mère.

Elle se retint d'aller au bout de sa pensée. À savoir qu'il se reprocherait amèrement ses paroles si quelque chose de grave avait eu lieu.

— Je dirai ce que je veux ! répliqua-t-il.

— Ne crie pas, ordonna Sean.

— J'criais pas.

— Si, et tu continues.

La sonnette de l'entrée retentit, et tous trois se figèrent. Puis, d'un seul élan, ils coururent sur le palier et dévalèrent l'escalier.

11

Vendredi, 22 heures

Quelle merde ! Avoir ses deux parents dans la nature était pire que de les avoir en face de soi, songeait Cameron en regardant les deux policiers, un homme et une femme. Le type, un jeune plutôt taré, n'arrêtait pas de prendre des notes sur un appareil genre BlackBerry. La femme, plus âgée, avait l'allure calme et raisonnable d'une prof de maths.

Oncle Sean était nerveux, mais il répondait clairement aux questions. Malheureusement, il n'avait aucune piste à fournir. Il avait beau connaître le père de Cameron depuis toujours, il n'avait pas la moindre idée de l'endroit où il avait pu aller. Lily essayait d'être courageuse, mais Cameron voyait bien qu'elle était terrorisée. Derrière les verres de ses lunettes, ses yeux brillaient comme si elle avait de la fièvre. Elle s'était rongé tous les ongles d'une main et attaquerait sûrement ceux de l'autre quand personne ne la regarderait.

Quant à Cameron, il était à bout de nerfs. Ce n'était sans doute rien d'autre qu'un stupide malentendu. Ce ne serait pas la première fois que ses parents s'emmêlaient les pinceaux dans leurs programmes et affolaient tout le monde pour rien. Ils faisaient ça depuis des années. Ce n'était pas le divorce qui allait les rendre plus raisonnables. Au contraire.

— Donc, ils ont quitté l'école à 15 h 45, dit l'agent Vessey, le type au BlackBerry.

Lily hocha la tête, ce qui fit tressauter sa queue de cheval.

— Oui. Après notre rendez-vous, je suis allée dans la salle des professeurs pour discuter avec la directrice et, quand j'ai regardé l'horloge, il était 15 h 45.

— L'un des deux souffre-t-il d'un handicap quelconque ou d'un état de santé défaillant ? Parfois, cela explique une disparition.

— Ils vont tous les deux très bien, s'écria Cameron d'un ton belliqueux qu'il se reprocha aussitôt.

— J'ai déjà répondu par la négative à cette question, dit Sean.

— Mademoiselle Robinson, les avez-vous vus partir ensemble ? demanda l'agent Franklin, imperturbable.

Lily prit une gorgée de sa tisane. La mère de Cameron veillait à avoir toujours un assortiment de sachets d'infusions pour son amie. Lily était une cinglée de la santé, et l'infusion à la camomille était sans doute le truc le plus fort qu'elle ait jamais osé infliger à son corps.

— Ils ont quitté ma salle de classe ensemble, répondit Lily. Ils sont sortis du bâtiment en même temps, mais je ne les ai pas vus de mes yeux monter tous les deux dans la voiture de Derek.

— Ça vous aurait surprise de les voir partir ensemble ?

La question déplut à Lily, Cameron le devina à la façon dont elle se tortilla sur sa chaise.

— Je suppose. Mais puisque la batterie de Crystal est morte, c'est parfaitement compréhensible qu'ils soient partis ensemble.

— Et quel était leur état d'esprit ? Pouvez-vous nous le décrire ?

Lily jeta un coup d'œil à Cameron. Il afficha un air d'ennui profond, comme s'il se fichait éperdument de ce qui se disait.

— Eh bien, ce n'était pas un rendez-vous joyeux. Leur fille Charlie a des difficultés scolaires.

« Comme si c'était une surprise ! » commenta Cameron en son for intérieur.

— Se sont-ils montrés agressifs durant cet entretien ?

Lily leva la main, sans doute pour se ronger un ongle, puis elle se ravisa et la coinça sous une cuisse.

— « Agressifs » n'est pas le mot juste. Tendus, plutôt. Écoutez, si vous cherchez à savoir s'ils sont capables de se faire du mal – physiquement, je veux dire –, la réponse est non. Absolument pas.

— Vous en êtes sûre ?

C'était effrayant, se dit Cameron, de voir que ces flics imaginaient le pire de ses parents. Ce devait être terrible, d'être policier. On n'avait affaire qu'à des gens qui traversaient des moments épouvantables. On ne voyait jamais leurs bons côtés.

— Autant que je puisse l'être, répondit Lily. Je vous l'ai dit, je connais Crystal depuis ses treize ans. J'en avais huit à l'époque. Nous sommes aussi proches que des sœurs, peut-être plus. Je suis la marraine de ses enfants, et il n'y a pas plus gentil et plus raisonnable qu'elle.

Oncle Sean eut du mal à cacher son scepticisme. Il n'alla pas jusqu'à lever les yeux au ciel, mais il s'agita sur sa chaise et poussa un soupir d'agacement. Quant à Cameron, il avait beau faire des efforts, l'indifférence désinvolte qu'il affectait depuis le début de la soirée commençait sérieusement à s'effilocher. Pour tout arranger, il avait mangé trop de pizza, laquelle menaçait de faire une réapparition malvenue.

Les flics restaient focalisés sur Lily, comme s'ils la soupçonnaient de cacher quelque chose.

— Mademoiselle Robinson, depuis combien de temps connaissez-vous Derek Holloway ?

— Depuis ses fiançailles avec Crystal, il y a dix-sept ans. Nous n'avons jamais été très proches et, depuis le divorce, je ne le vois plus qu'en ma qualité d'institutrice de Charlie.

— Que pensez-vous de lui ?

« Vas-y, dis-le. Tu le détestes », gronda mentalement Cameron.

— Il adore ses enfants, répondit Lily. Et je suis sûre qu'il ne ferait jamais de mal à Crystal.

— Et vous n'avez aucune idée de l'endroit où ils pourraient se trouver ?

— Aucune. Ça ne ressemble pas du tout à Crystal d'abandonner ainsi ses enfants.

La voix de Lily eut un raté.

— Ça serait pas la première fois, intervint Cameron.

Tout le monde se tourna vers lui. Le bruit du lave-vaisselle combla le silence. Les oreilles du garçon s'embrasèrent.

— Elle nous a laissés tomber le mois dernier quand son vol de Denver a été retardé, précisa-t-il.

— Ce n'était pas la même chose. Elle a appelé pour prévenir, rétorqua Lily de son ton autoritaire d'institutrice.

— Ouais, mais seulement au bout de quatre heures de retard, et papa avait déjà quitté la ville pour une compétition, grommela Cameron. J'ai dû faire dîner les filles et les mettre au lit.

Ce fut plus fort que lui, il jeta un coup d'œil à la pendule de la cuisinière. Les quatre heures de retard étaient largement dépassées. Devait-il en dire plus ? En tant que spectateur privilégié du mariage de ses parents, il était seul à savoir certaines choses.

— Ça n'a rien à voir, dit Sean d'un ton calme et raisonnable. On savait où ils étaient, l'un et l'autre.

Ce fut ensuite son tour d'être interrogé.

— Monsieur Maguire, comment définiriez-vous votre relation avec votre frère ?

Exaspéré, Cameron serra les dents. Ils perdaient leur temps à passer en revue l'histoire de leur famille de cinglés au lieu de se mettre à la recherche de ses parents. Mais où ? Où ?

Un tic faisait frémir la mâchoire de Sean, lui aussi impatient. Il inspira à fond.

— Nous sommes demi-frères. Nous avons la même mère. Son père est mort dans les années soixante et notre mère a épousé mon père. Nous avons grandi ici, à Comfort, et, tous les deux, nous avons appris à jouer au golf et nous sommes devenus professionnels. Moi en Asie, et lui ici. Je suis revenu et je travaille au country club.

L'histoire était plus compliquée, Cameron le savait. Par exemple, ses grands-parents paternels ne s'étaient pas mariés et son grand-père était mort ruiné. Et aussi, grand-mère avait épousé Patrick Maguire six mois plus tard. Et enfin, oncle Sean était né peu après. Mais c'était de l'histoire ancienne, et ces détails n'aideraient personne à deviner où ses parents étaient partis.

Un élément beaucoup plus actuel lui incendiait les tripes, comme un ulcère à vif. Cela concernait Ashley. Il n'aurait jamais dû l'apprendre, mais il était tombé dessus par hasard et ne pouvait l'oublier. Ce n'était pas à lui de le dire, se rappela-t-il, surtout à des étrangers.

— Quand avez-vous vu votre frère pour la dernière fois ? demanda le flic.

— Hier soir. Il est venu prendre un verre au club house et nous avons bavardé.

— Avez-vous eu l'impression qu'il avait un problème ? demanda l'agent Franklin. Existait-il un litige quelconque entre votre frère et son ex-femme ?

Non, rien, sauf qu'ils se haïssaient, répondit amèrement Cameron en son for intérieur. Et qu'ils se cachaient des choses.

— Pas du tout, répondit Sean. Crystal est la mère de ses enfants et il la respecte. À ma connaissance, il l'a toujours bien traitée.

Cameron refoula l'envie d'intervenir. Il ne pouvait tout simplement pas révéler à des étrangers un truc auquel il osait à peine penser lui-même. En outre, il pouvait se tromper.

Ce fut au tour de Lily de se montrer sceptique. Elle non plus ne leva pas les yeux au ciel, mais elle pinça les lèvres comme si elle pensait : « Permettez-moi d'en douter. »

Le téléphone de la cuisine sonna. Le cœur de Cameron fit un bond. Tout le monde se rua vers l'appareil, mais ce fut Cameron qui décrocha. Il était chez lui, après tout.

— Allô ?

— Cameron, c'est Jane.

Super.

— C'est Jane, annonça-t-il aux quatre visages qui le regardaient.

— La petite amie de Derek, expliqua Sean.

— Est-ce que tu sais où est mon père ? demanda le garçon.

— En fait, j'appelais pour poser la même question.

Cameron sentit ses espoirs se dégonfler comme un ballon crevé.

— Tu devrais peut-être venir, dit-il d'une voix sourde. Mes parents ne sont toujours pas rentrés et la police est là. On nous interroge.

Il y eut un bref silence, puis Jane émit un drôle de bruit, comme si quelque chose s'était coincé dans sa gorge.

— Jane ? fit Cameron.

— Je... euh... j'arrive tout de suite, promit-elle avant de raccrocher.

— La petite amie de M. Holloway ? demanda l'agent Franklin.

— Euh... oui, fit Sean en jetant un coup d'œil à son neveu.

— Tu peux en parler devant moi. Ce n'est pas comme si je n'étais pas au courant. Elle doit bientôt s'installer chez lui.

Ce coup de téléphone l'avait désarçonné. La colère était plus confortable que la peur, constatait-il avec un désarroi grandissant.

— Ta mère le sait ? demanda Lily d'une voix tendue.

— Moi, je lui ai pas dit. Je pense que papa va finir par le lui dire.

Peu après, Jane fit irruption sans même frapper. Elle avait des cheveux blonds très courts, des traits anguleux et sentait la cigarette. Cameron ne l'avait jamais vue fumer devant lui et les filles. Sa mère fumait parfois, elle aussi. Un soir, alors que le divorce était presque prononcé, il l'avait trouvée assise sur les marches à l'arrière de la maison, en train de fumer une Marlboro et de jouer avec son briquet, les yeux fixés sur la flamme, qu'elle ne cessait d'allumer et d'éteindre.

Elle s'était tournée vers lui avec le sourire le plus triste qu'il lui ait jamais vu.

« Ne fume jamais, bébé, avait-elle dit d'une voix rauque et lasse. Ça ne sert à rien, sinon à révéler aux gens que tu es malheureux.

— Pigé, m'man. Faut pas montrer qu'on est malheureux. J'oublierai pas. »

Malgré l'obscurité, il l'avait vue ciller, blessée par le sarcasme.

— Nous nous sommes parlé peu avant 15 heures, disait Jane. Il a promis de reprendre Ashley vers 16 h 30 pour la déposer chez sa mère. J'avais un cours à donner ce soir, alors j'ai ramené le bébé ici moi-même.

Pour la déposer comme un sac de courrier en retard, ajouta silencieusement Cameron. En réalité, il n'avait rien contre Jane en particulier, mais cherchait quelqu'un contre qui s'emporter.

Jane fut mise au courant du peu qu'on savait. Les parents de Cameron étaient partis de l'école ensemble, sans doute parce que la voiture de sa mère ne démarrait plus. Ils ne répondaient ni l'un ni l'autre aux nombreux messages laissés sur leurs boîtes vocales. Aucun accident n'avait été signalé malgré les intempéries. Les flics expliquèrent que certains portables avaient un GPS qui permettait de les localiser, mais apparemment, les appareils de ses parents n'en étaient pas équipés.

Soudain, sans lui laisser le temps de se préparer, l'agent Franklin se mit à interroger Cameron.

— Tu as vu ton père avant de partir pour le lycée ce matin ?

— Oui, m'dame.

Ils s'étaient disputés, mais personne n'avait besoin de le savoir.

— Vous avez parlé d'un sujet en particulier ?

— Pas vraiment. Tous les vendredis, on change de maison. C'est ce qu'a décidé le juge. J'ai dit que j'irais au golf après les cours et que je le reverrais la semaine prochaine.

En réalité, il lui avait dit :

« T'es qu'un vieux con, je te déteste ! Ce qui me botterait vraiment, ça serait de ne plus jamais voir ta sale tronche. »

Son père avait répliqué sur le même mode :

« Fous le camp et déteste-moi autant que tu veux, petit merdeux, je m'en tape. Mais tâche de ne pas louper ta compétition, ce week-end.

— Qu'est-ce que ça peut te foutre, puisque tu n'y assisteras même pas ? » avait lancé Cameron.

Ce n'était pas la première fois qu'ils se disputaient, inutile d'en faire toute une histoire.

— Après ça, dit-il aux policiers, j'ai ramassé mes affaires et je suis allé attendre le bus.

— Et ta mère, tu l'as vue aujourd'hui ?

— Non. Elle était censée venir me chercher au golf et elle ne s'est pas pointée.

Il s'approcha de la fenêtre et se retrouva face à son reflet. Que pouvaient penser les flics ? Ils devaient imaginer ses parents en train de se vautrer dans un hôtel minable, ou bien de s'enivrer et de s'engueuler.

— Écoutez, vous ne pouvez pas juste les retrouver ? Vous n'apprendrez rien de plus ici.

— Pour le moment, nous ne pouvons pas lancer de recherches, expliqua l'agent Franklin. D'ailleurs, quand il s'agit de deux adultes en bonne santé, ils finissent toujours par réapparaître. On a transmis l'info à notre réseau interne, mais tant qu'il n'y a pas de situation d'urgence, on ne peut pas faire d'annonce officielle.

Autant dire : « Allez vous faire foutre ! » À quoi servait la police si elle n'aidait pas les gens ?

— Pour le moment, poursuivit l'agent Franklin, vous pouvez appeler la police de la route et les hôpitaux. Je comprends que vous soyez inquiets, mais je suis sûre qu'ils vont revenir avec une explication satisfaisante.

Oncle Sean se leva, les lèvres pincées, les traits crispés par la colère.

— Il faut que je prenne de l'essence avant que la station-service ne ferme. Ensuite, je commencerai à les chercher.

Cameron se leva à son tour.

— Je t'accompagne.

— Il est préférable que tu restes ici, intervint l'agent Franklin.

Bien qu'elle les eût aboyés comme un ordre, Cameron perçut de la compassion sous ses mots. Il commettrait une erreur en se mettant à la recherche de ses parents disparus.

Il pourrait ne pas aimer ce qu'il risquait de trouver.

12

Samedi, 0h45

— Alors, ils ne font rien ? demanda Jane Coombs.

Elle ne quittait pas des yeux l'écran de son téléphone portable, comme pour inciter Derek à appeler.

— Non, pas avant qu'il se soit écoulé vingt-quatre heures, répondit Lily. Ça a l'air du chiffre magique.

À part le bruit de la douche de Cameron, la maison était étrangement silencieuse. Peu après l'arrivée de Jane, les policiers étaient partis en promettant de déclencher les recherches si Derek et Crystal n'étaient pas rentrés le lendemain après-midi. Jusque-là, il n'y avait rien à faire, sinon attendre. Et se ronger les sangs.

Sean avait rempli une Thermos de café chaud et était parti explorer les environs.

« Je réfléchis mieux quand je roule, avait-il dit. Voilà mon numéro de portable. »

Il n'avait pas demandé à Lily si elle était d'accord pour rester avec les enfants. Elle l'était, bien sûr, mais, par politesse, il aurait pu lui poser la question. Néanmoins, étant donné la situation, elle comprenait parfaitement qu'il soit préoccupé et oublie les bonnes manières. Elle non plus n'était pas elle-même. On ne pouvait demander aux gens de se conduire normalement lorsque des événements inhabituels et peut-être terribles avaient lieu.

Cameron, qui luttait visiblement contre l'anxiété, avait annoncé qu'il allait prendre une douche. Cela faisait vingt-cinq minutes que l'eau coulait.

Et Lily se retrouvait seule avec la petite amie de Derek Holloway. Elle essayait de refouler son ressentiment. Jane faisait bien peu penser à la vamp impitoyable et maléfique que Crystal avait décrite en recommandant à son amie de porter un collier de gousses d'ail si jamais elle avait à la croiser.

En tout cas, ce n'était pas la bécasse habituelle des terrains de golf, tout en jambes et sans rien dans le crâne. Cette femme avait un doctorat de quelque chose. Et la disparition de Derek semblait l'avoir anéantie. Ce qui n'obligeait pas Lily à l'aimer.

— Je vais refaire de la tisane, dit Lily. Vous en prendrez ?

— Je préférerais du café, s'il vous plaît.

Il fallut un instant à Lily pour se rendre compte que la vamp maléfique l'implorait du regard. Elle se retourna, le bord du plan de travail contre ses reins.

— Juste à titre d'information, j'ai les nerfs tendus à craquer.

Les yeux de Jane s'écarquillèrent.

— C'est moi qui souffre ici. Mon fiancé a disparu avec son ex-femme.

Le mot « fiancé » transperça Lily. Elle jeta un coup d'œil vers la porte. La douche coulait toujours. Cameron n'avait pas pu entendre Jane.

— Crystal ne sait pas que vous comptez vous marier, dit Lily. Quand Derek compte-t-il la prévenir ?

— Bientôt. Et les enfants, vendredi prochain. Nous avons prévu de les emmener dîner au country club.

Refoulant l'envie de jeter la bouilloire sur la cuisinière, Lily la posa délicatement et alluma le brûleur. Les yeux rivés sur les flammes, elle crut voir le bleu limpide des yeux de Sean Maguire. Elle se reprit. Quelle mouche la piquait de penser à ce type alors que sa meilleure amie traversait la pire épreuve de sa vie ? Son ex-mari, le père de ses enfants, jadis la grande passion de sa vie, avait choisi d'épouser une autre femme.

« Ah, Crystal, gémit Lily intérieurement. Je suis tellement désolée. Je suis navrée, vraiment navrée ! »

Jane s'attendait-elle que la meilleure amie de Crystal la félicite ? Eh bien, elle attendrait longtemps. Lily ferma un instant les yeux.

« Vous épousez Derek ? avait-elle envie de demander. Eh bien, bon courage ! Vous savez que c'est un coureur de jupons ? Oh, mais bien sûr, vous le savez, puisque vous n'avez pas attendu le divorce pour coucher ensemble. Lorsqu'il vous aura épousée, avec qui ira-t-il s'amuser ? »

Bon, ce n'était pas le moment de s'énerver. Mieux valait laisser tomber ce sujet. Apparemment, Jane pensait de même. Elle interrogea son répondeur et se servit une tasse du tisane préparée par Lily.

— Selon l'étiquette de la boîte, dit Lily, c'est censé nous apaiser et nous détendre.

— Ah, bon ? fit Jane après une gorgée. Ça n'a pas l'air de marcher. Est-ce qu'il y a du Coca light ?

— Je ne crois pas. Crystal boit du Tab.

— J'ignorais qu'on en fabriquait encore.

Jane ouvrit le réfrigérateur et en sortit une canette rose vif.

— Cette histoire me fait perdre la tête, dit-elle. J'aurais dû accompagner Sean.

— Vous croyez qu'il les cherche ou bien qu'il roule au hasard ?

— Je ne sais pas.

Jane but une gorgée. Pour une raison obscure, la voir boire le Tab de Crystal choqua Lily. Serrant sa tasse entre ses mains, elle s'assit et tenta de se concentrer sur sa respiration. Elle avait fait du yoga pendant des années. Elle était censée savoir faire ça. Mais toutes les leçons avaient déserté son cerveau.

— Que pensez-vous de Sean ? demanda Jane.

— Je n'ai pas d'opinion sur lui. Je ne le connais pas.

— Il est très beau. Encore plus que Derek.

— Alors, vous vous êtes peut-être trompée de fiancé.

Jane secoua la tête.

— Je suis tellement pas son type.

Apparemment, un doctorat n'impliquait pas forcément une maîtrise absolue de la grammaire. Pour cela, mieux valait se contenter du modeste diplôme d'institutrice, songea Lily avec un ricanement intérieur.

— Sean est très sexy, reprit Jane, et je parie qu'au lit il est super, mais je ne suis pas sûre qu'il soit intéressant.

— Comme je l'ai dit, je ne le connais pas.

— Qui est-ce que tu ne connais pas ? demanda Cameron en entrant dans la cuisine, les cheveux lissés en arrière, vêtu du survêtement de son équipe de golf.

Lily posa sa tasse. Elle avait un besoin pressant de le prendre dans ses bras, comme quand il était petit. Ce n'était plus un enfant, avec ses grandes mains, ses grands pieds, sa mâchoire carrée fraîchement rasée et ses yeux d'un bleu perçant. Pourtant, malgré ce physique d'adulte, on décelait encore des vestiges du bel enfant qu'il avait été. Elle revoyait son visage s'illuminer de joie lors d'un anniversaire ou bien lorsque sa mère avait ramené une petite sœur de la maternité. Elle se souvenait de son odeur de petit garçon, semblable à celle de la terre fraîchement retournée, et elle entendait sa voix aiguë chantant sur un disque de Disney.

Lily avait fêté tous les anniversaires de Cameron. Elle l'avait félicité pour la chute de chacune de ses dents de lait et pour ses excellents bulletins scolaires. Elle l'avait aidé à enterrer dignement poissons rouges et souris blanches, et elle lui avait enseigné la lecture, l'écriture et les divisions. Elle avait assisté à des cérémonies scoutes, des matchs de football et des compétitions de golf.

Et maintenant, Jane Coombs allait avoir droit à tout ça. Lily tenta de ne pas lui en vouloir, mais c'était dur. Elle adorait ce garçon et désirait ce qu'il y avait de mieux pour lui. Jane était-elle ce qu'il y avait de mieux ? Lily n'en était pas sûre.

— Ton oncle Sean, répondit-elle à Cameron. Je ne le connais pas du tout. Comment est-il ?

— Il est bien.

Il ouvrit le réfrigérateur et en sortit un gros bidon de lait. Avant que Lily ou Jane ait pu lui suggérer de prendre un verre, il l'avait renversé au-dessus de sa bouche et buvait sans répandre une seule goutte. Lorsqu'il baissa le bidon, il les regarda, le visage crispé par l'anxiété.

— Je sais ce que vous essayez de faire. Me distraire pour m'empêcher de penser à tous les trucs affreux qui ont pu leur arriver.

— Après notre rendez-vous de l'après-midi, ils avaient beaucoup de choses à se dire, expliqua Lily. Le temps a dû filer sans qu'ils s'en rendent compte.

— Jusqu'à 1 heure du matin ? s'écria-t-il en rebouchant le bidon, qu'il remit dans le réfrigérateur. Ils ne parlaient pas tant que ça quand ils étaient mariés.

— Vous savez quoi ? dit Jane. Sean a raison. Rester assis là à ne rien faire en attendant que ce maudit téléphone sonne est stupide. Je vais rentrer chez moi et écouter mon répondeur.

Elle se leva et enfila son imperméable, l'œuvre certainement hors de prix d'un styliste canadien. Selon Crystal, les goûts vestimentaires de Jane avaient fait de nets progrès depuis qu'elle avait accès au portefeuille de Derek.

— Très bien, fit Lily, que la politesse seule retenait d'applaudir.

— Vous avez le numéro de mon téléphone fixe et celui de mon portable, dit Jane en nouant un carré Hermès sous le col de son imperméable. Appelez-moi dès que vous saurez quelque chose. Je vous préviendrai dès qu'il m'aura appelée.

Ses yeux brillaient de l'éclat de larmes retenues.

Bon, peut-être aimait-elle réellement Derek, admit Lily, qui lui adressa un bref sourire.

— Conduisez prudemment. L'orage est passé, mais les routes sont sûrement très glissantes.

Jane remonta la bandoulière de son sac Vuitton sur son épaule et sortit. Lily l'accompagna dehors et resta un instant sur la véranda. Le ciel était clair, mais il faisait encore froid et humide. Tels des débris de verre projetés en l'air, les étoiles se détachaient nettement sur le noir de la nuit.

Elle rentra et ferma la porte. Ce ne fut qu'à ce moment-là qu'elle se rendit compte qu'à aucun moment Jane ne l'avait interrogée sur les filles. Et elle était partie sans dire au revoir à Cameron, ni lui prodiguer un mot de réconfort.

Et cette femme prétendait devenir leur belle-mère ?

— Comment ça va ? demanda-t-elle à Cameron.

— Comment suis-je censé aller ? grommela-t-il.

— Tu crois que je le sais ?

Elle poussa un soupir et reprit aussitôt :

— Pardon, excuse-moi. La dernière chose à faire, c'est de se chamailler.

— Plus personne ne dit « se chamailler ».

— Moi si. Je suis une institutrice de CE2, rappelle-toi. Je passe mes journées à séparer des enfants qui se chamaillent.

Il faillit sourire. Puis il s'affala sur le canapé.

— C'est nul.

— Oui, dit-elle en s'asseyant à côté de lui. C'est nul.

— C'est nul à chier, insista-t-il.

— Oui, c'est nul… comme tu dis, acquiesça-t-elle en lui tapant le crâne avec un coussin.

Il émit un gloussement amer.

— Tu ne ferais pas une bonne golfeuse. Les grossièretés te mettent trop mal à l'aise.

Il prit la télécommande et mit l'émission de Conan O'Brien.

— Dès qu'ils se pointent, je les tue.

— Bonne idée.

13

Samedi, 4h45

Tout en explorant les routes désertes et sombres, Sean réfléchissait aux moyens de commettre un fratricide. Un ex-belle-sœuricide aussi, que ce nom existe ou pas. À quoi pensaient-ils pour abandonner ainsi leurs gosses ?

Ils ne pensaient pas aux gosses, ça, c'était sûr. Ils ne pensaient qu'à eux. C'était la spécialité de Derek.

Et, d'ordinaire, cela lui réussissait. En ne pensant qu'à sa pomme, il s'était maintenu au mieux de sa forme. Il n'avait jamais été un joueur chéri des foules, comme John Daly ou Craig Stadler. Mais il était respecté et admiré. Respecté pour sa détermination à gagner et rester en tête, et admiré pour son talent.

Sean était l'une des rares personnes à savoir que ce talent n'était pas un cadeau du Ciel. Pour se hisser au plus haut niveau, Derek avait tapé des milliers de balles, s'était exercé inlassablement à tous les coups, les *putts*, les *chip shots* et les *pitches*, au point d'user la face du club. Comme tous les joueurs d'exception, Derek savait qu'il ne fallait pas compter sur la chance et le talent.

Ceux-ci pouvaient vous emmener loin, bien sûr, la carrière de Sean en était la preuve. Il avait bien profité du talent et de la chance, mais il avait eu le tort de laisser tomber le travail sérieux. Et maintenant, il en payait le prix. Mais lui, au moins, il ne s'était pas fait plumer par une ex-femme avide.

Sean lâcha un peu l'accélérateur pour négocier un virage. Les phares perçaient les volutes de brouillard qui voilaient le paysage. Le coup de fil de Red au sujet de la compétition ne faisait plus partie du réel. Sinon, Sean aurait été en train de dormir, afin de se lever de bonne heure et de s'entraîner. À présent, cette seconde chance était aussi éloignée de ses préoccupations qu'un rêve oublié.

Il porta la Thermos à ses lèvres. Il ne restait qu'une gorgée de café, et il était froid. La pendule du tableau de bord indiquait 4 h 58. Il cligna des yeux, les chiffres se brouillèrent, puis redevinrent nets et annoncèrent 4 h 59.

Dans le faisceau des phares, une forme énorme surgit, à quelques centimètres du pare-chocs avant.

Sean fit un écart, et le pick-up faillit frôler la glissière de sécurité. Les pneus geignirent. Il agrippa le volant des deux mains tandis que la voiture virevoltait telle une auto tamponneuse de fête foraine, puis s'approchait de la rambarde, si près qu'il distingua ses poteaux rongés par la rouille. Au-delà, la falaise plongeait dans la mer.

Il pompa frénétiquement sur la pédale de frein. Il y eut un fracas de verre brisé, et il serra les dents, se préparant à la chute. Non, c'était la Thermos qui, projetée violemment sur le tableau de bord, s'était cassée.

Le véhicule s'arrêta en frémissant comme un animal épuisé. Très lentement, Sean tourna la tête vers la fenêtre, s'attendant presque à se retrouver retenu par quelque chose au-dessus de la mer.

Ouf. Il était toujours sur la route, le côté gauche du pick-up serrant la rambarde.

Dans le rétroviseur, éclairé par la lumière rouge des freins, un cerf le regardait placidement. Il s'ébroua et disparut dans la nuit.

— Merde, dit Sean, hors d'haleine.

Il était couvert de sueur froide. La pendule disait 5 heures.

Puisqu'il était arrêté, autant appeler Maura.

— Je ne suis pas de garde, répondit-elle d'une voix pâteuse.

— Et moi, je ne suis pas l'hôpital.

— Sean, fit-elle dans un bruissement de draps. Où es-tu ?

— Derek n'a toujours pas donné signe de vie, alors j'explore les alentours à sa recherche.

— Tu n'es pas le gardien de ton frère.

— Non. Mais de ses enfants.
— Tu les as laissés seuls ?
— Lily est avec eux.
— Lily ?
— La maîtresse d'école. L'institutrice de Charlie.
— Plus personne ne dit « maîtresse d'école ».
— C'est pourtant le mot que tu utiliserais si tu voyais Lily... Cette histoire m'inquiète vraiment, reprit-il en s'essuyant le front avec sa manche.
— C'est un homme adulte, Sean.
Un bâillement étira les dernières syllabes.
— Il est parti avec son ex-femme hier après-midi et, depuis, personne ne les a revus.
— Évidemment. Ils se sont planqués quelque part pour se réconcilier. Ils n'ont pas envie qu'on vienne les déranger. Rentre, Sean. Je voudrais te voir avant d'aller à mon séminaire.
Il imagina le lit défait, le corps tiède de Maura dans la tenue de bloc trop grande qu'elle aimait mettre pour dormir, ses cheveux soyeux ébouriffés.
— Je ne peux pas te dire quand je serai de retour.
— D'accord. Fais ce que tu dois faire... Pardon, fit-elle après un autre bâillement. J'ai eu une soirée infernale. Deux crises cardiaques et un accident de la route.
Ces derniers mots firent frémir Sean.
— Il faut que je te laisse. Je voulais juste... te parler.
— J'aimerais que tu sois là, marmonna-t-elle en soupirant dans le téléphone.
Il pensa au parfum de ses cheveux.
— Oui, moi aussi. Je vais repasser chez Crystal. Ils sont peut-être revenus.
— Rentre.
— Pourquoi ne me retrouverais-tu pas là-bas ?
— Je ne vais pas débarquer à cette heure-ci chez ta belle-sœur alors que je dois partir de bonne heure pour Portland. Ce n'est pas possible. Tiens-moi au courant, d'accord ?
— Entendu.
Il reposa le téléphone et frotta ses paumes humides sur ses cuisses. Finalement, ce coup de fil n'avait servi qu'à réveiller Maura, qui manquait déjà de sommeil.

Une nuit avait suffi pour qu'elle devienne sa petite amie. Il était entré dans un club de Portland avec l'unique objectif d'éviter une nuit solitaire de plus. Et le lendemain matin, alors qu'un lever de soleil printanier pénétrait dans sa chambre dépourvue de rideaux, il avait découvert que ces quelques heures ne l'avaient pas rassasié.

C'était une belle et intelligente interne en médecine, aux yeux mélancoliques et au charme discret.

Il le lui avait dit tout en lui préparant des œufs brouillés : avec elle, il se sentait différent. Elle le poussait à révéler son côté sérieux. Pour un type qui avait un jour traité ses conquêtes de dix-neuvième trou, c'était un bond dans la maturité.

— J'aimerais avoir eu de meilleures manières avec toi avant que nous couchions ensemble, avait-il avoué avant de l'embrasser délicatement sur les lèvres.

Les gens trouvaient qu'il avait de la chance avec les femmes. Bon, ce n'était pas faux, mais la vérité était qu'il n'avait jamais dépassé l'étape du désir et du plaisir. Qu'y avait-il au-delà ? De temps à autre, il se posait la question.

— Maintenant qu'on a fait connaissance, avait-il dit à Maura ce matin-là, le plus dur est passé. Alors, autant continuer.

Ce souvenir ne parvint pas à le faire sourire, tant il était inquiet et fatigué. Sans y avoir été invitée, une image de Lily Robinson, lèvres pincées et regard sévère, surgit dans son esprit. Il l'avait plantée là avec les gosses et Jane, et elle n'avait même pas protesté. Elle avait l'air d'une personne intéressante. Oui, c'était le mot qui convenait. Une femme intéressante, avec une foule de pensées secrètes derrière des yeux bruns que les verres de ses lunettes agrandissaient un peu. Son affection pour les gosses était indéniable, mais ce n'était pas ça qui la rendait intéressante. C'était le contraste entre son allure collet monté et dogmatique et la personnalité ardente qu'elle tentait d'étouffer.

Il repartit. Ses phares éclairèrent les traces de freinage qui serpentaient sur les deux voies. Jamais il n'avait été aussi près d'avoir un accident. Cela lui rappela le jour où Derek l'avait emmené taper des balles sur le parking d'un site panoramique. Au retour, alors que la nuit tombait, un raton laveur avait traversé la chaussée et Derek l'avait écrasé. Il s'était arrêté et avait pleuré.

À ce souvenir, les mains de Sean se couvrirent de sueur.

Il n'avait pas pensé à cette route depuis des années, mais peut-être...

Cédant à une impulsion, Sean tourna vers l'ouest dès qu'il le put et prit la route qui longeait la côte. Saurait-il retrouver l'endroit ? Il s'était écoulé des années depuis l'époque où Derek et lui y amenaient des filles, en espérant que ce serait leur jour de chance.

Pourquoi Derek y aurait-il amené Crystal ? Peut-être Maura avait-elle raison. Derek et son ex-femme avaient pu se planquer quelque part pour faire l'amour.

Ce qui était, après tout, une autre des spécialités de son frère.

Sean se morigéna. De quel droit jugeait-il Derek ?

Tout le monde avait du mal à conduire sur cette route, se dit-il en remarquant les traces de pneus dans les virages. Inutile de penser au pire.

Son frère avait une voiture flambant neuve et équipée de toutes les options. Il n'avait sûrement pas pris le risque de l'abîmer. L'adulation, les cadeaux et l'argent dont il était couvert dépassaient l'imagination. Sean restait souvent éveillé la nuit, à se débattre contre l'envie. Il devait se rappeler que Derek avait mérité tout ce qu'il recevait.

En fait, tous les deux avaient été gâtés au départ. Il y avait même eu un moment où l'on avait prédit à Sean la carrière la plus brillante. C'était lui qui avait décollé le plus jeune, c'était lui que courtisaient agents et sponsors, c'était lui qui figurait parmi les joueurs remportant les plus gros prix.

Cela n'avait pas duré, bien sûr. Il n'était pas doué pour faire durer les choses.

La voiture dérapa un peu dans un virage, et la rambarde disparut. Sean ralentit et regarda autour de lui. Il se souvenait vaguement d'une querelle entre le propriétaire de ce terrain et les Ponts et chaussées. Son regard découvrit une paire d'arbousiers brisés.

Il coupa le contact et resta un instant immobile. Puis il refoula tout le reste – panique, supplication, refus, révolte – et composa lentement le numéro du portable de Derek.

Une sonnerie lui répondit. Il mit pied à terre, claqua la portière et s'immobilisa en tendant l'oreille. Seuls lui parvinrent le bruissement des vagues au pied de la falaise… et la sonnerie lointaine d'un portable.

De la démarche rigide d'un automate, il traversa la chaussée. Ses pas martelèrent sans hâte l'asphalte avant d'écraser les gravillons du bas-côté. Lorsque le répondeur de Derek s'enclencha, Sean coupa la communication, fit une brève pause, puis rappela. La sonnerie recommença, plus forte à présent, plus proche.

Il n'était plus qu'une machine. Rien ne pouvait transpercer sa carapace d'acier. Sans s'en rendre compte, il avait pris une torche électrique.

Il n'éprouvait rien. Il ne pouvait pas se le permettre. Parce que avant même d'avoir franchi le remblai écroulé, il savait ce qu'il allait trouver.

Il chancela, tomba, se retint à des broussailles, jura tout en se faufilant entre les buissons et les arbousiers qui poussaient sur le flanc de la falaise. Il s'arrêta pour composer de nouveau le numéro, puis se dirigea vers la sonnerie. Une branche épineuse lui griffa le visage, et quelque chose coula sur sa joue. Il l'essuya et baissa les yeux sur sa main, noire de sang.

La respiration sifflante, il descendait le long de la falaise en glissant, trébuchant, se rattrapant. Les premières lueurs du jour l'atteignirent. L'aube pointait, mais le ravin était encore plongé dans l'ombre.

Soudain, le rayon lumineux de la torche éclaira quelque chose qui n'était pas à sa place – le dessous obscène d'un 4 x 4 renversé.

La cuirasse de Sean se fendit, et la douleur, telle une flèche chauffée à blanc, se planta en lui, le surprenant par son intensité.

Non. Un hurlement vibra en lui, mais ce fut en silence qu'il s'approcha du véhicule. Des tremblements incoercibles agitèrent la torche braquée sur la voiture de Derek.

Non. Il s'obligea à stabiliser sa main et se jeta à genoux à côté de la fenêtre. Elle avait éclaté en un million de débris de verre de sécurité, avant de jaillir des montants. Il lui fallut un moment pour se rendre compte que le véhicule vacillait et qu'il restait de quoi faire encore une bonne chute.

Seigneur. Ô Seigneur. Une éternité plus tôt, quelqu'un lui avait appris à prier. C'était trop tard, de toute façon. Au fond de lui, il le savait.

Maintenant un rayon lumineux stable, Sean s'obligea à ignorer les grincements du véhicule. Au fond de l'habitacle, un portable sonnait, signalant qu'un nouveau message avait été enregistré. Il glissa la torche dans le trou de la fenêtre manquante et éclaira l'intérieur.

Vivez, nom de Dieu ! Vivez, je vous en supplie !

Il vit Crystal. Son corps plié formait un angle improbable, mais son visage de reine de beauté était un masque parfait. On eût dit la statue d'un ange de la Renaissance. Même ses yeux étaient ceux d'une statue, ouverts, vides. Ils ne cillaient pas. Les traits de ce trop beau visage étaient dépourvus de toute expression. Sean se força à prononcer son nom, à la toucher doucement, cherchant un souffle, un pouls. Rien. À en juger par le froid étrange de sa peau lisse, elle était morte depuis longtemps.

Sean avait vu sa mère morte, mais cela était différent. Le décès de sa mère, après une longue maladie, n'avait pas été une surprise. Tout le monde s'y attendait, et son corps de bonne catholique irlandaise avait été préparé afin d'offrir un spectacle décent aux visiteurs. Mais il n'y avait rien de décent dans ce qu'il regardait.

La panique le fouetta soudain.

Derek. Où était Derek ?

Il appela son frère. L'écho de sa voix lui répondit dans le silence de l'aube. Bien que crier devant le corps de Crystal lui parût affreusement inconvenant, il recommença, effrayant un couple d'oiseaux qui s'envola. Derek avait peut-être été éjecté de la voiture, ou bien il avait survécu et était allé chercher du secours.

Mais peut-être pas.

Sean s'accroupit et écarta les restes du pare-brise. Un morceau de verre lui entailla la main, le 4 x 4 oscilla, mais il ne s'interrompit pas.

Tout le contenu de la voiture était éparpillé dans un désordre obscène. Des clubs de golf étaient plantés dans le rembourrage, une chaussure reposait sur le tableau de bord enfoncé. Le lecteur de DVD dont Derek était si fier était écrasé. Il trouva le sac de Crystal, presque vide, comme si quelqu'un l'avait retourné.

Désespéré, Sean s'introduisit en rampant dans le véhicule et contourna les jambes de Crystal. Quelque chose de glissant recouvrait ce qui restait du tableau de bord à moitié soulevé. Une odeur terrible infestait l'habitacle.

Puis il comprit où se trouvait Derek.

Sean fit une pause pour rassembler ses pensées. Ce n'était pas possible. L'idée seule était insupportable. Lentement, avec précaution, il sortit de la voiture, glissant dans le sang. Sa main tremblait tellement que, incapable de tenir le téléphone, il dut s'agenouiller et caler l'appareil sur le sol avant de composer le 911.

14

Samedi, 6 h 30

Lily se réveilla en sursaut, honteuse. Elle n'aurait pas dû s'endormir. Elle bondit du canapé et se mit à arpenter la pièce. Elle n'avait pas le droit de relâcher sa vigilance tant qu'elle était sans nouvelles de Crystal.

Elle regarda l'horloge murale : 6 h 30. Dehors, le monde était d'un gris uniforme. Elle attrapa le téléphone et vérifia les appels, au cas où elle en aurait manqué un. Non. Elle avait quand même eu tort de céder au sommeil. Elle aurait peut-être dû prendre du café avec Sean Maguire. Non, le café était mauvais pour la santé, même dans les situations d'urgence. Elle s'ébroua pour se réveiller complètement. *Ressaisis-toi, Lily.*

Des couleurs crues clignotaient sur l'écran de la télévision, dont elle avait coupé le son des heures auparavant. Elle prit la télécommande et l'éteignit. Puis, paniquée, elle la ralluma et mit une chaîne locale en montant le volume. Une présentatrice, incroyablement guillerette vu l'heure, parlait d'agriculture et d'élevage.

Lily baissa de nouveau le son, mais laissa la télévision allumée sur la chaîne locale. Elle appela le portable de Sean, dont, chose surprenante, elle avait mémorisé le numéro immédiatement. Elle tomba sur la boîte vocale et raccrocha sans laisser de message. Il était sans doute hors réseau. Puis elle essaya le numéro de Crystal, en espérant de toutes ses forces que son amie allait décrocher et expliquer en riant qu'elle s'était fait enlever par son ex-mari et qu'ils s'étaient réconciliés dans un motel sur l'autoroute.

Hélas, non.

Avec un soupir, Lily monta l'escalier sur la pointe des pieds pour aller jeter un œil sur les enfants de son amie. Les regarder dormir lui donna l'impression fugitive de commettre une indiscrétion.

Étendu de tout son long, Cameron reposait sur le ventre, les draps emmêlés autour de ses jambes maigres. La lumière grise de l'aube éclairait faiblement le fouillis qui jonchait le sol de la chambre – livres de classe, linge sale, attirail de golf. L'odeur des chaussures de sport se mêlait à celle de l'herbe écrasée. La corbeille à papiers débordait de boîtes de gâteaux vides. Crystal disait que son fils mangeait comme s'il hébergeait un ver solitaire.

Lily referma la porte, puis passa à la chambre des filles. Charlie dormait au milieu d'une portée d'animaux en peluche. La lueur d'une veilleuse faisait briller leurs yeux de verre et leur donnait un air sinistre. Mais Charlie semblait paisible.

De l'autre côté de la pièce, Ashley avait rejeté drap et couverture. Elle remua et renifla lorsque Lily se pencha sur le lit à barreaux et la recouvrit – geste tout simple qui procura un vif plaisir à la jeune femme. Que ces filles étaient petites et dépendantes ! Pour une personne qui n'était pas faite pour avoir des enfants, Lily était de temps à autre la proie d'impulsions biologiques, d'élans inopportuns de tendresse qu'elle ne savait comment assouvir.

Elle allait tuer Crystal pour s'être comportée aussi égoïstement et avoir disparu comme ça.

Elle sortit de la chambre et descendit mettre la bouilloire sur le feu. En surprenant son reflet dans la glace de l'entrée, elle grimaça. Ses cheveux étaient hérissés, et le motif du canapé s'était imprimée sur sa joue. Charmant !

Elle entra dans la salle de bains du rez-de-chaussée, se rinça la bouche, s'aspergea le visage et passa un peigne dans ses cheveux. Puis elle appuya les mains sur le lavabo et tenta de stopper leurs tremblements.

Sans succès. Seule la vue de Crystal franchissant la porte, soufflant des baisers et agitant des excuses comme un mouchoir de dentelle aurait le pouvoir de l'apaiser, à présent.

L'inquiétude se tortillait dans ses tripes comme une petite bête répugnante. Voilà dans quel état vous mettait l'amour, se dit-elle, prise de vertige. Dès qu'on tenait à quelqu'un, on se rongeait les sangs au point d'en perdre la tête.

Crystal se moquait de sa hantise de l'amour.

« Tu es comme les gens qui ont peur de l'eau.

— Mais j'ai peur de l'eau.

— C'est complètement irrationnel.

— Non. Ce qui est irrationnel, c'est de donner son cœur et son âme à quelqu'un en pensant qu'il en prendra soin. Pourquoi ferais-je une chose pareille ? »

Crystal lui avait décoché un sourire que la fin de son mariage teintait de regrets et d'une sagesse durement gagnée.

« Parce que c'est seulement ainsi que la vie prend enfin un sens », avait-elle répondu.

« Ma vie a un sens », riposta silencieusement Lily en sortant de la salle de bains. Du moins en avait-elle un jusqu'à ce qu'elle soit propulsée dans cette situation incongrue de personnes disparues.

Elle mit le téléphone à recharger et alla se préparer une tasse de tisane.

Ce matin, elle prendrait du ginseng afin d'aiguiser son esprit. Le café dégageait un parfum insupportablement délicieux, mais elle s'interdit d'approcher du sachet bleu de Lavazza. Quand on était déjà folle d'inquiétude, pourquoi prendre un produit connu pour énerver ?

Elle marcha de long en large dans la cuisine en attendant que l'eau bouille. Lettres, factures et courrier divers encombraient une partie de la table. Le réfrigérateur était couvert de dessins d'enfant anciens et récents, de recettes et conseils de régime, de coupons d'épicerie périmés, de formulaires pour l'école.

Lily sortit les assiettes et les couverts propres du lave-vaisselle et les rangea. Puis elle entreprit de ranger l'étagère des épices. Guettant l'ébullition, elle ôta la bouilloire de la cuisinière avant même qu'elle commence à siffler et mit la tisane à infuser.

Ensuite, pour tromper sa nervosité, elle s'attaqua aux placards. Ils étaient dans un tel désordre que faire la cuisine devait être une tâche très compliquée. Crystal était une personne créative, mais absolument pas ordonnée.

Debout au milieu de la pièce, Lily se demandait où ranger un verre gradué en Pyrex lorsque le bruit d'un moteur enfla puis cessa. Elle entendit une portière s'ouvrir et se refermer.

« Merci, mon Dieu ! songea Lily en se ruant vers la porte de service. La voilà qui rentre enfin. »

C'était Sean Maguire. Et seul. Il marchait lentement vers elle.

Le soleil levant peignait tout de différentes teintes rosées à coups de pinceau précis. Chaque brin d'herbe, chaque brique de l'allée, la texture de l'écorce sur les troncs d'arbres, les formes des feuilles naissantes, tout était capturé de façon délicieusement et impitoyablement détaillée. Les larges épaules de Sean Maguire et ses cheveux hirsutes se détachaient sur la lumière incandescente.

Lily resta sur le seuil, son cœur comprenant la vérité avant son cerveau. Sean se tenait à contre-jour, si bien qu'elle ne pouvait déchiffrer son expression, mais c'était inutile. Sa démarche rigide était éloquente.

Il y eut un instant – une fraction de seconde, en fait – durant lequel elle se mentit. L'espoir mourut dès qu'il pénétra dans la flaque de lumière que projetait la cuisine et qu'elle vit son visage.

Lily décida de parler la première. Cela lui laisserait au moins quelques secondes de plus. Quelques secondes de plus pour croire que le monde était normal. Quelques secondes de plus pour croire que rien n'avait changé.

— Les enfants dorment, dit-elle dans un murmure.

Il hocha la tête. Sa pomme d'Adam monta et descendit tandis qu'il déglutissait. Lily restait concentrée sur les détails – la barbe naissante qui assombrissait sa mâchoire, l'épaisseur de ses cils. Elle remarqua sur sa joue une mince entaille toute fraîche que deux minuscules pansements maintenaient fermée. Il avait l'air d'avoir irrémédiablement vieilli depuis son départ, quelques heures plus tôt.

Lily eut envie de crier. Des hurlements couvriraient les mots qu'il allait dire. Elle ne le fit pas, bien entendu. Elle pouvait hurler à en devenir aphone, rien n'effacerait la vérité.

— Où est Crystal ? demanda-t-elle enfin.

« Oh, non, supplia-t-elle silencieusement, ne le dites pas ! Je vous en prie, ne le dites pas ! » Un nœud de larmes obstrua sa gorge.

— C'était un accident, dit Sean.

Ce fut ce qu'il ne dit pas qui rugit dans la tête de Lily. Il ne dit pas que Crystal allait bien. Il ne dit pas qu'elle était dans les mains des chirurgiens, qu'elle s'en sortirait. Il ne dit rien de ce genre.

— Tous les deux ? s'entendit-elle demander.

Il hocha la tête, le regard hanté.

Ce fut le bruit de la chute d'un objet qui rappela à Lily qu'elle tenait un récipient en Pyrex. Le verre heurta le seuil, roula sur l'allée, mais, curieusement, resta intact.

Ce que ne virent ni Sean ni Lily.

Elle se sentit tomber, lentement, et l'unique moyen de stopper sa chute fut de s'écrouler contre la poitrine de Sean et de laisser les bras de cet étranger se refermer sur elle.

Elle ne trouva aucun réconfort dans cette étreinte. Crystal était partie, et cette vérité creusait un trou béant dans sa vie.

Puis Lily se rappela que l'homme qui la soutenait avait perdu son frère. Il ne devrait pas avoir à la soutenir alors que lui-même avait quelqu'un à pleurer.

Elle s'écarta. Des cris de révolte et d'horreur montaient en elle, mais elle les retint. Elle ferait au moins ça pour Crystal. Elle n'offrirait pas aux enfants de sa meilleure amie le spectacle indécent d'une femme sanglotante et désemparée.

15

Samedi, 6 h 45

— Où ? demanda Lily, dont le corps tout entier était douloureux, comme si elle avait elle aussi été victime d'un accident.

— Sur la route de la côte, à quelques kilomètres de la sortie de Seal Bay.

Elle se demanda ce qu'ils étaient allés faire là-bas, mais garda ses pensées pour elle.

— Que s'est-il passé ?

— La voiture a quitté la route. Sans doute ont-ils fait une embardée pour éviter un obstacle. La chaussée était glissante, le remblai est à moitié effondré… Ils ont dévalé la falaise.

— Quand la police de la route les a-t-elle trouvés ?

L'idée que Crystal était restée prisonnière de la carcasse, blessée et terrifiée, l'horrifiait. Puis elle vit le visage de Sean se crisper.

— Ô Seigneur… C'est vous qui les avez trouvés, n'est-ce pas ?

Elle ferma les yeux pour repousser l'image que trahissaient les traits torturés de Sean.

— Il y a deux heures, répondit-il d'une voix que le chagrin et le manque de sommeil rendaient rauque.

— Je suis désolée, dit-elle en se retenant de lui prendre la main. Ça a dû être terrible.

Elle ne pouvait contrôler son imagination. Elle se demanda s'ils avaient souffert, s'ils s'étaient débattus pour rester en vie, mais ne put se résoudre à poser la question. Elle préférait croire que Crystal était morte sur le coup.

— Et maintenant ?

— La police de la route va venir. Je leur ai demandé de me laisser les précéder. Je ne voulais pas que les gosses se réveillent en découvrant un paquet de voitures avec des gyrophares dans l'allée et leur maison envahie d'inconnus.

— Vous avez raison. Je suis de votre avis.

La bouche de Lily s'assécha complètement. Parler, même bouger, était devenu incroyablement difficile.

— Ça ne va pas, marmonna-t-elle en se forçant à regagner la cuisine. Je perds la tête, et il ne le faut pas, ajouta-t-elle en regardant un placard à moitié rangé. Je dois me reprendre pour les enfants.

Il entra dans la pièce, l'empoigna par les épaules et la regarda dans les yeux. Son geste brusque la décontenança.

— Oui, dit-il d'un ton ferme. Il le faut. Et vous y arriverez. Nous y arriverons tous les deux.

Par miracle, soutenir son regard ne fût-ce qu'un instant aida Lily à recouvrer son sang-froid. Sans doute le chagrin immense qu'elle lut dans les yeux de Sean l'obligea-t-il à se reprendre. Elle devait affronter les faits. Crystal était morte. Derek était mort. Les enfants étaient vivants, et ils avaient besoin d'elle.

— Oui, d'accord, dit-elle après s'être éclairci la gorge. Les enfants. Ils sont notre priorité. Il faut que nous réfléchissions à la façon dont nous allons les mettre au courant. Cela influera sur la façon dont ils réagiront.

— Oui, fit-il en la lâchant. Je suis d'accord. La police envoie aussi quelqu'un du Service de protection de l'enfance.

— Le Service de protection de l'enfance ? répéta Lily, abasourdie.

— Ils disent que c'est la procédure normale dans des cas de ce genre, quand... quand les deux parents sont morts.

Il fit une pause et parut avoir du mal à respirer.

Lily pensa de nouveau à lui offrir un geste de réconfort, comme il l'avait fait pour elle, mais ses bras restèrent immobiles le long de son corps et ses poings serrés.

— J'imagine que c'est leur boulot de s'assurer qu'il y a quelqu'un pour s'occuper des enfants, dit-elle d'une voix faible.

— Je leur ai dit qu'ils étaient en sécurité, mais la loi les oblige à venir le vérifier, expliqua-t-il en se massant la nuque. Ils voulaient envoyer quelqu'un tout de suite, mais j'ai dit que je préférais prévenir les gosses d'abord.

Lily eut un sursaut d'appréhension.

— Vous connaissez à peine ces enfants, dit-elle en imaginant leurs visages innocents.

— Ils n'ont plus que moi.

En ce qui concernait la famille, il avait presque raison. Crystal était fille unique. Son père était mort avant la naissance d'Ashley, et sa mère était dans une clinique. Dans ses meilleurs jours, Dorothy se souvenait tout juste de son nom. Sa dernière attaque cérébrale l'avait laissée à peine capable de parler. En l'occurrence, la diminution de ses capacités était une bénédiction : elle ne comprendrait pas que sa fille était morte.

Quant à Derek, il avait un beau-père qui vivait à Palm Desert et un demi-frère, Sean Maguire.

— Crystal est ma…

Lily s'arrêta et inspira à fond.

— Elle était ma meilleure amie.

Voilà. Elle l'avait fait. Elle avait parlé de Crystal à l'imparfait.

— Ses enfants sont comme les miens.

La force de sa propre conviction la frappa. Jamais elle n'avait exprimé aussi nettement l'emprise qu'avaient ces enfants sur son cœur. Une sensation inconnue l'habitait, l'instinct de protection qui pousse la femelle de l'aigle à descendre en piqué pour défendre ses petits. Cette comparaison l'effraya. Les enfants n'avaient pas besoin d'elle comme amie de leur mère ou comme institutrice. Ils avaient besoin d'elle d'une façon qui risquait de chambouler complètement sa vie, ils avaient besoin de choses qu'elle n'était pas sûre de posséder.

Sean se dirigea vers le salon.

— Nous le leur annoncerons ensemble.

— Ils se lèveront peut-être tard, comme ce n'est pas un jour d'école…

Des pleurs leur parvinrent de l'étage.

« Non, se dit Lily. Pas encore, s'il vous plaît, pas encore. Qu'ils dorment encore un peu et profitent d'une douce ignorance. »

Les pleurs reprirent, plus insistants. Lily et Sean échangèrent un regard.

— J'y vais, dit-elle en se dirigeant vers l'escalier.

— Moi aussi.

Ils trouvèrent Ashley debout dans son petit lit, cramponnée aux barreaux, le visage crispé par la préparation d'une nouvelle série de hurlements. Elle y renonça dès qu'elle vit Lily, sourit et tendit les bras, en ouvrant et refermant les mains comme pour happer l'air. De l'autre côté de la pièce, Charlie bougea dans son lit, mais ne se réveilla pas.

Lily émit un « chut » apaisant, tout en prenant le bébé dans ses bras. La couche était lourde et compacte. Lily remarqua que Sean était resté sur le seuil, hésitant à entrer, et la réalité creva la stupeur dans laquelle la nouvelle de la mort de Crystal l'avait mise. Cette petite fille totalement sans défense se retrouvait orpheline et dépendante d'un oncle qui avait l'air d'un grand enfant et d'une femme qui s'était juré de ne pas être mère.

— Je vais la changer, dit-elle à Sean d'une voix peu assurée.

— D'accord. Moi, je vais faire du café.

— Voilà qui nous rendra grand service, murmura-t-elle dans la salle de bains. Du café ! Exactement ce dont nous avons besoin.

— Miam miam, dit Ashley.

Lily remarqua qu'en gardant les yeux fixés sur le visage du bébé, elle parvenait à se contrôler, mais ce n'était pas le visage du bébé qui avait besoin de soins. Le plus étonnant fut la docilité touchante avec laquelle Ashley endura les gestes maladroits de Lily.

Le pyjama ajusté fut difficile à ôter, mais la couche ne demandait que ça. Ensuite, Lily resta immobile, la couche sale roulée en boule dans une main, l'autre main plaquée sur le ventre du bébé pour l'empêcher de tomber de la table.

— Je ne peux pas te lâcher pour mettre ça dans la poubelle, expliqua-t-elle à la petite fille.

Celle-ci fit claquer ses lèvres.

— Judrange, dit-elle. Gâteau.

— Dans une minute. On va d'abord te rhabiller.

Elle décida de laisser la couche sur la table à langer pour le moment. D'ailleurs, où était la poubelle ? Crystal n'avait jamais été la personne la plus organisée au monde, mais on aurait pu penser qu'elle aurait laissé les choses indispensables à portée de main.

— Lily triste, remarqua Ashley. Lily pleure.

Lily s'aperçut que ses joues étaient humides. Elle les essuya avec une lingette.

— Tu as raison. Mais ça va aller, affirma-t-elle, bien qu'elle eût l'impression de se dévider comme une bobine de fil.

Sa meilleure amie était morte, et elle n'avait pas le droit de s'effondrer et de la pleurer tout son soûl.

— Ça va aller, répéta-t-elle en affichant un grand sourire. OK ?

— OK.

À force de tâtonner, elle parvint à mettre une couche propre à Ashley, une chemise et un pantalon. Comme elle soulevait la petite fille et la posait debout sur le carrelage, Lily s'aperçut dans la glace ronde encadrée de fées roses.

Elle avait une allure tout à fait normale – en tout cas pour quelqu'un qui venait de passer une nuit blanche. Mais à l'intérieur, tout était dévasté. Tout en courant derrière le bébé qui se sauvait vers l'escalier, elle comprit que sa vie avait été définitivement chamboulée. Qu'elle-même était différente de la personne qu'elle était la veille, comme si une étrangère s'était glissée dans sa peau.

Ashley prit son doigt et descendit les marches avec une lenteur insoutenable. Elles étaient au milieu de l'escalier lorsque Lily sentit une présence derrière elle et se retourna.

Charlie.

— Maman, fit Charlie d'une voix pâteuse. Où est maman ?

— M'man ! répéta Ashley de sa voix de chérubin.

Lily et Sean échangèrent un regard terrifié. La vue du visage encore ensommeillé de Charlie bouleversa Lily. Comment ? Comment devaient-ils lui annoncer la nouvelle ?

— Bonjour, petite fille, dit-elle en caressant les cheveux ébouriffés de l'enfant.

— Bonjour, Lily. Bonjour, oncle Sean. Qu'est-ce que tu t'es fait à la figure ?

— Rien de grave, répondit Sean. Tu veux bien aller voir si Cameron est levé ?

— Le samedi, il se lève toujours très tard, signala Charlie.

Elle regarda successivement Sean et Lily et son visage s'assombrit. Ses yeux exprimèrent une compréhension qui glaça Lily.

— Bon, d'accord, fit la petite fille. Je vais le chercher.

— Elle a deviné qu'il s'était passé quelque chose de grave, dit Sean.

Lily prit le bébé dans ses bras, l'emmena à la cuisine et l'installa dans sa chaise haute.

— Elle s'en doute depuis hier, renchérit-elle.

Sean tendit un biscuit à Ashley en la regardant comme si elle était une bombe à retardement. Elle soutint son regard durant un instant de silence très éloquent, puis accepta le biscuit.

— 'Ci, dit-elle.

Elle avait l'air d'apprécier un peu plus Sean ce matin.

Lily prit la tasse de tisane qu'elle s'était préparée un peu plus tôt et y trempa les lèvres. Le breuvage était froid et amer. Elle se souvint qu'elle l'avait mis à infuser avant le retour de Sean. C'est-à-dire une éternité plus tôt, dans un autre univers, avant qu'elle ait à affronter le fait que sa meilleure amie et le mari de celle-ci étaient morts.

— Qu'est-ce qui se passe ? demanda Cameron d'une voix grincheuse encore embrumée de sommeil.

Charlie entra et courut se blottir dans les jambes de Sean.

— Je l'ai obligé à se lever, il est furieux.

Lily remplit de jus de fruits un gobelet qu'elle donna au bébé. Cameron se planta sur le seuil, les jambes écartées, prêt à prendre la fuite.

Lily sentit le regard de Sean se poser sur elle. Maintenant ? semblait-il demander. Elle hocha légèrement la tête. À quoi bon gagner du temps ?

« Ces pauvres enfants, songea-t-elle en serrant les dents pour refouler un sanglot. Nous sommes aussi perdus qu'eux. »

Sean s'éclaircit la gorge. Il prit la main de Charlie et regarda Cameron dans les yeux.

— Il y a eu un accident de voiture…

Le visage de Charlie se décomposa et ses épaules fléchirent, secouées de tremblements. Sean mit son bras autour d'elle. Lily s'approcha de Cameron, la main tendue. Ignorant son geste, il demeura aussi immobile qu'une statue de pierre.

— Vos parents étaient ensemble, comme on l'avait supposé, et le temps rendait la route dangereuse, poursuivit Sean avec une pointe d'incrédulité dans la voix. Et la voiture a… euh… elle a dévalé la falaise.

À chaque mot, il était devenu un peu plus livide.

Toute expression quitta le visage de Cameron, laissant place à un néant absolu.

Un film de sueur perlait sur le front et au-dessus des lèvres de Sean. Lily songea à ce qu'il avait dû vivre cette nuit pendant qu'eux se reposaient. Elle regarda les égratignures sur son visage et ses mains, son chandail déchiré, se rappela les bottes boueuses qu'il avait laissées dehors. C'était lui qui avait trouvé son frère et Crystal. Qu'avaient vu ces yeux tourmentés ? Les avait-il touchés ? Avait-il pleuré ?

Elle se posa ces questions comme si cela lui importait, mais, à sa grande surprise, elle n'éprouvait qu'une sorte de stupeur assourdissante. Elle pouvait enregistrer les faits, mais, que Dieu lui vienne en aide, sans en tirer de sentiments précis.

Elle baissa lentement la main et toucha celle de Cameron.

— Nous ne savons que dire, murmura-t-elle.

— Y a rien à dire ! riposta-t-il en la regardant avec fureur.

— Si, mais personne ne sait par où commencer.

Cameron dégagea sa main. Durant une fraction de seconde, son visage trahit le choc et un immense chagrin, puis l'expression abasourdie d'un animal blessé noya ses traits.

Le spectacle de cette souffrance perça la torpeur dans laquelle était plongée Lily, et elle découvrit que le plus difficile à endurer ne serait pas son propre chagrin.

16

Samedi, 7h05

Sean s'assit et prit Charlie sur ses genoux. Il s'efforçait de trouver des mots susceptibles d'exprimer l'indicible. Sa bouche lui semblait emplie de poussière.

— Où sont-ils ? demanda Cameron.

— Maman, fit Charlie dans un murmure.

— Les secouristes les ont sortis de la voiture et emmenés.

Il revit la lumière aveuglante des projecteurs qu'alimentait un générateur, la pluie d'étincelles jaillissant de la scie qui découpait la tôle, la déception visible des secouristes. Leur boulot était de sauver les gens. Dégager des cadavres était beaucoup moins gratifiant.

L'un d'eux, qui portait une grosse boîte et un réservoir d'oxygène, avait arrêté Sean.

« Et vous ? Ça va ?

— Je n'ai rien », avait répondu Sean, la bouche sèche.

Il se sentait enveloppé dans une sorte de gaze qui noyait sa vision, étouffait les sons, l'isolait du monde.

« Restez tranquille, avait dit le type. Je vais nettoyer vos écorchures.

— Ce n'est pas la peine…

— C'est mon boulot. »

Il avait jeté une couverture sur les épaules de Sean et posé sa boîte, dont le fond s'était déplié comme un présentoir. Elle contenait divers instruments, masques, ciseaux, forceps, pansements et autres objets que Sean n'avait pu identifier. Il avait cligné des yeux lorsque l'homme avait allumé la lampe de son casque.

« Ce sont juste des égratignures.

— Dans ce cas, il n'y en aura pas pour longtemps. »

Le secouriste avait commencé à nettoyer le visage et les mains de Sean, qui avait de nouveau tenté de protester.

« Écoutez-moi, mon vieux, avait grondé l'homme. Vous avez vraiment une sale gueule. Vous ne pouvez pas aller trouver les enfants de ces gens dans cet état. »

L'argument avait porté. Mais, lorsque le secouriste avait voulu soigner l'écorchure de sa joue, Sean tremblait tellement qu'il avait fallu qu'un autre secouriste vienne le maintenir.

Le nouveau venu mâchait un chewing-gum mentholé dont l'odeur, pourtant distincte, ne parvenait pas à masquer la puanteur de l'huile, de l'essence et du sang. Son collègue s'était placé entre Sean et la voiture accidentée, sans doute pour lui cacher l'opération sinistre de la désincarcération. Par-dessus son épaule, Sean avait vu l'aube se lever sur le paysage, le remblai effondré, la pente raide, les panneaux « Propriété privée », « Défense d'entrer ».

« Ils ont de la famille ? avait demandé le secouriste qui retournait son chewing-gum entre ses dents de devant.

— Trois gosses.

— Putain, ça, c'est moche. »

Dans la cuisine, que baignait à présent la lumière dorée du matin, Sean tressaillait encore au souvenir de ces mots.

— Vos parents ne s'en sont pas sortis, dit-il aux enfants. Selon les secouristes, ils sont morts... sur le coup. Ils n'ont pas souffert et ils n'ont pas eu peur.

Assise sur ses genoux, Charlie se mit à trembler comme un petit oiseau tombé du nid. Il resserra ses bras autour d'elle et posa le menton sur ses cheveux doux. Il aurait voulu pouvoir l'encercler complètement, l'engloutir, former de son corps une carapace qui la protégerait de tout.

— Je suis désolé, dit-il. Je suis tellement désolé.

Jamais ces mots n'avaient semblé aussi peu satisfaisants.

— Maintenant, tu vas nous dire ce que tu as sur la figure ? demanda Charlie dans un murmure craintif.

— Quelques égratignures, c'est tout, répondit-il doucement. À cause des branches.

— Ça fait mal ?

— Ce n'est pas grave.

— Qui va s'occuper de nous ?

— C'est moi, chérie.

La police avait déjà vérifié qu'il était le parent le plus proche des enfants. Dans l'immédiat, ils étaient sous sa garde. Plus tard, une assistante sociale évaluerait la situation, s'assurerait que tout était bien organisé pour les trois orphelins. Sean n'avait pas eu le temps d'analyser les conséquences de cette décision, mais il lui était tout simplement impossible de regarder Charlie dans les yeux et de se défiler.

— Nous le ferons tous les deux, intervint Lily.

Des larmes ruisselaient sur ses joues, mais sa voix ne tremblait pas.

Cameron n'avait pas bougé du seuil. Il avait l'air douloureusement tendu, replié sur ses émotions. Son univers s'était écroulé dans la nuit, il l'avait parfaitement compris. La vie telle qu'il la connaissait était terminée, son enfance derrière lui.

Bien qu'il l'ait déjà repoussée, Lily reprit sa main.

— Cameron, je regrette tant.

De nouveau, il se dégagea et recula.

— Et maintenant ? demanda-t-il d'une voix coléreuse.

Lily regarda Sean, les yeux noyés de tristesse. Elle semblait sur le point de s'effondrer, mais tenait bon. Leurs regards se soudèrent un instant. Il avait beau connaître à peine cette femme, le chagrin qu'il lisait sur son visage la lui rendit tout à coup très proche. Puis elle cligna des yeux, et ce moment passa. Ils étaient de nouveau deux étrangers.

— Nous ne savons pas, Cameron, dit-elle. Il faut prendre les choses les unes après les autres.

— 'core, dit Ashley en secouant son gobelet.

Sean, Lily et Cameron accoururent immédiatement auprès d'elle. Tous avaient très envie de se réfugier dans des activités banales – donner du jus de fruits au bébé, essuyer une miette sur sa bouche, décrocher le téléphone qui se mettait à sonner.

Qui pouvait bien appeler à une heure aussi matinale ? se demanda Sean. Peut-être Maura. Ou bien la police de la route, pour annoncer qu'il y avait eu une erreur, que l'accident que Sean avait découvert concernait des inconnus.

— Allô ?

— Melanie Larkin, de la chaîne KBUZ. J'appelle pour avoir des détails sur la tragédie de…

— Allez vous faire foutre ! dit Sean en raccrochant brutalement.

— Fout'e ! cria le bébé en frappant le plateau de sa chaise avec son gobelet.

Charlie le regarda avec des yeux comme des soucoupes.

— Pardon pour le vocabulaire, dit Sean, dont le cou rougit. C'était une journaliste qui voulait des détails.

— Comment a-t-elle su qui appeler ? demanda Cameron.

— Les journalistes écoutent les fréquences de la police et des services de secours, expliqua Sean. Mais j'ignore comment cette bonne femme a obtenu le numéro d'ici.

Le téléphone sonna de nouveau.

— Regardez qui appelle, suggéra Lily.

Cameron examina le petit écran.

— Je ne reconnais pas le numéro.

— Alors, laissons sonner, dit Lily.

— Mieux que ça, on va débrancher ce put… ce truc, déclara Sean en ôtant la prise du mur.

Ailleurs dans la maison, un autre appareil continua de sonner, puis céda la place au répondeur. La voix enregistrée de Crystal vint caresser chacun comme un doux fantôme.

Charlie inclina la tête sur le côté.

— Maman, murmura-t-elle.

Dans le silence qui suivit, Sean se sentit soudain écrasé par la fatigue de sa nuit blanche.

— Rasseyons-nous, dit-il.

Charlie se hissa de nouveau sur ses genoux, et il trouva un étrange réconfort dans la chaleur et le poids de son corps, l'odeur de bonbon de ses cheveux. Et, instantanément, il se sentit coupable d'avoir tiré du réconfort de cette enfant terrifiée et blessée.

Lily versa des Cheerios dans un bol en plastique qu'elle posa devant Ashley.

— 'ci, fit le bébé.

— Je t'en prie.

Cameron était toujours tendu, les nerfs à vif. Il posa une fesse sur un tabouret, prêt à fuir.

Le téléphone sonna à l'étage.

— Pourquoi tous ces gens appellent ? gémit Charlie.

— J'ai peur qu'il y en ait beaucoup, dit Lily.

— C'est à cause de papa, dit Cameron. Parce qu'il est célèbre.

— Parce que vos deux parents sont aimés de quantité de gens qui s'inquiètent pour vous. Nous n'avons qu'à ignorer le téléphone et décider de ne parler qu'aux gens que nous aurons choisis, d'accord ? suggéra Lily.

— Quelqu'un de la police de la route va arriver d'une minute à l'autre, intervint Sean.

— Pour quoi faire ? s'écria Cameron. Donner une contravention à papa ?

Sa colère augmentait de minute en minute.

— Sans doute pour poser quelques questions. Et une assistante sociale va s'assurer qu'on s'occupe de vous, les enfants. En attendant, il faut prévenir Jane.

— Elle est peut-être déjà au courant, dit Lily.

— Il faut quand même lui téléphoner. Ensuite, j'appellerai mon père en Californie.

Il sentit la tête lui tourner. Comment faisait-on ça, bon Dieu ? Comment décrochait-on le téléphone et lâchait-on les mots : « Derek est mort » ?

— Et la famille de Crystal ? demanda-t-il.

— Son père est mort et sa mère est dans une clinique, dit Lily. Elle n'a personne d'autre.

— Grand-mère Dot est malade, intervint Charlie. Elle ne sait plus qui est qui.

— Elle a eu une série d'attaques cérébrales, précisa Lily, et la dernière a été grave.

Sean comprit qu'elle évitait d'entrer dans les détails devant les enfants.

— Appelez Jane, dit Lily.

La directive irrita Sean. Puis il leva les yeux vers l'horloge et hocha la tête. Les informations du matin risquaient d'annoncer l'accident. Et Maura ? En revenant du lieu de l'accident, il l'avait appelée, en vain. Il avait laissé un message : « Appelle-moi dès que tu pourras. C'est important. »

Il attendait toujours.

Lily avait l'air choquée, aussi fragile qu'une couche de glace autour d'une brindille. Il ne faudrait pas grand-chose pour la briser. Seuls les enfants l'empêchaient de s'effondrer, comprit-il.

Il tapota la tête de sa nièce.

— Il vaut mieux que je fasse ça tout de suite.

Charlie se laissa glisser à terre, et Lily ouvrit les bras.

— Monte à bord.

Le visage grave, Charlie obéit et appuya la joue contre la poitrine de la jeune femme. La petite fille pleurait sans faire de bruit. Sean trouva une boîte de Kleenex et la posa sur la table près d'elles.

— Cameron, surveille Ashley pendant que je téléphone.

Cameron hocha la tête et remplit de jus de fruits le gobelet du bébé.

Sean prit le numéro de Jane et ouvrit son portable. Comment faisait-on une chose pareille ? Annoncer la mort de quelqu'un ? se demanda-t-il de nouveau en remarquant le tremblement de ses mains. La sonnerie retentit. Il sortit sur la véranda. Il n'avait aucune idée de ce qu'il devait dire à cette femme, de la façon dont il devait lui apprendre la nouvelle. Il voulait faire les choses bien, mais il connaissait à peine la petite amie de son frère. Il avait pensé que Derek et lui redeviendraient proches, maintenant qu'il était revenu d'Asie. Qu'ils avaient toute la vie devant eux pour rattraper le temps perdu.

— Jane, dit-il après le bip sonore, rappelez-moi dès que vous aurez ce message.

Il laissa son numéro, puis fit quelques pas dans le jardin en inspirant à fond. Le monde semblait exactement identique à ce qu'il était la veille, comme si rien ni personne n'y manquait. Le besoin de continuer à marcher, de fuir le saisit. Comme tant d'autres fois. Mais, voilà, avec trois orphelins sur les bras, ce n'était plus possible.

Comme il atteignait le bout de l'allée, l'éclair d'un flash l'aveugla.

— Foutez le camp ! cria-t-il.

17

Samedi, 11 h 15

— Merci d'être venus, dit Lily en maintenant la porte ouverte pour le policier et l'assistante sociale qui s'en allaient.

— Appelez-moi quand vous voulez, de nuit comme de jour, dit Susie Shea, l'assistante sociale.

Elle avait passé quelques heures dans la maison, les aidant tous à tenir le coup et leur expliquant ce qui allait se produire, étape par étape. Bien qu'emplie de compassion, elle n'avait pas édulcoré la situation. Les enfants Holloway étaient pour l'instant pupilles de l'État et soumis à une surveillance exigeante des services sociaux, ce qui impliquait des visites et des rapports réguliers.

Lily referma la porte et appuya le front contre le battant. Jamais elle ne s'était sentie aussi épuisée. Elle avait l'impression d'avoir été vidée et essorée et qu'il ne restait plus rien en elle, sauf la douleur accablante du chagrin. Quelques livres de bibliothèque traînaient sur la table de l'entrée – *Croisière dans les Caraïbes, La Génétique pour les nuls, Comment survivre dans une maison de santé,* et deux romans policiers. Selon le tampon que chaque volume portait au dos, il y avait longtemps qu'ils auraient dû être restitués. À côté des livres, elle vit un ticket de pressing et le reçu d'un tirage de photos. Une vie avait été interrompue, des courses ne seraient jamais faites. La perspective de trier le courrier et d'achever ce qu'avait commencé Crystal s'ajouta au poids déjà insupportable du chagrin.

Les enfants de son amie étaient orphelins, à présent. L'idée était ahurissante, incroyable, insupportable. Lily n'arrivait pas à l'assimiler. Ces petits étaient complètement seuls au monde. Dans l'immédiat, les services sociaux les confiaient à Sean Maguire, qui vivrait avec eux dans cette maison. Aux yeux de l'administration, c'était le meilleur arrangement. Dorothy Baird n'étant pas en état de s'occuper d'eux, Sean allait assumer le rôle de tuteur, en attendant du moins qu'on ait décidé si c'était définitif ou bien si l'on désignait quelqu'un d'autre.

— Oui, d'accord, avait-il répondu lorsque Mlle Shea le lui avait expliqué.

Lily n'était pas certaine qu'il ait enregistré. Il avait l'air hagard, et si l'assistante sociale lui avait demandé : « Et avec ça, vous voulez des frites ? », il aurait sans doute répondu la même chose.

Les trois enfants allaient être suivis par un psychologue spécialiste du deuil. Charlie et Cameron risquaient fort de souffrir de traumatismes. Ashley pouvait ne pas souffrir du tout ; il était trop tôt pour le savoir.

Tout en empilant soigneusement les livres de bibliothèque, Lily s'efforçait d'accepter la situation. L'impensable était arrivé, et dans l'immédiat, Sean Maguire était le chef de famille.

— Eh bien, ils en ont de la chance, marmonna-t-elle.

— Qui a de la chance ? fit une voix masculine.

Surprise, Lily se retourna et s'essuya nerveusement les mains sur les cuisses. Maguire la décontenançait – ou peut-être n'était-ce pas lui, mais cette situation aberrante.

— Où sont les enfants ?

— En haut. Ashley dort. J'ai mis une vidéo pour Charlie, et Cameron… il regarde par la fenêtre. Qui a de la chance ?

— Personne. Je pensais tout haut, dit-elle.

Son regard tomba sur l'enveloppe qu'il tenait. S'y trouvait une liasse de documents concernant la garde des enfants.

— Vous êtes sûr que vous avez envie d'assumer cette responsabilité ? demanda-t-elle.

— L'envie n'a rien à voir là-dedans. Ce sont les enfants de mon frère. Ils n'ont que moi.

— Crystal voulait que je veille sur ses enfants, lâcha-t-elle enfin.

— D'où tenez-vous ça ? Elle a laissé un mot, ou quelque chose comme ça ?

Lily inspira à fond et tenta d'ignorer son ton agressif.

— Je suis leur marraine. Nous en avons parlé après la naissance d'Ashley et la première attaque cérébrale de sa mère. Crystal m'a dit qu'elle allait modifier son testament et que si quelque chose leur arrivait, à Derek et à elle, j'aurais la garde des enfants.

Cela avait en fait bien amusé les deux jeunes femmes. « Toi qui as fait le vœu de ne pas avoir d'enfants, tu vas peut-être te retrouver avec trois mômes sur les bras » avait commenté Crystal.

Imaginer l'univers ordonné de Lily bouleversé par le chaos d'une vie de famille les avait fait rire. L'idée même était ridicule.

Bien qu'elle fût épuisée par sa nuit blanche, Lily marchait nerveusement de long en large.

— Vous savez, c'était le genre de conversation qu'on a parfois au sujet de trucs dont on est quasiment sûr qu'ils n'arriveront jamais.

Il hocha la tête.

— Je comprends. Mlle Shea dit que la plupart des couples ne se donnent pas la peine de faire un testament. Derek et Crystal en ont fait chacun un, c'est certain. De là à désigner un tuteur pour les enfants… La plupart des gens n'en voient pas l'intérêt. C'est comme prendre une assurance avant de monter dans un avion.

— Je prends toujours une assurance avant de monter dans un avion, répliqua Lily, qui se sentait à la fois fébrile et d'humeur légèrement belliqueuse. J'ai dit à Crystal : « D'accord, bien sûr que je m'occuperai de tes enfants. » J'étais censée signer un papier rédigé par un notaire ou un avocat, mais on n'a plus jamais abordé ce sujet. Pourquoi l'aurait-on fait ? Des choses pareilles n'arrivent pas.

En silence, Sean la jaugea d'un regard froid, puis il demanda :

— C'est aussi ce que voulait Derek ?

Elle éprouva une pointe de ressentiment, qu'elle se reprocha aussitôt.

— Je ne sais pas ce qu'il voulait.

En dehors du divorce et de la garde alternée des enfants, qu'il avait obtenus.

Elle garda ses commentaires pour elle. Cet homme avait perdu son frère. Lui dire ce qu'elle pensait de Derek ne les aiderait ni l'un ni l'autre.

« Allons, reprends-toi », se dit-elle. Chaque fois qu'elle essayait de réfléchir posément, la réalité insoutenable éclatait dans sa tête : Crystal était morte.

Comment était-ce possible ? se demanda-t-elle en regardant la cuisine. Crystal n'était pas censée s'en aller comme ça. Il y avait des courses à faire, des rendez-vous griffonnés dans son agenda. Elle était censée revenir dans cette maison, auprès de ses enfants, dans sa vie. Cela paraissait impossible, inadmissible même, qu'elle ne le fasse pas.

Lily ferma les yeux et déclencha dans sa tête une série d'arrêts sur image, comme une séance de projection de diapositives : Crystal, adolescente, apprenant à Lily à faire la roue, et plus tard, jeune femme aux joues rosies par la victoire après un concours de beauté. Crystal en mariée, avec l'air d'une princesse de conte de fées, puis en sueur et heureuse d'avoir donné le jour à un enfant. Crystal assise, la veille, dans la salle de classe de Lily, déchiquetant un Kleenex tout en discutant des problèmes de sa petite fille. Elle avait été si éclatante, si vivante. Comment empêcher que ces souvenirs s'effacent ? Comment aider les enfants à ne pas oublier leur mère ?

Lily rouvrit les yeux et regarda Sean.

— Et Derek et vous, vous en aviez parlé ?

— Non. Jamais. Comme vous l'avez dit, on ne pense pas à ça. Personne.

— Ces enfants ont besoin de savoir ce qui va leur arriver, pas seulement la semaine prochaine mais toute l'année à venir, et toute leur vie.

— Je sais.

Susie Shea leur avait dit de mettre au point une organisation temporaire, afin que la vie des enfants continue à peu près normalement.

— Je suppose que nous en saurons plus dans la semaine, dit Lily. Vous savez, à la lecture des testaments.

Un silence embarrassé s'établit. Le bruit ténu de la télévision leur parvint de l'étage.

— Et que se passe-t-il avec Jane Coombs ? demanda Lily. Je pensais qu'elle accourrait dès qu'elle connaîtrait la nouvelle.

— Je l'ai eue au téléphone. Elle était hystérique. Elle voulait venir tout de suite, mais je lui ai dit d'attendre d'avoir repris son calme. J'ai pensé que ça ne ferait aucun bien aux enfants de la voir dans cet état. Mais elle devrait être là, maintenant.

— Elle était sur le point de devenir leur belle-mère. Comment peut-elle rester au loin ?

Lily se leva, cherchant des yeux quelque chose à ranger ou à nettoyer.

— Et maintenant, que fait-on ? demanda-t-elle. Les enfants ont besoin de certitudes, Sean. Ils ont besoin de savoir qui va préparer leur petit déjeuner et les déposer à l'école ; ils ont besoin de savoir avec qui ils vont fêter Noël et qui va signer leurs mots d'excuse et les emmener chez le médecin quand ils seront malades. Et ils en ont besoin tout de suite, pas après l'enterrement et la lecture des testaments.

— Holà, doucement. Une chose à la fois… Établissons déjà le programme des jours qui viennent, suggéra-t-il en croisant les doigts.

Elle hocha la tête, prise de panique. « Je ne suis pas prête, se dit-elle. Je ne peux pas faire ça. » Puis elle se rappela que c'étaient les enfants de Crystal. Peu importait qu'elle se sente mal équipée pour affronter ce désastre.

— Je peux rester ce week-end et la semaine prochaine, proposa-t-elle. La directrice m'accordera sûrement quelques jours de congé. Ça vous convient ? demanda-t-elle en examinant le visage hagard de Sean.

— Euh… oui, merci… Et pour dormir ?

— Je prendrai la chambre d'amis, répondit-elle aussitôt, dormir dans le lit de Crystal lui paraissant absolument impossible.

Il regarda les brochures que l'assistante sociale leur avait laissées – *Devenir fort, Aider un enfant à faire son deuil, Famille d'accueil, Conseils pour assurer une transi-*

tion. C'était le genre de revues que Lily voyait traîner dans la salle des professeurs et qui, jusqu'à présent, lui avaient toujours paru trop théoriques pour l'intéresser. À présent, même les titres lui faisaient peur.

— Je me demande… euh…

Sean s'interrompit et avala sa salive.

— Vous pourriez peut-être m'aider avec sa chambre.

Lily comprit ce qu'il voulait dire.

— On va changer les draps et faire un peu de place dans le placard. Je sais où elle range tout.

La gratitude adoucit le visage de Sean.

S'affairant comme un robot, Lily sortit des draps propres et refit le lit. Puis elle remplit un grand sac en tapisserie de robes et d'écharpes, de jupes, de vestes et de chaussures. Elle travaillait rapidement, en essayant de ne pas penser à ce qu'elle faisait – ranger les affaires de Crystal parce que Crystal était morte.

— Mettez-le sur un rayonnage, dit-elle à Sean après avoir refermé le sac. Il est beaucoup trop tôt pour… On va attendre un peu avant de faire le vide, acheva-t-elle après s'être éclairci la gorge.

— Très bien.

Son téléphone sonna, et il s'écarta pour répondre.

Entourée de l'odeur familière du parfum de Crystal, Lily finit de ranger le placard. La vue du sac lui permit brièvement d'imaginer que son amie n'était pas morte, mais simplement partie en voyage.

Elle prit un livre sur la table de chevet. *Les Péchés des pères*, de Gail Goodman. La page était marquée par une carte de visite, celle de Greg Duncan, le professeur d'éducation physique qui était aussi l'entraîneur de golf du lycée. Lily ouvrit le livre. Crystal était arrivée au milieu du roman. Elle n'en connaîtrait jamais le dénouement.

Sean referma son téléphone.

— L'agent de Derek arrive. Il a pris un avion de Los Angeles dès que je l'ai appelé. Il va s'occuper de toutes les affaires de Derek.

Et de ses enfants aussi ? Question idiote.

— Il s'appelle Red Corliss, poursuivait Sean. Il a… organisé une conférence de presse.

— Une conférence de presse ? répéta Lily, sidérée. Dites-moi que c'est une plaisanterie.

— L'idée ne me plaît pas non plus, mais Red sait ce qu'il fait. Il dit qu'ainsi nous parviendrons à garder les journalistes à distance.

À l'idée d'annoncer la mort de Crystal comme si elle avait gagné un dernier concours de beauté, Lily frémit. Elle se tourna vers Sean et scruta son visage. Un sentiment d'intimité étrange et inattendu l'envahit. Ils se connaissaient depuis moins de vingt-quatre heures, et pourtant, un lien terrible les unissait, né de l'impensable.

— Savez-vous à quel point je hais tout cela ? demanda-t-elle.

— Oui.

18

Samedi, 15h20

Red Corliss débarqua dans la petite ville de Comfort en criant des ordres dans son portable et en bousculant tout ce qui se trouvait en travers de son chemin. Autrefois, lorsque Sean était son client, l'agressivité et les manières brusques de l'agent l'effrayaient quelque peu. À présent, une douzaine d'années plus tard, il voyait Red tel qu'il était : un excellent professionnel, ambitieux et sûr de lui, dont le comportement bourru cachait un cœur tendre.

En un clin d'œil, Red avait réussi à rassembler les principaux journalistes sportifs à Echo Ridge, le club de Derek. Une heure plus tard, il arrivait chez Crystal.

— Comment ça s'est passé ? demanda Sean en lui ouvrant la porte.

— Ça s'est passé. Je leur ai lu la déclaration que nous avions mise au point, je leur ai demandé de respecter l'intimité de la famille, et patati, et patata. Ils en feront ce qu'ils voudront. S'ils sont malins, ils se contenteront de rapporter les faits et éviteront les commérages.

Des rumeurs avaient déjà pris naissance – c'était inévitable. Que faisait un couple séparé sur une petite route côtière ? S'agissait-il vraiment d'un accident ou bien y avait-il eu intention criminelle ? Red avait déclaré qu'il s'agissait d'un tragique accident dans tous les sens du terme et que suggérer autre chose revenait à insulter la famille des victimes.

— Red !

Charlie fit irruption dans le salon, les bras grands ouverts.

— Vous voilà, princesse Carlotta.

Red posa sa serviette et prit la petite fille dans ses bras.

— Chaque fois que je pense à ma maman et mon papa, je pleure, dit-elle. Et je pense à eux tout le temps.

— Bien sûr, chérie, répondit Red, dont la carapace fondait inexorablement. Ils t'aimaient de tout leur cœur.

— Ça ne me sert à rien du tout s'ils ne sont pas ici avec moi.

— Je sais, princesse, je sais. Où sont ton frère et ta sœur ?

— Ashley est dans la cuisine avec Lily.

— Qui est Lily ?

— Ma maîtresse.

— L'amie de Crystal qui est aussi l'institutrice de Charlie, expliqua Sean. Elle est restée avec les enfants depuis le début.

— Cameron est dans sa chambre, reprit Charlie. Il écoute sa stupide musique.

— Je vais le chercher, dit Sean.

Il trouva le garçon allongé sur son lit, les yeux rivés au plafond. Il avait des écouteurs enfoncés dans les oreilles et un minuscule iPod posé en équilibre sur sa poitrine. L'expression de son visage était étonnamment sereine. La musique n'avait pas tous les pouvoirs, mais, parfois, elle comblait un gouffre intérieur, songea Sean. Les écouteurs émettaient un son très léger. Cameron les enleva avec une lenteur délibérée lorsqu'il découvrit la présence de son oncle.

— Comment ça va ? demanda Sean.

— Au poil.

— Red est là. Il a besoin de nous parler.

— De quoi ?

— D'un tas de choses, répondit Sean qui, une fois de plus, ne savait par où commencer. Des obsèques. D'autres trucs aussi. Il faut que nous prenions rendez-vous chez Logan, Schwab et Fuller pour voir ce que vos parents désiraient pour vous.

— C'est facile, fit Cameron, le regard dur. Ils voulaient… Non, laisse tomber.

— Qu'allais-tu dire ?

— Laisse tomber, répéta Cameron en jetant son appareil sur le lit. Allons voir Red.

Sean consulta son répondeur. Pas de message de Maura. Elle était partie à Portland et il était normal qu'elle ignore ce qui s'était passé, mais elle aurait quand même pu le rappeler.

Il refoula son irritation. Peu importaient ses états d'âme. La priorité, c'était de savoir ce qui était le mieux pour les enfants de Derek. S'il commençait à s'abandonner au chagrin, il risquait de se laisser engloutir dans un trou sombre dont il ne pourrait émerger. Ce qui le rendrait incapable d'aider les gosses.

Bon sang, Derek. Qu'est-ce que tu m'as collé sur le dos ?

Suivant Cameron, il descendit dans le salon, où les attendaient Red, Lily et les filles. Il s'arrêta une fraction de seconde sur le seuil et regarda Lily. Elle avait passé là les dernières vingt-quatre heures et avait pris soin des enfants du mieux qu'elle pouvait. Elle n'avait pas changé de vêtements, bien qu'elle ait trouvé le temps de prendre une douche. Comme il passait devant la porte de la salle de bains, il l'avait entendue pleurer. Il s'était arrêté et l'avait imaginée, en sanglots, le visage offert au jet d'eau. À présent, elle était assise, Ashley sur ses genoux, Charlie blottie contre elle. Son visage livide trahissait ses efforts pour maîtriser son chagrin. Comme Sean croisait son regard, il y détecta une hostilité subtile et comprit qu'elle éprouvait un sentiment de propriété envers ces enfants. Eh bien, lui aussi.

Red serra la main de Cameron, le traitant comme un homme. Ainsi, ils avaient des alliés, songea Sean. De petites lueurs de grâce s'allumaient ici et là.

— Il va y avoir une messe pour l'enterrement de vos parents, dit-il en s'asseyant dans un fauteuil en cuir. Red, Lily et moi allons veiller à son organisation.

Il adressa à Lily un regard interrogateur, auquel elle répondit par un hochement de tête à peine perceptible.

— Nous désirons que vous ne vous fassiez aucun souci, que vous cherchiez seulement à vous habituer à votre nouvelle situation, dit-elle.

— Je ne veux pas m'habituer, déclara Charlie. Jamais.

— Chérie, nous n'avons pas le choix, reprit Lily. J'aimerais beaucoup que nous l'ayons, mais ce n'est pas le cas. Les funérailles sont destinées à célébrer leurs vies. Beaucoup de leurs amis viendront. Il faut que nous sachions si vous désirez quelque chose de particulier pour la messe. Une musique, une lecture…

— Quel genre de musique ? Quel genre de lecture ? s'écria Charlie, les yeux assombris par la peur.

— Un air que tu aimes. Un texte court, tiré de la Bible ou d'un livre que tu as lu, expliqua Lily.

— J'aime pas lire, dit Charlie.

— En général, c'est quelqu'un d'autre qui se charge de la lecture.

— J'aime bien *La Trompette magique*, suggéra Charlie.

— C'est pas de ce genre de lecture que parle Lily, fit Cameron d'un ton méprisant.

Lily posa une main sur son bras pour le faire taire. Cameron regarda par la fenêtre. Charlie baissa les yeux sur ses tennis roses.

— Tu n'es pas obligée de nous le dire tout de suite, intervint Sean. Ça peut attendre demain, ou après-demain.

Les trois enfants étaient étrangement calmes. Même le bébé restait tranquille et écoutait, sans comprendre mais sensible à l'humeur générale. Sean fit de son mieux pour expliquer la suite des événements, puis il annonça qu'il allait avec Red voir les gens qui s'occupaient des obsèques. La perspective d'aller discuter de l'enterrement de son frère le terrifiait. L'envie de fuir se fit très forte.

— Quand est-ce que tu vas rentrer ? demanda Charlie.

Pour la première fois de sa vie, il n'était pas libre de fuir. Il piétina son envie.

— Tard ce soir. Lily va rester avec vous.

— Lily, fit le bébé en pointant un doigt autoritaire sur la jeune femme.

— Je vais rester toute la semaine, annonça Lily. Une institutrice me remplacera à l'école, et Cameron et toi, Charlie, vous pourrez rester à la maison… Enfin, si vous voulez.

— Je suis pas contre manquer une semaine de lycée, dit Cameron.

Le bébé sur la hanche, Lily accompagna Sean et Red jusqu'à la porte.

— Appelez-moi si vous avez besoin de quelque chose, dit Sean.

— Entendu.

— Moi aussi, ajouta Red en lui donnant sa carte. Et, dites-moi, y a-t-il quelque chose que Crystal aurait aimé ? Vous savez, pour la messe.

Lily se mordit la lèvre.

— Elle aimait les fleurs. De toutes les espèces. Et roses. Le rose était sa couleur préférée. Pour la musique, il faut que je réfléchisse.

— Nous ferons de notre mieux, promit Sean avant de s'éloigner.

Il regrettait de ne pas pouvoir rester. D'être obligé d'assumer la tâche sinistre d'organiser l'enterrement des parents de ces enfants. Il se retourna. Debout sur le seuil, Lily serrait le bébé contre elle comme un bouclier. Elle redressait le menton d'un air déterminé et la brise ébouriffait ses cheveux. Sean leva la main dans un salut peu convaincant. Sans lui répondre, elle pivota sur elle-même, rentra et referma fermement la porte derrière elle.

— Je me rappelle l'avoir rencontrée une fois ou deux quand Derek et Crystal vivaient ensemble, dit Red, qui avait remarqué le salut de Sean. Je ne la connais pas bien, mais je parie que cette attitude rigide n'est pas naturelle. Elle souffre. Beaucoup.

— Ouais, eh bien, elle n'est pas la seule. Et elle est le dernier de mes soucis.

Red monta dans la voiture qu'il avait louée et qu'imprégnait déjà l'odeur de ses cigares préférés.

— Fais attention, fiston. Si tu ne l'attires pas de ton côté, prépare-toi à te battre.

— Qu'est-ce que ça veut dire ?

— Peut-être rien. Bon, à propos du tournoi Redwin…

— C'est foutu.

— Je sais que c'est foutu. Tout est foutu jusqu'à ce qu'on soit sortis de cette histoire.

Sean détesta la pensée qui lui traversa l'esprit. *C'était bien de Derek de me bousiller mes chances de retour.*

19

Samedi, 19h05

Lorsque Sean revint, il y eut un changement de garde. Lily sortit dans la nuit froide et humide en promettant de revenir vite. Elle se sentait incroyablement fatiguée. Pourtant, qu'avait-elle fait de toute la journée, à part marcher de long en large et se ronger les sangs ?

Durant le trajet, elle eut l'impression d'être en train de s'évader. Elle était de nouveau seule, responsable uniquement d'elle-même. Si elle le voulait, elle pouvait continuer tout droit, rouler jusqu'à la prochaine ville. Jusqu'à Portland. Ou l'aéroport.

L'idée jaillit comme une étincelle, avant de s'éteindre sous la douche froide de la réalité. La fuite n'était pas envisageable. Elle ne s'appartenait plus. Elle appartenait à trois orphelins qui étaient encore plus perdus qu'elle.

Elle entra dans sa maison silencieuse. Tout était comme elle l'avait laissé, *Duo à trois* dans le lecteur de DVD, la carte d'Italie déployée sur la table basse, le verre de vin à proximité. Lentement, elle replia la carte.

Elle jetait quelques affaires dans un sac lorsque le bruit de la porte qui s'ouvrait la fit sursauter.

— Il y a quelqu'un ? appela une voix.

— Maman !

Stupéfaite, Lily rejoignit sa mère dans le salon.

— Qu'est-ce que tu fais là ?

Sharon Cutler Robinson lui adressa un sourire crispé.

— Je suis venue dès que j'ai appris la nouvelle.

Lily la regarda avec ahurissement. Aussi distante et froide que la lune, sa mère venait rarement la voir. Elle avait été jolie, peut-être même franchement belle. Si Lily le savait, c'était grâce aux photos car, au fil des ans, les traits de Sharon étaient devenus sévères, durcis par le malheur et la fougue éperdue avec laquelle elle se jetait dans son travail de responsable de l'hygiène et de la sécurité au sein d'une grande entreprise. Ce soir, ses yeux étaient compatissants. Lily l'étreignit brièvement, retrouvant le parfum familier de l'eau de toilette d'Elizabeth Arden.

— Merci d'être venue. Veux-tu une tasse de thé ?

— Non, merci. Ton père t'embrasse, à propos. Il est à Saigon.

Cadre supérieur chez Nike, Terence Robinson passait la moitié de sa vie à l'étranger. Sharon ôta son imperméable et l'accrocha à côté de la porte. Elle portait un chandail en angora rose qui, contrairement à ce qu'on aurait pu craindre, ne faisait pas penser à une tentative désespérée de rajeunissement.

— Je voulais savoir comment tu allais et prendre des nouvelles de la famille de Crystal.

La poitrine douloureuse mais la voix étrangement dépourvue de passion, Lily raconta les dernières vingt-quatre heures. Quand elle était auprès de sa mère, céder aux émotions lui donnait des remords. « À quoi sert de pleurer ? demandait Sharon lorsqu'elle était enfant. À rien, n'est-ce pas ? »

Mais ce qu'avait appris Lily à cette époque était tout aussi vrai aujourd'hui : refouler un chagrin ne faisait que l'aggraver.

— C'est terrible, dit Sharon lorsque Lily décrivit ce que Sean avait découvert aux petites heures du matin. Que faisaient-ils donc là-bas, sur cette route ? À quoi pensaient-ils ?

— Nous ne le saurons jamais.

— Quelque chose les a poussés à y aller, puis les a mis dans un tel état que Derek n'a plus fait attention à la route. Je me demande ce que c'était.

Des nouvelles troublantes concernant leur fille, songea Lily malgré elle.

— Il faut que je finisse de faire mon sac, dit-elle en se dirigeant vers la chambre.

Le remords s'était glissé en elle. Les choses auraient-elles tourné autrement si elle avait exposé les problèmes de Charlie avec plus de compassion, ou même si elle n'en avait pas parlé du tout ? « Je veux revenir en arrière, annuler cette heure-là », supplia-t-elle en son for intérieur.

— Où vas-tu ? demanda sa mère, qui l'avait suivie.

— Chez Crystal.

— Tu m'as dit que l'oncle des enfants s'y était installé.

— Oui, mais c'est un célibataire. Il revient tout juste des Philippines ou de Malaisie, un endroit comme ça. Il connaît à peine les enfants. Je veux être auprès d'eux.

Elle sentit le regard de sa mère peser sur elle tandis qu'elle pliait ses jeans et ajoutait sa trousse de toilette à ses affaires.

— Qu'est-ce qu'il y a ? demanda-t-elle au bout d'un moment.

— Prends garde à ne pas trop t'attacher.

Lily arrêta à mi-chemin la fermeture Éclair qu'elle était en train de tirer.

— De quoi parles-tu ?

— C'est forcément à leur oncle qu'on va les confier.

Lily tira de nouveau sur la languette, mais un morceau de tissu se coinça et la fermeture se bloqua.

— Personne ne sait ce qui va se passer. Pour le moment, ce sont des pupilles de l'État. Crystal m'avait demandé de signer un papier selon lequel j'acceptais la garde des enfants au cas où il leur arriverait quelque chose, à elle et à Derek. Je n'ai jamais rien signé, parce que… eh bien, rien ne pressait. De toute façon, il est possible que le testament de Derek contienne une clause qui contredise…

— Tu ferais mieux de l'espérer. Ne te dispute pas avec leur oncle sur ce sujet, Lily. Tu ne peux pas prendre en charge trois gamins. Ce ne serait bon pour personne… Laisse-moi arranger ça, fit-elle en écartant sa fille pour dégager le tissu pris dans la fermeture Éclair et fermer le sac. Il faut que tu traites les Holloway comme les autres enfants dont tu es l'institutrice. Ils sont à toi pour un temps, et ensuite, tu les laisses s'éloigner.

— C'est différent. Crystal est… elle était ma meilleure amie, maman, ma seule amie de cœur. Je lui ai fait une promesse. Je ne peux pas me comporter comme si je n'avais rien promis.

Lily posa la main sur la tête de lit afin de ne pas s'effondrer devant sa mère.

— Tu sais, maman… à certains moments, aujourd'hui, j'ai pensé à Evan.

Elle regretta aussitôt d'avoir prononcé le nom de son frère, mort tant d'années auparavant et dont ni sa sœur ni elle n'avaient de souvenir.

— Pardon, dit-elle en prenant la main de sa mère. Je n'aurais pas dû te parler de lui. C'est juste qu'après une perte aussi terrible, mon cerveau essaie d'établir des comparaisons.

Sa mère dégagea sa main.

— Les choses ne sont pas assez dramatiques ? lâcha-t-elle en se détournant vers le placard.

Contrairement au reste de la pièce, il était en désordre : chaussures jetées pêle-mêle, sacs ouverts, vêtements entassés sur un seul cintre. Pour quelque raison obscure, Lily ne parvenait pas à le garder bien rangé.

Quelle sottise d'avoir fait allusion à Evan, d'avoir rappelé à sa mère qu'un jour elle avait eu trois enfants ! Né deux ans après Lily et un an après Violet, Evan était le plus jeune. Il était mort, un événement dont ils ne parlaient jamais mais qui avait marqué la famille pour toujours.

— Les gens ne s'habillent plus en noir pour les enterrements, dit Sharon en inspectant les vêtements, dont aucun n'était noir. Je pense que n'importe quelle couleur convient, du moment que ce n'est pas trop criard.

Cameron était assis dans la Subaru, garée à sa place habituelle dans l'allée. On venait de la ramener, batterie rechargée, prête à rouler. Cette semaine, sa mère aurait dû assurer le transport de l'équipe de golf. Il y avait un tournoi à Hood River, et elle avait promis de se charger des allers-retours, ainsi qu'elle le faisait une semaine sur deux depuis le CE2 de Cameron.

Eh bien, maintenant, il était libre de quitter l'équipe. Cela faisait longtemps qu'il avait envie de laisser tomber, d'oublier cette partie de sa vie. Mais ses parents avaient beau ne plus être là, il sentait le poids de leurs espoirs. Pour des raisons totalement différentes, tous deux avaient tenu à ce que Cameron fasse des étincelles dans ce sport.

La voiture sentait légèrement le tabac – le vice secret de sa mère. Dans le cendrier, une Virginia Slim à moitié fumée était écrasée et cassée en deux. Des pièces de monnaie, des élastiques et un bloc de Post-it avec une liste de courses encombraient le dessus de la boîte à gants. Voir l'écriture de sa mère et cette liste très ordinaire – Kleenex, bicarbonate de soude, papier hygiénique, sauce tomate – lui fit un drôle d'effet.

Et le déodorant Mennen ? Il lui avait pourtant dit qu'il en avait besoin. Qu'est-ce qui n'allait pas chez elle, bon Dieu ?

Elle avait peut-être laissé des cigarettes. Il se pencha et regarda dans la boîte à gants, mais n'y trouva que l'attestation d'assurance, la carte grise, des lunettes de soleil et une pochette d'allumettes, ainsi qu'un reçu rose froissé. Il s'apprêtait à le remettre en place lorsque l'en-tête attira son attention – « Laboratoire médical de Riverside ». Le groupe sanguin d'Ashley.

Le ventre de Cameron se noua, comme pris dans un bloc de glace. On les avait confiés, lui et ses sœurs, à oncle Sean parce que, en principe, il était leur plus proche parent. Qu'arriverait-il à Ashley si l'on découvrait la vérité, à savoir qu'en ce qui la concernait, c'était faux ? Cameron froissa le reçu et le fourra dans la poche de sa veste. Puis il se ravisa, sortit de la voiture et, utilisant l'une des allumettes de sa mère, mit le feu au papier, qu'il laissa dériver comme une feuille brune de l'automne jusqu'au sol. Pour faire bonne mesure, il piétina les cendres avec le talon de sa chaussure.

Cela fait, il prit son portefeuille dans la poche arrière de son jean, en sortit son permis de conduire provisoire et remonta dans la voiture. Il n'était pas censé conduire seul avant d'avoir reçu le permis définitif, mais tant pis. Ses parents n'allaient pas en faire une maladie, hein ?

Qu'est-ce qui leur avait pris, de disparaître comme ça ? Ils s'en foutaient que les gens aient besoin d'eux ? Quelle histoire affreuse les avait fait monter dans la même voiture et avoir un accident ?

Il le savait. Il n'était pas censé savoir, mais il savait.

— Et merde, dit-il en posant la main sur la clé de contact.

Mais, avant qu'il l'ait tournée, quelque chose d'étrange se produisit. Sa main droite se figea, et des picotements douloureux lui traversèrent les doigts. Son cœur s'emballa comme s'il voulait sortir de sa poitrine et son visage se couvrit de sueur. Il essaya de respirer, mais ne put inhaler assez profondément pour apporter de l'air à ses poumons.

Une crise cardiaque. Il était en train de se payer une putain de crise cardiaque de merde. Il allait mourir là, au volant d'une voiture, dans la bonne tradition de la famille Holloway.

Il se jeta hors de la voiture. Sa veste accrocha le frein à main. Il tira dessus et entendit le tissu se déchirer. La démarche titubante, il s'éloigna dans l'allée.

Peu à peu, sa crise cardiaque se calma.

— Putain ! marmonna-t-il en s'essuyant le front du revers de la main.

Quelle idiotie ! Avoir peur d'une bagnole comme si c'était un truc monstrueux sorti tout droit d'un roman de Stephen King !

Dépité, il annonça à son oncle qu'il allait passer un moment chez un ami. À son grand soulagement, Sean parut comprendre qu'il avait besoin de prendre l'air.

— Je sais ce qui te changera les idées, dit Jason Schaefer, plus tard dans la soirée.

— Une lobotomie ?

Cameron avait filé sur son skateboard jusque chez son ami, qui connaissait la nouvelle et, du coup, le traitait avec prudence, comme si perdre ses parents dans un accident de voiture pouvait être contagieux. Il semblait penser qu'il valait mieux éviter de mentionner le drame, afin de ne pas provoquer le destin.

— Ah ah, fit Jason. Non. Je te propose mieux : jouer au base-ball avec des boîtes aux lettres.

— C'est nul.

— C'est super. Tu verras. En plus, j'ai le droit de prendre la Jeep.

Jason avait déjà son permis définitif et cherchait tous les prétextes possibles pour conduire.

— Allons chercher quelques potes, puis on ira dans ce nouveau quartier, sur Ranger Road. Y en a toute une rangée – pan !

Il mima le balancement d'une batte.

Pourquoi pas ? se dit Cameron. Ça lui ferait peut-être du bien de foutre un peu le bordel.

À 22 h 30 ce soir-là, Lily s'effondra. Elle était assise sur le lit dans la chambre d'amis et écoutait le silence. Elle envia Sean de pouvoir dormir. Elle avait pris une seconde douche et emprunté un peignoir en tissu-éponge aux manches trop longues dans lequel elle se sentait propre et bien au chaud. En plongeant la main dans la poche, elle trouva un Kleenex froissé et un morceau de papier sur lequel était griffonné un numéro de téléphone. Les chiffres étaient entourés des petites bulles et des volutes qu'affectionnait Crystal et, un bref instant, juste une fraction de seconde, Lily se dit qu'elle allait descendre prendre une tasse de thé avec son amie et lui rendre le papier.

Le côté définitif de la perte qu'elle venait de subir la frappa soudain. Il n'y aurait plus de tasses de thé, plus de longs coups de téléphone, plus de virées dans les magasins. Rien. La veille, elle avait une amie. Aujourd'hui, juste comme ça, elle n'en avait plus.

Un terrible hurlement de douleur et de chagrin monta en elle. Toute la journée, il avait pris forme, s'était renforcé, exigeant d'éclater, mais elle avait fait appel à toute sa volonté pour le retenir, à cause des enfants.

À présent, il échappait à son contrôle. Elle s'écroula sur le lit, pressa un oreiller sur son visage et s'abandonna au chagrin. Les sanglots déferlèrent comme un orage que rien ne pouvait arrêter, la déchirant corps et âme. L'oreiller étouffait le son de sa voix, mais dans sa tête, elle hurlait.

Crystal était morte. Sans avertissement et irrévocablement, sa meilleure amie, sa sœur d'élection, était morte.

Lily pleura sur tous les fous rires et toutes les conversations qu'elles n'auraient pas, sur les moments délicieux dont elles seraient privées. Elle pleura sur les enfants qui grandiraient sans mère et sur la terrible injustice qui leur était infligée. Elle pleura jusqu'à ce qu'elle se sente anéantie, écorchée vive, vidée par un chagrin qui semblait animé d'une énergie particulière.

— Lily ? fit une petite voix.

Elle se redressa en s'essuyant la figure avec sa manche. Charlie se tenait sur le seuil, l'air hésitant et effrayé, un ours en peluche dans la main.

— Je t'ai vue pleurer.

— Oh, Charlie... Je suis triste à cause de ta maman. Ça va aller mieux maintenant, mais j'avais besoin de pleurer un peu.

— Je me suis réveillée et je me suis sentie de nouveau très triste... Je n'arrive plus à dormir.

Lily se leva, aussi percluse que si elle avait couru un marathon.

— Viens, chérie. Allons manger un peu de crème glacée.

— Je n'ai pas faim. Je n'ai envie de rien. C'est comme si je ne sentais plus rien.

— Alors, je vais rester avec toi un moment.

Elle prit la petite fille par la main et la raccompagna dans sa chambre. Elles s'arrêtèrent pour jeter un coup d'œil à Ashley, que Lily borda. Puis elles s'assirent toutes les deux sur le rebord de la fenêtre et ouvrirent les rideaux sur une lune brumeuse. Lily serra Charlie contre elle et caressa ses cheveux soyeux.

— Il ne faut pas réveiller Ashley, chuchota-t-elle.

— Quand elle dort, rien ne la réveille, dit Charlie, lovée contre Lily.

Elle se tut un instant avant de reprendre :

— Je sais comment on fait pour trouver son nom de star du porno.

— Tu as bavardé avec Russell Clark ?

— Oui.

— Tu sais ce qu'est une star du porno ?

— J'ai demandé à oncle Sean. Il a dit que c'est quelqu'un qui utilise un drôle de nom fabriqué en prenant le nom de ton premier animal et celui de ta rue. À la kermesse de l'école, l'année dernière, j'ai gagné un poisson rouge et je l'ai appelé Zippy. Alors, mon nom de star du porno, c'est Zippy Candlewood.

— C'est très... malin.

— Le tien, c'est quoi, Lily ?

— Je n'ai jamais eu d'animal.

— Jamais ? Même pas un poisson rouge ou un bébé oiseau que tu aurais sauvé ?

— Jamais.

Ses parents avaient refusé catégoriquement. « Ils meurent bien avant nous, lui avait dit sa mère. Ils coûtent une fortune, te donnent plein de travail, et ensuite, ils te brisent le cœur. »

Charlie se déplaça contre la poitrine de Lily.

— J'aimerais bien avoir un chien. Maman et papa n'ont jamais voulu qu'on en ait un. Pourtant, c'est ce qui me fait le plus envie.

Un silence triste s'établit. Lily se dit que Charlie s'était peut-être endormie, mais le petit corps tiède se déplaça de nouveau.

— Lily ?

— Oui ?

— J'ai peur.

— Je sais, ma chérie. Mais tu es en sécurité.

— Non, c'est pas cette peur-là.

Elle s'écarta pour regarder Lily. Dans la pénombre, ses yeux avaient l'air immenses.

— J'ai peur... Je crois que j'ai mis mes parents très en colère. Je pense qu'ils étaient fâchés contre moi parce que je suis nulle à l'école et parce que j'ai volé des trucs. Peut-être que c'est pour ça que...

— Ô mon Dieu, coupa Lily, qui prit le visage de l'enfant entre ses mains. Tu te trompes complètement. Tes parents t'aimaient de tout leur cœur.

— Ils ont dû être très fâchés que j'aie volé.

— Pas du tout. Ils n'ont pas été fâchés, et moi non plus. Jamais ton papa et ta maman n'auraient voulu que tu penses ça. Nous nous sommes vus tous les trois parce que nous t'aimons et que nous nous intéressons à toi. On a juste discuté de la meilleure façon de t'aider, mais très tranquillement, sans colère. Promets-moi de le croire, parce que c'est la pure vérité.

Charlie hocha la tête.

— Bon, d'accord.

Lily la souleva et alla la déposer dans son lit. Elle la borda et disposa de chaque côté d'elle ses deux peluches préférées – un agneau très usé et un singe borgne.

— Il faut que tu dormes.

— Oui. Mais, Lily…

— Oui ?

— J'ai pensé à une chanson.

— Une chanson ?

— Pour l'enterrement.

Lily retint son souffle. « Tiens bon, s'ordonna-t-elle en relâchant son souffle peu à peu. Tiens bon. »

— Laquelle ?

— Je voudrais *Rainbow Connection*.

La classe de CE2 avait appris cette chanson et Charlie l'aimait beaucoup, surtout la version originale chantée par Kermit la Grenouille.

Lily se pencha et embrassa Charlie sur le front.

— Je pense qu'on va pouvoir arranger ça.

Troisième partie

Car qu'est-ce que mourir,
sinon se dresser dans le soleil et
se dissoudre dans le vent ?

Khalil Gibran

20

Très tôt le matin des obsèques de son frère, Sean Maguire joua au golf. Tant pis si quelqu'un s'en offusquait. C'était sur ce terrain de golf que Derek et lui avaient passé leur enfance. Ensemble, ils avaient joué chaque trou de ce parcours d'innombrables fois. Ils en connaissaient chaque brin d'herbe, chaque bunker, chaque dénivellation de chaque green. Durant les étés dorés de leur jeunesse, ils avaient ri, s'étaient moqués l'un de l'autre et s'étaient jeté des défis, aucun d'eux n'imaginant que le malheur pourrait les frapper.

Et pendant longtemps, tout s'était bien passé. Ils avaient joué au golf durant leurs années de lycée et d'université, déposant rubans et trophées aux pieds de Patrick Maguire comme autant d'offrandes. Chacun avait gagné du premier coup sa carte PGA. Derek était un bosseur, le type même du joueur sérieux. Sean, plus doué mais moins appliqué, s'était rapidement glissé dans l'ombre de son aîné, situation plus confortable. Sauf une fois, à Augusta, où il avait stupéfié tout le monde.

Derek n'étant plus là, plus aucune ombre ne le protégeait. Allait-il supporter d'être le centre de l'attention ? Red avait fait de son mieux pour maintenir les médias à l'écart, mais comment les empêcher de spéculer sur le mystérieux accident qui avait emporté deux ex-conjoints, beaux, fortunés et depuis longtemps la coqueluche des journalistes ? Reporters et cameramen harcelaient la famille. *Qu'est-ce que ça vous fait d'avoir perdu votre frère ?* La question faisait bouillir le sang de Sean.

Qu'est-ce ça lui faisait d'avoir perdu son frère ? Ils se moquaient de lui ? Croyaient-ils qu'il avait une réponse à ça ?

Il s'efforçait de jouer à l'homme stoïque, de se comporter en chef de famille, alors qu'à l'intérieur il était anéanti. Ne sachant comment faire son deuil ni dire adieu, il était venu dès l'aube sur le terrain de golf désert. Il inspira à fond, emplissant ses poumons du parfum de l'herbe coupée, et frémit sous la morsure du chagrin. *Bon sang, Derek, tu me manques !* Ils avaient eu leurs rivalités et leurs disputes, mais à aucun moment ils n'avaient cessé de s'aimer et de se respecter.

Sean dédia ce parcours à son frère. C'était cette semaine qu'il aurait dû renouer avec les compétitions importantes. À la place, il adressait un adieu privé à Derek et, à la seconde où il planta le *tee*, il sut que c'était la bonne façon de le faire.

Son premier swing fut net et précis, et la balle s'envola tout droit vers le milieu du *fairway*. Il entendit le léger bruit qu'elle fit en atterrissant à l'endroit exact qu'il avait choisi, lui offrant la possibilité d'un coup parfait jusqu'au green.

Le parcours entier se déroula de la même façon. Il avait rarement joué aussi bien. Il y eut des *birdies* et même un *eagle*, des coups rares. Les trous attiraient la balle comme un aimant. Sa concentration ne laissait place ni au doute ni à l'erreur.

« Pour toi, Derek », songea-t-il en finissant le parcours sur un très long *putt*.

En quittant le terrain, il tomba sur Red, qui l'attendait. L'agent tendit la main vers la carte de scores et l'examina brièvement.

— Si tu pouvais faire ça dans une compétition, tu reviendrais dans le jeu en un rien de temps.

— Ouais.

Ils rentrèrent dans le club house, et Sean rangea son sac de clubs.

— Franchement, je ne pense plus aux compétitions, dit-il.

— Pas aujourd'hui, bien sûr… mais un jour prochain, il faudra bien. Je parle sérieusement, Sean. Que comptes-tu faire d'autre, bon Dieu ?

Sean n'avait pas de réponse à cette question. Peut-être Red avait-il raison. Il n'avait jamais exercé un métier normal. Il avait le golf dans le sang, dans ses os, et ne pas jouer lui semblait contre-nature. S'il n'était pas un golfeur, qui était-il ?

— Si j'ai la charge des enfants de Derek, je ne peux pas passer mon temps à parcourir le pays de compétition en compétition.

— On peut trouver des solutions... On se reverra à l'église, acheva Red en lui décochant un regard entendu.

Sean rentra en traversant lentement la ville, qu'il retrouvait comme l'air d'une vieille chanson. Comfort n'avait guère changé depuis son départ pour l'Asie, constatation qui, ce matin-là, était particulièrement pénible. Derek était partout. Chaque endroit devant lequel passa Sean, depuis le *Comfort Food Bar & Grill* jusqu'au terrain vague qui jouxtait la quincaillerie, lui rappelait son frère et lui faisait regretter de ne pas l'avoir mieux connu, adulte. Comme tout le monde, il avait cru qu'ils avaient le temps. Pourquoi les gens pensaient-ils toujours ça ?

Il trouva Maura en train de travailler sur son ordinateur. Avec sa robe noire et ses talons hauts, elle était très belle et avait un air grave. Il ne l'avait guère vue de la semaine, car il était resté avec les enfants. Lily avait fini par le mettre à la porte, en lui disant qu'elle pouvait se débrouiller sans lui et qu'ils se retrouveraient à l'église.

— Salut, dit Maura. Comment ça va ?

Il s'inclina et l'embrassa sur la joue, captant au passage une bouffée de son parfum.

— Je file sous la douche.

— OK.

Il se dépêcha de se laver et enfila un costume noir qu'il avait acheté en Malaisie. Plus exactement, c'était Asmida qui l'avait acheté lorsqu'ils se croyaient amoureux. Ils l'étaient probablement, d'ailleurs, le problème de Sean n'étant pas de tomber amoureux mais de le rester.

Maura l'attendait dans l'entrée. Beaucoup d'hommes trouvaient intimidante la combinaison de son intelligence et de sa beauté sportive. Pas Sean.

Lorsqu'il était revenu aux États-Unis, il était complètement paumé et prêt à multiplier les bêtises. C'était grâce à Maura et à Derek qu'il était retombé sur ses pieds.

— Tu es splendide, dit-elle avec un sourire chaleureux.

Il hocha la tête distraitement et sortit ses clés de voiture.

— Je déteste ça.

— Tout le monde déteste ce genre d'événement, répondit-elle en effleurant sur sa joue les égratignures presque cicatrisées. Je regrette de ne pas avoir mieux connu ton frère.

— Moi aussi.

Pourquoi les deux personnes les plus importantes de sa vie s'étaient-elles si peu connues ? se demanda Sean en roulant vers l'église. Les horaires de travail de Maura et la carrière très active de Derek étaient-ils seuls en cause ?

— Ça fait bizarre, de vivre dans la maison de tes neveux avec cette femme que tu ne connais ni d'Ève ni d'Adam ? demanda Maura.

— Un peu. Les enfants ont besoin de nous deux, mais elle ne peut rester que cette semaine.

— Tu vas trop vite, signala Maura en posant la main sur son épaule.

Il lâcha un peu la pédale d'accélérateur et s'obligea à décrisper ses doigts sur le volant. Maura laissa sa main sur son épaule jusqu'à ce que le vrombissement de son portable annonce l'arrivée d'un message. Elle consulta son répondeur et appela l'hôpital. Sean serra les dents. Elle avait pris sa journée, mais quel médecin pouvait se libérer totalement ?

En approchant de l'église, il sut qu'il n'éviterait pas le cauchemar redouté. Les médias seraient là en force, avait prévenu Red. Les inévitables rumeurs circulaient. Que faisaient cet homme et cette femme en principe divorcés sur cette route isolée ? S'agissait-il vraiment d'un accident ? Et que fallait-il penser des ragots selon lesquels, malgré ses succès sportifs, Derek Holloway avait des problèmes financiers ?

Les camionnettes des chaînes de télévision étaient garées à la queue leu leu dans la rue, et de gros câbles noirs serpentaient sur le parking. Contournant l'église, Sean roula jusqu'à la porte de derrière, où un employé des pompes funèbres prit en charge sa voiture. Puis Maura et lui entrèrent dans le petit salon attenant au sanctuaire.

Il n'avait aucune idée de la façon dont il devait se comporter durant cette cérémonie. Il serra la main du pasteur et accepta ses condoléances, puis passa en revue les derniers détails avec le directeur des pompes funèbres. Les cercueils que Red et lui avaient choisis étaient si brillants que leurs surfaces polies reflétaient les photos et les centaines de fleurs qui les recouvraient. Dieu merci, ils étaient fermés. Les enfants n'auraient pas à voir les visages sans vie de leurs parents.

Rien ne semblait avoir de substance. Sean avait la sensation bizarre qu'il allait se volatiliser comme les accents nasillards de l'orgue et le parfum des gardénias et des chrysanthèmes. Le psychologue l'avait prévenu : éprouver un tel détachement était un phénomène courant chez les gens en deuil.

— Sean ? fit la voix douce de Maura.

— Oui ?

— Tu es à un million de kilomètres d'ici.

— Je suis là.

Derek ne pouvait pas être dans ce cercueil. Ce n'était pas possible. Sa présence était trop palpable. Sean entendait encore le son de sa voix. Il éprouvait l'envie absurde de lui passer un coup de fil, de lui dire que la plaisanterie était finie, qu'elle n'était plus drôle du tout, qu'elle ne l'avait jamais été.

— Les portes vont s'ouvrir. On va bientôt commencer. Tu es sûr que ça va ?

La question lui parvint comme à travers un long tube. *Tu es sûr que ça va ?* Non, il n'en était pas sûr. Il ne savait pas comment faire ce qu'on attendait de lui, comment enterrer son frère et prendre soin de trois enfants, mais il s'entendit répondre à Maura qu'il allait très bien.

Dans l'espoir d'émerger de sa stupeur, il se mit à arpenter la petite pièce. Un écran montrait l'église. Les portes s'ouvrirent, et les gens affluèrent. Des gens qui avaient été des amis de Derek et qui, à présent, le pleuraient. Il y en avait des centaines, apparemment.

Sean se détourna et regarda par la fenêtre. Une limousine rutilante s'arrêta, et un chauffeur en gants blancs en sortit pour ouvrir la portière arrière.

— C'est l'institutrice ? demanda Maura.

Dans le chaos des quelques jours précédents, elle n'avait pu rencontrer ni Lily ni les enfants.

— Oui, fit-il, et aussitôt, il lui sembla reprendre pied dans la réalité. Viens, on va les accueillir.

Il se dirigea à grandes enjambées vers la voiture.

Cameron sortit le premier, suivi de Charlie, qui avait l'air terrifiée.

— Oncle Sean ! s'écria-t-elle en jetant ses bras autour de lui.

— Bonjour, toi.

— J'ai peur, murmura-t-elle contre sa veste.

— Moi aussi.

Il avait très vite appris qu'il valait mieux ne pas mentir à Charlie. Elle lisait en lui.

— Je vais aider Lily avec le bébé, puis je te présenterai à quelqu'un que j'aime beaucoup.

— Je m'appelle Maura Riley, entendit-il comme il se penchait pour libérer Ashley de son siège bébé.

— B'jour ! fit le bébé avec un grand sourire.

Il la souleva et la déposa sur le sol, et Lily la prit par la main.

Sean se redressa et présenta Maura à tout le monde. Elle avait l'attitude embarrassée des gens qui n'ont pas l'habitude des enfants, mais son sourire était sincère. Charlie la regarda avec circonspection, Cameron d'un œil dédaigneux. Ashley se cacha dans la jupe de Lily.

— Vous connaissiez ma mère et mon père ? demanda Cameron.

Maura passa son sac d'une main à l'autre.

— Ton père, oui, un peu. Je sais qu'ils étaient tous les deux sensationnels. Je voulais être là pour ton oncle Sean parce que je l'aime beaucoup. J'espère que tu me parleras de tes parents.

— Comptez dessus, jeta le garçon en se dirigeant vers le petit salon.

Son sarcasme prit Maura au dépourvu, mais Sean trouva l'instant mal choisi pour exiger des excuses. Il se sentit stupide d'avoir espéré qu'une sorte de magie se produirait et ferait d'eux tous une grande et heureuse famille.

— Il est temps d'entrer, dit-il.

Fidèle à ses habitudes, Jane Coombs arriva en retard et se jeta sur les enfants en pleurant et en ahanant, ce qu'elle avait fait toute la semaine. Sean eut du mal à se retenir de la sermonner. Ses pleurs bouleversaient Ashley et Charlie. Mais qui était-il pour critiquer cette femme ? Elle ne pouvait peut-être pas s'en empêcher.

Trois personnes qu'il ne connaissait pas arrivèrent encore plus tard que Jane.

— Mes parents et ma sœur, expliqua Lily. Excusez-moi un instant.

Elle alla les accueillir. Ses parents, très élégants, traitèrent Lily avec une curieuse réserve. « Pour l'amour de Dieu, embrassez-la, se prit-il à penser. Vous ne voyez pas qu'elle en a besoin ? »

Heureusement, sa sœur dut s'en apercevoir, car elle étreignit Lily si fort qu'elle en perdit son chapeau. Sean le ramassa.

— Sean Maguire, dit-il en leur serrant la main à tous les trois. Merci d'être venus.

— Grand-père, tu as pu venir ! s'écria Charlie en se ruant vers la porte.

— Hé, beauté, bien sûr que je suis venu.

Patrick Maguire, le père de Sean, était en ville depuis la veille. Il salua tout le monde.

— Tu t'en sors ? demanda-t-il à son fils.

Durant une fraction de seconde, Sean faillit répondre : « Non, papa. Je n'y arrive pas. Tu peux me donner un coup de main ? » Mais il n'en fit rien, car il connaissait d'avance la réponse – des « euh » et des « ah » ponctuant une longue énumération de toutes les raisons qui empêchaient le vieil homme de l'aider à s'occuper des enfants de Derek.

— Oui, dit-il à son père. Tant bien que mal.

— Désolé de ne pas avoir pu venir plus tôt, reprit Patrick. J'avais des choses à faire.

Bien sûr, approuva Sean silencieusement.

— Pas de problème, assura-t-il, alors qu'il aurait voulu agripper son père par les épaules, le secouer, lui demander ce qui était arrivé à leur famille, pourquoi leurs liens s'étaient autant distendus.

Il dégagea sa main de celle de son père et la posa sur l'épaule de Charlie.

— Il faut qu'on y aille.

Comme tout le monde se regroupait avant d'entrer dans le sanctuaire, Sean prit le temps de regarder les enfants. Bien coiffés, vêtus de leurs plus beaux habits, ils semblaient pétrifiés par l'appréhension mais étaient d'une dignité bouleversante. Cameron faisait penser à une version junior de Derek dans le costume et les chaussures achetés en hâte pour l'enterrement. Charlie et Ashley portaient toutes les deux une robe vert foncé ornée d'un ruban noir. Lily Robinson, en tailleur bleu marine et chaussures à talons plats, tenait un petit paquet de fiches à la main. Elle n'était pas maquillée, mais portait un chapeau. Elle avait l'air nerveuse et déterminée à rendre à son amie un éloge funèbre convenable.

Le directeur des pompes funèbres les accompagna jusqu'à leurs sièges. La directrice de l'école de Charlie se trouvait juste derrière eux, prête à emmener Ashley si la petite fille faisait trop de bruit. Les cercueils en chêne étincelaient dans le soleil que laissait passer un vitrail. Et Sean se remit à flotter au-dessus de la scène, incapable de rester ancré à la terre.

21

Les obsèques tinrent autant du cirque médiatique que d'une cérémonie solennelle. Lily se sentait à la fois déchirée par le chagrin et abrutie par l'épuisement. La messe se déroulait dans un brouillard de larmes, de musique et d'éloges funèbres émouvants. Tous les mots, tous les gestes tentaient d'exprimer l'indicible – la douleur, l'ahurissement et surtout la compassion envers les trois enfants qui grandiraient sans leurs parents.

Lily était touchée que ses parents et sa sœur soient venus. Ils avaient peu connu Crystal, mais ils savaient à quel point elle-même était affectée par ce drame. Lorsque ce fut son tour de parler, elle adressa un regard paniqué à sa mère et reçut en échange un hochement de tête encourageant. *Tu peux le faire*.

Elle se leva et monta sur l'estrade. Au micro, elle déclara d'une voix claire et posée que Crystal avait été la meilleure amie et la meilleure mère que l'on puisse imaginer.

« Meilleure amie et mère aimante » : les mots lui avaient paru parfaitement appropriés lorsqu'elle les avait écrits la veille. Mais, retransmis par les haut-parleurs dans l'église bondée, ils lui semblèrent creux et impersonnels. Lily posa alors ses fiches, ferma brièvement les yeux et évoqua Crystal dans sa tête.

— J'avais huit ans lorsque j'ai rencontré ma meilleure amie, dit-elle en rouvrant les yeux. Elle en avait treize et n'avait aucunement l'intention de devenir mon amie, ni rien de ce genre, mais uniquement de gagner trois sous en me surveillant. L'amitié est venue plus tard. Et elle a duré une vie…

Lily fit une pause pour inspirer à fond et tenter de contrôler sa voix.

— Quand j'étais une petite fille, je pensais que Crystal savait tout. Vingt-trois ans plus tard, je sais que c'était vrai. Grâce à ses magnifiques enfants, elle a connu les joies d'une vie emplie d'amour. Et n'est-ce pas ce qu'il nous suffit de connaître ?

Lily fut surprise d'entendre ces mots qu'elle n'avait pas écrits sortir de sa bouche. Il était trop tard à présent pour faire machine arrière et revenir au texte qu'elle avait préparé – un résumé de ce qu'avait accompli Crystal et un hommage affectueux à sa personnalité. Elle fit une nouvelle pause et regarda les enfants. Edna avait emmené Ashley, qui commençait à s'agiter. Charlie était pétrifiée, les yeux fixés droit devant elle. Cameron se tortillait sur sa chaise, l'air irrité, presque agressif.

Des élèves et des professeurs du lycée avaient fait l'effort de venir, mais, mal à l'aise, les adolescents s'agitaient et chuchotaient dans le fond de l'église, regrettant visiblement de ne pas être ailleurs. Elle n'avait pas repéré Greg Duncan qui, en tant qu'entraîneur de Cameron, aurait dû venir. Mais ça, c'était typique de Greg.

— Je ne peux trouver aucun sens à la mort de mon amie, reprit-elle. Peut-être y arriverai-je un jour. Pour moi, c'est dans sa vie qu'on doit chercher un sens, et non dans sa mort. J'aimais Crystal Baird Holloway. Je consacrerai le reste de ma vie à me réjouir d'avoir eu droit à son amitié.

Elle fit une dernière pause, la gorge obstruée par un nœud douloureux qui l'empêchait presque de respirer.

— Adieu, Crystal. Tu vis dans le cœur de ceux qui t'ont aimée.

Le docteur Sachs, la psychologue, lui avait proposé des médicaments pour l'aider à franchir ce cap difficile. Comme elle descendait de l'estrade, elle regretta d'avoir refusé son ordonnance.

Au même instant, *Rainbow Connection*, la chanson réclamée par Charlie, s'éleva dans l'église. La voix de Kermit la Grenouille aurait pu sembler grotesque en de telles circonstances, mais, pour une raison inconnue, le message subtil et nostalgique de la chanson sonna juste.

Dévastée intérieurement, Lily adressa un sourire vaillant à Charlie et Cameron. Sean Maguire lui tendit la main pour l'aider à regagner sa place. Elle eut honte de la sienne, froide et humide de sueur.

Maura semblait bouleversée. Mais avec sa robe et son étole noires, on aurait dit le mannequin d'une grande maison. À côté d'elle, Lily se sentit affreusement ordinaire.

Vu les circonstances, elle n'aurait rien dû éprouver de tel, mais c'était comme ça. La mort de sa meilleure amie ne l'empêchait pas d'avoir des pensées mesquines. Lily Robinson était vraiment une personne peu intéressante.

Pour Derek, il y eut un éloge maladroit mais émouvant de son caddie, qui sanglota dans le micro du début à la fin de sa prestation. Travis Jacobs, qui travaillait avec Derek depuis quinze ans, le connaissait mieux que quiconque. Il parla de lui avec générosité, sincérité et même une pointe d'humour. Lorsqu'il se tut, la voix de Louis Armstrong chantant *What a Wonderful World* retentit, et la mélancolie envahit le cœur de Lily.

Elle gardait un œil sur Jane Coombs, assise à côté de son avocat de l'autre côté de la travée. À en juger par son expression affligée, elle était en état de choc et très malheureuse. Lily tentait de ne pas penser trop de mal de la femme qui avait volé le mari de sa meilleure amie, mais ce n'était pas facile. Elle se rappelait très bien l'expression bouleversée de Crystal lorsqu'elle avait déboulé chez elle et lui avait annoncé d'une traite : « Derek a quelqu'un d'autre. Et je suis enceinte. »

Mieux valait oublier cette période, la souffrance et les humiliations qu'avait subies Crystal. Ainsi qu'elle venait de le dire elle-même, son amie avait eu sa part de joies et de triomphes. Voilà ce à quoi il fallait se raccrocher. Pas à l'échec de son mariage, aux difficultés financières, ni au fait que, peu avant sa mort, Crystal avait appris de la bouche même de sa meilleure amie que sa fille était en train de louper son CE2 et s'était mise à voler.

Le désarroi et la confusion dans lesquels Lily avait vu Crystal se débattre ce jour-là la hantaient jour et nuit. Elle regarda autour d'elle et essaya de tirer du réconfort de la présence de tous ces gens, amis, collègues, voisins.

Les prières et les chants se poursuivirent, creusant un peu plus le trou béant qu'avait formé le chagrin dans l'âme de Lily. Une seule chose lui permit de tenir bon : la certitude que les enfants de Crystal avaient besoin d'elle.

Sous quelle forme pourrait-elle les aider ? La question serait abordée lors de la lecture des testaments.

Charlie tira sur sa main.

— Quand est-ce qu'on va au séminaire ? murmura-t-elle.

— Au cimetière, corrigea Lily sur le même ton. Dans un instant. Après *Over the Rainbow*, ajouta-t-elle en se souvenant qu'elle avait choisi la version chantée par Iz, un artiste hawaïen.

Elle espérait que la chanson rappellerait à Cameron l'époque où Crystal et lui prenaient ensemble des leçons d'ukulélé. Il n'avait rien demandé de spécial pour la messe et, de façon générale, il parlait très peu de la mort de ses parents.

Elle se pencha et murmura à l'oreille de Charlie :

— Pourquoi me demandes-tu ça ?

— Pour savoir quand il faudra vraiment dire adieu.

Lily enlaça les épaules de la petite fille.

— Oh, chérie, souffla-t-elle, le cœur déchiré, tu n'as pas à dire adieu. Jamais.

22

Lily ne savait comment s'habiller. Quelle tenue était recommandée pour écouter la lecture d'un testament ?

De toute façon, son choix était limité. Elle n'avait pas apporté grand-chose de chez elle. En tout cas, sa tenue d'école ne semblait pas appropriée. Un chandail orné de petits oursons était charmant dans une salle de classe, mais peu adapté pour une rencontre avec des juristes éminents.

Elle devait à Crystal de ne pas avoir l'air trop nunuche.

C'est avec le sentiment de se préparer pour une mission qu'elle enfila un chemisier blanc, une jupe noire et un blazer aux boutons de cuivre. Rien de folichon, songea-t-elle en glissant ses pieds dans des chaussures à talons plats.

Elle se brossa les cheveux et les attacha de chaque côté avec des barrettes, puis fronça les sourcils devant l'image que lui renvoyait la glace. Comment faisaient les autres femmes ? Y avait-il un truc qu'elle ignorait et qui permettait d'avoir l'air professionnel sans virer au guindé ?

Ces questions frivoles lui faisant honte, elle appliqua une simple couche de rose à lèvres et descendit à la cuisine. Les trois enfants prenaient leur petit déjeuner. Comme d'habitude, Charlie était scotchée à la chaîne des dessins animés, et Ashley mangeait de la compote de pommes dans un bol en plastique. La tête dans la main, Cameron fixait son manuel de physique. Sean était allé voir Red Corliss avant la réunion.

— B'jour ! cria Ashley en tendant sa cuillère à Lily. Goûte !

Lily fit semblant de manger.

— Mmm... délicieux, déclara-t-elle en baissant le son de la télévision.

Une fois le choc du deuil passé, il lui faudrait limiter les heures consacrées à la télévision. Vivre dans cette maison pleine d'enfants lui donnait l'impression de découvrir un pays exotique, un endroit plein de couleurs, de bruits et d'odeurs étranges. Elle s'était efforcée de mettre un peu d'ordre dans le chaos, mais sans grand succès.

— Je pars, annonça-t-elle. Je serai absente deux heures, j'imagine. Cameron, c'est toi le responsable.

— Pigé, fit-il d'une voix lasse.

— Pigé, répéta Ashley. 'bout, réclama-t-elle en se tortillant sur sa chaise.

— Cameron va s'occuper de toi, dit Lily en l'embrassant sur le front, avant de se diriger vers la porte.

En roulant vers le quartier des affaires, elle eut l'étrange sentiment qu'elle ne vivait plus sa vie, mais celle de quelqu'un d'autre, une femme accablée d'enfants et d'obligations dont chacune aurait suffi à combler son existence précédente.

Une promesse faite sans y penser à une amie – « Je m'occuperai de tes enfants, bien sûr, pas de problème » – s'était transformée en un engagement pour lequel elle n'était pas armée. Elle avait pris une semaine complète de congé, mais, dès lundi, il faudrait qu'elle rentre chez elle et reprenne son travail. La vie devait continuer pour tous, et ce serait sans doute l'un des sujets de la réunion.

Une ambiance feutrée régnait dans les bureaux de Logan, Schwab et Fuller. On introduisit Lily dans une salle de conférences où tout le monde était rassemblé : Sean Maguire et son père, Red Corliss, Jane Coombs et son avocat. Frances Jamison, l'avocate de Crystal lors du divorce, était aussi présente, remarqua Lily avec une bouffée de soulagement. Toutes les autres personnes étaient liées à Derek.

Pas tout à fait, corrigea-t-elle en voyant Susie Shea les rejoindre. L'assistante sociale était là en tant qu'avocate des enfants.

Peter Logan, un homme à l'élégance discrète, ouvrit la réunion.

— Mesdames et messieurs, je vous remercie d'être venus. J'aimerais d'abord exprimer mes sincères condoléances à la famille et aux amis de Derek et Crystal Holloway. Je sais à quel point vous souffrez de leur disparition.

Lily jeta un coup d'œil à Sean. Cette semaine de cohabitation avait été une expérience étrange. Il aimait visiblement les enfants, mais pour tenir le rôle d'un parent, il était aussi démuni que Lily. L'air hagard, il écoutait attentivement Logan. À côté de Sean, son père, Patrick, respirait la sérénité et la bonne santé. C'était un très bel homme, grand et mince, avec d'abondants cheveux poivre et sel. En tant que beau-père de Derek, il était le seul représentant des grands-parents des enfants. Mais lorsque l'on croisait le regard de ce bellâtre, on n'y voyait pas grand-chose.

Tout le monde se redressa lorsque Logan en vint à la pièce maîtresse : la distribution des biens de Derek. Il y eut d'abord des legs à Red Corliss, Travis Jacobs, Patrick Maguire et divers entraîneurs. Sean ne parut ni heureux ni déçu de recevoir tous les clubs de son frère.

— « Le reste de mes biens sera divisé également entre mes enfants chéris, Cameron Craig Holloway, Charlene Louise Holloway et Ashley Baird Holloway. S'ils sont mineurs au moment de ma mort, cet héritage sera confié jusqu'à leur majorité à Crystal Baird Holloway ou, si ce n'est pas possible, à mon frère, Sean Michael Maguire. »

La disposition finale tomba dans un silence si profond que Lily put entendre son voisin – l'avocat de Jane – respirer. Laquelle Jane n'avait rien reçu. Bien, bien, bien.

La lecture se poursuivit par le choix du tuteur des enfants. Derek citait d'abord son ex-femme, bien sûr. Ensuite venait Sean Michael Maguire. Un juge confirmerait ce choix en homologuant le testament.

Le silence se fit plus dense encore à l'énoncé de cette information. Derek n'avait pas désigné Jane, qu'il comptait cependant épouser. Il n'avait pas non plus choisi Patrick, lequel ne chercha même pas à cacher son soulagement. Non. Derek avait porté son choix sur Sean Maguire, son demi-frère, un homme que les enfants connaissaient à peine.

Jane repoussa sa chaise.

— J'en ai assez entendu, dit-elle calmement avant de sortir, accompagnée de son avocat.

— Mauvaise joueuse, murmura Frances Jamison, avant de donner lecture du testament de Crystal.

Il avait été écrit cinq ans plus tôt, alors que Derek et Crystal étaient encore ensemble. Il y avait un don à Dorothy et un autre à Lily, qui ne s'y attendait pas.

— « À ma meilleure amie, Lily Elaine Robinson, je lègue la somme de dix mille dollars et ma garde-robe. Lily, tu ne t'es jamais intéressée à la mode, mais peut-être, à ce moment-là, auras-tu changé. »

L'écho de la voix de Crystal bouleversa Lily. Elle fouilla son sac à la recherche d'un Kleenex, mais elle les avait tous utilisés. Sans un mot, Sean se tourna vers la console derrière lui et prit une boîte qu'il poussa devant elle.

Comme Derek, Crystal confiait ses enfants et leurs biens éventuels à son ex-conjoint. Et si ce n'était pas possible, à sa mère, Dorothy Mansfield Baird.

Frances tapota la table de ses papiers.

— Mesdames et messieurs, cette disposition est problématique. Voilà pourquoi j'ai requis la présence de Mlle Robinson. Dorothy Baird a eu une attaque cérébrale très grave. Actuellement, elle est hospitalisée et ne reconnaît ni sa famille ni ses amis. Le pronostic est mauvais. Elle est et restera incapable d'assumer les responsabilités énumérées ci-dessus. D'ailleurs, Crystal avait pris rendez-vous avec moi pour rectifier cette partie du testament. Elle voulait désigner Mlle Robinson comme tutrice des enfants, au cas où son ex-mari ne pourrait s'en charger.

— Cela contredit le testament de M. Holloway, lequel, contrairement à celui de son ex-femme, est écrit, daté et signé, intervint M. Logan. Le tribunal tranchera très certainement dans le sens des vœux du père.

Lily promena son regard autour de la table. Elle savait que ses yeux trahissaient sa déception. Personne ne semblait remarquer qu'elle était là, sauf Sean Maguire. Il l'observait avec une intensité qui la fit frémir.

Elle l'ignora et tenta de se concentrer sur la suite. Concernant les finances, Mlle Fuller fit une révélation préliminaire qui surprit tout le monde, sauf Red Corliss.

Derek était endetté jusqu'au cou et Crystal presque autant. Leur train de vie, avant et après leur divorce, leur avait fait dépenser plus que ce que gagnait Derek, bien que ses revenus fussent considérables. Personne ne le dit, mais chacun savait qu'en termes juridiques cela signifiait qu'ils étaient au bord de la faillite personnelle.

— Le golf professionnel est un sport cruel, intervint Red. Vous pouvez gagner un million de dollars une année et rien du tout l'année suivante.

Il y eut ensuite un long exposé au sujet de l'assurance décès de Derek, grâce à laquelle les legs seraient réglés malgré l'absence de fonds, mais Lily n'écoutait plus. Elle avait autre chose en tête et, la séance levée, elle fonça sur Susie Shea.

— C'est moi qui devrais avoir la garde des enfants, pas Maguire, décréta-t-elle sans préambule.

Elle avait pris cette décision d'un coup. Ce n'était d'ailleurs pas tant une décision qu'une impulsion irrésistible. Vivre seule avait été un choix raisonné ; aujourd'hui, elle désirait rompre cet isolement.

— Maguire a peut-être une opinion, intervint l'intéressé d'un ton hostile. Je vous la donne pour ce qu'elle vaut : vous devriez vous occuper de vos oignons.

— Pour l'instant, dit Mlle Shea, M. Maguire est le tuteur légal. Néanmoins, monsieur Maguire, vous devez comprendre que Mlle Robinson compte beaucoup pour les enfants Holloway.

— Je ne vais pas la maintenir à l'écart, si c'est ce que vous craignez, mais il faut un responsable, et c'est moi.

Mlle Shea hocha la tête et s'écarta pour discuter avec les juristes.

Agacée, Lily fit face à Sean. Elle ne comprenait pas cet homme, ils étaient trop différents. Seule les unissait leur affection pour les enfants.

— Je doute que vous ayez pensé à l'avenir. Ceci est un engagement très lourd.

— Vous croyez que je l'ignore ?

— Les enfants sont encore traumatisés par le drame. Ce ne sera pas facile de les aider à s'en remettre, dit-elle. Et, entre-temps, la vie ne va pas s'arrêter. Il y a l'école, les devoirs, l'apprentissage de la propreté pour le bébé, les caprices, les maladies, la puberté, ce n'est jamais fini. Quand on a la responsabilité d'une famille, il n'existe pas de libération pour bonne conduite. C'est une condamnation à vie.

— Eh bien, à vous entendre, c'est une vraie partie de plaisir.

— On n'est pas là pour s'amuser

Il gloussa, mais ses yeux brillaient de colère.

— Oh, ça vous ressemble tellement de dire ça ! « On n'est pas là pour s'amuser », répéta-t-il en imitant Lily.

Elle réprima un cri d'indignation.

— J'essaie seulement de vous faire comprendre…

— Qu'il n'est pas question de s'amuser ?

— Que notre priorité, ce sont les enfants.

— Lequel de nous deux leur fera le plus de bien ? Vous, parce que vous veillerez à ce qu'ils se couchent tôt tous les soirs, ou moi, parce que je ne craindrai pas de les laisser découvrir que la vie peut redevenir amusante ? Tiens, si on posait la question au docteur Sachs ? ajouta-t-il en sortant son portable.

Instinctivement, elle posa la main sur son bras.

— Ils ont besoin de nous deux.

Il regarda sa main, puis elle. Gênée, elle s'écarta.

— Dites-moi pourquoi vous êtes si désireuse d'élever ces enfants.

— Parce que c'est ce que voulait Crystal. Parce que je ferais du bon travail, répondit-elle avec véhémence. J'ai fait une promesse.

Il croisa les bras sur sa poitrine.

— Je ne vous ai pas entendue dire que vous le vouliez.

— Je veux ce qu'il y a de mieux pour les enfants.

Soudain, sa vie actuelle et l'avenir paisible qu'elle s'était organisé avaient perdu de leur attrait. Ses paumes étaient moites, mais elle se retint de les essuyer sur sa jupe.

— Je suis sûre que c'est aussi ce que vous voulez, Sean. Je sais que vous les aimez, mais cela ne signifie pas que vous deviez tout sacrifier…

— Ce ne serait pas un sacrifice. Ce serait… vivre. Faire ce que les gens font partout dans le monde : élever une famille et tenir bon, jour après jour. Je sais que les enfants ont besoin de stabilité et d'un minimum d'organisation. Cela relève du bon sens. Et le testament de Derek est limpide, je suis le tuteur de ses enfants.

— C'est à moi de les élever, s'écria-t-elle.

Au même instant, son sang se glaça d'appréhension. « Dites oui, supplia-t-elle intérieurement, avant de penser : Dites non. »

— Je parle sérieusement, reprit-elle. Et vous savez que j'ai raison.

— Mon frère pensait différemment.

— Ce n'est pas parce qu'il vous a choisi que vous êtes la personne la plus apte.

— Ce n'est pas parce que vous les connaissez depuis plus longtemps et que vous avez des diplômes en matière d'éducation que vous êtes plus apte que moi, rétorqua-t-il. En outre, j'ai un avantage sur vous, Lily.

— Lequel ?

— Je n'ai pas peur. Vous, si.

Elle s'apprêtait à nier lorsqu'elle sentit quelque chose de froid et de sombre la transpercer comme un morceau de fer enfoncé à coups de maillet. Comment avait-il compris cela ? Pouvait-il, comme un prédateur, sentir l'odeur de la peur ?

Elle s'éloigna et alla se servir un verre d'eau fraîche. Sean avait raison : elle avait peur. Elle avait organisé son existence de façon à protéger son cœur. En particulier, elle avait fait le choix délibéré de ne pas avoir de famille. Elle voulait être maîtresse de sa vie, se rendre là où elle le désirait et faire ce qui lui plaisait. Prendre en charge trois enfants changerait cela irrémédiablement.

« Mais regarde ce que cela t'apporterait, murmura la voix de Crystal à son oreille. Certaines choses sont plus importantes que la peur. »

— Il faut que je rentre, dit Sean. Les enfants attendent de connaître le résultat de cette réunion. Ils vous aiment, Lily, et si vous leur montrez que vous avez des doutes sur mon aptitude à les élever, ils en auront aussi. C'est ce que vous voulez ?

Ils vous aiment, Lily. Les mots la touchèrent.

— Je veux qu'ils se sentent en sécurité.

— Mon frère me les a confiés. Quoi que Crystal et vous pensiez de lui, c'était un père aimant. Je ne vais pas le laisser tomber.

Elle écrasa dans sa main son gobelet en carton et le jeta dans la corbeille.

— Il n'y a pas d'argent. Vous avez compris ça, non ?

— Hé, je suis un sportif avec un pois chiche en guise de cerveau, mais je peux additionner et soustraire, grommela-t-il en desserrant le nœud de sa cravate. Vous commencez à m'emmerder sérieusement, Lily. Non, je retire ça. Vous m'avez déjà emmerdé un bon nombre de fois aujourd'hui.

Elle lui rendit son regard furieux.

— Vous aussi, vous m'énervez.

— Emmerder, Lily. Le mot est « emmerder », s'écria-t-il, si fort que toutes les têtes se tournèrent vers lui.

— Quelle réaction puérile ! Elle figurera sans doute dans le rapport soumis au juge.

— Quoi donc ? Que vous savez très bien comment emmerder les gens ? Bon, reprit-il en lui décochant soudain un sourire désarmant, assez discuté. Les enfants attendent.

— Cette discussion n'est pas finie.

— Si. Vous n'êtes plus de service, vous pouvez rentrer chez vous.

— Vous avez fui toute votre vie, lui rappela Lily. Crystal me l'a dit. Elle disait que vous aviez fui votre carrière.

— Nous parlons des enfants, là, pas d'une carrière. On ne fuit pas des enfants. Je ne serai pas parfait, mais je compte faire de mon mieux.

Lily se raidit, cherchant un autre argument. Puis les mots de Sean la touchèrent, et elle sentit ses épaules se détendre.

— Bien répondu.

23

— Lily et moi avons des nouvelles pour vous, annonça Sean à Cameron et Charlie.

Il avait pris un ton positif. C'était ce qu'avaient conseillé l'assistante sociale et la psychologue : « Soyez positifs et optimistes, sans toutefois nier la tragédie. Rassurez les enfants en leur faisant comprendre que la vie va reprendre et que les choses vont s'arranger. »

Forcément, puisque ça ne pouvait empirer. Qu'y avait-il de pire que d'être un enfant et de perdre ses deux parents le même jour ?

Sean était adulte quand sa mère était morte, cinq ans plus tôt, mais la blessure saignait toujours. L'une de leurs dernières conversations continuait à l'intriguer : elle lui avait conseillé de tomber amoureux, de se marier et de fonder une famille. « Tu es fait pour ça, plus qu'aucun d'entre nous », avait-elle dit. Durant les cinq années suivantes, il avait fait de son mieux pour ignorer ce conseil. N'était-ce pas ironique qu'il se retrouve du jour au lendemain en charge de trois enfants ?

— 'jour, Lily, fit Ashley, qui jouait sur le sol avec une spatule en plastique.

— Quelles sont les nouvelles ? demanda Cameron en serrant les bras sur sa poitrine comme pour se protéger d'un coup.

— On nous a lu les testaments de vos parents. Ils vous ont laissé presque tout ce qu'ils possédaient.

— Tout ? fit Charlie, les yeux exorbités.

— Presque. Votre papa m'a laissé ses clubs de golf, et il y a eu des legs pour Red, Travis, grand-père et quelques autres personnes. Et votre maman a pensé à sa mère et à Lily.

Cette brave vieille Lily, grommela-t-il en son for intérieur en repensant à ce qu'elle lui avait dit – qu'elle doutait de ses capacités de prendre soin de cette famille.

Lily esquissa un sourire forcé.

— Votre maman a voulu que je prenne ses vêtements. Elle n'arrêtait pas de me houspiller pour que je m'habille un peu mieux, vous savez.

— Et c'est tout ? s'écria Charlie. C'est vraiment tout ? Personne d'autre n'a eu quelque chose ?

— Non, je ne me souviens pas, dit Sean en interrogeant Lily du regard. Et vous ?

— Je ne crois pas.

Charlie poussa un gros soupir en s'affalant sur le dossier de sa chaise.

— Quelqu'un d'autre aurait dû être mentionné ? s'enquit Sean.

— Non, non, pas du tout ! s'écria-t-elle.

Quelle drôle de petite personne ! songea Sean, que les réactions de sa nièce laissaient parfois perplexe. Cameron la fusilla du regard en articulant quelque chose que Sean ne put déchiffrer. Charlie lui répondit en lui tirant la langue.

— Alors, on nous met dans un foyer ou quoi ? demanda le garçon.

— Bien sûr que non, protesta Sean.

— Pourquoi penses-tu ça ? demanda Lily.

— On est tombés dans les mains des services sociaux. Je me demandais si on n'allait pas nous fourrer dans un foyer ou une famille d'accueil. Ça se fait, d'habitude.

— Je ne veux pas aller dans un foyer, gémit Charlie, le menton tremblant.

— Ton frère dit des con… des âneries, intervint Sean, qui s'efforçait de rester patient malgré le comportement de son neveu. Personne ne va vous fourrer dans un foyer. Vous allez vivre avec moi. Plus exactement, je vais vivre avec vous. Ici, dans cette maison.

Quelle aberration ! Sean était passé de l'état de célibataire endurci à celui de père de famille élevant trois enfants dans une maison cossue. Incroyable ! Comme l'avait dit Lily, c'était une condamnation à vie.

— Lily va continuer à dormir dans la chambre d'amis ? demanda Charlie.

— Elle reste pas, idiote, aboya Cameron.

— Ah, bon ? cria la petite fille, qui se tourna si brusquement vers Lily que ses nattes s'envolèrent.

— Je ne peux pas, chérie. Mais je ne te laisserai pas tomber, je te le promets. Je te verrai tous les jours à l'école et je viendrai vous garder les soirs où votre oncle travaillera.

Sean cessa de retenir son souffle. Il fallait reconnaître ce mérite à Lily : elle faisait passer les enfants en premier. Les termes du testament la rendaient furieuse, il le savait, mais, pour le bien des trois orphelins, elle cachait son désaccord.

— Qui va s'occuper de nous quand nous irons chez papa ? demanda Charlie.

— Nous n'irons plus chez papa, crétine, dit Cameron. Il est mort. T'as toujours pas compris ?

— Hé, intervint Sean, ça suffit.

Charlie baissa la tête.

— Écoutez, si tout le monde y met du sien, ça va marcher, reprit Sean.

Mais personne ne l'écouta, car Ashley avait choisi ce moment pour appuyer sur le bouton qui mettait en route le broyeur d'ordures ménagères. Le bourdonnement de la machine la fit sauter en l'air, puis son visage se fripa comme un vieux Kleenex et elle lâcha l'un de ses hurlements stridents.

Tout le monde accourut – Sean, Lily, Cameron et même Charlie – pour la consoler. Arrivé le premier, Sean prit la petite fille dans ses bras. Au milieu de la semaine, elle avait décidé qu'il lui convenait et, depuis, elle l'autorisait à s'occuper d'elle aussi souvent qu'il le voulait. Elle s'accrocha à lui, et ses sanglots de peur se calmèrent. Puis elle enfonça un petit poing dans la joue de Sean et le regarda dans les yeux.

— Papa, dit-elle.

Il se sentit en proie à une sensation bizarre.

— Oncle Sean. C'est comme ça que je m'appelle. Tu peux le dire ? On-cle Sean ?

— Papa, répéta-t-elle avant d'enfourner son pouce dans sa bouche.

Il était tard, cette nuit-là, lorsque Charlie entra dans la chambre de Cameron. À la vue de la petite silhouette qui disparaissait dans la chemise de nuit de leur mère, il faillit éclater de rire. Puis il remarqua la peur qui hantait ses yeux écarquillés.

— Qu'est-ce qu'il y a ? Qu'est-ce que tu fais debout ?

— C'est à cause d'Ashley, dit-elle d'une petite voix.

Oh, merde ! Non. Pas Charlie aussi. Qui d'autre était au courant ?

Empli de compassion, Cameron la serra contre lui. Elle était chaude et ferme, et ses cheveux sentaient le shampooing pour bébé.

— Eh bien, qu'y a-t-il ? s'obligea-t-il à demander, bien qu'il connût la réponse et que cela le terrifiât autant que Charlie.

— Maman a dit que papa n'était pas le père d'Ashley. Elle a dit qu'Ashley avait un autre père.

Cameron inspira à fond. Qu'était-il censé faire ? Accuser leur mère de mensonge ou bien d'avoir couché à droite et à gauche ?

— Quand est-ce qu'elle t'a dit ça ?

— Après les vacances de printemps. Elle était en colère parce que papa nous avait emmenés en Californie.

Une étreinte glacée serra le cœur de Cameron.

— Elle l'a dit à papa ?

— Non. Seulement à moi. Elle... euh... elle était triste et furieuse, et il n'y avait personne d'autre à qui parler.

Elle avait probablement aussi descendu une bouteille de vin, comme le soir où elle avait parlé à Cameron. Un élan de colère contre sa mère lui brûla l'estomac comme une coulée d'acide. Hélas, ça ne lui faisait plus aucun bien de se fâcher contre ses parents, puisqu'ils n'étaient plus là.

— Elle ne voulait sûrement pas dire ça, répondit-il. Tu as dû comprendre de travers.

— Elle me l'a dit, insista Charlie. Les gens croient que je suis idiote, mais c'est pas vrai. Elle a dit qu'Ashley avait un autre papa, et moi, j'ai peur qu'il vienne la chercher.

C'était aussi ce que redoutait Cameron.

— Le mieux, c'est de ne pas en parler. Si tu dis quelque chose, tu ne feras que causer de graves ennuis.

— Je ne dirai rien, murmura-t-elle.

— Il ne faut pas. De toute façon, personne ne nous la prendra, promit-il en entourant Charlie de ses bras.

La petite fille sanglotait si fort qu'elle en perdit le souffle. Il l'embrassa.

— Hé, fit-il en lui frottant le dos à travers la chemise de nuit qui avait gardé le parfum de leur mère. Essaie de te calmer, d'accord ?

— J'essaie tout le temps, mais je veux qu'ils reviennent, Cam. J'ai besoin de leur parler et de les embrasser. Ils me manquent trop, dit-elle, hors d'haleine.

— Ils me manquent à moi aussi.

Il lui caressa les cheveux. Dans un sens, Charlie avait plus de chance que lui. Ses sentiments envers leurs parents étaient simples et clairs. Elle les adorait, les vénérait. Même ce qu'elle soupçonnait au sujet d'Ashley n'entachait pas son adoration. Lorsqu'elle se souviendrait d'eux, elle ne penserait qu'à leurs qualités, et non à leurs défauts.

Cameron, lui, était assez grand pour savoir que ses parents étaient des êtres humains avec leur part de défauts. Néanmoins, il regrettait la dispute stupide qui l'avait opposé à son père lors de leur dernière matinée ensemble. Et il regrettait de n'avoir pas été plus gentil envers sa mère lorsqu'elle s'était effondrée, un soir.

— J'ai besoin d'eux, Cam, répéta Charlie contre sa poitrine. J'ai besoin qu'ils reviennent.

— Oui, dit-il d'une voix rauque, les yeux embués de larmes. Moi aussi.

24

Sean regarda la giclée de porridge sur le mur de la cuisine, puis fit les gros yeux à la plus jeune de ses nièces.

— Moi non plus, je ne suis pas content.

Elle lui jeta un regard noir.

— C'est beu'k.

— Mange ce foutu porridge ! cria-t-il.

Elle en perdit le souffle, comme s'il l'avait frappée, puis fondit en larmes.

— C'est beu'k, répéta-t-elle en sanglotant. C'est beu'k.

— Oh, voyons, Ashley, supplia-t-il. Je ne voulais pas te crier dessus.

Perdue dans son chagrin, elle ne l'écoutait plus.

— Merde, marmonna-t-il.

— Me'de, hurla-t-elle.

Avant qu'il ait pu intervenir, elle lança une autre cuillerée de porridge. Cette fois-ci, la bouillie tiède s'écrasa sur la joue de Sean et dégoulina lentement.

Ashley se tut aussitôt et écarquilla les yeux d'appréhension. Elle avait beau n'avoir que deux ans, elle savait ce qui était mal.

Sean sentit que la situation lui échappait. Il s'était levé plus tôt que d'habitude et avait mis une belle chemise et une cravate afin d'accompagner Charlie et Cameron dans leurs écoles respectives. La bouillie s'égouttait sur sa joue. Et, visiblement, le bébé se préparait à un autre hurlement.

— Oh, flûte, dit-il comme le porridge atteignait la commissure de ses lèvres. C'est vraiment beurk.

Il fit une grimace terrible et porta les deux mains à sa gorge.

Ashley n'y résista pas et fut prise de fou rire jusqu'à en avoir le hoquet. Sean nettoya sa joue et son col de chemise, en faisant tout un cinéma qui redoubla l'hilarité du bébé. Soulagé, il la convainquit de manger un morceau de pain à la banane, l'un des innombrables plats apportés par des amis et voisins inquiets. Le réfrigérateur, le congélateur et les placards étaient pleins. À ce rythme, il aurait bientôt devant lui une année entière de repas tout prêts, ce qui lui éviterait d'apprendre à cuisiner. Une chose était sûre, il allait rayer le porridge de sa liste de menus.

L'air accablé, Charlie entra dans la pièce et laissa tomber son sac sur le sol.

— Un problème ?

— Cameron s'éternise dans la salle de bains et je n'ai même pas pu arranger mes cheveux.

— Qu'est-ce que tu veux faire à tes cheveux ? demanda Sean en lui donnant un morceau de pain à la banane et un verre de lait.

— Maman me coiffait toujours, sauf quand j'étais chez papa, répondit la petite fille, le menton tremblant.

Sean comprit qu'il avait intérêt à faire quelque chose, et vite, avant qu'elle ne fonde en larmes. Car, lorsque Charlie pleurait, Ashley l'imitait aussitôt, et il se retrouverait à la case départ.

— Ton papa te coiffait ?

Elle lui jeta un regard méprisant.

— Bien sûr que non, voyons.

— Je parie que, moi, je peux y arriver, dit Sean.

— J'te crois pas.

— Mais si.

Il ouvrit un tiroir dans lequel il avait remarqué un fouillis de brosses à cheveux, barrettes, épingles et élastiques.

— Veuillez vous asseoir, madame.

Tout en lui décochant un regard soupçonneux, Charlie se hissa sur un tabouret. Fascinée par le spectacle, Ashley ne bougeait plus. Sean, lui, se demandait quelle mouche l'avait piqué. Les boucles soyeuses de sa nièce lui paraissaient très jolies ainsi, mais ce qu'elle voulait, c'étaient des nattes. Or Sean ignorait tout du tressage de cheveux. Toutefois, il savait à quoi servait une barrette.

— C'est la plus jolie natte du monde, affirma-t-il en tortillant ensemble deux longues mèches.

Il la maintint à l'aide d'une barrette colorée et rattrapa comme il le put les mèches de côté en y plantant d'autres barrettes. Quand il eut fini, ce n'était pas trop mal.

— Voilà, dit-il. Tu ressembles à Cher.

— Qui c'est, Cher ?

— L'une des plus belles femmes qui aient jamais existé, affirma-t-il. Mange ton pain à la banane.

— Je ne veux pas aller à l'école, dit Charlie, la bouche pleine.

— Moi non plus, fit Cameron en les rejoignant, les cheveux humides après sa douche.

— Très bien. Vous restez à la maison et vous me faites le ménage à fond.

Sean désigna la cuisine d'un grand geste de la main. Lily n'était partie que la veille, mais l'évier était plein de vaisselle sale, et chaque surface plane était encombrée d'objets divers.

— À vous de choisir.

Charlie remarqua la tache de porridge sur le mur.

— L'école, dit-elle d'un ton boudeur.

— J'm'en fous, lâcha Cameron.

— J'aimerais aller en Italie, annonça Charlie.

— Pourquoi l'Italie ?

— Parce que c'est pas ici. Lily va passer tout l'été en Italie.

La veinarde, songea Sean avec une pointe d'envie.

Lily aperçut Sean qui, tenant la main de Charlie, marchait si vite que la fillette devait trotter pour rester à sa hauteur. Tous deux avaient l'air graves, et le grand sourire d'accueil de Lily ne leur fit aucun effet.

— Viens, chérie, dit-elle. Tes amis t'attendent.

Lindsey Davenport, bénie soit-elle, prit Charlie par la main et l'entraîna à l'intérieur.

— Ça ne marche pas, dit Sean lorsque les petites filles furent hors de portée de voix.

— Qu'est-ce qui ne marche pas ? demanda Lily.

Du coin de l'œil, elle observait Charlie, qui posait son sac à dos sur sa chaise. Ses camarades vinrent lui dire bonjour, la féliciter pour sa coiffure, la traitant avec la tendresse fragile que les enfants manifestent instinctivement à l'égard de l'un des leurs quand il est blessé.

— Tout. L'organisation générale. C'est le chaos à la maison. Faire lever tout le monde, s'occuper du bébé, partir à l'heure... C'est démentiel.

— C'est ce que font des millions de femmes tous les jours de leur vie, ne put-elle s'empêcher de remarquer.

— Et c'est censé m'aider ? grommela-t-il en frottant une tache sur sa chemise.

En voyant Charlie revenir près d'eux, il prit un air enjoué.

— À tout à l'heure, oncle Sean.

Il lui toucha la tête d'un geste gauche mais affectueux.

— Passe une bonne journée, chérie.

— OK.

Charlie se retrouva entourée d'amis venus jeter un coup d'œil à l'oncle dont elle parlait si souvent. Avec son pantalon kaki, sa chemise et sa cravate, il rayonnait d'une sorte de charme décontracté.

— J'espère que la journée se passera bien, murmura-t-il à Lily. Vous me raconterez.

En fait, ça se passait plutôt bien, se dit Lily peu après. Elle-même retrouvait sa salle de classe et sa vie organisée avec soulagement, elle ne pouvait le nier. Ici, elle se sentait à sa place, au mieux de ses capacités. Après une semaine de chaos et d'émotions chez Crystal, c'était le retour à la normalité.

Alors, pourquoi le chaos de cette maison lui manquait-il ?

Lily écarta cette pensée et ne quitta pas des yeux Charlie, qui resta calme toute la journée. L'heure de la sortie approchant, elle installa des coussins sur le sol et demanda à tous les élèves d'approcher.

— On va commencer un nouveau livre, déclara-t-elle. *La Toile de Charlotte*.

— J'ai vu le dessin animé à la télé, dit Eden.

— Les livres, c'est toujours mieux, n'est-ce pas, mademoiselle Robinson ? demanda Sarah.

Lily hocha la tête, puis attendit que tout le monde soit installé. Elle ouvrit le livre à la première page. Vu les circonstances, c'était un choix risqué, mais elle se fiait à son intuition. C'était, à son avis, le roman le plus beau jamais écrit pour les enfants. Pourvu que cette histoire d'une amitié si puissante qu'elle transcendait la mort prenne une signification spéciale pour Charlie !

Lily inspira profondément et se mit à lire.

— « "Où va papa avec cette hache ?" demanda Fern à sa mère comme elles s'attablaient devant le petit déjeuner... »

Il y avait sûrement des choses pires que de revenir au lycée après que vos parents avaient dévalé une falaise, mais pour l'instant, Cameron ne pouvait en imaginer aucune. Lorsque son oncle s'arrêta devant le lycée, il eut l'impression d'être jeté dans un trou noir, comme le matin où Sean lui avait appris la mort de ses parents.

Ignorant les gazouillis de sa petite sœur, il sortit et claqua sa portière. Un flot de garçons et de filles se dirigeait vers l'entrée de l'établissement. Les membres d'une association accrochaient entre deux sycomores une banderole annonçant une fête quelconque. M. Atherton, le proviseur adjoint, menait une file d'élèves chargés de la corvée de poubelles.

Espérant ne pas être reconnu, Cameron se détourna et enfonça la tête dans les épaules. Il ne pensait pas pouvoir supporter le jovial « Courage, mon garçon » d'Atherton. Ni aujourd'hui ni demain. Jamais, en fait. Mais pouvait-il espérer que les gens le traiteraient comme s'il ne s'était rien passé ?

C'était l'un de ces jours d'avril où le vent était si violent que les élèves pouvaient raisonnablement nourrir l'espoir que l'électricité saute et que tous les cours soient annulés. Normalement, il aimait ça, mais plus rien n'était normal. Il ne voulait pas être à la maison et il ne voulait pas être au lycée. Il ne voulait être nulle part.

Il passa son sac d'une épaule à l'autre et se dirigea vers l'entrée. Le vent tirait sur son blouson, lui ébouriffait les cheveux.

— Cameron ?

Il continua de marcher, bien qu'il ait reconnu la voix.

— Cameron, je veux juste te dire que je suis vraiment désolée pour ce qui s'est passé, dit Becky Pilchuk en le rattrapant.

Becky Pilchuk. C'était bien sa veine. Il jeta un regard inquiet aux alentours. Sur le tableau noir du vestiaire des garçons, là où ses copains et lui notaient les filles de leur classe selon leur allure plus ou moins sexy, elle figurait en bas de la liste. C'était un jeu entre mecs, que les filles auraient trouvé incroyablement insultant si elles avaient été au courant.

— J'ai essayé de te voir après le service funèbre, mais je ne t'ai pas trouvé, reprit Becky.

— Je n'avais pas envie qu'on me trouve.

Il était sorti de l'église. On était en train d'enfourner ses parents dans le corbillard, et il ne voulait pas voir ça. Son père avait Travis, Sean et un paquet de golfeurs pour porter son cercueil. Sa mère avait les maris de ses amies du comité des sports, du club de jardinage et de tous les trucs dans lesquels elle s'était fourrée. Penser que ses parents étaient enfermés dans ces boîtes rutilantes lui était insupportable, aussi avait-il profité de ce que personne ne le regardait pour prendre la fuite. Il avait couru dans le parking jusqu'à ce que son souffle sorte en sanglots étouffés, puis, de retour derrière l'église, il avait regardé les fenêtres colorées en forme d'arches élancées. Le style gothique, avait-il appris en cours d'histoire. Au sommet d'un des vitraux était représentée une colombe planant au-dessus d'une flamme – le Saint-Esprit.

Cameron avait ramassé une pierre lisse et ronde. Puis il avait pris son élan et lancé la pierre de toutes ses forces. La pierre avait brisé le vitrail avec un fracas satisfaisant. Il n'avait pas eu peur que le bruit donne l'alerte, car les haut-parleurs crachaient le cantique final à plein volume. D'ailleurs, tout le monde était sorti afin d'aller mettre ses parents en terre. Sans se presser, il avait rejoint les autres dans la longue limousine.

Il essaya de ne pas regarder Becky, mais ce fut plus fort que lui. Elle éprouvait pour lui une étrange fascination, et ce depuis l'automne, lorsqu'elle était arrivée à Comfort. Elle avait toutes les caractéristiques de la crétine intello – le cerveau, les lunettes, l'indifférence complète à la mode. Pourtant, quand il la voyait, son cœur s'emballait et il se sentait fébrile. Et lorsqu'elle lui parla, il eut la gorge nouée et ses yeux le brûlèrent, comme s'il allait se mettre à pleurer.

— Bon, eh bien, fit-elle d'une voix hésitante, si jamais tu as envie d'en parler, je… je suis prête à t'écouter.

Durant un instant d'aberration, il eut envie de lui parler du vitrail et du fait qu'abîmer des choses le tentait bizarrement. Il ne savait pas pourquoi. Casser ou abîmer n'aidait en rien. C'était même nul, parce que le seul résultat était que quelqu'un devait réparer les dégâts. Bravo. S'il disait ça à Becky, elle le prendrait pour un cinglé, et elle n'aurait pas tort.

— Je crois pas que j'aurai envie d'en parler. C'est merdique. C'est tout ce que j'ai à dire.

— D'accord, désolée. De toute façon, faut que j'y aille. J'ai un devoir à rendre avant le cours. Alors, à plus.

Il ne répondit pas mais la suivit des yeux tandis qu'elle s'éloignait en sortant une copie de son sac. Elle avait presque atteint l'entrée du bâtiment lorsqu'une bourrasque lui arracha les feuillets.

Elle s'élança pour les rattraper, mais ils flottèrent vers un groupe de garçons qui se bousculaient en s'esclaffant. L'un d'eux repéra les feuilles et mit le pied dessus. Becky se précipita pour les récupérer, mais elle tira trop fort, et la copie se déchira.

Les garçons pouffèrent de rire tandis que Becky se sauvait en serrant son devoir déchiré contre elle. Son regard croisa celui de Cameron, et il comprit qu'elle savait qu'il avait assisté à toute la scène. Il eut aussitôt des remords de ne pas l'avoir aidée, puis se mit en colère parce qu'il détestait avoir des remords.

Et, curieusement, sa colère se tourna contre Becky. Elle aurait dû deviner que la dernière chose qu'il voulait faire, c'était parler de ses parents, et que la dernière personne avec qui il aurait pu vouloir le faire, c'était Becky Pilchuk.

Il s'empressa de gagner sa salle de classe et tenta de se faufiler jusqu'à sa chaise sans se faire remarquer. Pas de pot. Shannon Crane l'aperçut et cria :

— Cameron est revenu. Oh, Cam, tu nous as manqué !

Il tenta de se comporter normalement tandis que ses amis se rassemblaient autour de lui. Quelques-uns étaient venus à l'enterrement, mais, trop occupé à essayer d'éviter les caméras de télévision qui ne cessaient de le prendre pour cible, il ne leur avait pas parlé. À présent, entouré de ses amis, il se sentait plus seul que jamais.

Ils bavardèrent, le mirent au courant des dernières nouvelles – Maris Brodsky avait rompu avec Chad Gresham, le *coach* de volley-ball des filles avait reçu un blâme pour langage grossier et le thème du bal des terminales était « partir en mer ». Comme si ça l'intéressait ! Cameron avait l'impression d'être un visiteur débarqué d'une autre planète. Un étranger dans sa propre peau. Il ne savait plus comment se comporter. Quand lui paraîtrait-il normal de recommencer à blaguer avec des copains ? De penser à autre chose qu'au gouffre à l'intérieur de lui ? De s'intéresser de nouveau aux gens ?

Aucune réponse ne lui vint. Peu après, ses amis cessèrent de s'occuper de lui, et il resta seul à son bureau. De la poche de son sac à dos, il sortit son compas. « Laissez toujours le capuchon sur la pointe pour éviter de blesser accidentellement quelqu'un », serinaient les professeurs d'année en année.

Cameron ne blessa pas le bureau accidentellement. Il le fit délibérément, gravant avec soin les mots « Allez vous faire fou » sur la surface lisse. Il n'eut pas le temps de finir, car la cloche sonna et tout le monde se leva. Il flanqua un dernier coup de poignard au bureau, prit son sac à dos sur une épaule et sortit.

Durant la journée, il y eut des moments qui lui firent regretter d'être venu au lycée, en particulier lorsque M. Goldman, son professeur d'anglais, mit la main sur son épaule et lui demanda :

— Comment tu t'en sors ?

— Très bien, répondit-il. Super bien.

— Tu voudrais parler à quelqu'un ?

C'était ce qu'il n'arrêtait pas de faire ces derniers temps. Parler, parler, parler. À l'assistante sociale, à la psychologue, à Lily, à Sean. Il en était malade, de parler.

— Non, répondit-il.

À partir de cet instant, la journée ne fit qu'empirer.

Quatrième partie

L'enfant endure tout.

Maria Montessori

25

— Très bien, dit Greg Duncan le vendredi après-midi, alors que Lily et lui surveillaient la sortie. Quelle est ton excuse, cette fois-ci ?

Lily dit au revoir aux derniers de ses élèves et se tourna vers lui.

— Une excuse ?

— Pour refuser de sortir avec moi.

— Tu ne me l'as pas encore demandé.

— Eh bien, je te le demande.

— Et je réponds non, merci, dit-elle en s'efforçant de sourire. Je ne suis pas de très bonne compagnie en ce moment.

Elle regretta de ne pouvoir se confier à lui, lui expliquer à quel point la tristesse l'épuisait, physiquement et moralement. Greg n'était pas ce genre d'ami, bien sûr. En fait, l'essentiel de sa conversation tournait autour de son jeu au golf et des maudites pensions alimentaires qu'il payait pour des gosses qu'il ne voyait jamais. Elle eut honte de cette pensée et ajouta :

— Merci quand même. C'est gentil, Greg.

— Voici ce que je te propose, reprit-il en se balançant sur ses talons. C'est toi qui m'appelleras quand tu auras envie qu'on fasse quelque chose.

Elle hocha la tête et parvint à esquisser un sourire un peu plus sincère.

— Entendu.

Il s'éloigna et rejoignit un groupe de professeurs qui s'attardaient pendant que les derniers cars démarraient. Leur conversation détendue et leurs éclats de rire occasionnels semblaient si... si normaux. Lily, elle, ne savait plus ce qui était normal. Elle regagna sa salle de classe et regarda le calendrier. Il restait sept semaines avant la fin de l'année scolaire. Ensuite, ce serait l'été, le temps de l'aventure et du ressourcement.

Elle pensa au voyage qu'elle avait organisé si soigneusement et s'imagina assise à la terrasse d'un café de Positano, toute seule, en train de siroter un *limoncello* et de regarder la flotte de bateaux de pêche aux voiles colorées. Elle savait très précisément ce qu'elle aurait en tête : les enfants de Crystal, et uniquement eux.

Elle prit son sac et partit. Peu importait le testament de Derek. Elle avait envers cette famille des obligations que rien ne pouvait effacer.

Au lieu de rentrer chez elle, elle prit la direction de la maison de Crystal. Elle avait promis à Charlie qu'elle lui rendrait souvent visite, tous les jours si la petite fille en avait besoin, et cette promesse-là, elle la tiendrait.

— Lily ! s'écria la fillette, qui lui ouvrit avant même qu'elle ait sonné et se jeta dans ses bras. Entre. On est en train de goûter.

Lily la suivit dans le salon. Ashley cria quelque chose, projetant un nuage de miettes.

— Vous avez faim ? demanda Sean en désignant la table basse encombrée de tranches de fromage fondu, de crackers, de canettes de soda et, ô horreur, des beaux verres à whisky de Crystal.

Il dégagea un espace sur le canapé, et Lily s'assit.

— Chuis plus jamais heureuse, déclara Charlie, la bouche pleine, mais oncle Sean dit qu'il faut pas se laisser aller.

— C'est vrai, approuva Lily.

Elle se tourna vers Sean, et leurs regards se soudèrent durant un instant électrique. Il y avait quelque chose entre eux, le lien douloureux qui unit les rescapés d'un naufrage. Elle se détourna hâtivement, avec le sentiment étrange qu'il avait vu quelque chose qu'il n'aurait pas dû voir.

— Tiens, fit Charlie en lui tendant un cracker surmonté d'une crise cardiaque en puissance, c'est-à-dire plusieurs tranches de fromage fondu.

— Ça a l'air... délicieux... Ce sont des badges de jeannette que je vois là ? demanda-t-elle.
— Oui. Faut que je les couse sur mon foulard d'uniforme, répondit Charlie, l'air complètement perdu. Maman devait m'aider à faire ça.
Lily s'apprêta à dire des mots consolants, mais sa voix se déroba. Tous les jours, la famille butait sur la même horreur : l'irrévocabilité de la mort. Quantité de choses avaient été interrompues et ne seraient jamais achevées.
— On va faire ça ensemble, toi et moi. D'accord, petite jeannette ? proposa-t-elle après s'être éclairci la gorge.
— D'accord.
— Vous voulez une olive avec ça, ou bien une tranche de citron ? demanda Sean en lui préparant un verre de limonade.
— Une olive ? Euh...
— Sans rien, alors, dit-il en lui tendant le verre.
Lily reposa discrètement le cracker. Utiliser les beaux verres n'était pas vraiment un crime. Vu l'état de la maison, ils étaient sans doute les seuls propres. Le désordre semblait s'accroître à chacune de ses visites. À une extrémité de la pièce, Sean avait installé un green intérieur pour s'entraîner au *putt*. Le guéridon près de la porte disparaissait sous les livres et les vieux journaux.
L'air renfrogné, les cheveux hirsutes, Cameron les rejoignit.
— Salut, Lily, dit-il.
Il posa trois tranches de fromage fondu sur un cracker qu'il avala d'une bouchée.
— Est-ce que quelqu'un a vu mon compas ? demanda-t-il. J'en ai besoin pour travailler.
— C'est quoi, un compas ? s'enquit Charlie.
— T'inquiète, idiote, fit-il en levant les yeux au ciel.
— Oncle Sean ! Il m'a traitée d'idiote.
Sean était occupé à essuyer le fromage dont le bébé s'était tartiné le menton.
— N'insulte pas ta sœur.
Charlie tira la langue à son frère.
— T'es juste furieux parce que oncle Sean a installé un contrôle parental sur l'ordinateur.

— De quoi tu te mêles, triple idiote ?

— Oncle Sean ! Lily !

Un minuteur retentit quelque part dans la maison, comme le gong signalant la fin d'un round de boxe.

— C'est le sèche-linge, dit Sean. Cam, va plier les habits avant qu'ils se froissent.

— Mais...

— Tout de suite.

Ils se regardèrent dans les yeux. Ceux de Cameron se plissèrent, puis il quitta la pièce à grands pas lourds.

Charlie émit un reniflement méprisant.

— Va l'aider, dit Sean.

— Mais...

— Vas-y, Charlie.

Du regard, la fillette chercha le soutien de Lily. Celle-ci garda le silence. Le menton de Charlie se mit à trembler, mais elle se leva et s'éloigna, tel un condamné vers le lieu de son exécution.

Sean tint la canette de limonade de façon à ce qu'Ashley puisse boire. Lily se mordit la langue pour ne rien dire, et leurs regards se croisèrent au-dessus de la tête du bébé.

— Bienvenue dans mon monde, fit-il.

— Vous êtes venu à bout d'une journée de plus, dit-elle, déterminée à l'encourager. Vous êtes même venu à bout de toute une semaine.

— Ouf.

Ashley grimpa sur les genoux de son oncle et appuya la joue contre sa poitrine. La large main de Sean se posa sur son petit dos avec une tendresse surprenante. Il y avait une traînée de fromage sur la tempe de la petite fille et un sourire sur ses lèvres. Elle cligna des yeux plusieurs fois, puis les ferma. Lily ne put s'empêcher de penser qu'une sieste à cette heure tardive l'empêcherait de passer une bonne nuit.

« Arrête de critiquer tout ce qu'il fait », s'ordonna-t-elle.

— Je vais emporter tout ça à la cuisine, annonça-elle à Sean.

Comme il ne répondait pas, elle rassembla les crackers, le fromage, les canettes et les verres et, en deux voyages, rapporta le tout à la cuisine. Ce fut avec une grande satisfaction qu'elle jeta son cracker au fromage fondu dans la poubelle. Ensuite, elle chargea le lave-vaisselle, lava ce qui se trouvait dans l'évier et rangea la cuisine, qu'encombraient cocottes, plats à tarte et boîtes en plastique vides, les amis des Holloway n'ayant pas lésiné sur les cadeaux en nourriture.

La vaisselle rangée, elle s'attaqua au courrier. Elle avait promis à Sean de régler les affaires de Crystal – fermer ses comptes, annuler ses abonnements, envoyer ses factures au séquestre. Produits de beauté, vêtements pour les enfants, cadeaux, essence pour la voiture... Examiner ainsi les dépenses de son amie était pénible et lui semblait indiscret.

Une facture du laboratoire d'analyses médicales de Riverside indiquait qu'Ashley avait subi un test sanguin le lundi précédant l'accident. Lily fronça les sourcils. La petite fille couvait-elle quelque chose ?

Les enfants avaient reçu de nombreuses lettres. D'autres leur étaient adressées en même temps qu'à Sean. La plupart avaient la taille de cartes de condoléances. Des enveloppes déjà ouvertes n'étaient destinées qu'à Sean Maguire. L'une venait de Kalamazoo, dans le Michigan, une autre de Long Beach, en Californie, et une troisième de San Diego. Il avait des amis dans des villes aussi éloignées ? s'étonna Lily en cherchant le nom des expéditeurs. Kat, Nikki, Angelina.

« Arrête de fouiner », se sermonna-t-elle, tout en jetant un coup d'œil derrière elle. La plus grande des enveloppes lui glissa des doigts et se vida sur le carrelage. Papier à lettres rose, grande écriture penchée : « Cher Sean, nous ne nous connaissons pas, mais j'ai lu l'article sur la terrible tragédie que vous vivez, et je veux juste vous faire savoir que vous pouvez compter sur moi... » Agrafée à la lettre, une photo montrait une jeune femme dont les gros seins distendaient le chemisier.

Troublée, Lily rangea la lettre. Puis elle entrouvrit une deuxième enveloppe et y aperçut une autre lettre, ainsi qu'une autre photo. « Maintenant que vous avez tous ces enfants, vous allez avoir besoin d'une épouse... » La photo de Kat lui arracha un petit cri étouffé.

— Il en reçoit tous les jours, dit Cameron en entrant dans la cuisine. Plutôt dégueu, non ?

Lily pivota vivement vers lui, les joues en feu.

— Comment ?

— Des tas de nanas lui envoient des lettres et des photos. Elles ont lu notre histoire dans les journaux, ça les excite et elles le draguent carrément.

— Oh… je vois.

— C'est fou. Qui aurait cru que ça ferait de lui le tombeur de l'année ?

Lily ramassa les factures et les mit dans son sac.

— Il faut que je rentre, dit-elle, l'estomac à l'envers.

— À bientôt, dit Cameron en se penchant pour explorer l'intérieur du réfrigérateur.

Sean était assis sur le canapé du salon, le bébé blotti contre sa poitrine. Une chemise de nuit en soie bleue roulée en boule dans les mains, Charlie s'appuyait contre lui. La lumière de la fin d'après-midi les éclairait d'une lueur douce. Lily s'aperçut qu'ils dormaient tous les trois. Le chagrin était une affaire épuisante.

Elle resta là un instant, à les regarder dormir. À le regarder, lui, à suivre le dessin ferme de sa mâchoire, à découvrir les muscles de ses bras. Une vague inattendue de désir et de mélancolie l'envahit. Rien d'étonnant à ce que de parfaites inconnues le poursuivent de demandes en mariage.

Lily rentra chez elle dans un état où la confusion le disputait à la fatigue. Une distraction imprévue l'attendait. Un camping-car Winnebago, long de plus de dix mètres, était garé devant chez elle. Comme Lily sortait de sa voiture, la porte de l'immense véhicule s'ouvrit. Sa sœur Violet sauta à terre, les traits tirés, bientôt suivie de Megan et Ryan, ses enfants qui, âgés de neuf et dix ans et plutôt turbulents, passaient leur temps soit à se disputer, soit à être les meilleurs amis du monde. À cet instant, ils en étaient à un concours de coups de coude, et Violet avait l'air trop fatiguée pour les calmer. Avant que sa sœur ait ouvert la bouche, Lily devina que les nouvelles étaient mauvaises.

— Bon, avant que tu dises quoi que ce soit, commença Violet, c'est juste temporaire, je le jure.

— En fait, j'allais dire bonjour à ma nièce et mon neveu, répliqua Lily. Bonjour, nièce, bonjour, neveu.

Elle distribua des baisers auxquels ils répondirent avec enthousiasme. Les enfants de Violet étaient en général plutôt sales et hirsutes, mais bien dans leur peau, et aussi affectueux et peu compliqués que leur mère.

— Vous pourriez aller jouer derrière, suggéra Lily. J'ai fait installer un ballon captif.

— Comment ça se fait que tu aies un ballon captif si t'as pas d'enfants ? demanda Megan.

— Peut-être que je joue toute seule, dit Lily avec un clin d'œil.

Le pincement qu'elle commençait à reconnaître lui conseilla de ne pas en dire plus. Crystal et elle avaient installé le ballon quelques semaines plus tôt, alors que les premiers signes du printemps se manifestaient, afin que Charlie puisse jouer lorsqu'elle accompagnerait sa mère chez Lily. Les souvenirs bondirent en traître sur son cœur, et le chagrin lui coupa le souffle. Quand est-ce que ça allait finir ? D'ailleurs, cela finirait-il un jour ? Elle n'était même pas sûre de le désirer. Ces spasmes étaient atrocement douloureux, mais au moins, ils lui rappelaient l'amitié qu'elle avait connue avec Crystal.

Megan et Ryan reprirent leur concours de coups de coude tout en courant derrière la maison.

Lily embrassa sa sœur.

— J'ai à peine eu le temps de te parler à l'enterrement, mais j'étais contente que tu sois là. Alors, raconte-moi, que deviens-tu ?

— Grasse, répondit Violet en passant la main entre son ventre et la ceinture trop serrée de son jean.

— Oh, voyons, tu es très bien.

— J'ai grossi. Quand j'ai des soucis, je me jette toujours sur la nourriture.

— Quels soucis as-tu ? demanda Lily, bien qu'elle le devinât aisément.

La vie de Violet n'était qu'une succession de soucis. Mariée dès la sortie du lycée, elle avait très vite eu deux enfants. Rick, son mari, n'avait jamais pu garder une situation. Du coup, il avait décidé un beau jour de faire fortune et, depuis, il se lançait dans des entreprises farfelues, condamnées à la catastrophe dès le début et dont l'échec ne surprenait personne, sauf lui-même. Garderie pour plantes vertes, clown professionnel, leçons de confection de mouches pour la pêche à la ligne et taille d'arbustes nains n'étaient que quelques-unes des activités qui auraient dû lui rapporter son premier million.

— Que se passe-t-il ? demanda Lily en précédant sa sœur dans la maison.

— On a dû déménager, annonça Violet, qui se laissa tomber sur le canapé. Le bail de la maison était fini, et le propriétaire voulait augmenter terriblement le loyer. Nous avons loué un appartement à Troutdale.

Lily sortit deux bouteilles de jus de fruits bio du réfrigérateur et en tendit une à sa sœur.

— J'en déduis que le… euh… le doublage n'a pas marché ?

Violet secoua la tête.

— Un désastre. Il a doublé une publicité japonaise, et ils l'ont fichu à la porte. Il devait parler si vite qu'il avait l'air d'être drogué. Ce pauvre Rick, je le plains de tout mon cœur… Quoi ?

— Rien.

— Rien, mon œil. Tu m'as jeté un de ces regards ! Qu'est-ce qu'il voulait dire ?

Lily sourit pour cacher son exaspération.

— Tu es stupéfiante.

— Moi ? Pourquoi ?

— À cause de ta dévotion envers Rick. Est-ce qu'il sait quelle chance il a de t'avoir ?

— C'est moi qui ai de la chance, répondit Violet après avoir bu une gorgée de jus de fruits.

Lily se mordit la langue. Violet, de la chance ? Son mari avait mis sa famille sur la paille plusieurs fois de suite ! Pourtant, il ne se décourageait jamais et sa femme l'adorait. L'amour était vraiment un truc bizarre, incompréhensible.

Violet dut prendre son silence pour une critique, car elle ajouta :

— Bon, d'accord, ce n'est pas Donald Trump. Mais je ne l'ai pas épousé pour ses talents d'homme d'affaires. Je l'ai épousé parce que je l'aimais, et onze ans plus tard, je l'aime plus que jamais.

Les yeux de Violet brillaient, et Lily ne douta pas de sa sincérité.

— Tant mieux pour toi, dit-elle.

Avait-elle raison de la féliciter ? Était-ce bien d'adorer quelqu'un malgré ses défauts, ou bien cela relevait-il de la démence ?

— Ne te tracasse pas pour moi, grande sœur, fit Violet en riant. Je ne suis pas une intello comme toi, je n'ai aucun diplôme universitaire, mais je sais ce qu'est l'amour.

Lily la regarda d'un air songeur.

— Ce qui veut dire que je ne le sais pas.

— Ce qui veut dire que l'amour est différent pour chaque personne. Moi, lorsque Rick entre dans la pièce où je suis, mon cœur s'emballe. Ce qui me rassure, c'est d'être dans ses bras et de voir qu'il adore nos enfants, et non pas l'état de notre compte en banque. En réalité, l'amour, c'est avoir quelqu'un sur qui s'appuyer, quelqu'un qui te prend dans ses bras et te dit que tout va s'arranger. Le reste, ce n'est que des détails. Des détails qui n'ont pas d'importance, Lily. Voilà ce que fait l'amour. Il rend les petits trucs… encore plus petits.

La passion de Violet était visible. Elle croyait sincèrement qu'avoir quelqu'un à aimer aveuglément rendait tout supportable – la ruine, les déménagements, les privations.

— Écoute-moi, fit Violet. Quelle égocentrique je fais ! Je viens te voir et je ne parle que de moi.

Lily sourit.

— Mais ça m'intéresse. Tu m'épates.

— Tu m'en diras tant, dit Violet en regardant la cuisine bien rangée. Nous sommes tellement différentes… Comment se fait-il que deux sœurs presque jumelles aient pris des directions aussi opposées ?

Bonne question. Élevée par des parents amers et perpétuellement en guerre, Violet s'était rebellée et avait décidé d'avoir une vie de famille heureuse. Elle s'était jetée tête la première dans un amour déraisonnable et une existence chaotique. Lily, elle, avait bâti un mur autour d'elle et refusait les risques des émotions.

— Un psychiatre aurait de quoi s'amuser avec nous.

— Non, parce que tu ne parles jamais du passé, répliqua Violet. Mais tu n'en as pas besoin. Tu mènes ta vie d'une façon qui hurle ce que tu ne dis pas.

Lily eut l'impression que tout l'air avait été chassé de ses poumons. Mais elle se ressaisit aussitôt et sourit comme si sa sœur avait fait une plaisanterie.

— Comment vont nos chers vieux parents, à propos ? demanda-t-elle.

— Vieux. Mais pas chers. À mon avis, les bagarres leur font du bien. Ils sont en excellente santé, comme d'habitude.

— Maman est venue me voir tout de suite après l'accident. Ça m'a sidérée. Et j'ai été très étonnée de les voir tous les deux à l'enterrement.

— Ils ne représentent pas l'ennemi, tu sais.

— Non, admit Lily. Ce ne sont pas nos ennemis, pas plus que quand nous avons perdu Evan.

La famille de Crystal allait-elle, comme la sienne, subir indéfiniment les séquelles de la tragédie ?

— J'espère que les Holloway s'en tireront mieux que nous, dit Violet.

Elles se turent un instant, écoutant les enfants jouer derrière la maison.

— Je suis contente que tu sois venue, dit Lily. Combien de temps peux-tu rester ?

— Jusqu'à ce que Rick vienne nous chercher, dans un petit moment. J'espère que nous ne serons pas obligés de te laisser trop longtemps le camping-car. Il faut qu'on trouve une maison avec un endroit où le garer. À moins qu'on ne le vende.

— Pourquoi ne pas le vendre tout de suite ?

— Tu connais Rick. Il n'est pas encore convaincu que ce soit nécessaire. Alors, en attendant, on te laisse l'engin… Enfin, si ça ne te gêne pas.

La gêner ? Ce paquebot garé parmi ses rhododendrons primés chaque année ?

Elle inspira. La famille comptait plus que les plantes.

— Pas de problème, dit-elle.

— Merci, Lily. Nous voilà tes débiteurs pour toujours. Oh, attends. Nous le sommes déjà. Seigneur, jamais nous n'arriverons à te rembourser tout ce que nous te devons !

— Ne dis pas de bêtises. Je regrette de ne pas pouvoir faire plus.

— Tu es une sainte, protesta Violet avec un grand sourire de gratitude. Et tu peux te servir du camping-car quand tu veux. Je parle sérieusement. C'est très amusant. On peut y dormir à six. Rick en a choisi un grand, au cas où nous aurions d'autres enfants.

Quelle idée judicieuse ! songea Lily, qui garda néanmoins cette pensée sarcastique pour elle.

— Tu pourrais emmener camper les enfants de Crystal, reprit Violet.

— Je n'oserai jamais prendre le volant de ton char d'assaut.

— On ne sait jamais.

— C'est l'histoire de ma vie en ce moment, avoua Lily. Je ne sais jamais ce qui va m'arriver.

Violet la serra contre elle.

— Ah, Lily, j'aimerais tant que tu ne sois pas si seule.

Elle s'écarta et regarda sa sœur dans les yeux.

— Écoute, je sais ce que tu penses. Mais ce n'est pas parce que quelqu'un que tu as aimé est mort que tu ne dois plus jamais aimer.

Comme sa sœur la connaissait bien ! songea Lily.

— Moi, j'en tire la conclusion que je n'aurais jamais dû aimer, avoua-t-elle.

— On n'a pas forcément le choix. Parfois, l'amour s'impose. Pourquoi ne reporterais-tu pas toute ta tendresse sur les enfants de Crystal ? Dieu sait qu'ils en ont besoin ! Qui est chargé de les élever ?

— Sean, leur oncle du côté de Derek. Tu l'as vu à l'enterrement.

— Le beau mec ? Comment aurais-je pu l'oublier ? Et il est célibataire ?

Lily revit Maura, avec ses jambes immenses et son regard intelligent.

— Officiellement, oui, mais il a quelqu'un, bien que cela ne me regarde pas.

— Lily Elaine Robinson, tu rougis, s'écria Violet. Qu'y a-t-il entre toi et ce type ?

— Rien, fit Lily d'un ton agacé. Nous voulons tous les deux le bien des enfants, c'est la seule chose qui nous unit. Mais nous ne sommes pas toujours d'accord sur la manière de procéder.

— Puisque c'est leur oncle...

— Demi-oncle, pour être exact. Il connaît à peine les enfants, puisqu'il a passé de longues années en Asie. Mais c'est lui leur plus proche parent, à l'exception de Dorothy, et, selon la justice, cela compte plus que tout ce que je peux raconter. C'est très frustrant. Crystal voulait me les confier au cas où il lui arriverait malheur, mais elle n'en a pas parlé à Derek et n'a signé aucun papier. Elle pensait sûrement que rien ne pressait.

— Tu vas essayer de réclamer la garde ?

— Franchement, ça a été ma première réaction après la réunion chez le notaire, mais depuis, je me suis ravisée. Les enfants ont besoin de stabilité. Si je lançais une action en justice, cela bouleverserait encore plus leur vie. D'autant plus que, selon l'avocate de Crystal, mes chances de gagner sont presque nulles, puisque rien n'a été écrit et que je n'ai aucun lien de parenté avec les enfants. Mais j'ai du mal à m'empêcher de courir là-bas pour m'occuper d'eux dès que j'ai un moment de libre.

— Leur oncle serait peut-être content de te voir débouler plus souvent. Tu y as pensé ?

— Tout le temps, avoua Lily en revoyant Sean assoupi sur le canapé.

Plus que je ne devrais.

— Ça me rappelle que Rick et moi, nous n'avons pas fait de testament.

— Tu es folle, Violet. Ce n'est pas seulement une question d'argent à léguer. Vous avez deux enfants mineurs. Vous devriez vraiment mettre quelque chose par écrit.

Violet hocha la tête, tout en regardant par la fenêtre Megan et Ryan qui jouaient au ballon dans le jardin.

— Hé, Lily ?

— Oui ?

— Quand je ferai ce testament, je te désignerai comme tutrice de mes enfants. Ça te va ?

— Il faut d'abord que tu en discutes avec Rick.

— Il acceptera sans hésiter. Ses parents vieillissent et ses sœurs mènent des vies trop chaotiques pour élever des enfants. Tu es la personne idéale. S'il te plaît, dis que tu es d'accord.

Lily tendit la main vers celle de sa sœur.

— Je suis d'accord et très honorée.

— Alors, c'est entendu.

— À condition que tu me promettes quelque chose : fais en sorte que la question ne se pose pas.

— Bien sûr. C'est promis.

Avait-elle exigé la même promesse de Crystal ? se demanda Lily. Elle ne s'en souvenait pas, mais cela n'aurait rien changé.

Peu après, Rick vint chercher femme et enfants. Lorsqu'elle entendit le moteur de sa camionnette déglinguée, le visage de Violet s'éclaira.

— C'est lui, s'écria-t-elle en bondissant pour le rejoindre.

Lily se leva et les regarda par la fenêtre – un homme souriant, vêtu d'un complet bon marché, qui embrassait son épouse exubérante et un peu trop ronde, tandis que les enfants sautaient autour d'eux.

Lily regretta de ne pas avoir d'appareil photo sous la main. Rien dans cette scène ne laissait deviner qu'ils étaient ruinés et vivaient dans un quartier sinistre, que Rick allait devoir se relever, s'épousseter et inventer un énième moyen d'entretenir sa famille. En cet instant, à eux quatre, ils formaient un univers parfait, intelligible et complet.

Se sentant indiscrète de les observer ainsi, elle sortit leur dire au revoir. Après leur départ, elle resta dans l'allée. Les jours s'allongeaient. D'ordinaire, elle aimait le printemps. Le glissement vers la fin de l'année scolaire s'accompagnait d'un regain d'énergie tandis que tout le monde se préparait pour l'été. Cette année, c'était différent, bien sûr. Cette année, Crystal n'était plus là, les enfants avaient été confiés à Sean Maguire et elle s'inquiétait constamment pour eux.

Sa vie et son été si savamment organisés ne lui appartenaient plus. Tout à coup, les choses échappaient à son contrôle.

Elle regagna son salon. Sa maison avait-elle toujours été aussi silencieuse ? Silencieuse, stérile et trop propre ? Pour combler le silence, elle mit un disque qu'elle avait acheté pour se plonger dans l'ambiance italienne, Bocelli chantant *Mille Lune, Mille Onde*.

La voix de ténor l'accompagna tandis qu'elle débarrassait son bureau des cartes, guides, cassettes d'italien et itinéraires. Puis elle appela son agent de voyage et lui laissa un message : « Annulez tout. »

Enfin, comme la musique emplissait la pièce, Lily se versa un verre de vin. Du chianti, bien sûr. Renoncer à ce rêve aurait dû l'anéantir. Mais c'était le contraire : elle se sentait étrangement rassérénée.

26

On frappait à la porte. Sean tournait autour d'Ashley, se préparant mentalement à la changer. Il avait beau n'en être plus à la première fois, il ne s'y habituait pas. Les haricots *pinto* et les œufs brouillés de la veille avaient déclenché une catastrophe odorante dans la couche. L'assistante sociale lui avait laissé plusieurs brochures, et selon l'une d'elles, consacrée au développement de l'enfant, il en avait encore pour au moins six mois de cette épreuve avant d'entamer l'apprentissage de la propreté.

— Il y a quelqu'un à la porte, dit-il. Si ça se trouve, c'est l'équipe chargée d'enlever les déchets toxiques.

— OK, fit-elle en se dandinant vers la porte.

Ça alors ! Cette enfant comprenait tout et disait à peu près ce qu'elle voulait, mais utiliser les toilettes n'était pas encore de son âge !

Il la suivit dans l'entrée. On aurait dit qu'une bombe avait explosé dans la maison, éparpillant çà et là des jouets, des livres de classe, du linge propre, une tasse vide, l'assiette de quelqu'un qui n'avait pas fini son petit déjeuner. Comment était-ce possible ? La veille, Mme Foster avait profité de ses heures de baby-sitting pour tout ranger. Lui-même avait balayé et lavé le carrelage.

Tant pis. Les gens qui débarquaient à cette heure-ci méritaicnt ce qu'ils voyaient. Une expression peu amène sur le visage, il ouvrit la porte.

— Pour aujourd'hui, je suggère une excursion familiale, dit Lily Robinson en entrant sans attendre d'y être invitée.

Il était à la fois surpris et soulagé de la voir. D'ordinaire, elle leur rendait visite en fin d'après-midi, répandait ordre et calme dans la maison, et les enfants l'adoraient. Mais ce matin… Elle portait un jean et des tennis rouges, et pour Dieu sait quelle raison obscure, cette tenue décontractée la rendait follement désirable. De même que le regard qu'elle lui décocha, comme si elle n'avait jamais vu un type qui tombait du lit. C'était peut-être le cas, d'ailleurs, songea-t-il, avant de se reprocher ses pensées indiscrètes.

— Vous auriez pu appeler, dit-il.

— Il était trop tôt pour téléphoner.

— J'adore la logique féminine.

— À qui est la voiture, dehors ? Bonjour, Miss Adorable, fit-elle en s'accroupissant.

Ashley se rua dans ses bras. « C'est votre problème, maintenant », songea Sean en feignant de ne pas avoir entendu la question.

— Hou la, fit Lily en pinçant le nez.

— On vient de se lever, expliqua Sean en frottant sa mâchoire rugueuse. Je n'ai pas eu le temps de la changer.

— Je ne veux pas vous retenir, dit Lily en se relevant.

Il jura entre ses dents et emmena l'enfant à la salle de bains. Parfois, il se réveillait le matin et pensait : « Je ne peux pas faire ça. Je ne suis même pas censé le faire. Ce n'est pas ma vie. » Puis, vaille que vaille, il s'en sortait, avec des erreurs – par exemple, acheter des couches trop petites ou les mettre devant derrière.

Ashley semblait trouver ses maladresses désopilantes, et le temps qu'il l'ait changée, débarbouillée et habillée, ils étaient tous les deux de bien meilleure humeur. Voilà ce qui se passait avec les très jeunes enfants. Les mauvais moments ne duraient pas, et il y avait toujours un sourire à l'horizon. *Ça ne m'étonne plus que tu en aies eu trois, Derek*.

Mme Foster se chargeait volontiers du bébé, mais elle était chère et l'allocation de l'assurance était maigre. L'idée fausse qu'il avait hérité d'une fortune en même temps que des enfants hantait les journalistes, qui n'arrêtaient pas de lui attribuer des motifs sordides.

En sortant de la salle de bains, il vit que Lily s'activait dans le salon. « Laisse-la faire, se dit-il. Et ne t'excuse pas. » Il n'allait pas devenir le genre de personne qu'un peu de bazar met sur la défensive.

— Il faut qu'on emmène les enfants voir leur grand-mère, annonça Lily.

Il la regarda, visiblement perplexe.

— Dorothy Baird. La mère de Crystal.

Ah, oui. La dame qui avait eu une attaque cérébrale. Il n'avait jamais vu la belle-mère de Derek, qui n'avait pas été en état d'assister aux funérailles de sa fille.

— Pas de problème. On ira un de ces jours.

— Je pensais à aujourd'hui. La famille, c'est important pour ces enfants, surtout en ce moment. Si on se dépêche, on pourra arriver à Portland pendant les heures de visite du matin.

— Et si j'avais fait d'autres projets ? demanda-t-il, agacé.

Elle croisa les bras, ce qui mit sa poitrine en valeur. Elle avait de gros seins pour une maîtresse d'école, se dit-il, même s'il doutait qu'il existât une taille standard en ce qui concernait les seins des maîtresses d'école.

— Vous aviez prévu autre chose ? demanda-t-elle.

En effet. Il avait prévu de jouer au golf avec son neveu. Son jeu avait acquis une puissance inattendue depuis peu, et il voulait explorer ce changement. Cameron et lui jouaient ensemble plusieurs fois par semaine, en emmenant les filles dans une voiturette électrique. Programme beaucoup plus amusant qu'une visite à une femme alitée qui ne reconnaîtrait pas ses petits-enfants.

Lily attendait sa réponse.

— Bon, d'accord, fit-il. Allons-y.

— Où ça ? demanda Maura qui, vêtue du haut d'une tenue de bloc, sortait de la chambre de Crystal.

Il y eut un instant d'embarras, qui rappela à Sean sa rencontre inopportune avec le père d'Asmida au *Hilton* de Johor Bahru.

— Bonjour, Maura, dit Lily très poliment.

Sa main chercha celle du bébé, comme pour en tirer un réconfort.

— Bonjour, Lily, dit Maura. Il y a du café ? demanda-t-elle à Sean.

— Pas encore.

Sean réprima un accès d'irritation. La nuit n'avait pas été sensationnelle. Épuisé et maussade, il s'était posé mille questions – sur Maura, sur les enfants, sur sa vie.

Elle haussa les épaules.

— Tant pis. Je m'arrêterai en chemin pour en acheter… Je travaille aujourd'hui, dit-elle en décochant un bref sourire à Lily. Trente-six heures de suite.

— C'est très long, remarqua Lily.

— Oui, mais c'est le tarif quand on est interne.

Maura s'inclina devant Ashley.

— *Bonjour, jolie mademoiselle*, dit-elle, et Ashley pouffa de rire, comme chaque fois que Maura parlait français. Vous emmenez les enfants se balader ? demanda-t-elle à Lily en se redressant.

— Oui. Nous allons rendre visite à leur grand-mère, à Portland.

— Je vois, dit Maura en jetant un coup d'œil à Sean. Eh bien, passez une bonne journée.

Elle se dirigea vers la salle de bains, et Sean vit à sa démarche qu'elle était agacée. Sans doute pensait-elle qu'il n'avait pas jugé utile de la prévenir.

Eh bien, tant pis, se dit-il en montant réveiller Cameron. Lily, qui aurait pu occuper sa journée de congé comme ça lui chantait, avait décidé de la consacrer aux enfants. On ne pouvait critiquer un tel dévouement. Il regrettait seulement qu'elle n'ait pas téléphoné d'abord.

27

Lily essayait de chasser l'image de Maura Riley, l'air d'une Barbie étudiante en médecine, sortant de la chambre qu'elle avait visiblement partagée avec Sean. Mais oublier n'était pas possible. Garder le silence non plus.

— Je trouve que c'est une mauvaise idée que votre petite amie se soit installée dans cette maison, dit-elle lorsque Sean et elle se retrouvèrent dans la cuisine.

— Elle ne vit pas ici.

— Elle ne devrait pas y passer la nuit.

Seigneur, quel ton revêche ! songea-t-elle, horrifiée.

— Ce que je veux dire, c'est que ce n'est pas bien pour les enfants.

— Calmez-vous, Lily. Non seulement ça ne vous regarde pas, mais en plus, c'est la première fois. Les enfants s'en fichent. Ils aiment bien Maura.

— Qu'est-ce qu'il y a avec Maura ? demanda Charlie en entrant dans la cuisine. Elle a dormi ici, non ?

Lily pinça les lèvres. Sean fit comme s'il n'avait pas entendu.

— Elle est pas drôle et elle aime pas trop les enfants, reprit Charlie en jetant un regard en coin à son oncle. C'est la vérité. On a parlé, toutes les deux. Elle a dit qu'elle n'était pas prête à avoir des enfants mais que, quand elle le serait, alors elle les aimerait.

— Elle ne parlait pas de toi, répliqua Sean. Alors, fais attention à ce que tu dis.

Charlie émit un reniflement offensé, puis haussa les épaules et s'empara d'une boîte de céréales au chocolat. Lily était trop préoccupée pour protester.

— Tu es très jolie aujourd'hui, dit-elle à Charlie en admirant l'ensemble créatif que formaient ses tennis rouges, son chandail rose et son pantalon violet.

De minuscules barrettes fixaient ses tresses sur le haut de son crâne.

Charlie tendit les mains.

— Regarde. Oncle Sean m'a fait les ongles. Et il m'a aussi coiffée.

— Je vois, fit Lily avec un hochement de tête approbateur.

Une pointe de rose colora les joues du créateur de beauté qui s'affairait à remplir un sac de tout ce dont le bébé aurait besoin.

Chose inattendue, Sean se révélait doué pour coiffer sa nièce. Lily ne savait jamais quelle coiffure Charlie allait arborer le matin – couettes, nattes pendantes, nattes attachées sur la tête, macarons ou queue de cheval.

— On devrait se mettre en route, dit Lily.

Cameron fut le dernier à monter en voiture, au moment où Sean commençait à perdre patience.

— Hé, grogna Charlie, ôte tes sales pieds des miens.

— Ils sont pas sales, marmonna le garçon. T'as qu'à te pousser.

— Au retour, tu pourrais prendre un peu le volant, suggéra Sean.

Cameron ouvrit une canette de soda et but une gorgée.

— J'ai oublié mon permis de conduire.

Sean brandit une pochette en plastique.

— Tu as de la chance. Je l'ai trouvé sur le frigo.

Sean avait fait part à Lily de son inquiétude : contrairement aux autres garçons de son âge, Cameron faisait tout pour éviter de prendre le volant. Mais, évidemment, les autres garçons de son âge n'avaient pas perdu leurs parents dans un horrible accident.

— J'ai pas envie, dit Cameron en se tournant vers la fenêtre.

Lily s'assit de biais afin de pouvoir parler aux enfants. Le pick-up de Sean n'ayant que trois sièges avec ceinture, il avait reçu l'autorisation d'utiliser la Subaru de Crystal.

Elle s'efforçait de ne pas lui en vouloir de vivre dans la maison de sa meilleure amie et de la remplacer auprès des enfants. C'était sûrement la solution la moins traumatisante pour eux en ce moment, peut-être même à long terme. Mais elle se sentait exclue de la famille et en souffrait. Quel était son statut – institutrice, amie, cinquième roue du carrosse ? La rencontre avec Maura le matin même ne faisait qu'ajouter à sa confusion et la conforter dans la conviction qu'elle n'avait pas sa place dans cette famille.

— Comment ça va, au lycée ? demanda-t-elle à Cameron.

— Ça va, répondit-il, comme elle s'y attendait.

— J'ai mérité cette réponse, admit-elle. Bon, recommençons. Où en es-tu de ton mémoire sur l'histoire de l'Oregon ?

— Ça vient.

— Il a même pas commencé, dit Charlie.

— Ta gueule, grogna Cameron en lui décochant un coup de coude.

— Ne parle pas comme ça, intervint Sean.

— Tu as besoin d'aide pour ce travail ? reprit Lily.

— J'ai besoin de rien.

Il prit une gorgée de soda.

Elle aurait voulu poser une foule de questions à Cameron, dont une en particulier : aimerait-il lui confier ses problèmes en ce qui concernait la conduite ? Mais ce n'était ni le moment ni le lieu.

Comme ils passaient devant Echo Ridge, Sean ralentit.

— Putain !

Lily s'apprêtait à lui reprocher son langage lorsque son regard se posa sur le terrain de golf. Elle en resta sans voix. Une voiture de police était garée sur le bas-côté, et un agent prenait des notes dans son carnet. Quelqu'un avait mis le feu au green le plus proche de la route, sans doute après l'avoir aspergé d'essence. L'herbe était toute noire. Un chariot émergeait d'un petit lac situé à proximité. Des employés et des membres du club examinaient les dégâts et essayaient sans doute de décider par où commencer les réparations.

Sean s'arrêta et sortit de la voiture.

— Qu'est-ce que tu en penses ? demanda Lily à Cameron.

— J'imagine que quelqu'un ne devait pas savoir comment occuper son temps la nuit dernière, répondit le garçon avec un haussement d'épaules.

Elle sentit un étrange frémissement dans son ventre.

— Comment sais-tu que ça s'est passé la nuit dernière ?

Il leva les yeux au ciel.

— C'est pas le genre de chose qu'on fait en plein jour.

— Je ne comprends pas. Comment peut-on avoir envie de faire ça ?

— J'imagine qu'il y a des gens qui abîment les choses sans raison, répondit le garçon en haussant de nouveau les épaules.

— C'est du vandalisme, dit Sean en remontant dans la voiture. Ils estiment les dégâts à un minimum de cinq mille dollars. Dix fois plus s'ils doivent remplacer complètement le green.

— Ils ont besoin de vous ? demanda Lily.

Elle lui offrait une excuse parfaite pour prendre sa journée et lui laisser les enfants.

— Je leur ai dit que j'étais occupé, répondit-il en bouclant sa ceinture de sécurité. Et ils ont le numéro de mon portable.

Durant le reste du trajet, ils spéculèrent sur ce qui avait pu se passer et en vinrent à la conclusion que les dégâts étaient très probablement l'œuvre de gamins. Le chariot appartenait à un membre du club qui, selon Sean, avait la mauvaise habitude de le laisser traîner. Ce qu'il ne ferait plus.

— Ces greens sont si soignés, remarqua Lily. Comment pourront-ils remettre celui-ci dans l'état où il était ?

— Ils ne le remettront pas dans son état originel, dit Sean.

— C'est terrible. À quoi pensaient ces gamins ?

— Je suis sûr qu'ils ne pensaient à rien du tout.

La maison de santé Golden Hills avait un beau parc bien entretenu et une vue splendide sur le fleuve Columbia et la crête enneigée du mont Hood. Crystal et sa mère avaient choisi cet établissement quelque temps auparavant, après une première série d'attaques dont la vieille dame s'était partiellement remise. En mars, une attaque plus sévère avait failli lui être fatale. « Parfois, je pense qu'il aurait été préférable que cette crise l'emporte, avait dit Crystal. Elle ne lui a laissé que son corps et l'a privée de tout ce qui faisait qu'elle était cette femme-là et pas une autre. »

Quel destin cruel ! songeait Lily. La maladie avait effacé toutes les années d'une vie riche et pleine. Dorothy ne savait même plus qu'elle avait eu une fille, ignorait que cette fille était morte mais qu'il lui restait des petits-enfants aimants.

— Grand-mère reste tout le temps au lit, maintenant, expliqua Charlie à Sean, comme ils se dirigeaient vers le bâtiment. Elle peut même plus sortir se promener en fauteuil roulant.

— Comment était-elle avant de tomber malade ? demanda Sean en prenant la main de la petite fille.

— C'était la meilleure grand-mère du monde, répondit Charlie qui, requinquée par cette déclaration, se mit à marcher comme si ses chaussures étaient montées sur ressorts.

— J'en suis sûr.

Il leva le bras, et Charlie tournoya en dessous.

— Moi 'si ! réclama Ashley en gigotant pour être posée à terre. Moi !

Sean s'arrêta devant la maison de santé pour faire tournoyer les deux fillettes, et l'image du trio échevelé se refléta sur les vitres de l'entrée.

Bon, la maison était en désordre et la petite amie de Sean y avait passé la nuit, mais il dansait avec ses nièces. Lily se sentit rassérénée. Elle jeta un coup d'œil à Cameron, dont le sourire s'effaça dès qu'il remarqua son regard. La colère rongeait ce pauvre garçon.

— Quand l'as-tu vue pour la dernière fois ? lui demanda-t-elle.

— Le mois dernier. On lui a apporté des photos pour les murs de sa chambre. Elle ne va pas bien du tout. Elle va sûrement mourir bientôt, acheva-t-il comme les portes s'ouvraient devant eux.

En dépit de la beauté du parc et de la décoration luxueuse de l'établissement, il était visible que les gens venaient là pour passer la période la plus difficile de leur vie. Un silence pénible régnait dans le vestibule et les longs couloirs dans lesquels donnaient des portes assez larges pour laisser passer des fauteuils roulants. Le parfum d'un désodorisant ne masquait pas complètement l'odeur d'urine et de désinfectant.

Le personnel ne portait pas l'uniforme habituel du personnel soignant mais des chandails, des jupes et des pantalons aux couleurs assorties. Apparemment, tous les employés traitaient les malades avec compassion et respect, attitude à laquelle Dorothy avait été très sensible tant qu'elle avait pu la remarquer.

Crystal avait avoué que cet établissement la ruinait, mais elle s'en moquait.

Lily jeta un coup d'œil à Cameron tandis qu'ils se dirigeaient vers la chambre de Dorothy.

— J'espère que tes sœurs n'ont pas entendu ce que tu viens de dire.

— Je ne l'aurais pas dit si elles avaient pu m'entendre, riposta-t-il, à la grande surprise de Lily.

Elle toucha sa manche. Ce n'était pas par cynisme qu'il parlait crûment, mais parce qu'il comprenait trop de choses et souffrait de ne plus pouvoir être dupe. Elle se retint de le prendre dans ses bras. Il cherchait à mettre tout le monde en colère contre lui, s'isolant délibérément des autres. Elle se reconnaissait un peu dans cette attitude, et cela la tracassait.

— Cameron...

Charlie les dépassa, mettant un terme à leur tête-à-tête.

— Viens, oncle Sean. Je vais te montrer où vit grand-mère. C'est elle qui m'a tricoté ce chandail. Il était très grand parce qu'elle voulait que je le mette le plus longtemps possible... Maintenant, il commence à être trop petit, acheva-t-elle en levant les bras.

— Alors, tu as intérêt à arrêter de grandir, dit Sean. N'oublie pas de la remercier.

— Elle ne comprendra pas.

— Remercie-la quand même.

La porte de la chambre ensoleillée que Dorothy partageait avec une autre patiente – une certaine Mme Withers, d'après la plaque du couloir – était tapissée de cartes et de messages de sympathie. Ils voltigèrent quand ils poussèrent le battant, arrachant un cri de joie à Ashley.

Une aide-soignante avait emmené Mme Whithers se promener en fauteuil roulant. Une autre avait préparé Dorothy pour la visite. Le matelas était relevé en position presque assise, et la vieille dame portait une ravissante liseuse rose dont le ruban de satin cachait vaguement une minerve. Ses cheveux avaient été bien coiffés, ses ongles faits, et les couvertures étaient pliées soigneusement sur ses genoux.

Le cœur de Lily se serra. Toute sa vie, Dorothy avait été belle et fière de cette beauté. C'était une bénédiction inattendue qu'elle ne soit plus consciente de son état. Elle aurait détesté se savoir là et dépendante des autres pour ses besoins les plus élémentaires. Et, surtout, elle aurait détesté apprendre qu'elle survivait à sa fille.

— Bonjour, Dorothy, dit Lily en s'efforçant de prendre un ton naturel. C'est moi, Lily Robinson. Je vous ai amené vos petits-enfants. Et voici leur oncle Sean.

— Madame, fit-il. Enchanté de faire votre connaissance.

Dorothy cligna des yeux, mais ce fut tout. Son visage avait l'aspect rigide d'un masque d'argile. L'air songeur, Sean passa en revue les photos de famille sur le mur en face du lit.

Lily prit l'une des mains de Dorothy. Elle était froide, et la peau était sèche et fragile comme une pelure d'oignon.

— Je pense beaucoup à vous ces jours-ci, Dorothy. Après ma propre famille, c'est Crystal et vous qui m'avez le mieux connue.

Elle sourit au souvenir des moments réconfortants qu'elle avait passés chez Crystal, dans une atmosphère agréable et détendue qu'aucun fantôme ne hantait.

— Je vous aime beaucoup, vous savez.

S'apercevant que tout le monde la regardait, Lily rougit et se tut.

Ashley gazouillait en explorant la chambre. Sean garda un œil sur elle tandis que Lily poussait Cameron et Charlie près du lit.

— Je ne sais jamais quoi dire, marmonna Cameron. Depuis qu'elle est... comme ça, ça fait bizarre.

— Je sais, dit Lily. Sois simplement toi-même. Parle-lui de quelque chose dont tu te souviens et qui vous concerne tous les deux. Avant de tomber malade, elle t'adorait. Elle t'aime toujours, mais elle ne peut plus le montrer.

Cameron la dévisagea un instant.

— Qu'y a-t-il ? demanda Lily.

— Rien.

Il se pencha pour embrasser gauchement la joue de Dorothy.

— Bonjour, grand-mère, dit-il.

Il enfonça les mains dans les poches arrière de son jean et regarda de nouveau Lily.

— J'sais toujours pas quoi dire.

— Un petit souvenir, lui rappela-t-elle.

Il s'inclina alors et murmura quelque chose à l'oreille de Dorothy. Celle-ci parut d'abord surprise, puis son visage s'adoucit et ses yeux se fermèrent. Un son rauque sortit de sa gorge, et elle rouvrit les yeux. Lily aurait juré que la vieille dame regardait franchement son petit-fils.

Leurs chamailleries oubliées, Charlie se glissa à côté de son frère.

— Bonjour, grand-mère, dit-elle avec gravité. Je m'appelle Charlie et je porte le chandail que tu as fait pour moi. Tu me manques beaucoup, grand-mère. Vraiment.

Elle toucha la main de Dorothy et fit approcher Ashley. Le bébé gloussa et toucha la bague de Dorothy en lui souriant.

Lily était très fière d'eux. Ils traitaient leur grand-mère avec amour et respect. Elle était heureuse d'avoir organisé cette expédition.

— Je vais accrocher la photo que nous avons apportée, dit-elle.

Sur le mur en face du lit, un pêle-mêle était couvert d'agrandissements que Crystal changeait souvent pour éviter que sa mère se lasse. La photo que Lily avait choisie montrait Crystal en train d'accepter les remerciements du Rotary Club. Contrairement à beaucoup d'images de ce genre – « serrons-nous la pince et sourions à l'objectif » –, celle-ci était charmante. Crystal était très élégante, et son sourire de fierté et de gratitude émouvait par sa sincérité.

Lily sentit le regard de Sean sur elle tandis qu'elle remplaçait une vieille photo par la nouvelle. Lorsqu'elle se retourna, elle se rendit compte que Dorothy regardait la nouvelle photo.

— Bonne fille, articula la vieille dame d'une voix rauque. Gentille… fille.

Selon les médecins de Dorothy et ce qu'avait lu Lily, une élocution aussi claire tenait du miracle.

— Oui, très gentille, fit Lily en souriant malgré ses larmes. La plus gentille du monde. Elle aimait sa vie et tous les gens qui en faisaient partie.

À présent, c'était elle que regardait Dorothy. Elle revint auprès du lit et tapota la main osseuse de la vieille dame.

— Il y a longtemps que son mari est mort ? demanda Sean, qui examinait de nouveau toutes les photos.

— J'avais onze ans, dit Cameron, en désignant un bel homme aux cheveux argentés qui brandissait un trophée de golf. Grand-père Frank.

— Un bon golfeur, lui aussi ?

— Pas mauvais. Douze de handicap.

— Et toi, en ce moment ? lui demanda Sean.

— Trois, répondit Charlie à la place de son frère. Je suis ça de près.

— Ce n'est pas trop mal, dit Sean.

Gêné, Cameron frotta les pieds, répandant sur le sol des petits morceaux de boue séchée. Ils s'attardèrent encore un peu, jusqu'à ce que Dorothy se laisse ravir par le sommeil.

Charlie se tenait devant les photographies, le visage détourné, ses maigres épaules voûtées.

— Recommence pas à pleurnicher, gronda Cameron.

— Je peux pas m'en empêcher, dit-elle d'une voix brisée.

— Si, tu peux. Tu le fais pas, c'est tout.

— Comment ? cria-t-elle en tournant la tête si brusquement que ses nattes volèrent. Comment je fais pour pas pleurer ?

— Comme ça, idiote, dit Cameron en tirant gentiment sur une natte. En te foutant en rogne.

28

— Eh bien, je suis content d'avoir fait la connaissance de votre grand-mère Dot, dit Sean comme ils prenaient le chemin du retour.

Il éprouvait un curieux sentiment de soulagement. Il repoussait cette visite depuis longtemps. Maintenant qu'elle était faite et que ça ne s'était pas trop mal passé, il se demandait pourquoi il avait tant attendu. Heureusement que Lily avait pris l'initiative.

— Elle était très différente avant, dit Charlie. Elle était terriblement amusante.

— J'en suis sûr.

Il jeta un coup d'œil dans le rétroviseur et vit que la petite fille avait recouvré sa bonne humeur. Déprimes et moments de tristesse, comme celui qu'elle venait de traverser, étaient fréquents. Ils faisaient partie du processus de guérison, disait le docteur Sachs. Sean doutait que se faire traiter d'idiote par son frère ait des propriétés cicatrisantes, mais, ayant constaté que leurs chamailleries s'interrompaient d'elles-mêmes, il s'était fixé pour règle de ne pas intervenir. De temps à autre, comme cette fois-ci, Cameron était le premier à faire la paix. Sous ses airs de rebelle, ce garçon avait un cœur tendre.

Ces pensées donnèrent à Sean une bouffée d'espoir. Peut-être – peut-être seulement – cette famille brisée survivrait-elle à la tragédie.

— Elle était folle de ses petits-enfants, intervint Lily en se tournant vers la banquette arrière. Vous vous souvenez du coffre en cèdre qu'il y avait dans son sous-sol ? On y trouvait les choses les plus ahurissantes.

— Une écharpe en fourrure avec des têtes et des queues de renard, dit Charlie. Beurk.

— Elle la mettait pour aller à l'église, dit Lily. Saviez-vous que quand j'avais votre âge, c'était avec votre maman et ses parents que j'allais de temps en temps à l'église ?

— Pourquoi tu n'y allais pas avec tes parents à toi ?

Lily se retourna face au pare-brise.

— Ils ont arrêté d'y aller. Ils... n'y allaient pas.

Du coin de l'œil, Sean la vit déglutir péniblement.

— J'avais une grand-mère qui allait deux fois par semaine à l'église, intervint-il.

— Deux fois ? dit Charlie. Elle en avait besoin parce qu'elle faisait beaucoup de péchés ?

— Non, mais elle était irlandaise et très croyante. Elle parlait avec un accent prononcé, comme ça, expliqua-t-il en imitant la vieille Bridget Callahan Maguire, dont le souvenir le fit sourire. Tous les dimanches après la messe, elle attrapait un poulet, lui coupait la tête et le servait au déjeuner.

— Beurk. Tu l'as vue en train de couper la tête à un poulet ?

— Chaque fois que j'ai pu. J'étais un gosse très sanguinaire.

Il vit Lily cligner des yeux, effarée. Tant pis.

— Qu'est-ce que tu faisais d'autre pour t'amuser ?

— Je jouais au golf. C'est à l'église que nous avons appris à jouer, ton papa et moi.

— Il ne nous a jamais dit ça, fit Cameron.

Sean jeta de nouveau un coup d'œil dans le rétroviseur et fut heureux de voir une étincelle d'intérêt dans les yeux du garçon. Au même instant, le coup de poignard à présent familier de la douleur le transperça. Quand est-ce que ça s'arrêterait ? Est-ce que ça s'arrêterait un jour ? Le chagrin, avait-il découvert, se comportait en ennemi sournois et vous sautait à la gorge sans avertissement, en plein jour.

— C'est vrai, reprit-il. Le père Campbell de la paroisse St. Mary était un passionné de golf et, comme nous étions ses enfants de chœur, il a tenu à nous initier sur la pelouse derrière l'église. Il a été notre premier entraîneur.

— Ça devait être amusant, dit Charlie.
— Le golf, oui. Pas d'être enfant de chœur.
— On s'amuse plus jamais, gémit Charlie d'une voix tremblante qui annonçait une autre crise de larmes.
Lorsque Charlie pleurait, Ashley s'y mettait aussi, Cameron devenait furieux, et les choses dérapaient.
Ça n'arriverait pas aujourd'hui, se dit Sean en serrant le volant. Tant pis pour le supermarché.
— J'ai une idée de truc amusant à faire.
— Quoi ? demanda Charlie.
— Tu vas voir ça tout de suite.
— Je croyais qu'on devait faire des courses, intervint Lily, que les changements de programme perturbaient toujours.
— Les courses peuvent attendre. J'ai une meilleure idée, dit Sean.
— Laquelle ? insista Charlie.
— Je ne peux pas te le dire. C'est trop amusant. Tu pourrais tellement t'exciter que tu en ferais pipi dans ta culotte.
— Oncle Sean ! Lily, oblige-le à le dire, supplia la petite fille en se trémoussant sur son siège.
— Comment puis-je faire ça ?
— Tu es une maîtresse. Oblige-le.
— Oh la ! Une maîtresse ! J'ai peur, fit Sean en tremblotant jusqu'à ce que Charlie pouffe de rire.
— Eh bien, attendons la surprise, dit Lily avec une moue désapprobatrice.
Dommage, pensa Sean. Avec trois gosses, il fallait être capable de spontanéité. Il les asticota encore dix minutes, puis il s'arrêta sur un parking recouvert de gravillons.
— C'est pas vrai ! gémit Cameron.
— Tu as peur que je te batte ? demanda Sean.
— J'ai peur que quelqu'un me voie ici.
— Je parie vingt dollars que je te flanque une pile.
Les yeux de Lily étincelèrent derrière ses lunettes.
— Sean, je ne crois pas que…
— Chiche, fit Cameron qui, comme l'avait prévu Sean, ne pouvait laisser passer un pari sans le relever, surtout s'il y avait de l'argent en jeu.
Charlie était tout excitée.

— Oncle Sean, c'est trop cool.

Il sourit à Lily.

— Vous voyez, je suis cool.

Elle tourna la tête et lut les grosses lettres vertes de l'enseigne : « Bienvenue au Jurassic Golf Park. Un millénaire d'amusement. »

— Qu'est-ce qu'on attend ? dit Sean.

Il sortit le bébé de la voiture et entraîna toute sa troupe vers la billetterie.

— Deux adultes, deux enfants. Entrée gratuite pour le bébé, dit l'employé. Ça fait dix-huit dollars cinquante.

— Oh, je ne jouerai pas, dit Lily.

— Si, si, elle va jouer, insista Sean en tendant vingt dollars au guichetier.

On leur donna des clubs et des balles qui avaient connu des jours meilleurs, et Ashley reçut un petit maillet en plastique.

— Par ici, m'sieurs-dames, fit l'employé.

Ils passèrent sous une arche si basse que Sean et Cameron durent baisser la tête.

— *Bugga bugga !* cria un homme des cavernes en bondissant vers eux.

— *Bugga bugga,* glapit Ashley en tapant des mains, ce qui fit rire même Cameron.

— Souriez ! cria l'homme des cavernes, qui brandit un appareil photo. Quelle belle famille !

— Oh, mais nous ne sommes pas... protesta Lily, les joues rouges.

— Le temps que vous fassiez le parcours, la photo sera prête, dit l'homme des cavernes en leur montrant l'écran de son appareil numérique.

Famille ou non, la photo était bonne. Debout devant un fond vert sombre censé évoquer une forêt primitive, ils avaient tous l'air d'avoir été surpris par quelque chose de très drôle, ce qui était le cas.

— Combien ? demanda Sean.

— Dix dollars. Vous pourrez la prendre à la sortie.

Sean lui tendit un billet de dix dollars.

— C'est toi qui vas tenir les scores, Charlie, dit-il en donnant à la fillette la carte et le crayon.

— Je sais pas comment on fait.

— C'est très facile, chérie. Compte les coups de chacun et compare-les au *par*, c'est-à-dire au score idéal de chaque trou.

— Mais…

— Pas de mais. Ton grand frère va me coller au cul, j'ai besoin de savoir que je peux compter sur toi. Vérifie que personne ne triche.

— Bon, d'accord. Mais tu dois pas dire « cul ».

— Non, sûrement pas, intervint Lily.

Sean se retint le temps d'envoyer les enfants s'attaquer au premier trou.

— Je ne sais pas ce qu'il y a chez vous, mademoiselle Lily, mais vous me donnez envie de faire des bêtises.

— Comment puis-je vous aider à vous corriger ?

— Vous pourriez essayer la fessée.

Elle émit un bruit qui tenait à la fois du cri étouffé et du hoquet et s'éloigna, les poings serrés et les joues en feu. Cette brave vieille Lily Robinson ! Une sacrée bonne femme, quand même !

Il aimait l'asticoter. Il ne savait pas pourquoi. Peut-être parce qu'elle était si incroyablement… asticotable.

Le parcours du Jurassic Golf Park avait été dessiné sans respecter aucun principe connu. Il y avait des montées, des descentes, des virages aigus, des trous qui émettaient des rugissements lorsque la balle y entrait, un volcan qui crachait de la fumée et de la fausse lave et, tout du long, des effets sonores qui faisaient pousser des cris de joie à Ashley.

Cameron en donna pour son argent à Sean. Jurassique ou non, c'était du golf, après tout, et il y avait de l'argent en jeu. Tantôt l'un menait, tantôt l'autre.

Charlie était douée. Sean se campa derrière elle, enveloppa de ses bras son corps mince et lui montra comment se positionner et tenir le club. Elle saisit immédiatement et comprit tout aussi rapidement comment noter les scores, absorbant la terminologie comme une éponge.

Lily se révéla être une golfeuse terrible, dans le pire sens du terme. Ses gestes étaient gauches, sa façon de tenir le club ridicule. Au quatrième trou, Sean décida d'intervenir.

— Vous voulez un petit conseil ?

Elle leva les yeux, visiblement exaspérée.

— Mais ça ne marche pas si mal que ça, il me semble. Quel est mon score, Charlie ?

Les sourcils froncés, la petite fille fit l'addition en tapotant la carte de son crayon.

— Vas-y.

— Tu as vingt-trois de plus que le *par*.

Charlie pouffa de rire et s'éloigna à la suite de Cameron et Ashley vers le trou suivant.

— Seigneur ! fit Lily. Je suis vraiment mauvaise.

— C'est vrai, approuva Sean.

Elle se pencha et posa sa balle sur le *tee*.

— Bon, alors, ce petit conseil...

Il commença par les rudiments, corrigeant sa prise et sa position. Le cinquième trou fut moins dramatique, bien qu'il lui fallût huit coups pour y arriver.

— Vous n'avez pas de swing, déclara Sean.

— Très drôle, dit Lily. Je ne sais même pas ce que vous voulez dire.

La traitant comme l'une de ses élèves, Sean lui fit une démonstration. Il marqua un *par*, Cameron un *birdie* et Charlie deux coups de plus que le *par*.

— C'est ce qu'on appelle un double *bogey*, annonça-t-elle d'un ton important.

— Le swing, reprit Sean, c'est un rythme. Hanches, épaules, bras, tout doit être coordonné.

Elle se positionna, et il vit tout de suite ce qui n'allait pas.

— Attendez, dit-il en se plaçant derrière elle. Laissez-vous faire, je vais vous montrer.

Il passa les bras autour d'elle, geste qu'il effectuait fréquemment en donnant ses leçons. Avec Lily, cela fut tout de suite différent. Le parfum frais de ses cheveux, la douceur surprenante et la chaleur de son corps le bouleversèrent. Après une nuit dans les bras de Maura, une telle réaction était aberrante. Il se donna mentalement un coup de pied au derrière et s'efforça de ne voir en Lily qu'une élève de plus.

— Bon, vous sentez ça ?

— Sentir quoi ?

Bonne question.

— Détendez vos bras, et je vais vous montrer le mouvement délicat du *putt*.

Il l'aida à frapper, et la balle partit tout droit, avant de s'arrêter à proximité du trou.

— Vous avez senti la différence ?

— Je ne suis pas sûre.

— Vous voulez que je vous montre encore une fois ?

— Non, non, répondit-elle vivement en s'éloignant.

Visiblement, elle n'avait pas perçu son émoi lorsqu'il avait mis ses bras autour d'elle. Tant mieux. Les choses étaient déjà assez compliquées comme ça.

À la fin de la partie, elle avait fait de légers progrès. Lorsqu'ils attaquèrent le dernier trou, Sean menait de trois points, avance très confortable.

— Ça se présente mal pour les vingt dollars, Cameron, dit Charlie.

— Ouais, et ça m'aide vachement que tu me le rappelles.

— Tu peux encore gagner, reprit-elle. Si oncle Sean se met dans la mare, il perdra une partie de son avance.

— Moi aussi, je pourrais tomber dans la mare, remarqua Cameron.

— Tu n'y tomberas pas, affirma l'enfant.

— Comment tu sais que je n'y tomberai pas ?

Elle leva les yeux au ciel avec un air de patience mise à l'épreuve.

— À cause des vingt dollars.

— Les amis du petit garçon qui fête son anniversaire nous rattrapent, annonça Lily en regardant le groupe qui approchait.

— Tu as gagné le dernier trou, à toi de commencer, dit Sean à son neveu.

Cameron se positionna et effectua un coup prudent mais admirable qui l'amena là où il fallait – à deux coups du trou. Sean posa sa balle sur le *tee*. Comme il s'apprêtait à frapper, la faim fit gronder son estomac. Et, venue de nulle part, l'envie de remettre ses bras autour de Lily le saisit.

La balle s'envola, retomba et roula vers la mare, dans laquelle elle plongea avec un petit bruit exaspérant.

— Deux points de pénalité, annonça Charlie.

Sean était furieux contre lui-même. Dans ce sport, la concentration était essentielle. Plus que quiconque, il aurait dû le savoir. Si ses pensées s'égaraient d'un millimètre, c'était fichu.

Le coup suivant de Cameron fut bon ; un seul lui suffisait à présent pour atteindre le trou. L'avance de Sean n'était plus que d'un point, mais il restait confiant. Il garderait ses vingt dollars.

— Oh oh, fit Charlie, aussitôt imitée par Ashley.

Il avait de nouveau très mal joué. Sa balle avait survolé le trou et roulé bien au-delà.

Cameron parvint aisément sur le green. Il avait trop l'expérience du jeu pour pavoiser, mais sa démarche disait : « J'ai gagné. »

Non, pas encore, protesta mentalement Sean. Il lui fallait faire un long et difficile *putt*, mais s'il envoyait sa balle directement au but, ils seraient à égalité, ce qui les obligerait à jouer un autre trou. Comme il se préparait à frapper, il entendit Lily dire à Cameron :

— Il ne s'agit que de vingt dollars.

— Il ne s'agit pas des vingt dollars, riposta le garçon à mi-voix.

Puis tout le monde se tut, même le bébé, comme si ses gènes lui avaient transmis le respect de ce sport.

Et, comble de l'aberration, les pensées de Sean s'égarèrent de nouveau. Il se retrouva en train de se demander à quoi Lily ressemblait sans ses lunettes et pourquoi sa présence le poussait à s'interroger sur sa liaison avec Maura.

Et il loupa affreusement son *putt*.

— Oh, non ! s'écria Charlie en sautillant sur place. Cameron a gagné d'un point.

Imperturbable, Sean sortit son portefeuille et tendit à son neveu un billet de vingt dollars. Ils quittèrent le parcours jurassique et rendirent leur équipement.

— Je suis désolée, oncle Sean, dit Charlie. J'étais pour toi.

— Ne sois pas désolée. Cameron a bien joué, et moi n'importe comment.

— Pourquoi ?

— Je me suis déconcentré.

— Pourquoi ?

— Je n'ai pas arrêté de penser à des choses qui m'ont distrait.

— Quelles choses ?

— Par exemple, les nièces qu'on doit chatouiller pour les punir de poser trop de questions.

Il poussa un rugissement bestial et se rua sur elle.

Elle lâcha un cri de joie, puis rit à perdre haleine lorsqu'il lui chatouilla les aisselles. L'hilarité de Charlie se communiqua à Ashley, qui continua de rire bien après la fin des chatouilles. Cameron la hissa sur ses épaules, et ils se dirigèrent tous vers la sortie.

— L'un dans l'autre, dit Sean à Lily, ça n'a pas été une mauvaise journée.

— J'ignorais que j'étais si mauvaise au golf. J'ai honte.

— Il ne faut pas.

— Comment quelque chose qui semble si simple peut-il être si difficile ?

— Parce que le golf, c'est comme ça, répondit-il. Sauf que ce n'était pas du vrai golf. Ce parcours est beaucoup trop petit. Il faudra que je vous montre ce qu'est réellement ce sport.

Pourquoi avait-il dit ça, bon sang ? Et pourquoi sentait-il encore son corps dans ses bras ?

— En tout cas, j'ai beau être très mauvaise, je commence à comprendre pourquoi tant de gens aiment y jouer.

C'était la dernière chose qu'il s'attendait à entendre dans la bouche de Lily. Peut-être était-ce pour cela qu'elle l'intriguait. Dès qu'il pensait avoir fait le tour de sa personnalité, elle lâchait un truc qui le prenait au dépourvu.

— Cameron ! Hé, Cameron ! appela une voix féminine.

Une grande fille, vêtue d'un tee-shirt du Jurassic Golf Park, courait vers eux.

Sean et Lily échangèrent un regard. Il attrapa la main de Charlie pour l'empêcher de s'en mêler. La fille, qui faisait un peu penser à un poulain maladroit sur ses grandes jambes maigres, rejoignit Cameron près de la sortie. Elle avait environ son âge, une queue de cheval blonde, un appareil dentaire et des lunettes.

Cameron ne paraissait pas enchanté de la voir.

— Salut, dit-il en faisant descendre le bébé de ses épaules.

— Voici la photo que vous avez commandée, dit Becky en lui tendant un sachet en plastique. J'étais tellement surprise de te voir ici que j'ai voulu te la donner en personne, ajouta la jeune fille qui, visiblement, adorait le garçon.

— Merci, dit Cameron en prenant la photo. On s'est arrêtés ici pour faire plaisir à ma petite sœur. On rentre à la maison, maintenant.

— Oh…

Elle se balança sur ses pieds, souriant au bébé, puis à Sean, Lily et Charlie qui approchaient.

— C'est ta famille ?

— Non… Enfin, si. Voici Ashley, et mon autre sœur Charlie, mon oncle Sean et Lily.

— Je m'appelle Becky Pilchuk, dit la jeune fille, dont le visage rayonnait.

— Tu travailles ici ? demanda Charlie.

— Oui. Au restaurant, tous les week-ends.

— Eh bien, dis donc, tu en as de la chance !

— Oui, je le pense aussi, acquiesça Becky.

— Il faut qu'on parte, dit Cameron. À bientôt.

La jeune fille désigna du menton le bâtiment principal du complexe.

— Le snack-bar vient d'ouvrir pour le déjeuner, suggéra-t-elle. Ce n'est pas trop mauvais. Enfin, si vous avez faim.

— Je meurs de faim, déclara Charlie d'un ton théâtral.

— Miam miam, renchérit Ashley.

— Ça règle la question, dit Sean. Allons manger quelque chose. C'est moi qui invite. Je ne vais même pas te faire claquer les vingt dollars que tu m'as gagnés, Cameron.

— Super, marmonna le garçon.

— Je vais préparer une table, dit Becky. À tout de suite, Cam.

Elle courut vers le snack-bar, qu'abritait un auvent fait de fausses feuilles de palmier.

Dès qu'elle fut hors de portée de voix, Charlie papillonna des cils à l'adresse de son frère.

— Oooh, Cam. Je suis folle de toi, Cam.

— Arrête, idiote !

— Oooh ! J'aime quand tu me parles comme ça, roucoula Charlie.

Luttant contre le fou rire, Sean et Lily regardaient droit devant eux.

Becky les attendait au snack-bar. À présent, elle portait un tablier du Jurassic Golf Park avec des ptérodactyles sur les poches.

— Une table pour cinq ? demanda-t-elle.

Sean jeta un coup d'œil à Lily et aux enfants. À eux cinq, ils formaient une unité, quelque chose qui dépassait chacun d'entre eux – une famille. L'idée le troubla.

— Oui, s'il vous plaît, dit Lily. Ça tombe bien, nous n'aurons pas faim quand nous ferons les courses.

— Qu'y a-t-il de mal à faire les courses en ayant faim ? demanda Sean. C'est le seul moment où ça ne m'ennuie pas.

— C'est aussi à ce moment-là qu'on cède aux impulsions et qu'on achète n'importe quoi, des choses inutiles ou nocives. Quand l'estomac est plein, on choisit mieux.

Super, se dit-il. Faire des courses avec Mlle Meilleur Choix allait être une sacrée partie de rigolade.

29

Au supermarché, Lily tenta de reprendre le contrôle de la situation. Après son humiliation au golf, elle sentait le besoin de montrer qu'elle était bonne en quelque chose. Autre source d'énervement, difficilement avouable celle-ci : la présence de Maura en pyjama dans la maison de Crystal et des enfants. Et de Sean.

Mais, là aussi, elle perdit rapidement le contrôle. Cameron fila au rayon des livres et des journaux à la recherche du dernier numéro de *Rolling Stone*. Charlie tint à rester au rayon disques, des écouteurs dans les oreilles, pour écouter *Les Sons apaisants de la nature*.

Sean et Lily installèrent Ashley dans un chariot et commencèrent les courses. En voyant Sean prendre une boîte de céréales Pop-Tarts parfumées à Dieu sait quoi, elle sut que son devoir était d'intervenir.

— On ne fait pas assez attention à l'alimentation des enfants, on leur donne n'importe quoi, lui signala-t-elle.

— Vous m'en direz tant.

— Regardez les ingrédients de ce produit, dit-elle en tapotant la boîte. C'est bourré d'hydrates de carbone qui se transforment immédiatement en graisse.

— Ces gamins sont maigres. Ils peuvent grossir un peu.

— Avec ça ? De la gélatine de type B ? Je préfère ne pas savoir d'où elle est tirée. Quant au sirop de seldane, c'est carrément toxique. On a constaté qu'à doses massives cela détruisait le cerveau des souris de laboratoire.

— Je suggère qu'on arrête d'en donner aux souris de laboratoire. Où trouvez-vous tous ces trucs terrifiants ? demanda-t-il.

— Partout où je peux les glaner. Les grandes entreprises agroalimentaires aimeraient que leurs clients restent dans l'ignorance, mais ne pas s'informer, c'est du suicide.

Elle remit la boîte sur le rayonnage. Puis elle ne put s'empêcher d'ajouter :

— Et on ne peut pas compter sur le corps médical pour s'occuper du problème.

Soit Sean n'entendit pas, soit ses pensées étaient très loin de Maura. En tout cas, il ne prit pas la défense des médecins.

— Bon, alors, qu'est-ce que Charlie va manger pour son petit déjeuner ?

Il repéra quelque chose, et son visage s'éclaira.

— Des Devil Dogs ! C'est la première fois que j'en vois sur la côte Ouest. J'adore ça.

Lily regarda, horrifiée, la photo des gâteaux fourrés à la crème aux formes étranges.

— Vous plaisantez, j'espère ?

— Vous n'avez jamais mangé de Devil Dogs ? Pardon, c'est une question idiote.

Lily désigna une boîte de flocons d'avoine biologiques.

— Charlie n'aimerait pas ça ?

— Ça la ferait vomir.

Après discussion, ils se mirent d'accord sur des céréales sans additif et du miel bio pour les adoucir. La discussion reprit au rayon des biscuits salés.

— Une poignée de Fritos ne va pas tuer un gosse, dit Sean.

— Exact. Ce sont les acides gras qui le feront. Ne prenez pas ce genre de poisons. Si vous n'en avez pas à la maison, les enfants ne seront pas tentés.

— Oui, maîtresse. Maintenant, dites-moi, quelles sont vos idées en ce qui concerne les produits laitiers ?

Les courses se poursuivirent ainsi. Chaque article fit l'objet de débats, chaque achat fut négocié, jusqu'à ce qu'Ashley s'endorme dans le chariot. Lily en profita pour faire à Sean un exposé sur l'alimentation des enfants. Il ne discuta pas. En fait, il semblait même attentif.

Comme ils faisaient la queue à la caisse, elle prit un exemplaire de la revue *Parents* sur un présentoir.

— On devrait peut-être acheter ça. Il y a un article sur les tout-petits.

— Qui lit ces journaux ? Les gens qui n'ont pas d'enfants. Ce sont les seuls qui en ont le temps.

Il regarda Ashley, toujours assoupie, dont les bras et les jambes pendaient du chariot.

— Si je l'observe, elle me dit tout ce que j'ai besoin de savoir.

— Les commentaires d'un expert aident à mieux comprendre.

Il secoua la tête et montra un exemplaire de *Golf Digest*.

— Lire votre revue ne fera pas de moi un meilleur père, de même que lire celle-ci ne fera pas de moi un meilleur golfeur.

La première impulsion de Lily fut, comme toujours, d'ergoter, mais elle se retint et remit la revue en place. Devant eux, la caissière appela un responsable pour qu'il aille vérifier un prix.

— On devrait peut-être changer de queue, suggéra Lily en pianotant sur la barre du chariot.

— Celle-ci est très bien.

— Celle-là, là-bas, a l'air de bouger, dit-elle, cédant au besoin de protester.

— Celle-ci va bouger. Attendez un peu.

Elle prit un paquet de chewing-gums, lut les ingrédients et le reposa.

— Je dois dire que j'admire votre patience.

— Merci. J'imagine que ça me vient de mes nombreux voyages, d'avoir si souvent attendu dans les aéroports, les halls d'hôtel et aux stations de taxis.

Il évoquait rarement son passé et ses expériences dans des endroits exotiques. Elle se demanda si cette vie aventureuse lui manquait.

— Pourquoi êtes-vous revenu aux États-Unis ? demanda-t-elle.

Elle savait ce qu'en pensait Crystal, mais voulait entendre la version de Sean.

La queue avança de quelques pas.

— On m'a chassé du circuit asiatique pour tricherie.

Cet aveu sans fard la surprit. C'était exactement ce qu'avait dit Crystal.

— Pourquoi auriez-vous triché ?

— Il y a une foule de raisons de tricher, au golf. Les enjeux sont élevés, surtout pour un joueur qui a quelque chose à prouver. Mais je ne l'ai pas fait. Je n'ai pas triché.

— Pourquoi vous en a-t-on accusé ?

— Un sponsor important voulait m'éjecter du circuit.

— Pourquoi ?

Il commença à décharger le chariot sur le tapis roulant.

— Il vaut mieux que vous ne le sachiez pas.

Elle résista à l'envie de réarranger les articles, qu'il disposait n'importe comment. Tant pis si les boîtes de conserve risquaient d'écraser les yaourts.

— Dites-le-moi quand même.

— Je baisais la fille de ce sponsor alors qu'il avait promis sa main à un membre de la famille royale de Malaisie. Vous avez entendu parler des yakuzas ?

— C'est la mafia japonaise ?

— À peu près. Il se trouve que le papa était un gros bonnet parmi les yakuzas et qu'il nourrissait de grands espoirs pour sa fille… Vous vouliez savoir, dit-il, amusé par l'expression stupéfaite de Lily.

— Vous vous moquez de moi.

— Je n'invente rien.

— Vous n'avez pas essayé de vous défendre ? De contester l'accusation ?

— À quoi bon ? Ça n'aurait servi à rien. Ces gens-là ont leurs méthodes.

— Comment s'y sont-ils pris ?

— On m'a piégé. À la fin d'une importante compétition, on m'a tendu une carte de scores qui n'était pas la mienne et, comme un idiot, je l'ai signée sans prendre le temps de l'examiner.

— Signée ? Que voulez-vous dire ?

— J'ai certifié qu'elle était exacte. J'étais pressé et je n'ai pas vérifié les chiffres.

— Alors, vous avez cédé à ce chantage ? Car c'en était un. C'est absurde. Vous êtes un golfeur, Sean. Jouer au golf, c'est votre métier. Pourquoi vous laissez-vous piétiner ainsi ?

— Vous parlez comme Red.

— C'est-à-dire ?

— Il pense que je dois reprendre les compétitions. Récupérer ma carte PGA. Le problème, c'est que la Q School n'a lieu qu'une fois par an.

— La Q School ?

— C'est un événement annuel : cent huit trous, et les trente-cinq meilleurs joueurs obtiennent leur carte PGA. Mais il y a des étapes préliminaires. C'est un long processus, et je ne vois pas comment je pourrais jongler à la fois avec ces échéances et les enfants.

Ainsi, il faisait plus de sacrifices que ne l'avait pensé Lily. Il avait poursuivi un rêve qui s'était brisé et souffrait de ne pouvoir redémarrer. Plus elle en apprenait sur cet homme, plus il la surprenait. Et plus elle le respectait.

— Est-ce l'unique façon de reprendre les compétitions ?

— Non. Red examine les autres possibilités, mais il perd son temps. J'ai d'autres priorités, maintenant.

Elle perçut une note de frustration dans sa voix.

— Pourquoi ne pas réfléchir au moyen de faire les deux ?

— Je peux réfléchir nuit et jour, ça ne changera rien aux faits. Les compétitions exigent de voyager constamment. J'ai une vie différente, à présent.

Il se pencha et boutonna la veste d'Ashley.

— Mais vous avez le même rêve qu'avant, lui rappela-t-elle.

Le regard qu'il lui décocha lui parut intime, comme s'il l'avait touchée. Ce devait être son imagination, se dit-elle.

— Qu'y a-t-il ?

Il eut un sourire légèrement énigmatique.

— J'aime votre façon de penser, mademoiselle Robinson.

Au retour, Lily constata avec surprise qu'elle n'avait pas envie que la journée s'achève. Elle s'attarda chez les Holloway, où elle aida à ranger les courses. Quelques articles de contrebande s'étaient faufilés dans le chariot, en particulier une boîte de Devil Dogs, mais elle n'en parla pas. Sean Maguire la trouvait déjà désespérément esclave de la mode bio.

Ashley dormant profondément, Sean la transporta dans un fauteuil.

— Vous allez la coucher dans son lit ? demanda Lily.

— Elle est bien comme ça, dit-il en mettant un CD. Et elle dort mieux avec de la musique.

La voix claire et forte de Stephanie Davis chantant *Talking to the Moon* jaillit des haut-parleurs.

— C'était la chanson préférée de maman, dit Charlie, qui sortait d'un tiroir une grande boîte de crayons.

— Je sais.

Lily posa un sac sur le plan de travail et se mit à ranger leurs achats. La dernière fois qu'elle avait écouté cet air, elle buvait une tasse de thé avec Crystal.

— Vous auriez préféré un autre disque ? demanda Sean.

Elle fit non de la tête. De curieux changements de tension se produisaient entre Sean et elle. Tantôt elle éprouvait le besoin de polémiquer, tantôt elle voulait simplement qu'ils s'entendent bien.

Cameron prit le téléphone sans fil et l'emporta dans une autre pièce. Charlie s'installa à la table de la salle à manger et entreprit de faire un dessin détaillé du Jurassic Golf Park. Lily se sentait mal à l'aise. Se trouver avec Sean dans la maison de Crystal lui semblait bizarre, peut-être vaguement défendu. Tant de choses lui rappelaient son amie, parfois sans prévenir – une boucle d'oreille retrouvée entre les coussins du canapé, des revues et du courrier à son nom, des démarcheurs demandant à lui parler au téléphone.

Dans la cuisine, elle prit un gros livre de recettes d'où dépassait un signet sur lequel Crystal avait écrit : « Gâteau pour l'anni d'Ashley. » Elle l'ouvrit et caressa l'écriture du doigt.

— Ça va ? demanda Sean.

Elle hocha la tête.

— Parfois, j'ai l'impression bizarre qu'elle vient juste de sortir et qu'elle va revenir d'une minute à l'autre. Qu'elle est partie acheter une boîte de framboises surgelées pour ce gâteau.

— Eh bien, elle l'a fait, dit Sean en sortant les framboises du congélateur. Je me demandais justement comment les utiliser.

— Crystal avait prévu un goûter d'anniversaire pour Ashley.

Au lieu de fêter les deux ans du bébé, ils avaient eu rendez-vous avec les avocats et le notaire.

— Pourquoi ne ferions-nous pas ce goûter ? s'écria Sean. Aujourd'hui ?

— Excellente idée, approuva Lily, enchantée. On va préparer le gâteau qu'avait choisi Crystal.

Il haussa un seul sourcil, exploit qui donnait envie à Lily d'essayer de l'imiter.

— Un gâteau d'anniversaire, mademoiselle Robinson ? Tss, tss, tout ce sucre !

— On mangera de tout petits morceaux.

— Parlez pour vous. Il faut que Charlie vienne nous aider.

Lily s'aperçut qu'elle souriait comme une idiote.

— Cameron aussi. Je vais les chercher.

— Une minute, dit Sean en l'entraînant dans la petite pièce où Crystal stockait ses réserves. Venez voir.

Elle entra dans le réduit obscur et odorant.

— Qu'y a-t-il ? demanda-t-elle, un peu troublée par la chaleur qui émanait du corps de Sean.

— Crystal avait acheté d'autres choses pour ce goûter.

Il alluma le plafonnier et lui montra un grand sac rempli de serviettes colorées, de chapeaux pointus, de ballons et de langues de vipère.

Au fond du sac, ils trouvèrent une poupée, tendre comme un marshmallow, avec de petits yeux brillants. Une enveloppe non cachetée contenait une carte. Lily eut l'impression que son amie la regardait. Le cœur battant, elle plaça la carte sous la lumière et vit le dessin d'une mère poussant un enfant sur une balançoire. La phrase « Ouvre tes ailes et envole-toi… » s'achevait à l'intérieur par «… vers moi, à la maison ».

D'une écriture bien nette, Crystal avait ajouté un message personnel :

Je suis très fière de ma grande fille ! Je t'aimerai toujours.
Maman

Lily referma la carte et la remit dans l'enveloppe.

— Je suis contente qu'elle ait écrit quelque chose, dit-elle.

Il fallut que Sean lui tende un mouchoir en papier pour qu'elle s'aperçoive qu'elle pleurait et qu'il avait passé un bras autour de ses épaules.

— Comment faisons-nous cela ? murmura-t-elle, bouleversée. Comment arrivons-nous à supporter l'insupportable ?

— Parfois, on n'y arrive pas, répondit-il simplement. On se contente de continuer à respirer.

— J'ai pas envie de faire un gâteau, grommela Cameron en se dirigeant vers le réfrigérateur.

Il faillit marcher sur Miss Buzzy Bee, la petite figurine en bois d'Ashley, et refoula l'envie de l'envoyer promener d'un coup de pied.

— C'est l'anniversaire d'Ashley, dit Lily en enfilant un tablier.

Cameron revit sa mère avec ce tablier, et cela le mit en rogne.

— Ce n'est pas aujourd'hui, son anniversaire. On peut choisir n'importe quel autre jour.

Il se sentait au bord de l'asphyxie, comme s'il manquait d'air. Ce n'était pas suffisant qu'on l'ait tiré du lit pour aller voir grand-mère Dot et qu'il ait dû jouer au golf sur un parcours bidon ? Maintenant, on voulait qu'il reste pour le goûter d'anniversaire d'un bébé de deux ans ?

— On a choisi aujourd'hui, dit Sean qui revenait dans la cuisine, tenant Ashley sous le bras comme un ballon de football. Un beau jour, tous les enfants doivent avoir deux ans.

— Elle a déjà deux ans, et le jour de cette fête stupide n'a aucune importance.

— Ça a de l'importance, répliqua Sean simplement.

Cameron sentait la colère monter en lui. Tout dans sa vie l'horripilait. Ouvrir les yeux le matin et découvrir qu'il devait affronter encore une journée sans ses parents.

L'écriture de sa mère sur le tableau noir de la cuisine. L'odeur de sa laque sur l'appui-tête de son fauteuil préféré. Et puis Sean avec ses déclarations idiotes – « Ça a de l'importance » – censées être positives.

— J'aimerais que t'arrêtes de faire comme si on était une famille normale, dit-il.

— C'est ce que je fais ? demanda Sean. Parce que je ne vois pas ce que c'est, une famille normale. Tu peux peut-être me l'expliquer.

— Sean… fit Lily en jetant un regard inquiet au bébé.

Mais Ashley avait découvert Miss Buzzy Bee et se trouvait dans un autre monde. Ailleurs dans la maison, une télévision hurlait – Charlie regardait des dessins animés.

— Je parle sérieusement, insista Sean. Je veux que Cam m'éclaire. Qu'est-ce qu'une famille normale ? Maman, papa, cinq enfants ? Ça existe encore ?

— Tu sais ce que je veux dire, rétorqua Cameron. Dans une famille normale, les deux parents ne meurent pas d'un coup, et il n'y a pas une émission spéciale à la mémoire du père sur la chaîne sportive.

— Cam, dit Ashley en lui tendant un sac de ballons.

Il déchira le plastique du sac et gonfla un ballon rouge. Puis il fit un nœud et laissa le ballon flotter vers la petite fille, béate d'admiration.

— 'core.

Ashley étant l'unique personne au monde à qui Cameron ne pouvait dire non, elle le fit souffler jusqu'à ce qu'elle se retrouve dans une mer de ballons. Pris de vertige, Cameron vidait ses poumons en espérant se débarrasser en même temps de sa peur.

Lily alluma la radio et trouva une station où l'on passait de vieux succès. *Ain't No Mountain High Enough* emplit la cuisine. Sean et elle se mirent au travail en suivant la recette choisie par Crystal.

— Il y a quelques semaines, votre conception de la cuisine se résumait à servir des Pop-Tarts, dit-elle à Sean. Vous apprenez vite.

— Dans tous les domaines, lui assura-t-il. Mon objectif est de faire des crêpes rouges, blanches et bleues pour le 4 Juillet.

— Quelle ambition !

Cameron écoutait d'une oreille la conversation des adultes. Ils avaient l'air de bien s'entendre. Ce n'était pas du flirt, mais un badinage fluide.

— Vous trouvez ? demanda Sean, qui versait à présent la pâte rose dans un moule à gâteau. Vous penserez à mes crêpes quand vous serez en Italie.

— Qui vous a dit que j'y allais ? s'écria-t-elle en se raidissant.

— Sans doute Charlie. C'est un secret ?

— Non, bien sûr que non. Mais... j'ai annulé le voyage.

— Pourquoi ?

Elle jeta un coup d'œil derrière elle. Cameron continuait à gonfler des ballons, feignant de ne s'occuper que du bébé.

— Je pensais que c'était évident, dit Lily en grattant le fond du grand bol avec une spatule. Je ne serais pas à l'aise si je m'en allais maintenant, ni même dans six semaines.

— Parce que vous n'avez pas confiance en moi ? Vous trouvez que je ne fais pas du bon boulot ? demanda Sean.

Hou la ! pensa Cameron. Le rythme avait changé. On était plus proche de la dispute que du badinage, maintenant.

Lily ouvrit le four afin que Sean y glisse le moule.

— Mais non, voyons ! Vous vous en sortez très bien. Et je n'ai sacrifié qu'un voyage. Vous sacrifiez beaucoup plus que ça.

— 'corc, dit Ashley.

Obéissant, Cameron prit un ballon jaune.

Sur ces entrefaites, Charlie entra dans la cuisine, et son visage s'éclaira.

— Cool, dit-elle. Je peux lécher le bol ?

— Moi 'si ! cria Ashley en lançant un ballon en l'air.

La radio passa une autre chanson – *Nah Nah Hey Hey* – que les deux petites filles se mirent à chanter en se déhanchant en rythme. Et une pensée prit forme dans la tête de Cameron. C'était ainsi que se dérouleraient désormais les soirées, les fêtes de famille, les jours de congé. Cela avait beau être incroyable, ils parviendraient à rire, s'amuser, se taquiner et se chamailler alors que leurs parents n'étaient plus là.

— Bravo, tu as réussi à remplir la pièce de ballons au lieu d'aider à faire le gâteau, lui dit Lily.

— Ouais, et alors ?

— Alors, rien. J'allais te remercier.

30

— Vous savez ce qui est bizarre ? demanda Sean à Lily.

— En ce moment, quasiment tout.

— Autrefois, je me demandais quel effet cela faisait de vivre ici.

Le goûter fini et la cuisine rangée, ils se reposaient, assis sur la véranda de derrière. Ashley et Charlie jouaient dans le bac à sable, dans lequel elles avaient installé tout le mobilier de la maison de Barbie, une collection de trolls et la poupée que venait de recevoir Ashley pour ses deux ans. Le soleil baissait, projetant des rayons obliques sur la pelouse, et une brise légère faisait tomber en pluie les pétales roses du pommier, donnant à la scène un air de rêve.

— Où ça ? demanda Lily. À Comfort ?

— Dans cette maison.

Il ramassa un *tee* égaré et le roula entre ses paumes.

— Derek et moi, nous passions devant à vélo en allant en classe. Nous nous étions promis d'y vivre un jour. Ensemble, avec nos femmes, plein d'enfants et de chiens.

Elle tenta de l'imaginer en petit garçon et sourit. Des yeux bleus, bien sûr, et des cheveux plus clairs. Probablement une expression malicieuse.

— C'est drôle de voir où la vie nous mène.

Il hocha la tête.

— Derek n'a jamais renoncé à cette maison. Moi, j'ai changé de rêve.

— C'est-à-dire ?

— J'ai voulu découvrir des endroits plus exotiques. La Côte d'Azur française, Buenos Aires. Ou même Monterrey. Tout est plus exotique que ce bon vieux Comfort.

— Et vous voilà de retour ici.

— Eh oui, fit-il en passant les doigts dans ses cheveux. Seigneur, que Derek me manque ! Rien n'est comme il faut. Je ne devrais pas être ici, mener cette vie, prendre sa place.

— Vous n'êtes pas censé le remplacer.

— Alors, qu'est-ce que je suis censé faire, bon Dieu ?

Elle pensa au comportement de Charlie et de Cameron durant la journée – celui de grands blessés en train de cicatriser.

— Je pense que vous faites ce qu'il faut.

Les poignets sur les genoux et les mains pendantes, il laissa son regard errer sur le jardin, les rhododendrons, les arbres fruitiers, les vieux hostas qui déployaient leurs larges feuilles dans l'ombre.

— C'est sûr que je ne m'attendais pas à ça.

— Personne ne s'y attendait... Écoutez, au sujet de Maura... Je ne voulais pas avoir l'air de vous juger, ce matin.

— Vous pensiez aux enfants.

« Ah, bon ? se dit Lily. Oui, sûrement. Et si je pensais à autre chose qu'aux enfants, c'est que je suis dans le pétrin. »

— Elle a l'air de quelqu'un de bien. Je trouve admirable de travailler si dur pour devenir médecin, dit Lily d'un ton qui sonna faux.

— Je sors, d'accord ? annonça Cameron depuis le seuil.

— Où vas-tu ? demanda Sean en se retournant.

— Pas loin.

— Sois plus précis.

— Pourquoi ?

— Pour éviter toute surprise, au cas où je déciderais de faire un tour dans le quartier plus tard. Rappelle-toi, nous en avons parlé. Je ne supporte plus les surprises.

Cameron sortit sur la véranda. Il tenait son skateboard sous le bras.

— Si tu me fliques, je n'ai plus qu'à me flinguer, répliqua-t-il d'une voix coléreuse.

Lily se retint de critiquer son vocabulaire. Sean attendit.

— Je vais juste retrouver des amis.
— Lesquels ?
— Merde, oncle Sean…
— Je t'écoute.
Le regard rivé à celui du garçon, Sean attendit.
Lily était intriguée. Elle sentait l'électricité crépiter entre eux. Les méthodes éducatives de Sean, si l'on pouvait employer cette expression, la fascinaient. Faute d'expérience, il s'appuyait uniquement sur son intuition, mais à aucun moment son assurance ne flanchait. Peut-être était-ce la clé : ne jamais montrer aux enfants qu'on avait peur ou qu'on doutait.
Estimant que le sujet ne méritait pas une dispute, Cameron baissa le premier les yeux et dit :
— Je vais chez Jason. Il habite à Meadowmeer.
— Appelle-moi si tu vas ailleurs.
— D'accord.
— Et sois rentré à 23 heures.
— C'est samedi soir !
— C'est pourquoi je n'ai pas dit 22 heures. Soit tu rentres à 23 heures, soit tu ne sors pas du tout.
Cameron marmonna un au revoir peu aimable et s'éloigna.
— Vous savez vous y prendre avec lui, commenta Lily.
— Ouais, merci. C'est un gentil petit garçon, docile et tout.
— Je ne plaisante pas. Il a beau insister, vous ne cédez pas.
— J'ignore pourquoi je proteste. Merde, nous sommes du même côté, vous et moi.
Le soleil sombrait au loin. Le chant des grenouilles s'élevait d'endroits déjà engloutis par l'obscurité. Lily finit son verre de thé glacé. Les mots « Au revoir, j'ai passé une bonne journée, à bientôt » étaient sur ses lèvres. Mais au lieu de les prononcer, elle resta là, profitant de la brise et des dernières couleurs du jour.
— Vous parliez sérieusement ? demanda soudain Sean. Au sujet du boulot que je fais avec les enfants ?
— Oui, répondit-elle sans hésiter. Vu ce qu'ils traversent, il est normal qu'ils soient difficiles. C'est horrible, ce

qu'ils doivent encaisser, mais, tout bien considéré, ils y arrivent.

— Alors, l'institutrice me met un A, dit Sean avec un sourire dans la voix.

Elle se tourna vers lui et regarda la lumière du crépuscule jouer sur son visage. Il avait besoin d'être encouragé, soutenu, approuvé. C'était visible.

— En ce qui concerne les enfants, oui.

Sean plissa les yeux.

— Mais ?

— Je n'ai pas dit « mais ».

— Vous n'avez pas eu à le dire, fit-il avec un petit rire. Très bien, mademoiselle Lily. Dites-moi tout, je suis prêt.

— Eh bien, je doute de l'intérêt de l'émission *American Chopper*.

— Vous plaisantez ?

— Je ne plaisante jamais.

— C'est vrai, j'avais oublié. Vous êtes contre la meilleure émission de télé ?

— Charlie peut en citer des phrases entières.

— Et c'est mal ?

— Ça ne parle que de motos. Ça n'a aucune valeur morale.

Sean rejeta la tête en arrière et éclata de rire. Lily, les yeux fixés sur sa gorge, fut envahie de sensations dérangeantes.

— Vous me tuez, Lily, vraiment. Regarder une émission sur les motos ne va pas pervertir cette enfant. C'est un petit plaisir que nous partageons, elle et moi. Pendant quelques minutes, elle oublie ce qui lui est arrivé. Elle se sent normale. Elle mérite bien ça de temps en temps.

Touchée par l'argument, Lily hocha la tête.

— Au moins, ce n'est pas *South Park*.

— Non. Ça, c'est une demi-heure plus tard, dit-il avant d'éclater de rire devant l'expression horrifiée de Lily. Là, je plaisante. Je sais que vous ne plaisantez pas, mais moi, ça m'arrive.

— Très drôle, fit-elle avec un sourire de soulagement.

— Vous êtes une personne très maniaque, mademoiselle Lily, commenta-t-il. La nourriture, la télé, le chargement du lave-vaisselle… Qu'est-ce qui vous a rendue comme ça ?

« Grandir dans une maison pleine de haine laisse des séquelles », répondit-elle en son for intérieur, mais elle dit simplement :

— J'imagine que je suis juste une personne d'habitudes.

Il hocha la tête, et ils restèrent un instant silencieux, à écouter les grenouilles et les filles qui jouaient ensemble. Finalement, Sean se leva.

— Il faut que je mette au lit ces petites choses.

Comme il approchait du bac à sable, Charlie leva la main dans un geste de défense.

— Encore cinq minutes.

— Désolé, poupée. C'est l'heure. Vous avez besoin d'un bain, toutes les deux.

— Pas bain, protesta Ashley.

Il la souleva et la coinça sous un bras.

— Tu aimes les bains, voyons.

— Lily, tu restes encore ? demanda Charlie en rentrant à contrecœur dans la maison.

— Je ne peux pas, répondit-elle machinalement.

— S'il te plaît.

— Mais…

— Elle a dit « s'il te plaît », fit remarquer Sean.

— Bon, d'accord.

— Ouais ! crièrent Charlie et Ashley d'une seule voix.

Malheureusement, Lily n'avait pas de rendez-vous. Elle aurait aimé se préparer pour aller danser et boire quelques verres, mais le fait était que sa soirée était libre. La perspective de s'attarder ici était étrangement agréable.

Sean et ses nièces montèrent bruyamment l'escalier. De la cuisine, Lily entendit l'eau couler et les filles pouffer de rire. Les enfants de Crystal survivraient à leur terrible perte, elle pouvait commencer à l'espérer. À se détendre. Au moins un peu.

Un lien s'était établi entre Sean et ses neveux, elle l'avait constaté. Quant à elle, elle devait garder ses distances, car ces enfants ne lui appartenaient pas. D'un jour à l'autre, ils pouvaient partir s'installer à Phoenix, ou ailleurs, et elle n'aurait rien à dire. Pourrait-elle survivre à cette seconde perte ? Elle en doutait.

Un point lumineux indiquait que le cycle du lave-vaisselle était fini. Elle décida de le vider. Sean et Charlie avaient insisté pour le remplir, aussi tout était-il disposé un peu n'importe comment. Mais Lily s'interdit de grommeler. D'ailleurs, malgré ce rangement iconoclaste, rien n'était cassé et tout était propre. Elle finissait de ranger la vaisselle lorsque Sean la rejoignit.

— Vous avez fait vite, dit-elle.

— Les filles sont dans la baignoire. Je viens chercher des serviettes dans le sèche-linge.

Le sang de Lily se figea, puis une onde brûlante la parcourut. Une assiette en plastique lui échappa.

— Mon Dieu, il ne faut pas les laisser seules !

Elle grimpa l'escalier à toute allure et fit irruption dans la salle de bains.

Les filles étaient assises l'une en face de l'autre, de la mousse jusqu'aux aisselles.

— Lily, fit Ashley en pressant une éponge.

Sans répondre, Lily se retourna et prit la serviette que tenait Sean, debout sur le seuil. La serviette était encore chaude. Elle sortit Ashley de la baignoire, l'essuya et la prépara pour la nuit.

— Toi aussi, Charlene Louise, dit-elle à Charlie. Retire la bonde.

— Tu es fâchée contre nous ? demanda Charlie en se drapant dans la serviette, les jambes enduites de mousse.

— Non, bien sûr que non, répondit Lily, qui s'efforçait de maîtriser les battements désordonnés de son cœur.

— Tu es fâchée contre oncle Sean ?

— C'est l'heure d'aller au lit, dit Lily en emmenant les fillettes dans leur chambre. Montre-nous comme tu mets vite ton pyjama.

— C'est ce que disent les grandes personnes quand elles veulent qu'un enfant se taise et aille au lit.

— C'est parce que c'est plus poli que de dire : « Tais-toi et va au lit. »

Apparemment satisfaite de la réponse, Charlie enfila une chemise de nuit en satin bleu qui traînait sur le sol derrière elle.

— C'était à maman, expliqua-t-elle en se mettant au lit. Je dors mieux dedans. Viens nous dire bonsoir, oncle Sean, appela-t-elle comme Lily la bordait.

Il entra dans la chambre des filles.

— Bon-soir-oncle-Sean, claironna-t-il.

C'était sans doute la plaisanterie qu'elles attendaient, car elles éclatèrent de rire – bien qu'Ashley n'ait peut-être pas compris en quoi c'était drôle.

Il embrassa le bébé et lui donna une peluche à caler contre les barreaux. Puis il déposa un baiser sur le front de Charlie.

— Bonne nuit, Zippy, dit-il.

— Bonne nuit, Duke.

La tendresse de Sean envers ses nièces émut Lily. Comme ils redescendaient ensemble l'escalier, elle se demanda s'il comprenait à quel point ces instants étaient précieux et s'il réalisait, comme elle, que cet arrangement fonctionnait pour de bon. Puis elle se rappela que, malgré sa tendresse, il venait de faire quelque chose d'effrayant.

— À quoi pensiez-vous, en les laissant seules dans la baignoire ?

— Elles aiment prendre leur bain ensemble. Je ne me suis absenté que quelques secondes, le temps d'aller chercher une serviette.

— Il ne faut plus jamais les laisser seules dans la baignoire, vous m'entendez ? Ashley est trop petite pour prendre un bain sans surveillance. Et Charlie est trop jeune pour la surveiller, même trente secondes. Promettez-moi que cela n'arrivera plus.

Il balaya les inquiétudes de Lily d'un geste de la main.

— Elles ne risquaient rien.

— Si vous pensez ça, vous vous trompez complètement.

— Hé, je fais de mon mieux. C'est compliqué avec Charlie. Je ne suis pas son père et je ne veux pas franchir la ligne jaune, vous comprenez ?

Elle repoussa la panique qui lui nouait la gorge.

— Je comprends. Dans ce cas, Charlie doit prendre son bain toute seule, mais laissez la porte ouverte pour être sûr de l'entendre. Quant à Ashley, vous ne devez pas la quitter des yeux une seule seconde, vous comprenez ? Vous ne devez même pas cligner des yeux quand elle est dans la baignoire.

Il parut surpris par sa véhémence.

— Compris. Pas de clignement.

— Je suis très sérieuse, Sean. Cette recommandation-là, vous ne pouvez pas l'écarter comme vous le faites de mes idées sur l'alimentation, la télévision et la bonne façon de ranger la vaisselle dans la machine.

Sentant les larmes lui brûler les yeux, elle se détourna.

— C'est une question de vie et de mort. Tout peut basculer en l'espace de quelques secondes.

— Vous croyez que je ne le sais pas ?

— Pensez à ce qu'aurait ressenti Charlie si quelque chose était arrivé. Posez-vous la question.

Les mots avaient jailli dans un élan passionné. Elle se tut, épuisée.

Elle leva les yeux et buta sur le regard énigmatique de Sean. S'il osait discuter, s'il poussait ne fût-ce qu'un soupir de contradiction, elle ne se contrôlerait plus, elle le savait.

Il inspira, puis relâcha son souffle.

— Vous avez raison, dit-il. J'ai été stupide.

Seigneur ! songea Lily. Cet homme était d'une honnêteté stupéfiante. Il était même stupéfiant tout court. Quelques semaines plus tôt, c'était un golfeur et un playboy qui ne songeait qu'à ses propres intérêts. Aujourd'hui, il les avait mis de côté et acceptait de reconnaître ses erreurs. C'était la première fois qu'elle voyait un homme faire ça.

Il essayait d'apprendre à faire les choses au mieux, s'efforçait de reconstruire une famille autour de ces enfants, et sa bonne volonté était bouleversante.

— Merci, dit-elle à mi-voix.

Puis elle eut envie de lui dire la vérité – la vérité sur ce qui était arrivé à Evan et sur les séquelles de ce drame.

— Vous pensez que ma réaction a été excessive, je le sais, mais il y a une raison à cela. J'ai perdu quelqu'un de très proche autrefois. Une noyade accidentelle.

— Mon Dieu, Lily, je suis désolé.

Elle le prit par le bras et l'entraîna sur la véranda, afin d'être sûre que Charlie n'entende pas. Ou plutôt pour éviter la lumière. Pour une raison inconnue, parler de ça en pleine lumière était au-dessus de ses forces.

— Nous étions trois enfants dans la famille, mais mon frère Evan... Eh bien, il n'a pas survécu au fait d'être un Robinson. Si vous posiez la question à mes parents, ils vous répondraient qu'il n'a pas survécu au fait d'être mon frère.

— Vous venez de dire qu'il s'est noyé.

— J'étais avec lui dans la baignoire lorsque c'est arrivé.

— Seigneur, souffla-t-il. Mais vous étiez une enfant, non ?

— J'avais trois ans.

— Et votre frère...

— Il n'a jamais fêté son premier anniversaire.

Toute sa vie, Lily avait essayé de revoir la scène. Elle pouvait sentir la chaleur douce de la mousse, mais jamais elle n'avait revu Evan à côté d'elle. Aurait-elle tout oublié, si sa mère ne lui avait pas rappelé le drame ? se demandait-elle parfois.

D'Evan lui-même, elle avait peu de souvenirs. Quelques images fugitives, rien de plus. Le reflet d'une lumière sur la peau lisse d'une joue de bébé. Le bruit de pleurs dans la nuit. Sur les photos de la petite fratrie, il était visible qu'elle adorait son frère.

Lily se demandait parfois comment aurait été Evan s'il avait vécu, quel adulte il serait devenu. Aurait-il été grand et un peu lourd comme Violet ? Ou petit et léger comme elle-même ? Aurait-il été sociable et brillant ou émotif et introverti ? Quant à sa propre vie, qu'aurait-elle été si son frère avait vécu ? Moins prudente et casanière, probablement. Peut-être même se serait-elle autorisée à tomber amoureuse et à être mère.

L'obscurité se refermait sur eux, comme l'intimité d'un confessionnal. Lily avait été élevée dans la foi catholique, mais elle avait eu beau réciter d'innombrables actes de contrition, elle n'avait jamais eu le sentiment d'obtenir l'absolution.

— Une telle tragédie aurait dû rester inscrite dans ma mémoire, dit-elle à Sean. Eh bien, non. Comment se fait-il que je ne m'en souvienne pas ? Comment est-ce possible que mon frère, ma propre chair et mon propre sang, ait pu glisser sous l'eau et se noyer à côté de moi ? Comment ne l'ai-je pas vu ?

— Vous aviez trois ans, voilà l'explication, déclara Sean. Vous étiez un bébé. Mais où étaient vos parents ?

— Il y a eu une sorte d'urgence avec Violet, ma sœur, et ma mère est sortie une minute, dit Lily. Trois, en fait. Ensuite, on a soupçonné ma mère de négligence, et il y a eu une enquête. On nous a mises, Violet et moi, dans un foyer, ce dont je n'ai gardé aucun souvenir. Quand nous sommes rentrées chez nous, tout avait changé. Nous étions devenus une famille qui avait oublié comment être heureuse.

Elle frissonna, malgré la tiédeur de l'air nocturne.

— Voilà l'histoire, reprit-elle. Jusqu'à aujourd'hui, je ne sais pas exactement ce qui s'est passé, mais je sais que ma mère avait raison sur un point : j'étais assez grande pour maintenir la tête d'un bébé hors de l'eau.

Lily savait que ce drame l'avait forgée. Le fait qu'une vie s'était éteinte en sa présence l'avait définie et affectait chacun de ses choix. Elle ne s'était jamais pardonné la mort d'Evan. À cause du passé, elle s'était interdit de s'attacher aux gens. Elle avait choisi le célibat et transformé son amour des enfants en passion de l'enseignement.

— Avec tout le respect dû à votre mère, elle vous a dit des conneries, sans doute afin d'alléger ses propres remords, dit Sean. Je suis désolé, Lily. Pour toute votre famille, mais surtout pour vous.

Ils restèrent silencieux un moment. Lily se sentait étrangement à l'aise.

— Vous voulez un verre de vin ? demanda-t-elle.

— Non, répondit-il, avant de sourire devant l'air dépité de Lily. J'ai envie d'une bière. Mais j'ai un merlot – bio – qui pourrait vous plaire.

— Oui, sans doute.

Ils allèrent se servir, puis ressortirent s'asseoir sur les marches de derrière et regardèrent la lune se lever. Lily jeta un coup d'œil à Sean par-dessus le bord de son verre. Il aurait pu faire de la publicité pour une marque de bière, songea-t-elle. Une publicité visant une clientèle féminine. Aucune femme en Amérique n'aurait pu résister à un homme qui faisait la vaisselle, mettait les enfants au lit et s'asseyait ensuite sur la véranda, une bière fraîche à la main.

— Vous en voulez une gorgée ? demanda-t-il en lui tendant la canette.

Oui.

— Non, dit-elle. Non, merci. Le vin est bon.

— Vous aviez l'air d'avoir envie de ma bière.

— Je n'ai jamais aimé la bière.

— Je m'en souviendrai, promit-il. Que faites-vous d'habitude le samedi soir ?

— En tout cas, pas ce que je viens de faire. Je ne mets pas mon âme à nu devant un homme qui n'a rien demandé. Désolée de l'avoir fait, à propos.

— Je vous en prie. Peut-être que la semaine prochaine, vous mettrez autre chose à nu.

Ce type avait une petite amie, et il flirtait avec elle. Quel crétin ! Mais, au fond d'elle-même, elle savait que ce n'était pas un crétin.

— Le vendredi soir, en général, je vais au cinéma, et le samedi…

Le soir des rendez-vous, galants ou non. Elle ne le dit pas.

— Je sors avec des amis, le plus souvent des collègues. Crystal et moi, nous avions pris un abonnement à l'opéra de Portland.

Elle s'empressa d'avaler une gorgée de vin.

— J'ai dit au notaire d'en faire cadeau à quelqu'un.

— Voilà quelque chose que je ne vous reproche pas le moins du monde.

— Oui, les souvenirs auraient été trop pénibles.

— Je pensais que l'opéra aurait été trop pénible.

— J'en conclus que vous n'êtes pas fan d'opéra, commenta-t-elle. Quelle surprise !

Il étouffa un bâillement, qu'elle remarqua cependant.

— Il faut que je parte, dit-elle en cherchant un endroit où laisser son verre.

— Non, fit-il en posant sur son bras une main douce mais insistante.

Ce contact troubla Lily, qui se sentit parcourue de picotements. Heureusement, l'obscurité cachait la rougeur de ses joues.

Il ôta sa main et lui sourit.

— Ces jours-ci, j'ai besoin de toutes les conversations d'adultes possibles.

Et Maura, alors ? Ils ne faisaient que coucher ensemble, sans discuter ?

Dieu sait pourquoi, cette idée la mit en colère.

— Il y a quelque chose que vous devez savoir.

— Qu'est-ce que c'est ?

— Je pense que nous pouvons bien nous entendre, mais c'est pour les enfants que je viens ici. Parce que leur mère était ma meilleure amie et qu'elle voulait que je veille sur eux.

Il s'appuya sur la rambarde de l'escalier et finit sa bière.

— Pigé. Je ne voulais pas sous-entendre que vous aviez une autre raison de m'adresser la parole.

Elle lâcha un petit rire incrédule.

— Oh, pardonnez-moi de ne pas m'écrouler à vos pieds.

— Au contraire, je vous remercie. Je ne supporte pas ces femmes qui s'écroulent à mes pieds. C'est encombrant, je suis obligé de les contourner ou de les enjamber.

— Très drôle.

— Reprenez votre sérieux, car j'ai une question importante à vous poser.

Elle retint son souffle, flirta brièvement avec un fantasme, puis se rappela ce qu'elle venait de dire – qu'elle n'était là que pour les enfants.

— De quoi s'agit-il ?

— Je vais faire mon testament. Pour la première fois, si je meurs, c'est grave.

— Quelle déclaration étrange !

— Mais véridique. Avant, que je vive ou que je meure, cela n'avait de conséquences pour personne. Aujourd'hui, ces enfants n'ont que moi, et je dois assurer leur avenir, au cas où il m'arriverait quelque chose. Je voudrais donc savoir si je peux vous désigner comme tutrice.

— Bien sûr, répondit-elle sans hésiter.

Elle ne lui demanda pas pourquoi il ne choisissait pas Maura. Elle n'était pas sûre de vouloir s'entendre répondre que cette brillante étudiante était trop occupée à se préparer à servir l'humanité en tant que médecin.

— C'est une épidémie, remarqua-t-elle. Ma sœur vient de me demander la même chose. Du coup, j'exige de vous la promesse qu'elle m'a faite.

— Dites.

— Faites tout pour qu'il ne vous arrive rien.

— Marché conclu, dit-il en heurtant de sa canette le verre de Lily. Vous avez des neveux, alors ?

— Un neveu et une nièce. Je pourrais me retrouver avec cinq enfants si Violet et vous cassiez votre pipe.

— Vous feriez une bonne mère, vu que vous êtes institutrice et tout.

Lily secoua la tête.

— Je n'ai jamais envisagé d'avoir des enfants.

— Parce que vous avez perdu votre frère ?

— Comment osez-vous dire ça ? s'écria-t-elle, indignée.

— C'est plutôt évident, Lily. Vous aimez les enfants, ça se voit. Mais vous ne vous êtes toujours pas remise d'une perte dont vous n'avez gardé aucun souvenir.

Il s'interrompit, et elle ne trouva rien à répliquer.

— Vous êtes fâchée ? demanda-t-il.

Elle garda le silence.

— Hé, reprit-il. Moi non plus, je n'avais pas prévu d'avoir des enfants. Et regardez-moi maintenant – monsieur maman.

Le vin mettait Lily dans un état de douce euphorie. Elle eut envie de demander un second verre. Puis elle se rappela qu'elle devait prendre le volant pour rentrer chez elle.

— C'est vrai que vous faites un bon père.

— Et vous, vous êtes vraiment quelqu'un, vous savez ?

Non, elle ne le savait pas.

— Ce n'est pas le genre de chose qu'on me dit d'habitude.

Il effleura son bras du dos de la main, brièvement.

— Sean... fit-elle, émue et honteuse à la fois.

Des phares balayèrent le jardin. Sean fronça les sourcils.

— Je n'attends personne.

Ils descendirent les marches. Un homme, petit mais musclé, sortait d'une voiture. Il avait l'air furieux.

— Il y a un problème, Duffy ? demanda Sean.

Lily comprit qu'il s'agissait de Charles McDuff, le responsable des greens.

— Un petit problème, oui, ça, on peut le dire, grommela le vieil homme avec un léger accent écossais.

La portière du passager s'ouvrit, et le cœur de Lily sombra lourdement dans son estomac. Elle entendit Sean retenir son souffle.

— Que se passe-t-il ? demanda-t-il.

— Il faut qu'on parle de ton neveu, dit Duffy en jetant un regard noir à Cameron.

31

— Ton oncle t'a explosé ? demanda Jason Schaefer à mi-voix afin que Duffy ne l'entende pas.

Condamné avec ses deux copains à des heures et des heures de travail gratuit, Cameron enfilait une salopette.

— Alors, il a pété les plombs ou quoi ? insista Jason.

Cameron s'assit pour enfiler les cuissardes en caoutchouc que Duffy lui avait procurées.

— Ouais.

C'était pire que ça, en fait. Sa mère, elle, aurait pété les plombs. Elle aurait pleuré, se serait tordu les mains en se demandant ce que leurs amis allaient dire. Son père aurait hurlé que Cameron foutait son avenir en l'air.

Son oncle et Lily – qui, pour une raison inconnue, s'était attardée ce soir-là – avaient réagi avec un calme hallucinant. Sean avait remercié Duffy d'avoir ramené Cameron et assuré qu'il était inutile de prévenir la police – pour cette fois. Puis Lily et Sean avaient fait rentrer Cameron dans la maison.

Non, son oncle n'avait pas pété les plombs. Lily non plus. Ils n'avaient pas dit grand-chose et Cameron avait eu le sentiment troublant qu'ils savaient très bien ce qu'il avait en tête, peut-être même mieux que lui.

— C'est la merde, grommela Andy Meyer, l'autre complice. Pourquoi vous m'avez pas écouté ? On avait une histoire, on n'aurait pas dû en démordre.

— *Tu* avais l'histoire, marmonna Cameron. Et tu l'as racontée à tous ceux qui voulaient bien t'écouter au lycée.

— Je ne l'ai dit qu'à une seule personne, répliqua Andy. Elle a promis qu'elle ne dirait pas un mot.

— Crétin ! grommela Jason.

— C'est toi qui t'es mis à table lorsqu'on t'a interrogé, riposta Andy.

— Uniquement après que tu leur as dit de m'interroger, répliqua Jason.

— Assez de bavardages, messieurs, intervint Duffy. Vous avez du boulot.

— Oui, m'sieur. Tout de suite, m'sieur, aboya Andy, jouant le troufion.

Le sarcasme n'atteignit pas Duffy, un vieux bonhomme qui en avait vu d'autres. Ils sortirent du bâtiment et Duffy leur donna leur programme de la journée: nettoyer la mare du green numéro dix, que les lentilles d'eau asphyxiaient.

Ce n'était que le début de la punition. Les trois garçons avaient été suspendus de l'équipe de golf et devaient travailler au club tous les jours après le lycée.

Andy et Jason se mirent au travail en chantant, faux, *Back on the Chain Gang*. Cameron tenta de se joindre à eux, mais le cœur n'y était pas et, bientôt, il tomba dans un silence maussade. La vase brune aspirait ses pieds, et il sentait le froid de l'eau à travers ses bottes en caoutchouc.

C'était la merde, au sens propre et au sens figuré. Tout était merdique ces derniers temps.

Il travaillait comme un robot, se penchait, arrachait une poignée d'herbes et la jetait sur la rive. La boue se resserrait comme du ciment autour de ses chevilles.

— Dire qu'on pourrait être au practice avec toute l'équipe, soupira Jason.

Cameron ne l'aurait pas admis, mais l'entraînement lui manquait. Il aimait taper des balles, des douzaines à la suite, se tester sur le parcours difficile d'Echo Ridge.

Quel idiot il avait été de se disputer avec son père au sujet du golf! Il regrettait de l'avoir fait. Il regrettait de ne pas lui avoir dit la vérité toute simple, à savoir qu'il aimait ce sport et désirait en faire son métier, exactement comme son oncle et son père. Au lieu de quoi il avait fait le con et tout fichu en l'air. On lui avait donné la chance d'être le caddie de son père dans une importante compétition, et ça avait été un désastre. Après cela, il avait prétendu que le golf ne l'intéressait pas.

Au moins avait-il réussi à se faire suspendre de l'équipe – ce qui ne serait pas arrivé si son père avait été vivant. Seigneur ! Combien de fois Cameron avait-il eu envie de dire à son père pourquoi il voulait quitter l'équipe ? Il s'était dégonflé et, finalement, vu les événements, c'était aussi bien.

— Hé, du calme, Cameron, dit Jason en évitant de peu une poignée d'herbes aux racines boueuses. T'as pas besoin de les jeter si loin.

— Pardon, j'ai pas fait attention.

Pourquoi abîmer ce green avait-il été aussi peu satisfaisant ? L'acte de destruction lui avait procuré un réel soulagement physique, mais aussitôt après, il s'était senti vide et incapable de partager la joie triomphante de ses copains. Quoi qu'il fasse, il se sentait vide. C'était comme manger de la barbe à papa. On n'était jamais calé, même si on en mangeait à s'en rendre malade.

Il se déplaça dans l'eau et, soudain, quelque chose attira son attention.

— Hé, regardez ça, appela-t-il à mi-voix en faisant signe à ses amis. On dirait un nid.

— De canards, sans doute, dit Andy. Vise un peu la taille des œufs. Tu m'en passes un ?

— À moi aussi, dit Jason. Je parie que je peux atteindre le chemin. Splash !

— Pas question, fit Cameron en se plantant devant le nid. On ne va pas les déranger. Je ne vais même pas arracher les herbes autour.

— Oh, voyons, c'est juste quelques œufs. Il y en a sûrement plein partout.

— Non. On les laisse tranquilles.

— Devine qui d'autre on va laisser tranquille, dit Jason en jetant ses gants et son râteau, imité aussitôt par Andy. Si Duffy demande où on est, dis-lui qu'on s'est envolés vers le nord pour la grande migration d'été.

— Très bien.

Cameron les vit partir avec soulagement. Bien sûr, c'étaient ses amis, mais il aurait aimé partager avec eux un peu plus que des parties de rigolade. Et il regrettait de les avoir écoutés l'autre soir, lorsqu'ils avaient eu l'idée d'aller saccager le terrain de golf.

Heureusement, Duffy ne se montra pas. Cameron n'avait envie ni de mentir pour protéger ses amis ni de leur attirer plus d'ennuis.

Il laissa une bordure de végétation épaisse autour du nid et acheva sa tâche juste avant le crépuscule.

Sa salopette empestait l'eau croupie et il était couvert de boue. Ses épaules et son dos lui faisaient mal, mais il se sentait curieusement léger. Bien qu'il eût sauté le déjeuner, ce n'était pas la faim qui lui donnait cette impression. C'était le fait d'avoir été pris et de payer sa dette. Enfin. Le poids de la culpabilité n'écrasait plus sa poitrine.

Comment allait-il rentrer, maintenant ? Jason était censé le ramener en voiture. À pied, cela faisait une bonne trotte.

La plupart de ses amis avaient leur permis définitif. Pas lui. À peine se glissait-il derrière le volant qu'il se mettait à transpirer, n'arrivait plus à voir devant lui et tremblait comme une feuille. Le docteur Sachs « travaillait » avec lui sur ce problème. Ils « travaillaient » sur un tas de choses, mais pour Cameron, tout ça n'était qu'une perte de temps.

Il regarda le petit tracteur que Duffy leur avait confié pour trimballer les herbes. Conduire ce genre de truc ne lui posait pas de problème, mais Duffy piquerait une crise s'il l'utilisait en dehors du terrain. Il n'allait pas non plus appeler son oncle à l'aide. Il lui avait suffisamment cassé les pieds, songea-t-il en chargeant les herbes et les détritus dans la remorque du tracteur.

Voyant quelqu'un approcher, il suspendit son geste. La pénombre l'empêchait de distinguer le visage du nouveau venu, mais il reconnut la silhouette dégingandée et la queue de cheval qui dansait à chaque pas.

Super.

— Salut, fit-il en se remettant au boulot, très gêné d'être surpris dans cette tenue répugnante de taulard.

— On m'a dit ce qui s'était passé, déclara Becky Pilchuk.

— Tout le lycée est au courant, j'imagine.

— À peu près.

Se plantant là, elle le regarda travailler.

— Je peux faire quelque chose pour toi ? demanda-t-il en jetant le dernier paquet de détritus dans la remorque.

— Non. Je suis juste venue te voir… Oh !

Deux colverts se posaient sur la mare, un mâle et une femelle qui glissèrent sur l'eau en tandem vers l'anneau d'herbes que Cameron avait laissé.

— Ne t'approche pas trop, dit-il. Il y a un nid.

— Ah, bon ? fit-elle en repoussant ses lunettes sur son nez. Où ça ?

— Dans ces herbes. En plein milieu.

— Je le vois, s'écria-t-elle d'une voix tout excitée. Regarde ces œufs ! Cameron, c'est trop cool.

Ce n'était pas cool à ce point, ricana Cameron en son for intérieur.

— Je suis contente que tu n'aies pas touché au nid. Je parie que les œufs vont éclore bientôt. Ça sera amusant à regarder. On devrait venir voir tous les jours où ils en sont, tu ne trouves pas ?

Elle croyait peut-être qu'il allait acquiescer ? C'était quasiment un… un rendez-vous. Un rendez-vous avec une tarée !

— J'ai presque fini. Il me reste plus qu'à aller jeter ces cochonneries.

Le regard intense de la jeune fille le perturba.

— Allez, vas-y, dis-le, cria-t-il.

— Dire quoi ?

— Ce que tu penses ! Que je suis un con d'avoir fait ça, que c'était bête et inutile.

— Je sais pourquoi tu l'as fait. Et je suis quasiment sûre que tu sais déjà que c'était bête et inutile.

Sans qu'il l'y invite, elle sauta sur le tracteur. Il chargea ses outils et s'assit derrière le volant.

— Très bien, docteur Freud. Pourquoi est-ce que j'ai fait ça ? demanda-t-il en roulant vers l'endroit retiré où les jardiniers faisaient du compost.

— Parce que tes parents sont morts et que ça te rend fou, répondit-elle simplement.

Il freina si brutalement qu'elle tendit les bras devant elle pour se rattraper. Sa vulnérabilité accrut la colère de Cameron.

— D'où tu tiens ça ? Tu me connais pas. Qu'est-ce qui te fait croire que t'as tout compris ? Hein ?

Elle frémit, visiblement blessée, mais ne détourna pas les yeux. Puis, sans se presser, avec des gestes posés, elle descendit du tracteur.

— Parce que j'ai éprouvé la même chose quand ma mère est morte.

Ah, merde. Merde, merde, merde. C'était bien la dernière chose à laquelle il s'attendait.

— Remonte dans le tracteur.

Elle s'éloignait d'un pas tranquille, la tête baissée.

Il la rattrapa et arrêta le tracteur.

— S'il te plaît. S'il te plaît, Becky.

Elle s'immobilisa. Était-ce à cause du « s'il te plaît » ou du fait que, pour la première fois, il l'avait appelée par son prénom ? Elle releva la tête et le regarda. La lumière du soir illuminait son visage. Elle n'était pas si moche que ça, se dit-il en songeant aux notes stupides que ses copains et lui écrivaient sur le tableau noir du vestiaire. Si Becky Pilchuk figurait parmi les dernières, c'était parce que personne ne la regardait vraiment. Il suffisait de ne pas s'arrêter aux fringues quelconques et aux lunettes.

Elle s'assit près de lui et garda les yeux fixés devant elle.

— Je sais que tu me trouves idiote, mais il y a des choses que je peux comprendre mieux que n'importe qui d'autre.

— Je ne te trouve pas…

Il s'interrompit. Pourquoi mentir à cette fille ? Son seul tort était d'essayer d'être son amie, et lui, comme un imbécile, s'obstinait à la repousser, uniquement pour faire comme tout le monde.

— Bon, d'accord. Je te prenais pour une idiote. Je parie que toi, tu me prenais pour… Je ne sais pas. Un pauvre type, un frimeur.

— Ou un athlète analphabète.

— Ouais, pourquoi pas ? En tout cas, je suis désolé. Je n'ai pas cherché à te connaître, et j'aurais dû.

Elle lui jeta un coup d'œil. Le soleil se glissait dans ses cheveux et les faisait briller.

— Ce n'est pas trop tard, dit-elle.

— Parle-moi de ta mère.

Elle croisa les mains sur ses genoux.

— Sa mort n'a pas été brutale. Elle avait été malade pendant près d'un an. Mais elle est aussi morte que la tienne et, parfois, elle me manque tellement que j'en ai mal physiquement. J'aimais ma mère, même quand j'étais odieuse avec elle. Je l'aimais comme… enfin, d'une façon que je peux à peine décrire, tu sais ?

Il hocha la tête. Il savait. Et toutes les nuits, il restait éveillé et priait pour que ses parents le sachent, eux aussi.

— Il y a un truc que je n'ai jamais dit…

Il hésita, puis se jeta à l'eau.

— La dernière chose que j'ai dite à mon père, c'était : « T'es qu'un vieux con, je te déteste ! »

Voilà. C'était sorti. Il ne l'avait même pas confié au docteur Sachs.

— Bof…

— Bof ? C'est tout ce que ça t'inspire ?

— Tout le monde dit ce genre de chose à ses parents. Ce n'est pas comme si tu l'avais inventé. Moi aussi, j'ai été méchante avec ma mère, alors que je savais qu'elle était très malade. Mais je n'ai jamais cessé de l'aimer, et elle le savait. Ton père le savait aussi.

Fallait-il croire Becky ? Cameron évoqua son père, et à sa grande surprise, l'image qui lui vint fut celle d'un moment de joie, où ils riaient tous les deux, heureux.

— Et maintenant que ma mère n'est plus là, poursuivit Becky, où va tout cet amour ? À qui le donner ? Cet amour est toujours en moi comme quand ma mère était vivante, mais il n'a plus personne vers qui aller.

Elle ôta ses lunettes et regarda Cameron.

— Ça n'aide pas beaucoup, ce que je dis, hein ?

— En fait, ça a plus de sens que tout ce que tout le monde a pu me dire.

32

— Encore cinq minutes, supplia Sean. Laisse-moi juste cinq minutes.

— Non.

Debout près du lit, Ashley le regardait par-dessus le bord du matelas.

— Debout, reprit-elle.

— Qui t'a sortie de ton lit ?

— Debout.

À côté de Sean, Maura soupira et remua mais sans se réveiller complètement. Sean jeta un coup d'œil au réveil. 7 heures du matin. Un jour d'école.

— Bon, d'accord, je me lève.

Il était torse nu mais portait un pantalon de pyjama. Vivre au milieu de jeunes enfants l'avait guéri de son habitude de dormir dans le plus simple appareil.

— Je parie que tu es trempée.

Elle sourit aimablement.

Il jeta un coup d'œil à Maura. Elle feignait peut-être de dormir. Changer les couches n'était pas sa tâche préférée.

— Très bien, on y va.

Il souleva Ashley dans ses bras et l'emmena à la salle de bains. C'était comme ça tous les matins. Le bébé d'abord. Tant pis s'il avait besoin d'aller aux toilettes ou désirait se brosser les dents. Il ne pouvait satisfaire ses propres besoins qu'une fois Ashley installée devant un bol de céréales, devant des dessins animés et sous la surveillance désinvolte de Charlie.

Ce qu'il fit ce matin-là aussi.

Des pleurs interrompirent ses ablutions. Il avait appris à distinguer les pleurs de caprice d'Ashley de ses pleurs de douleur. Ceux-ci étaient de douleur. Il se rua dans la cuisine.

— Que s'est-il passé ? demanda-t-il à Charlie en prenant le bébé dans ses bras.

— Elle est tombée. Elle a voulu attraper la boîte de céréales et elle est tombée sur les fesses.

— Tu ne la surveillais pas ?

Sean regretta aussitôt ses mots.

— Pardon, chérie, reprit-il en berçant le bébé dans ses bras. Je n'aurais pas dû te la laisser.

— Elle s'est fait une échelle avec les tiroirs, tu vois ? expliqua Charlie. Maman disait toujours qu'Ashley était trop maligne pour son bien.

Sean s'en voulait. Après ce que Lily lui avait raconté, il aurait dû se méfier.

— J'peux même pas aller pisser, grommela-t-il.

Ashley gémissait toujours lorsqu'il la déposa sur le lit à côté de Maura. Celle-ci remua et sourit.

— Qu'y a-t-il, bouton-d'or ? demanda-t-elle au bébé.

— Elle est tombée, dit Sean. Je ne crois pas qu'elle se soit blessée, mais est-ce que tu pourrais quand même l'examiner ?

— Bien sûr, répondit Maura en se redressant. Attends une minute. Je fais un tour à la salle de bains et je reviens.

Pendant son absence, Sean regarda Ashley, qui avait cessé de pleurer.

— Où as-tu mal ? À la tête ? Au coude ? Aux fesses ?

Elle fit non de la tête et attendit patiemment le retour de Maura. Sean jeta un coup d'œil au réveil. 7 h 25. Trente-cinq minutes avant le passage du bus scolaire. Maura prenait son temps dans la salle de bains. Il eut du mal à se retenir de lui crier de se dépêcher.

— Il faut que j'aille voir si les autres enfants sont prêts pour l'école, dit-il comme Maura revenait.

Tout en enfilant un tee-shirt, il alla frapper à la porte de Cameron.

— Tu es levé ?

— Je suis en train, répondit une voix maussade.

Sean descendit vérifier que Charlie mangeait quelque chose. Elle examinait avec accablement sa tenue de jeannette.

— Il faudrait repasser mon uniforme.

Sean éclata de rire.

— Tu ne t'adresses pas à la bonne personne !

— Est-ce que Maura pourrait le faire ? demanda Charlie, un peu dépitée.

— J'en doute. Tu es très bien, Charlie, je t'assure. Viens ici, que je te coiffe.

C'était leur rituel matinal, et Sean devenait champion en matière de nattes. Ce matin, cependant, avec ses nattes blondes et son uniforme bizarre, Charlie faisait penser à une fillette des Jeunesses hitlériennes. Il ne dit rien. Elle était aussi fragile et volatile qu'une ampoule de nitroglycérine.

Cameron descendit lourdement l'escalier, aussi revêche qu'il osait l'être sans provoquer Sean. Depuis l'incident du terrain de golf, il se comportait raisonnablement bien. Il n'y avait pas de sanction plus efficace que le travail physique pour retenir un gamin sur la pente des bêtises.

— Où est mon sac à dos ? demanda-t-il.

— Là où tu l'as laissé, répondit Charlie.

— Ça, c'est super malin.

Il trouva son sac sous la table de la cuisine, à l'endroit exact où il l'avait laissé.

Sean n'insista pas pour qu'il mange. Il était assez grand maintenant pour savoir qu'il devait avaler quelque chose avant de partir. Il y eut un tourbillon d'agitation pour signer des papiers de dernière minute – une autorisation pour Charlie, un carnet de notes pour Cameron –, et les enfants sortirent en courant pour attraper le car. Soudain, la cuisine fut complètement silencieuse. Sean regarda l'horloge du four. Ce silence délicieux dura environ une minute. Puis Maura entra avec Ashley, qui avait l'air moins malheureuse, mais n'était toujours pas habillée. « Tu ne crois pas que tu aurais pu l'habiller ? » faillit-il crier, mais il se retint. Maura n'avait rien demandé de tout ça. Non seulement elle faisait de son mieux, mais elle ne râlait pas.

— Il y a du café ? demanda-t-elle, ce qui était sa façon à elle de dire bonjour.

Il en versa dans un filtre, remplit d'eau le réservoir de la cafetière et l'alluma.

— Dans cinq minutes.

Maura prit son portable et consulta ses messages. Sean mit Ashley dans sa chaise haute et ouvrit une boîte de pêches en morceaux. Le téléphone sonna. Il décrocha d'une main tandis que, de l'autre, il piquait des morceaux de pêche et les déposait dans le bol d'Ashley. C'était Mme Foster, qui s'excusait de ne pouvoir venir.

— Bien, bien, fit Sean, car il n'y avait rien d'autre à dire. Rappelez-moi quand vous irez mieux.

Il raccrocha et regarda où en était le café. Maura s'était déjà servi une tasse.

— Mme Foster ne peut pas venir aujourd'hui. Elle est malade.

— Dommage.

Elle finit son café.

— Désolée, mais il faut que je me dépêche.

Elle déposa un baiser rapide sur la joue d'Ashley et un autre, plus long, sur les lèvres de Sean.

— À plus, lança-t-elle du seuil de la pièce.

— Eh bien, il ne reste plus que toi et moi, bébé, dit Sean à Ashley, qui mangeait ses pêches placidement.

La frustration lui mettant les nerfs à vif, il entreprit de ranger et nettoyer la cuisine tout en parlant à sa nièce.

— Je comptais faire un parcours avant de travailler aujourd'hui. À la place, je t'ai. Mais je ne perds pas au change. Qu'est-ce que tu veux faire ? Regarder *Les Télétubbies* ? Discuter de l'apprentissage de la propreté ? On pourrait aussi répondre aux lettres de toutes les givrées qui nous écrivent.

Elle lui proposa un morceau de pêche.

— Non, merci. Normalement, je devrais devenir fou. J'ai tellement de choses à gérer qu'il y en a sûrement une qui va m'échapper. Ma carrière est dans une impasse, et mon histoire avec Maura a l'air, elle aussi, d'aboutir à un cul-de-sac.

Il prit la tasse de Maura et la rinça dans l'évier.

— Au lit, elle est super, mais... elle n'est pas du bois dont on fait les mères. Je ne sais pas quoi penser. Et puis, il y a Lily. Avec elle, c'est encore plus confus, et je ne sais même pas si je tiens à y voir plus clair.

Il regarda Ashley avaler son dernier morceau de pêche et lui essuya le visage.

— Qui aurait deviné que ça, ça me plairait autant ?

La maladie de Mme Foster se révéla très bénéfique pour le jeu de Sean. Au départ, il avait craint le contraire. Ne pouvant lui confier Ashley, il se retrouvait de garde vingt-quatre heures sur vingt-quatre.

Charlie et Cameron passaient la journée dans leurs écoles respectives. Cameron était toujours en plein désarroi. Il semblait plus en colère et plus renfermé que jamais. Selon la psychologue, c'était normal. Sean n'était pas d'accord. Ce qui était normal pour un garçon de son âge, c'était de rire et de chahuter avec les copains, d'être obsédé par les filles et le golf, d'avoir très envie de conduire, et non de l'éviter. « Laissez-lui du temps », conseillait le docteur Sachs.

— Du temps ? Combien de temps ? Personne n'a l'air de le savoir, expliquait Sean à Ashley tandis qu'il l'emmenait au golf ce matin-là.

— Non, acquiesça-t-elle en secouant la petite boîte de céréales qu'il lui avait donnée.

— Alors, c'est OK pour neuf trous ?

— OK.

En dehors des compétitions, le terrain était en principe interdit aux personnes qui ne jouaient pas. En particulier aux très jeunes enfants.

Il s'en fichait. Il était le joueur professionnel du club, c'était un matin de semaine, le ciel était couvert et il n'y avait personne. Cameron et lui avaient emmené plusieurs fois les filles, et elles s'étaient très bien conduites. Ashley trouvait très amusant de trôner sur son siège arrimé à une voiturette électrique.

— Je parie que tu seras la prochaine Annika Sorenstam.

— Vi, approuva-t-elle.

Le silence de la nature exerça sa magie sur elle. La brume qui s'attardait près du sol étouffait les sons et adoucissait les angles. Dès que le club frappa la balle avec un son bien net, Sean sut qu'il avait fait un *drive* excellent.

— Waouh ! fit Ashley.

— Pour un *drive* de trois cent cinquante mètres, « waouh » est le mot juste, dit-il en montant dans la voiture.

Il marqua un *birdie* et, à partir de là, son jeu s'améliora encore. À chaque coup, il gagnait en assurance. Il joua même mieux que le matin de l'enterrement de Derek. Ce fut, très probablement, le meilleur parcours de sa vie. Et contrairement à celui qu'il avait fait le jour de l'enterrement, la chance n'y était pour rien. Il sentait son jeu se consolider ; le jugement, les *drives*, les *putts*, tout était plus assuré, plus précis.

Au lieu de le distraire, Ashley semblait l'aider à se concentrer. Il atteignit une cadence particulière qu'il reconnut pour l'avoir possédée jadis, lorsqu'il démarrait dans les tournois. Il pensait l'avoir définitivement perdue, et voilà que, coup après coup, mètre après mètre, il la redécouvrait et se la réappropriait.

— Tu sais quoi, trésor ? s'écria-t-il. Tu dois être mon porte-bonheur.

— Vi, dit Ashley.

Il prit l'habitude de l'amener tous les jours et fit rarement plus d'un point au-dessus du *par*. L'image d'une voiturette électrique avec un bébé dans son fauteuil, quelques jouets, un sac de clubs et une glacière remplie d'eau minérale et de petites bouteilles de jus de pêche devint familière sur le parcours d'Echo Ridge.

Sean n'avait plus aucun doute : son jeu avait changé. En général, les joueurs qui voulaient progresser corrigeaient leur swing ou leur *putt*. Sean, lui, se construisait un autre comportement. Avoir un petit enfant qui dépendait complètement de vous vous faisait appréhender les choses sous un angle différent. Il s'appliquait et abordait chaque coup comme si c'était une question de vie ou de mort. Son jeu devenait personnel, libéré des exigences et des conseils d'autrui.

Dieu sait qu'il avait plus que sa part de sujets d'inquiétude – l'argent, l'avenir, les enfants, Maura, Lily… Mais lorsqu'il se retrouvait sur le terrain avec sa nièce, tout disparaissait, tout sauf une petite fille et son jeu.

Le vendredi après-midi, il aperçut Cameron qui, vêtu comme un bagnard, travaillait durement près d'un lac. Lui et ses deux copains étaient censés rembourser par leur travail les dégâts qu'ils avaient faits, mais les deux autres n'étaient pas là. Sean n'avait toujours pas compris quels démons s'étaient emparés de son neveu pour qu'il vandalise le terrain de golf cher à son père. À moins que ce ne soit justement cela la raison.

En tout cas, réparer ses propres bêtises était une saine occupation. Depuis cet épisode de vandalisme, le garçon se tenait tranquille. Ou, du moins, s'il continuait à faire l'idiot, ça ne se voyait pas.

— Cam ! appela Ashley en agitant les mains.

Cameron n'était pas seul. La fille de l'autre jour était avec lui... Becca ? Non, Becky – avec des gants et des bottes en caoutchouc, sa queue de cheval passée dans le trou d'une casquette de base-ball. Bien qu'elle n'eût pas participé au vandalisme, elle aidait Cameron à planter des impatientes.

— Bonjour, Ashley, dit-elle avec un grand sourire. Bonjour, monsieur Maguire.

— Bonjour, Becky.

Cameron et elle parurent très surpris qu'il se souvienne du prénom de la jeune fille.

— Ne faites pas de bruit, murmura le garçon. Je vais vous montrer quelque chose.

Il sortit Ashley de son siège et l'emmena près du petit lac.

— On les a observés tout l'après-midi, dit-il. Ils viennent d'éclore.

Une cane glissa hors des feuilles, suivie de huit minuscules canetons à la queue leu leu.

Cameron posa sa sœur sur la rive. Elle gloussa de plaisir.

— Veux canards.

— Il faut qu'on les laisse tranquilles, sinon ils auront peur.

— Veux canards.

Main dans la main, ils observèrent en silence la petite famille qui glissait sur l'eau. L'image de son neveu et de sa nièce, les cheveux ébouriffés par la brise, serra le cœur de Sean. L'angoisse familière revint. *Comment vais-je faire ? Vais-je arriver à les protéger ? Les élever ? Les rendre forts et heureux ?* Entre ces enfants et le désastre, il n'y avait que lui. Cette fratrie-là, contrairement à beaucoup d'autres, n'avait pas de famille de secours, de grands-parents ou d'autres oncles et tantes sur qui compter. Elle n'avait que lui. Il espérait de toutes ses forces que cela suffirait.

Becky l'observait du coin de l'œil, et il eut l'impression qu'elle savait parfaitement ce qu'il avait en tête.

Il remit Ashley dans la voiture avec un biscuit dans la main.

— Viens, caddie, dit-il. Allons annoncer mon score. Je pense que je bats le record du club.

Lequel record était celui de son frère.

Ayant joué seul, Sean ne rendrait pas sa carte. Après ses mésaventures en Asie, ses dires étaient suspects. Et, honnêtement, cela n'avait pas d'importance. Il avait passé la journée avec l'une des personnes qu'il aimait le plus au monde – sa nièce – et il avait superbement joué.

Ses progrès lui inspiraient une telle joie qu'il eut envie d'en parler. En rentrant de son travail au club, ce soir-là, il trouva Maura assise sur le canapé du salon, entourée d'une muraille de livres et de polycopiés. Rien qu'en la regardant, il devina qu'elle était épuisée. Elle avait la pâleur des gens qui ne mettent plus le nez dehors, la posture avachie et l'air ahuri des étudiants forcenés.

— Qu'est-ce que tu veux dire, ton jeu a pris un virage ? demanda-t-elle.

— Il veut dire qu'il a franchi une étape, intervint Charlie, qui s'était depuis peu appliquée à apprendre les règles et les finesses du golf.

Dommage que ce sport ne soit pas une matière scolaire, elle aurait été largement en tête de sa classe. La fillette reporta son attention sur *Bob l'Éponge*. Cameron et elle avaient passé les vingt dernières minutes à se disputer la télécommande de la télévision, et elle avait gagné.

— Joue ! réclama Ashley en tentant de creuser une brèche dans la muraille de livres et de papiers derrière laquelle Maura s'efforçait de travailler.

— Pas possible, petite mignonne, répondit machinalement Maura en coinçant une mèche égarée derrière son oreille. Il faut que je bosse.

Ashley poussa de côté un gros classeur noir. Une liasse de papiers se répandit sur le sol.

Maura inspira à fond.

— Très bien, dit-elle. Je vais jouer dix minutes avec toi, et ensuite, tu me laisseras travailler.

Elle prit la main d'Ashley et toutes les deux montèrent à l'étage, où se trouvaient les jouets. Charlie les suivit, et soudain, le silence régna dans la pièce. Sean et Cameron échangèrent un regard, avant de se jeter l'un et l'autre sur la télécommande. Sean gagna.

— La bagarre du vendredi soir, commenta-t-il en passant sur une chaîne de sports.

— Je préfère *American Chopper*.

— Pas ce soir, dit Sean en s'installant dans son fauteuil préféré tandis que Vladimir Klischko frappait son adversaire. Tu vas voir.

Captivé par le combat, Cameron ne discuta plus. Il profita d'une pause publicitaire pour aller chercher deux bières sans alcool et se rassit pour regarder la suite du match de boxe.

Au bout de dix minutes très exactement, Maura descendit juste à temps pour profiter du spectacle d'un œil en sang et de narines garnies de tampons absorbants.

— C'est répugnant, dit-elle.

— C'est du divertissement, répliqua Sean en lui proposant une gorgée de sa bière, qu'elle ignora.

— Bon, écoute, dit-elle en rangeant ses livres et son ordinateur portable dans un immense fourre-tout. J'ai vraiment beaucoup de boulot. Le mieux, c'est que j'aille bosser chez moi.

— Pourquoi tu ne t'installerais pas dans la salle à manger ? protesta Sean. On ne s'en sert jamais… Vous preniez des repas là-bas, avant ? demanda-t-il en donnant un coup de coude à Cameron.

— Pour Thanksgiving, je crois.

— Alors, la salle à manger est à toi jusqu'à Thanksgiving.

— Merci, dit-elle en l'embrassant sur la joue. Mais j'ai besoin de silence pour me concentrer. J'en profiterai pour arroser mes plantes.

Après son départ, Sean sentit le regard de Cameron s'attarder sur lui.

— Qu'est-ce qu'il y a ?

— Elle t'a juste planté là, ou bien elle t'a carrément plaqué ?

— Je ne comprends pas de quoi tu parles.

C'était faux. Il comprenait parfaitement.

— Planter là et plaquer. Il y a une différence.

— Je ne crois pas qu'elle…

— Tu vois, quand tu te fais planter là, c'est seulement pour quelques instants. Ça veut dire que l'autre a mieux à faire.

— Par exemple, arroser ses plantes ? demanda Sean.

— C'est une excuse pourrie. Elle a pas dû se marrer avec toi, ces derniers temps.

— N'importe quoi, gronda Sean.

— Ou alors elle t'a plaqué. Et ça, c'est pour toujours. Pigé ?

— Non, jeta Sean. Elle ne m'a pas planté là, pas plus qu'elle ne m'a plaqué. Elle va dans son appartement pour travailler.

— Je parie qu'elle va arroser ses plantes et regarder des rediffusions d'*Urgences* toute la nuit.

Il se leva et se dirigea vers la cuisine.

— Je vais faire du pop-corn. Tu en veux ?

Les propos de Cameron avaient troublé Sean. Il appela Maura le lendemain, tomba sur son répondeur et laissa un message pour lui indiquer où elle pouvait le trouver. Puis il déposa son neveu au golf et emmena ses nièces dans l'appartement de Derek, qu'il devait vider et rendre au propriétaire. Jane avait prévu de passer donner un coup de main et choisir quelques souvenirs. Cameron avait refusé de participer, et Sean n'avait pas osé l'y forcer.

Lorsqu'il ouvrit la porte, Charlie et Ashley se prirent la main et entrèrent. L'appartement semblait abandonné, bien qu'on n'ait touché à rien depuis ce jour d'avril. Il laissa la porte entrouverte, au cas où Jane n'aurait pas la clé.

Les filles déambulèrent à pas prudents dans le salon, avec une sorte de recueillement. Charlie pinçait les lèvres.

— Tu es sûre de vouloir rester ? demanda Sean. Je peux vous déposer chez Lily si tu…

— On va rester, répondit-elle d'un air décidé. OK, Ashley ?

— OK.

Lily avait peut-être d'autres projets. Des projets qui n'incluaient pas la surveillance de deux jeunes enfants. Il fallait qu'il arrête de penser qu'elle accourrait chaque fois qu'il aurait besoin d'elle, bien que ce soit précisément ce qu'elle faisait. Elle n'était pas qu'une maîtresse d'école et une amie en deuil, se rappela-t-il. Le samedi matin, elle devait faire la grasse matinée ou aller à la plage. Peut-être même qu'elle voyait quelqu'un, ce dont il se fichait éperdument.

La télécommande était là où Derek avait dû la laisser, sur la petite table, à droite du fauteuil. Lorsque Sean alluma la télévision, Golf Channel apparut à l'écran.

Il passa la télécommande à Charlie, qui zappa tout de suite sur des dessins animés. Comme elle voulait l'aider, il lui donna un carton et deux sacs et lui dit de vider le meuble de la télévision.

— J'enlève tout ?

— Tout. Ce que tu veux garder, tu le mets dans le carton. Sinon, dans le sac-poubelle ou bien dans celui de l'Armée du Salut. C'est toi qui choisis.

— Et si je n'arrive pas à choisir ?

Il l'embrassa sur la tête.

— Si tu hésites, choisis le carton, au cas où.

Il s'écarta. Le chagrin était trop intense ici, dans cet appartement où son frère s'était installé après son divorce. Il sentait sa présence et l'imaginait vivre son dernier jour.

Il espérait que cela avait été une bonne journée. Que Derek avait eu le temps de profiter de ses enfants, qu'il avait ri, trouvé de la joie dans une chose ou une autre.

— Je me mets au boulot, dit-il aux filles. Appelez-moi si vous avez besoin d'aide.

Il déplia plusieurs cartons de déménagement dans la chambre. Jane était en retard, ce qui ne le surprenait pas. Elle avait très mal enduré la tragédie, oscillant entre la colère et des crises de larmes incontrôlables. En fait, ce dont elle souffrait le plus, c'était d'avoir si brièvement partagé la vie de Derek. Sean l'avait invitée à passer aussi souvent qu'elle en avait envie, mais elle prétendait que voir les enfants la rendait trop triste. Lors de ses rares visites, elle avait tellement pleuré que le bébé s'y était mis aussi. Néanmoins, elle avait réussi à se calmer le temps d'une interview pour un magazine douteux.

— Une vraie cruche, marmonna-t-il à la porte ouverte du dressing-room.

L'odeur du cuir des chaussures et d'un après-rasage hors de prix l'assaillit, comme si son frère se tenait à côté de lui. *Putain, Derek ! Tu ne devrais pas être mort.* De quoi avaient-ils parlé la dernière fois qu'ils s'étaient vus ? De golf, des femmes, rien de spécial. Et quand avait-il dit à son frère qu'il l'aimait ?

— Si ça se trouve, je ne te l'ai jamais dit, murmura-t-il. J'espère que tu le savais.

Manifestement, Jane était passée prendre ses propres affaires peu après l'enterrement. Il y avait de la place dans la penderie et sur les rayonnages. Cela le mit en colère, et quand il l'entendit arriver, il était prêt à exploser.

Mais ce n'était pas Jane qui se tenait sur le seuil de la chambre, et les mots amers s'effritèrent dans sa bouche.

— Bonjour, dit-il.

— Bonjour.

Les bras serrés autour d'elle, Maura fit quelques pas vers lui. Elle avait l'air fatiguée, remarqua-t-il, fatiguée et triste.

— J'ai eu ton message.

Sean décrocha une chemise d'un cintre, la plia maladroitement et la jeta dans un carton destiné à l'Armée du Salut. Des fans de Derek avaient suggéré de tout vendre aux enchères sur Internet, mais l'idée que les affaires de son frère allaient être picorées, l'une après l'autre, comme des bouts de viande arrachés à une carcasse lui avait soulevé l'estomac. Il préférait voir des SDF se pavaner dans les vêtements luxueux de Derek.

— Jane était censée me rejoindre pour m'aider à trier tout ce bazar.

— J'aurais bien voulu t'aider, mais j'ai vraiment un boulot monstre. Et puis, j'ai réfléchi et il faut que je te dise…

Elle s'interrompit. Il savait ce qui allait suivre. Ces propos-là, il les attendait depuis l'accident.

À partir de ce jour, Maura et lui avaient pris des directions différentes. Ce qu'il admettait fort bien. Mais réaliser que la vie agréable qu'ils avaient menée ensemble, insouciante, libre, légère, était finie, ça faisait mal. Il sortit une autre chemise du placard et la plia.

— J'ai vingt-cinq ans, Sean, dit Maura d'une voix tendue. Je vais décrocher mon doctorat cet été et je n'ai aucune idée de l'endroit où je vais me retrouver l'année prochaine. Je suis désolée, je…

— Ne t'excuse pas, coupa-t-il. Le monde a besoin de médecins.

Il ramassa une paire de chaussures de golf et les glissa au fond du carton.

Le sexe allait lui manquer, c'était une certitude. Mais le reste ?

Il cessa de travailler et regarda Maura. Elle avait un regard aussi détaché et solitaire que le jour où ils s'étaient rencontrés. À l'époque, ils étaient très bien assortis. Aujourd'hui, il était une personne différente. C'était à lui d'assumer le prix de la mort de Derek. Il en discutait souvent avec l'assistante sociale. Il avait le choix, personne ne pouvait l'obliger à assumer les responsabilités de Derek, affirmait-elle, sans toutefois suggérer une autre solution.

D'accord, ce n'était pas une obligation, mais son cœur appartenait à cette famille reçue en héritage. C'était une vérité à la fois douloureuse et merveilleuse.

— C'est ça, ma vie, maintenant. Voilà qui je suis. Un père de famille un peu débordé.

Elle hocha la tête, et il la vit déglutir.

— Je t'aime vraiment, dit-elle sans retenir ses larmes. Et je pourrais apprendre à aimer ces enfants, mais pas tout de suite. Peut-être même jamais.

On n'apprenait pas à aimer des enfants, pensa-t-il. On les aimait, point. Il ne vit pas l'intérêt de la corriger.

Maura pleurait sans retenue. Peut-être l'aimait-elle sincèrement, mais vivre avec les enfants de Derek en avait appris beaucoup à Sean sur l'amour et l'engagement qu'il impliquait.

Finalement, Maura suivait le schéma habituel. Les femmes tombaient amoureuses de lui, l'aimaient un temps puis le quittaient. C'était comme ça.

33

— Tu as du rouge à lèvres dans ton sac ? demanda Charlie à Lily.

Lily fronça les sourcils.

— Tu veux m'en emprunter ?

— Mais non ! Je veux dire, non, merci.

C'était la fin de la journée et Charlie était un peu décoiffée, mais pas trop. Ce jour-là, son oncle l'avait coiffée comme Heidi, les tresses nouées au-dessus de la tête.

— Et tu as un peigne quelque part ?

— Pourquoi me demandes-tu ça ?

— Je pensais que tu voudrais te faire belle, c'est tout. Tu sais, à cause de mon oncle qui vient tout à l'heure.

— Il… Ah, c'est vrai, fit Lily avec une pointe de panique, car elle avait oublié.

Elle consulta son agenda ouvert sur le bureau. Oui, c'était bien cet après-midi qu'elle avait une entrevue avec Sean Maguire. Elle aida Charlie à enfiler les bretelles de son sac à dos.

— Et toi, tu n'as pas ta réunion de jeannettes à la cafétéria ?

— Si. J'ai fait un truc merdique avec mes badges, regarde.

Elle montra à Lily le foulard brun sur lequel les badges étaient épinglés n'importe comment.

— C'est vrai, j'avais promis de t'aider. Eh bien, je pourrais t'arranger ça ce week-end, mais il faut que tu me promettes de ne plus dire ce gros mot.

— Lequel ? Merdique ?

— Disons que c'est la dernière fois, Charlene Louise.

— Oui, maîtresse. Oncle Sean disait tout le temps le mot qui commence par un b. Mais il a arrêté quand Ashley s'est mise à dire « bordel », elle aussi.

Au moins, il faisait des efforts, songea Lily.

— Quel joli bijou ! s'écria Charlie qui, cherchant visiblement à gagner du temps, désignait la petite broche en argent sur le col de Lily.

— Un élève me l'a donnée il y a quelques années, expliqua Lily en touchant l'objet en question. C'est la chouette, le chat et la cuillère-fourchette. Tu te souviens du poème d'Edward Lear que je vous ai fait apprendre pour la Saint-Valentin ? « Ils dînèrent de viande hachée et de tranches de coing… »

— « Qu'ils mangèrent à l'aide d'une cuillère-fourchette », acheva Charlie.

— Tu as une bonne mémoire.

— C'est juste oncle Sean qui vient.

Lily interrompit le rangement de ses papiers.

— Oui. Tu me l'as dit et c'est marqué là, sur mon agenda.

— Je veux dire, il vient tout seul, insista Charlie avec un regard lourd de sens.

— Je vois.

Elle ne voyait rien du tout, bien sûr. Perplexe, elle arrangea une pile de papiers déjà bien nette.

— Cameron dit que ou bien elle l'a planté là, ou bien elle l'a plaqué. Je sais plus où est la différence.

— De quoi parlcs-tu ?

— Elle est allée arroser ses plantes dans son appartement, mais elle est jamais revenue. J'ai fait quelque chose de mal, tu crois ?

La peur écarquilla les yeux de Charlie.

Lily aurait giflé Maura Riley. Elle n'avait pas pensé à ce que son comportement égoïste risquait d'infliger à une petite fille déjà traumatisée par la mort brutale de ses parents ?

Masquant sa colère, Lily caressa la joue de Charlie du dos de la main. La fragilité de cette peau lisse et tendre l'émut.

— Rien du tout. Tu as même reçu des félicitations, cette semaine.

— J'aurais aimé que maman le sache.

Lily prit la petite fille dans ses bras.

— Elle le sait. Je te le jure. Et ton papa aussi.

Seigneur… Charlie avait attribué la mort de ses parents à sa mauvaise conduite. Elle devait absolument renoncer à cette idée.

— Ce qui est arrivé n'est pas ta faute, chuchota-t-elle à l'oreille de l'enfant. Il est très, très important que tu le comprennes.

Charlie fit oui de la tête.

— J'essaie, murmura-t-elle dans l'épaule de Lily. Tout est différent, maintenant. Je déteste ça.

— Nous détestons tous ça. Cite-moi l'une de ces choses différentes que tu détestes.

— Maman enlevait la croûte du sandwich de mon déjeuner, et oncle Sean le fait jamais.

— Mon Dieu ! Moi aussi, je déteste la croûte de pain de mie. Je ne la mange jamais, dit Lily. Quoi d'autre ?

— Je ne me couchais qu'à 21 h 30, mais oncle Sean dit que c'est trop tard. Il veut qu'on soit au lit une heure plus tôt.

Bravo, approuva Lily.

— Je vois. Tu pourras sans doute te coucher plus tard pendant les vacances. Y a-t-il d'autres choses que tu détestes ?

— L'été, même si on n'y est pas encore. Maman nous avait promis une croisière, et papa devait nous emmener à Hawaï.

— Ton oncle a prévu quelque chose ?

— T'as qu'à lui demander. Pour lui aussi, il va y avoir du nouveau.

— Quel nouveau ?

— Eh bien, Red vient le voir cette semaine. Il arrête pas d'appeler oncle Sean pour qu'il se remette aux compétitions, et tout et tout.

— Pourquoi refuse-t-il ? Il n'est pas bon ?

— Il est super bon. Red pense qu'il pourrait même être meilleur que papa, mais oncle Sean dit qu'il a trop à faire avec nous pour mener cette vie-là.

Lily tenta d'imaginer le sacrifice que faisait Sean en renonçant à cette seconde chance.

— Et toi, qu'est-ce que tu en penses ?

— Je pense comme Red, dit Charlie. Un cheval de course, c'est fait pour courir.

Elle lança à Lily un regard entendu.

Lily la raccompagna à la porte et rajusta le foulard couvert de badges.

— Le rendez-vous, c'est pour parler de toi, pas de golf. Qu'est-ce que je pourrais dire à ton oncle à ton sujet ? Quelque chose d'important que ni lui ni moi n'aurions remarqué.

Charlie s'arrêta.

— Je me sens mieux, dit-elle avec un sourire hésitant. Je ne pleure plus mille fois par jour. Il y a des jours où je pleure une fois, et il y en a d'autres où je ne pleure pas du tout.

Une vague de tendresse envahit Lily. « Tu n'es qu'une idiote, Maura, grommela-t-elle en son for intérieur. Regarde ce que tu as laissé tomber. » Elle se morigéna immédiatement. Qui était-elle pour juger ? Peu de temps auparavant, elle se trouvait parfaitement heureuse dans son existence de célibataire endurcie et jalouse de sa solitude. Il avait fallu une tragédie pour la tirer de sa torpeur. Maura aurait peut-être la chance de découvrir son propre cœur sans passer par une telle souffrance.

— C'est bien, dit-elle à Charlie. Et je vais te donner un badge spécial. Celui du courage.

Elle détacha sa broche et l'épingla sur le foulard de jeannette.

— Tu l'as méritée, elle est à toi. Cours, maintenant.

Une étincelle s'alluma dans le regard de Charlie, qui partit pour sa réunion de jeannettes d'un pas bondissant. Lily la regarda s'éloigner, puis jeta un coup d'œil à l'horloge. Sean Maguire allait arriver d'une minute à l'autre. Elle plongea la main dans son sac, en espérant y trouver un rouge à lèvres.

34

Sean s'éclaircit la gorge et tira sur les pans de sa veste. Ignorant comment s'habiller pour une réunion parent-professeur, il avait fait des efforts d'élégance. Lily constaterait ainsi qu'il prenait cet entretien au sérieux. Il entra dans l'école et suivit les flèches qui menaient au secrétariat.

Une femme aux longs cheveux argentés et à la robe ample l'accueillit avec un sourire empreint d'une sérénité très zen.

— Bonjour, monsieur Maguire, dit-elle. Je suis Edna Klein. Nous nous sommes vus à l'enterrement.

— Je me souviens de vous, dit-il en lui serrant la main. Merci d'être venue aux obsèques.

Elle nota le nom de Sean, puis lui indiqua la salle de classe de Lily. La porte était entrouverte. Il jeta un coup d'œil dans la pièce, meublée de chaises et de tables aux dimensions réduites, et se crut arrivé chez les Lilliputiens.

— Bonsoir.

— Bonsoir, Sean. Entrez, je vous en prie.

Elle avait l'air un peu fébrile, et son rouge à lèvres fraîchement appliqué mettait en valeur une bouche très appétissante. Observation inappropriée. Quoique… Maura était partie, il était libre. Enfin… autant qu'on pouvait l'être avec trois gosses.

Comme il s'asseyait devant une table ronde et basse, il remarqua que les bureaux étaient alignés en quatre rangées de six et lut sur le tableau noir : « Qu'est-ce que le Memorial Day ? »

Tout dans cette pièce était propre, bien rangé et en disait plus sur Lily Robinson qu'un portrait établi par un profileur du FBI.

Puis elle ouvrit un placard et le surprit une fois de plus. Un fouillis de fournitures diverses aux couleurs vives – rouleaux de papier, panneaux de carton, pinceaux, éléments de déguisements, dont des oreilles de Mickey et ce qui ressemblait à un kimono – menaça de se répandre sur le sol de la classe. Elle le vit hausser un sourcil et émit un rire nerveux.

— Éveiller l'intérêt des enfants demande de la créativité, expliqua-t-elle. Je pioche là-dedans pour animer mes leçons. Ça, c'est la toge que je porte quand je leur parle des chiffres romains.

Ainsi, il était loin d'avoir fait le tour de sa personnalité. L'envie de l'explorer le titilla.

Elle ouvrit un classeur, qu'elle fit pivoter face à lui.

— J'ai quelques bonnes nouvelles. Charlie a fait des progrès en maths. Voici le devoir de mercredi.

— Ce n'est pas trop mal.

— Elle a l'air d'aimer les fractions et les problèmes où il est question d'argent, dit Lily en tapotant la table de son crayon.

— J'aime l'argent, moi aussi. Les fractions, je m'en passe volontiers.

— Je comprends, mais une compréhension approfondie du concept des fractions est essentielle pour…

— Lily, fit-il en retenant le crayon.

Elle leva vers lui un regard déconcerté.

— Oui ?

— Je plaisantais.

— Oh… fit-elle, plus troublée que jamais. Bon, maintenant, passons à l'évaluation de lecture.

Il faillit lui dire qu'il savait déjà lire, mais elle semblait trop tendue pour apprécier l'humour.

— Très bien, allez-y.

— J'ai bon espoir. Il y a un mois, elle avait du mal à déchiffrer les mots de plusieurs syllabes et sa compréhension était très faible. Elle n'a pas encore le niveau de la classe, mais elle a fait de réels progrès. Vous lisez tous les soirs ensemble, m'a-t-elle dit.

— Oui, c'est vrai. C'est une fan du *Royaume du golf*.

— C'est plutôt de vous qu'elle est fan. Vous pourriez lui lire l'annuaire qu'elle vous écouterait. Elle m'a dit aussi qu'elle pleurait moins. Certains jours, pas du tout.

Visiblement satisfaite, elle lui montra le reste du travail de Charlie. En résumé, la petite fille était toujours à la traîne, mais l'écart avec les autres élèves se réduisait.

— Je trouve que vous faites du bon travail, acheva-t-elle.

Sean sentit une main glacée l'étreindre intérieurement.

— Non.

— Non quoi ?

— Je ne fais pas du bon travail.

— Je viens de vous montrer les évaluations.

— Je m'en tape, des évaluations.

Lily frémit.

— Écoutez, reprit-il, vous pouvez établir toutes les listes et tous les diagrammes que vous voulez, cela ne change rien au fait que Charlie est toujours à la traîne. Cameron a saccagé un terrain de golf et le bébé ne sait toujours pas comment m'appeler. Par conséquent, pour moi, ce n'est pas du bon travail.

Trop énervé pour rester assis, il se leva et se mit à arpenter la salle.

— Leurs parents sont morts, il n'y a pas de foutue évaluation pour ça. Je fais de mon mieux, mais je ne réussirai jamais à combler ce vide. Ça ne sert à rien de se leurrer.

Elle eut l'air déconcertée, un peu effrayée, même.

— Sean… j'admire votre franchise. En avez-vous parlé avec le docteur Sachs ?

— Oui. Trente-six fois. Elle affirme qu'avec le temps ça s'améliorera, mais c'est maintenant que ces enfants vivent ce deuil, c'est maintenant qu'ils souffrent. Elle veut m'envoyer dans un groupe de soutien pour parents isolés. Je n'ai rien contre le principe, mais où diable en trouverais-je le temps ?

— Je ne sais pas quoi vous dire, ni que faire. Je n'ai pas de baguette magique. Personne n'en a. Mais on peut essayer d'arranger les choses, petit à petit. Les progrès de Charlie sont encourageants. C'est un signe positif que personne n'attendait. Un signe d'espoir, insista-t-elle. Je vous ai demandé de venir aujourd'hui parce que je voudrais que nous discutions de l'été. À mon avis, Charlie a besoin de consacrer ses vacances à un rattrapage intensif afin de la préparer au CM1.

— Qu'entendez-vous par « rattrapage intensif » ?

— Des cours particuliers. Initialement, j'avais recommandé un institut spécialisé de Portland, mais, vu les événements, je me suis ravisée. Il y a eu trop de bouleversements dans la vie de cette enfant. Il me paraît préférable qu'elle reste à la maison et travaille avec un professeur.

— Combien prenez-vous ?

Elle cessa de tapoter la table.

— Je ne crois pas que je doive être son professeur.

— Pourquoi ?

— C'est difficile d'avoir des relations de travail avec Charlie alors que nous avons tant de liens personnels.

— Je ne vois pas où est le problème. Vous n'avez pas besoin de garder une distance professionnelle avec Charlie. Vous l'aimez, vous vous souciez d'elle, c'est personnel.

— Je comprends ce que vous dites, mais... j'ai pour principe de traiter tous mes élèves de la même façon. Ce ne serait pas juste autrement.

— Foutez-moi la paix avec la justice ! jeta-t-il avec véhémence.

— Pardon ?

— J'ai dit : « Foutez-moi la paix avec la justice. » Ce n'est pas juste que les parents de Charlie soient morts et qu'elle doive se contenter de moi. Ce n'est pas juste que je ne puisse rien y faire. Alors, ne me parlez pas de justice.

— Sean, pourquoi ne vous asseyez-vous pas ?

— Parce que je ne veux pas d'une putain de chaise.

— Que voulez-vous, alors ?

— Je veux que vous admettiez que ces enfants sont spéciaux. Qu'ils méritent un traitement spécial.

Il la regarda et comprit qu'elle l'écoutait vraiment, qu'elle avait enfin cessé de se cacher derrière son personnage de maîtresse d'école. Il voyait la vraie Lily, celle dont le cœur saignait pour Charlie autant que le sien. Trouver du réconfort dans la souffrance de Lily n'était pas gentil, d'accord, mais il se sentait moins seul.

Il crut voir des larmes briller dans ses yeux. Elle avala sa salive, cligna des paupières, et les larmes disparurent.

— Alors, vous acceptez ? Vous vous occuperez d'elle ? dit-il.

— Je ne peux pas. Je sais que ces enfants sont spéciaux. Je les adore et, oui, je pourrais leur donner mon cœur. Mais qu'arrivera-t-il ensuite ? Ensuite, vous déménagerez, ou bien vous vous marierez, ou quelque chose d'autre surviendra et, tout à coup, je ne les aurai plus et ils ne m'auront plus. Et je ne peux rien faire contre ça.

— Attendez une minute. Vous refusez de vous impliquer dans leur vie, au cas où nous déménagerions ?

— Ils ont besoin de stabilité. Voir les gens entrer et sortir de leur vie ajoute à leur traumatisme.

Il devina à qui elle faisait allusion. Maura. Un jour, elle était là ; le lendemain, elle était partie. Les gosses se comportaient comme s'ils s'en fichaient, mais peut-être n'était-il pas assez attentif.

Il reprit sa déambulation dans la classe.

— Je ne vous comprends pas du tout. Vous vous tracassez tellement pour l'avenir que vous en oubliez le présent. Si vous craignez d'avance tout ce qui peut survenir, vous passerez votre vie à avoir peur.

— Je ne me méfie pas de vous, Sean. Mais imaginez que les choses s'arrangent entre vous et Maura. Ou bien supposez que vous rencontriez quelqu'un d'autre et que vous décidiez de passer le reste de votre vie avec cette personne. Je doute qu'elle ait envie que je tourne autour de vous comme la vieille tante célibataire de la famille.

Sean n'en croyait pas ses oreilles.

— Vous avez peur d'aimer ces enfants parce qu'ils pourraient ne pas être toujours disponibles ?

— Je pense que ce serait cruel de leur donner l'impression que je fais partie de leur vie, alors que c'est faux.

— Ce sont des conneries, Lily, et vous le savez. Les enfants sont fous de vous. Charlie a besoin que ce soit vous son professeur, et non un inconnu.

Ce rendez-vous n'avait pas servi à grand-chose, songea Sean en rentrant. Non, ce n'était pas exact. Il avait appris une chose : des cheveux tirés en arrière, des lunettes aux verres épais et de bonnes grosses chaussures confortables n'empêchaient pas une femme d'être sexy. Que portait-elle sous ce chemisier boutonné jusqu'en haut ? Un soutien-gorge en dentelle noire ou un truc très simple en coton blanc ? À quoi ressemblait-elle avec les cheveux dénoués ? Que ressentirait-il s'il y plongeait la main ? Et ses lèvres, quel goût avaient-elles ?

Assez de fantasmes au sujet de la maîtresse d'école, s'ordonna-t-il. Ils étaient dus à sa situation. Un homme chargé d'enfants avait besoin d'une femme. Sauf que ce n'était pas vrai. Il ne voulait pas n'importe quelle femme dans sa vie. Il voulait Lily Robinson.

Eh bien, te voilà dans le pétrin, mon vieux... Il chassa résolument toute pensée de son cerveau et roula sans plus penser à rien.

En rentrant, il trouva une voiture garée devant la maison et Red Corliss qui l'attendait au salon.

— Salut, fit Sean. Où sont les enfants ?

— Cameron a emmené les filles en haut.

— Que se passe-t-il ?

— J'ai des nouvelles, déclara Red, les yeux brillants d'excitation. Des nouvelles énormes.

Il brandit des papiers agrafés dont l'aspect familier évoquait un contrat.

— Tu me jettes dans les bras d'un sponsor ? Je ne joue même pas.

— Tu joueras.

Un bref instant, le cœur de Sean se gonfla d'espoir. Un sponsor signifiait que quelqu'un croyait en lui.

— Wonder Bread ? demanda-t-il, déçu.

Ni Nike, ni Chevrolet, mais Wonder Bread, le bon gros pain de mie qui avait nourri des générations de petits Américains.

— C'est une plaisanterie ?

— Hé, ne fais pas le difficile. Je me suis donné un mal de chien pour te décrocher ça. Ils sont prêts à te soutenir dans un tournoi important. Tu n'auras pas besoin de ta carte PGA. Ils t'ont acheté une dispense.

L'estomac de Sean fit une pirouette. Lorsqu'un joueur n'avait pu se qualifier pour une compétition en utilisant les canaux habituels, un sponsor avait le droit de lui acheter le droit de concourir. Le plus souvent, il s'agissait de flatter quelqu'un qui n'aurait jamais pu se qualifier tout seul. Mais, parfois, le but était de redonner sa chance à un joueur.

— Quel tournoi ?

— Le Championnat colonial de Pinehurst, en Caroline du Nord. Il y a un million de dollars en jeu.

Sean sentit monter en lui une vague d'excitation. Qu'il refoula aussitôt.

— Je dois refuser, Red, dit-il en posant les papiers sur la table.

L'agent s'esclaffa sans retenue.

— Excuse-moi, dit-il. Je viens d'entendre quelque chose de désopilant. Je t'ai entendu refuser un sponsor généreux et l'occasion de revenir dans la compétition.

— Tu as bien entendu.

— Ce sont des conneries. J'ai mis en jeu ma réputation pour te décrocher ce contrat. Que suis-je censé faire, maintenant ? Dire au sponsor de se trouver un autre canasson ?

— Tu ne peux pas fumer dans la maison, Red, dit Sean en le voyant sortir cigare et briquet.

— Oh, excuse-moi, sœur Maguire.

— Hé, je pense aux enfants. C'est là que ça coince, Red : les enfants. Je ne peux pas partir faire des compétitions maintenant que je suis responsable de trois enfants.

Il se corrigea en son for intérieur : il ne voulait pas partir du tout. Les enfants lui manqueraient trop.

— Ne fais pas ça, Sean. Tu as besoin de ce contrat. Derek gagnait une tonne de fric, mais Crystal et lui en dépensaient une tonne et demie. Une fois le testament homologué, il ne te restera rien, à part l'hypothèque sur la maison.

Sean sentit un bain d'acide lui ronger les tripes.

— Je penserai à ça quand ce sera le moment.

— Quelle sottise ! Tu parles comme Scarlett O'Hara ! Ça ne lui a pas porté chance, si tu te souviens bien. Tu as besoin de gagner de quoi vivre et entretenir cette petite famille. Je t'offre le moyen d'y parvenir en faisant ce que tu aimes. Alors, réfléchis bien avant de refuser ce contrat.

— Je réfléchis.

— Assieds-toi, Sean, dit Red. Lis ce foutu contrat.

— Je sais ce qu'est un contrat. J'en ai lu des dizaines.

Il en avait gardé deux à titre de souvenirs. Un contrat à six chiffres avec Bausch & Lomb, et un autre avec une compagnie d'assurances, dont le chiffre augmentait en fonction de ses performances. Il les conservait afin de se rappeler qu'il avait été un jour quelqu'un dans ce sport.

— Red, merci d'avoir essayé, mais ma vie est très compliquée. Ce n'est pas le moment de me remettre aux compétitions. Je dois penser aux enfants de Derek.

— Tu crois que je ne pense pas à eux ? Pour qui me prends-tu ?

Supposant qu'il n'attendait pas de réponse, Sean garda le silence.

— J'ai observé ton expression quand tu as vu qu'il s'agissait de Wonder Bread. Eh bien, sache qu'ils les sponsorisent eux aussi. C'est un contrat global pour la famille. Toi et les trois enfants, pigé ? Tu es la nouvelle icône du père de famille dans le monde du golf.

Sean regarda autour de lui. Des jouets et des livres de classe, des assiettes sales, du courrier et des journaux encombraient chaque surface plane, y compris le sol.

— Tu te fous de moi ?

Red sortit un magazine de sa serviette et l'ouvrit sur la table basse.

— Je ne sais pas si tu as vu le dernier numéro de *Sports Illustrated*. Regarde un peu ça ! Mon attaché de presse a bien travaillé.

Le cœur de Sean se serra. Il y avait un grand article sur l'enterrement de Derek avec une photo de Sean, Ashley dans les bras, Cameron et Charlie collés à lui. Ils avaient l'air épuisé et accablé des enfants perdus. Une photo à briser tous les cœurs. Sean l'avait déjà vue, mais il s'était empressé de cacher le journal au fond d'un placard.

— Oh, Red, j'aurais préféré qu'on évite de montrer ça.

— Tais-toi, Sean. Tu es devenu le chouchou des passionnés de sport et de leurs familles. Les gens sont tombés amoureux de ton histoire. L'oncle célibataire et les trois orphelins.

Sean n'avait pas besoin qu'on le lui rappelle. Depuis l'enterrement, les demandes en mariage de femmes désespérées avaient afflué au point qu'il avait dû changer d'adresse e-mail et prendre une boîte postale. Il ne savait jamais si, en ouvrant un paquet, il n'allait pas tomber sur une demande en mariage glissée dans une bible ou enveloppant un string.

— Tu redonnes espoir aux gens en leur montrant que la famille est quelque chose de précieux et que, contrairement aux apparences, tout le monde ne s'en fout pas. Tu dois en profiter.

Sean avait envie de danser d'excitation, mais la raison l'emporta.

— Je ne peux pas faire ça, Red. Merci d'avoir négocié ce contrat, mais je refuse d'exploiter la mort de mon frère et le chagrin de ses enfants afin de vendre plus de Wonder Bread.

— Alors, tu es un idiot. Cette chance ne se présentera sûrement pas deux fois.

35

— J'espérais que tu ne décrocherais pas, dit Sharon Robinson.

Les doigts de Lily se crispèrent sur le combiné, comme chaque fois qu'elle entendait ou voyait sa mère.

— Pourquoi as-tu appelé, dans ce cas ?

— Pour voir si tu étais en train de te morfondre chez toi un vendredi soir. Apparemment, c'est le cas, conclut Sharon d'un ton neutre.

— Qu'est-ce que ça peut te faire, maman ?

— Quelle question ! L'année scolaire s'achève. L'été sera là avant que tu l'aies vu arriver et tu partiras en Italie.

Lily garda le silence. Il faudrait bien qu'elle avoue un jour à sa mère qu'elle avait annulé son voyage, mais elle n'aimait pas en parler. Elle n'avait pas envie de s'interroger sur les raisons qui l'avaient poussée à modifier ses projets.

— Il est temps que tu reprennes le cours de ta vie, dit sa mère. Que tu fasses ce que tu faisais d'habitude le vendredi soir.

— C'est drôle. J'ai du mal à me rappeler ce que c'était.

— Tu dis n'importe quoi, protesta sa mère. Tu sortais avec des collègues. Il t'est même arrivé d'avoir un ami. J'aimais bien ce prof de gym…

— Tout le monde aime Greg, dit Lily. Et surtout, il aime tout le monde. En particulier les femmes. C'est le plus grand dragueur qui soit.

— Alors, appelle-le. Flirte un peu. Je parle sérieusement, Lily. Tu ne peux pas te ronger les sangs éternellement pour la famille de Crystal. Tu as ta propre vie à mener.

Lily regarda sa maison bien rangée et joliment décorée. Sa mère avait marqué un point. Elle avait eu une vie bien à elle, mais à présent, elle avait du mal à se rappeler son charme. Elle passait tellement de temps avec les enfants de Crystal – après l'école, les samedis matin, les dimanches après-midi – qu'être avec eux commençait à être sa vie plus que... celle d'avant.

Elle s'obligea à examiner son existence passée, à se rappeler les choses qu'elle appréciait alors. La solitude, l'ordre et le silence. Le travail bien fait, la curiosité intellectuelle, la compagnie occasionnelle d'amis. Depuis la mort de Crystal, tout cela avait été mis de côté.

— Je ne peux pas, avoua-t-elle. Ma vie est complètement différente, maintenant. Je suis dans une situation étrange. Je n'ai pas la charge des enfants de Crystal, et en même temps, je ne me sens pas le droit de les laisser tomber.

— Tu dis vraiment n'importe quoi, répéta sa mère avant de pousser un petit soupir. Tu t'étais organisé une vie merveilleuse, Lily. Ne la bousille pas avec les enfants d'autrui.

— Voyons, maman...

— C'est aussi pour le bien de ces enfants que je dis ça. Les rendre dépendants de toi alors qu'ils ne seront jamais vraiment les tiens serait cruel.

Lily frémit. Sa mère savait-elle à quel point cette remarque la blessait ou cherchait-elle sincèrement à lui venir en aide ?

— Si leur oncle décide de déménager, que feras-tu ? Tu les suivras avec le statut de nounou gratuite ?

— Tu profites de tes insomnies pour t'inventer des sujets d'inquiétude ? demanda Lily avec un rire amer.

Le pire était qu'en discutant avec Sean elle avait exprimé la même angoisse et utilisé le même argument pour refuser de faire travailler Charlie durant l'été. Ressemblait-elle à sa mère à ce point ? L'idée lui déplut.

— Tu as toujours été celle pour qui j'avais le moins à m'inquiéter, dit sa mère. Tu étais une fille fiable, pondérée. Plus que quiconque, tu devrais savoir que lorsqu'une tragédie arrive, le mieux est de tourner la page le plus vite possible.

Était-ce de l'ironie ou de l'aveuglement ? Dans la famille Robinson, on en était toujours à la même page, celle de la mort d'Evan.

— Tu as raison, maman, dit-elle en prenant un ton enjoué. Je devrais appeler quelqu'un et sortir.

Elle resta longtemps immobile, le téléphone à la main. Puis elle composa le numéro, vite, de peur de se raviser.

— Bonsoir. C'est Lily Robinson à l'appareil, dit-elle. Ça te dirait d'aller au cinéma ce soir ?

Obéir aux vœux exprimés par Crystal dans son testament était un exercice doux et amer à la fois. Lily s'était attribué quelques-uns des splendides vêtements de son amie, et ce fut dans une tenue très chic qu'elle roula jusqu'à l'Echo Ridge Pavilion au volant de sa Coccinelle. Il l'attendait déjà. Elle le vit examiner avec admiration la robe rouge sans manches et les sandales assorties, et le foulard à pois rouges sur fond blanc qu'elle avait noué à la bandoulière de son sac rouge.

— Waouh ! s'exclama Greg. Je suis rudement content que tu aies appelé.

— Moi aussi, répondit Lily.

Elle aurait voulu lui dire ce qu'elle ressentait en portant les habits de Crystal. Elle aurait aimé lui expliquer à quel point sa meilleure amie lui manquait, mais on ne pouvait pas avoir ce genre de conversation avec un type comme Greg.

— Alors, qu'est-ce qu'on nous propose ce soir ? demanda-t-il en lui tenant la porte ouverte.

Ils avaient le choix entre un film d'action, une comédie romantique, un film d'art et d'essai et un dessin animé pour enfants. Naturellement, Greg jeta son dévolu sur le film d'action, dans lequel Vin Diesel sortait indemne d'une multitude de carambolages. Au moins, elle put regarder Vin Diesel tout son soûl pendant quatre-vingt-dix minutes, ce qui, après tout, n'était pas désagréable.

Après la séance, ils allèrent prendre un verre dans un café bondé proche du cinéma.

— Tu as des projets pour l'été ? demanda-t-elle en jouant avec son foulard.

— Et comment ! J'ai décidé de me présenter aux sélections du tournoi de Paradise Ridge. Il y a des places pour les amateurs locaux. C'est plutôt utopique, mais je veux essayer. Ensuite, on verra. C'est le moment de me lancer. Je n'ai aucune attache familiale, rien ne me retient.

Elle eut une pensée pour ses enfants fantômes, ceux qu'il ne voyait jamais et pour qui il payait irrégulièrement des pensions alimentaires, mais elle garda le silence.

— Si ça marche bien à Paradise Ridge, je me présenterai aux sélections de la Q School, reprit-il.

— C'est merveilleux, Greg. Je parie que tu obtiendras ta carte PGA du premier coup. Je bois à ton succès.

Elle leva son verre de thé glacé.

— Ça m'épate que tu aies entendu parler de la Q School, remarqua-t-il.

— Les épreuves de sélection commencent en automne, non ? Comment vas-tu jongler avec tes cours ? s'enquit-elle.

— Garde-le pour toi, mais je vais demander une année sabbatique.

Greg et elle avaient longtemps eu des points communs, songea-t-elle, étant tous les deux jeunes, célibataires et libres de toute obligation. À présent, il lui faisait l'effet d'un étranger – un étranger sympathique. Crystal aurait contesté ce dernier point, se dit-elle. En février, alors que Lily lui racontait qu'elle était allée au cinéma avec Greg, Crystal lui avait recommandé de l'éviter.

« Ce type n'a aucun sens de la loyauté, avait-elle dit. Je le connais depuis des années, puisqu'il est l'entraîneur de Cameron, et je sais qu'il n'est pas sincère. »

Comme Lily protestait, disant qu'elle ne cherchait pas la sincérité mais un ami avec qui dîner ou aller voir un film, Crystal avait levé les mains.

« Tu me rends folle, Lily. Un de ces jours, tu vas tomber raide dingue amoureuse. Veille seulement à ce que ce ne soit pas de Greg. »

Lorsqu'ils regagnèrent le parking, Greg la prit par la taille. Lily se pétrifia. C'était la première fois qu'il se permettait un geste de ce genre. Il s'inclina et l'embrassa. Elle tenta de lui rendre son baiser, mais ne put penser à rien d'autre qu'à la sottise et l'inconvenance de leur comportement. S'écartant de lui, elle murmura :

— Greg...

Il recula et la regarda.

— Ne dis rien. Je sais bien que tu n'y es pas. Tu es à des milliers de kilomètres.

Là où j'aurais besoin d'être. Très loin.

Lily rentra chez elle avec un sentiment d'échec. Elle avait organisé ce rendez-vous afin de consolider sa foi dans les bienfaits de la vie de célibataire et dans son aptitude à jouir de la compagnie d'un homme sans envisager une éventuelle Relation avec un R majuscule. Eh bien, ça n'avait pas été convaincant.

Elle gara sa Coccinelle et se dirigea vers sa maison d'un pas lent. Comme elle passait devant la silhouette sombre et laide du camping-car Winnebago, de mesquines et laides pensées à l'égard de sa sœur lui traversèrent l'esprit. L'arrangement « temporaire » virait au définitif. Rick ayant enfin admis qu'ils devaient vendre l'engin, Violet avait promis de s'en occuper rapidement, mais pour le moment, il ne s'était rien passé. Lily soupçonnait le marché d'être saturé de camping-cars d'occasion.

Une ombre bougea sur les marches. Trop effrayée pour crier, Lily lâcha un petit bruit qui tenait du hoquet.

— C'est moi. Excuse-moi. Je ne voulais pas te faire peur, je te jure.

Cameron avança dans la lumière pâle que projetait la lampe du porche. Il portait un jean, un sweat-shirt à capuche et un sac à dos orné d'une bande fluorescente. Sa bicyclette était appuyée contre la maison.

— Qu'est-ce que tu fais là ? demanda-t-elle. Il y a un problème ? Ton oncle sait que tu es là ?

— Tout va bien et il ne sait rien. J'ai fait le mur.

— Oh, non ! Tu n'aurais pas dû ! Je vais l'appeler tout de suite.

Elle ouvrit la porte et alluma la lampe de la cuisine.

— Non, s'écria Cameron, avec une note d'urgence dans la voix. Au moins, écoute d'abord ce que je suis venu te dire. S'il te plaît.

Elle regarda attentivement ce garçon qu'elle connaissait depuis son premier jour. Il était, et avait toujours été, extraordinairement beau. Les filles étaient adorables, bien sûr, mais Cameron avait hérité de la beauté classique de sa mère et de l'allure athlétique et élégante de son père. Il avait les traits fins et le teint frais de Crystal, mais l'expression déterminée de Derek. Son physique semblait le mettre à part du reste de l'humanité, comme un prince de conte de fées.

— On a besoin de ton aide, dit-il en enlevant son sac à dos.

— Qui ça, « on » ?

— Charlie, Ashley et moi. C'est au sujet d'oncle Sean.

Seigneur ! Lily s'arma de courage. Elle avait cru que Sean faisait du bon boulot, mais soudain, de terribles éventualités lui venaient à l'esprit.

— Ne prends pas cet air catastrophé, dit Cameron. Il ne s'agit pas de quelque chose de mal.

— Pardon, fit-elle. Je ne me rendais pas compte que j'étais aussi transparente. Alors, qu'y a-t-il ?

— Red Corliss lui a trouvé un sponsor pour un tournoi. Une grosse affaire, Lily. Énorme. Cela représente beaucoup d'argent et c'est l'occasion de relancer sa carrière. Pour nous tous, c'est important.

Elle hocha la tête. Sean et elle n'avaient pas caché aux enfants l'état désastreux des finances familiales.

— Eh bien, c'est une bonne nouvelle, non ?

— Excellente, acquiesça Cameron. Sauf qu'oncle Sean a refusé.

— Pour quelle raison ?

— Une raison stupide. Ce qui l'ennuie, c'est que le sponsor veut que nous figurions aussi dans le paysage.

— Tes sœurs et toi ?

— Oui. C'est Wonder Bread. Bien sûr, c'est moins chic que Chevrolet, mais c'est un sponsor. La clientèle qu'il veut séduire, ce sont les gens qui voient en oncle Sean le père de famille des temps modernes.

Lily sentit sa gorge picoter d'un rire contenu.

— Le père de famille des temps modernes !

— Tu savais qu'on l'avait invité dans une émission sur les pères célibataires ?

— Tu plaisantes ?

— Non. Heureusement, il a refusé. Mais cette proposition-là, il faut qu'il l'accepte, puisqu'il s'agit de jouer au golf.

— Qu'est-ce qui l'en empêche ?

— Il pense que cela reviendrait à nous exploiter, nous, les enfants.

— Vraiment ?

— Nous devrions porter des chemises et des casquettes publicitaires, et manger des sandwiches faits avec ce pain. Ce n'est pas bien grave.

— Parle-moi de ce tournoi.

— C'est l'autre problème. Il ne s'agit pas d'une seule compétition. Il devrait jouer tout l'été.

— C'est loin ?

— La compétition la plus importante, celle qui offre le plus gros prix, a lieu à Pinehurst. Ça se trouve en Caroline du Nord.

— C'est rudement loin.

— Mon père prenait l'avion pour sillonner le pays de compétition en compétition.

— Et ta mère vous gardait. Ton oncle n'a personne, lui.

— Il t'a, toi.

Lily lâcha un petit cri de surprise.

— Cameron, tu sais que je vous aime beaucoup, les filles et toi, mais je ne peux pas rester ici et passer l'été à faire du baby-sitting…

— Je ne voulais pas dire que tu resterais ici. Au contraire. Le mieux serait que tu viennes avec nous, qu'on y aille tous ensemble. Comme ça, oncle Sean ne s'inquiéterait pas pour nous et il pourrait se concentrer sur son jeu.

— Oh, Cameron, tu entends ce que tu dis ? Cet été doit être consacré à votre reconstruction, la tienne et celle de tes sœurs. C'est le travail que vous êtes censés effectuer durant ces deux mois. Et voilà que, tout à coup, il n'y en a plus que pour Sean et son jeu !

— Tu te trompes. Cela nous concerne tous, répliqua Cameron avec véhémence. Les filles, moi, oncle Sean et peut-être même toi. Ce n'est pas seulement un jeu. C'est l'occasion de tout changer.

— Autour de Sean.

— Autour de quelque chose d'autre que la mort de mes parents, riposta Cameron. De notre deuil. C'est l'occasion de nous aérer la tête. Que dis-tu de ça, Lily ?

— Je ne suis pas contre, avoua-t-elle.

— J'en suis malade de pleurer mon père et ma mère, dit-il. Malade de m'inquiéter pour l'avenir. Les filles aussi. Elles sont trop petites pour le dire, mais elles en souffrent autant que moi.

Il ouvrit son sac à dos et en sortit une veste de sport verte.

— Tu sais ce que c'est ?

— Une veste verte en polyester... Pardon, en laine, corrigea-t-elle en regardant l'étiquette intérieure. Hamilton Tayloring Company. Taille 50 extra long. Qu'y a-t-il sur la poche ? Le nom d'une femme ? Augusta ?

Cameron leva les yeux au ciel, visiblement accablé par tant d'ignorance.

— Elle est à mon oncle. Il la garde dans un vieux sac depuis plus de douze ans.

Cet homme s'intéressait à ses habits autant qu'elle, songea Lily.

— Tu ne sais pas ce que c'est, remarqua Cameron.

— À mon avis, c'est un don parfait pour l'Armée du Salut.

— C'est la veste qu'on offre au vainqueur des Masters.

Le mot parut familier à Lily.

— C'est un tournoi de golf, non ?

— C'est *le* tournoi de golf. Les Masters. Le plus important. Seuls les meilleurs joueurs l'ont gagné – Arnold Palmer, Jack Nicklaus, Tiger Woods. Et, il y a longtemps, Sean Maguire.

Il sortit un vieil exemplaire de *Sports Illustrated*. Sur la couverture, un Sean très, très jeune arborait la fameuse veste et souriait à l'objectif. L'article principal était intitulé « Le Nouveau Géant du green. »

— Comment se fait-il que je n'aie jamais entendu parler de ça ? Ta mère aurait dû me le dire.

— Je ne sais pas. C'était il y a longtemps. Les gens se souviennent rarement des vainqueurs des années précédentes.

Lily regarda la date. À l'époque, elle venait d'entrer à l'université, et Crystal était une jeune mère. Il était normal qu'elles n'aient pas abordé ce sujet.

— D'après ce que disait papa, c'est juste après qu'oncle Sean a commencé à décliner. Et ensuite, il a décidé de jouer à l'étranger, expliqua Cameron. Mais ce n'est pas la question. La question, c'est que cette proposition est une seconde chance… pour nous tous, ajouta-t-il après une hésitation.

Elle scruta la photographie un long moment, puis regarda le visage plein d'espoir de Cameron.

— N'empêche, c'est vraiment une veste affreuse.

36

— C'est pas vrai ! s'écria Cameron.

— L'entreprise de mon père l'envoie travailler sur un projet à Sonora, en Californie, et nous devons y être lundi, expliqua Becky, qu'il était allé voir après ses heures de travail au club. Je finirai l'année scolaire là-bas.

La balancelle couina, et les chaînes cliquetèrent dans le silence de la nuit.

— C'est stupide. Pourquoi tu ne peux pas finir l'année ici ? Il ne reste que quelques semaines.

— Ce n'est pas possible, fit-elle en secouant la tête. D'abord, je n'aurai plus d'endroit où habiter...

— Tu n'as qu'à venir chez nous. Mon oncle comprendra.

Elle éclata de rire.

— Oh, je me vois bien annoncer à papa : « Tiens, à propos, je vais vivre chez un garçon pendant un mois. Ça ne t'ennuie pas, n'est-ce pas ? »

— Chez une amie, alors ?

— Ce n'est pas possible non plus, dit-elle en lui jetant un regard timide. Tu es le seul ami que j'aie. Et, en plus, mon père... il ne supporte pas d'être séparé de moi, tu sais, depuis la mort de ma mère.

— Ça veut dire que tu ne pourras jamais le quitter ?

— Pas cette année. Écoute, Cam, ce n'est pas grave. Pour l'été, j'ai déjà trouvé un travail dans une colonie de vacances. Le salaire est correct et je m'occuperai d'enfants, ce que j'adore. Je serai de retour dans douze semaines.

Douze semaines. Autant dire une éternité. Qu'allait-il faire sans elle pendant douze semaines ? Il n'était pas certain d'avoir convaincu Lily. Mais une chose était sûre :

passer tout l'été ici, sans Becky, était hors de question. S'il devait traîner dans cette petite ville où tout lui rappelait ses parents et feindre d'ignorer ce qu'il savait, il allait devenir fou.

Lily n'avait pas reconnu les mérites de sa suggestion – mais elle ne les avait pas niés non plus. C'était ça, le truc avec Lily. On ne savait jamais vraiment ce qu'elle pensait.

— Becky ? appela son père de l'intérieur de la maison. Il est tard. Il faut que tu finisses d'emballer tes affaires.

— J'arrive dans une minute, papa, dit-elle.

Elle accompagna Cameron jusqu'au réverbère contre lequel il avait laissé son vélo.

— Je garde le même numéro de portable et la même adresse e-mail, dit-elle. Appelle-moi.

— Promis. Tous les jours.

— Sois prudent en rentrant, Cameron.

Puis elle resta là, sans bouger, comme si elle attendait quelque chose.

Le cœur de Cameron se mit à battre la chamade. Les paumes de ses mains devinrent moites. « Embrasse-la, se dit-il. Vas-y. Fais-le. » Mais le moment passa, et elle tourna les talons. Il avait laissé passer sa chance. Quel crétin ! Même pas capable d'embrasser une fille pour lui dire au revoir !

Lily ne pouvait s'empêcher de penser à sa conversation avec Cameron. Organiser l'été autour de Sean et de sa carrière de golfeur lui semblait être une énorme erreur. Tous leurs efforts devaient être concentrés sur les enfants. Même si, selon Cameron, eux aussi profiteraient de la virée. C'est en tournant et retournant le problème dans sa tête qu'elle atteignit la fin de l'année scolaire. D'habitude, c'était une période à la fois douce et triste pour Lily, le moment de prendre du recul, de faire le point sur le travail qu'elle avait accompli, de rompre les liens qui l'unissaient à ses élèves.

Le dernier jour, les enfants ne travaillaient pas. Ils ôtaient le papier qui recouvrait les manuels et rangeaient ceux-ci soigneusement sur les étagères. Ils nettoyaient leurs casiers, emballaient leurs œuvres d'art pour les emporter chez eux et fouillaient le carton d'objets trouvés en tâchant de récupérer leurs biens. Tandis qu'elle distribuait baisers et bulletins scolaires et disait à chacun qu'elle était fière de lui, elle oscillait entre la satisfaction et la tristesse. Que réservait la vie à celui-ci ? Et à celui-là ?

— Au revoir, mademoiselle Robinson !

L'adieu collectif s'éleva dès que retentit la cloche.

Lily ne tenta pas de canaliser la ruée vers la porte. Les enfants s'arrêtèrent une seconde, s'attendant visiblement qu'elle leur ordonne de se mettre en rang. Cette fois-ci, elle s'en abstint. Pourquoi vouloir supprimer toute exubérance ? Russell Clark, le garçon le plus espiègle de la classe, prit cependant le temps de lui adresser un sourire empreint d'une tendresse inattendue.

— Passez de bonnes vacances, mademoiselle Robinson.

— Merci.

— Où allez-vous ?

— Je pars pour une belle aventure, répondit-elle, sans savoir si elle disait vrai ou non.

— Cool, fit-il en quittant la salle de classe.

Charlie s'arrêta à côté de Lily et lui prit la main.

— Plus jamais de « mademoiselle Robinson », dit-elle avec un grand sourire. À partir de maintenant, je peux te dire « tu » et t'appeler par ton prénom tous les jours, toutes les heures, c'est d'accord ?

— Parfaitement. Comment allez-vous fêter le dernier jour d'école à la maison ?

Charlie fit la grimace.

— Oncle Sean travaille. Il a dit à Mme Foster qu'on pouvait regarder des cassettes et se coucher plus tard. Au revoir, Lily. On se voit bientôt, hein ?

Lily le lui promit et continua de sourire malgré son chagrin. Le parking grouillait d'enfants qui couraient se jeter dans les bras de leurs parents, tandis que Charlie, petite silhouette solitaire, marchait vers son car.

Seule dans sa salle de classe déserte, Lily entreprit quelques rangements au cours desquels elle tomba sur le globe neigeux, l'objet dont le vol avait précipité le dernier et désastreux rendez-vous avec les parents de Charlie. Elle le secoua et regarda les flocons tourbillonner autour de l'ange.

Quelle tragédie ! songea-t-elle, rongée de regrets, en rangeant l'objet dans l'armoire.

Elle balaya la pièce d'un dernier coup d'œil rapide et se prépara à partir. Bien que l'idée l'effrayât, elle devait discuter avec Sean Maguire.

Il n'y avait aucune raison au monde pour qu'une telle perspective accélère les battements de son cœur, mais ce fut pourtant ce qui se produisit. S'efforçant de ne pas y penser, elle verrouilla sa classe et alla dire au revoir à ses collègues dans la salle des professeurs. Elle n'y resta pas longtemps. Tous parlaient de leurs projets, l'interrogeaient sur les siens. Et, pour la première fois de sa vie d'adulte, elle ne savait que répondre. Contrairement aux années précédentes, chaque moment de son été n'avait pas été daté, situé, estimé financièrement. Dès que ce fut possible, elle s'esquiva et rentra chez elle. Là, elle s'agita encore un peu et arriva à la conclusion inévitable : elle devait aller voir Sean.

Sa décision prise, elle se doucha, histoire de se débarrasser de la poussière de la craie, se coiffa avec un soin inhabituel, puis se tortura l'esprit au sujet de sa tenue. Sean tenait le bar du country club pendant que Mme Foster gardait les filles et que Cameron, enfin libéré de son travail au golf, sortait avec des amis. Pourvu qu'ils ne s'amusent pas à faire la course à bord de voitures volées sur une route de campagne ! Non. Après ce qui s'était passé, c'était peu probable.

— Allez, Lily. Prends un truc, n'importe lequel, marmonna-t-elle en examinant son placard.

C'était le placard type d'une personne ennuyeuse, aux goûts extrêmement classiques, que rachetaient ici et là les taches de couleur et les formes élégantes dues à la générosité de Crystal. Elle tripota la robe rouge qu'elle avait mise pour aller au cinéma avec Greg, puis la lâcha. Elle ne se préparait pas pour un rendez-vous galant, mais pour une discussion sérieuse. Un pantalon noir ? Non, c'était trop habillé. Un jean, alors. Avec un chemisier jaune et des sandales à talons pour se grandir un peu. Elle s'interdit de retoucher son maquillage et de se recoiffer et, tout en roulant vers le country club, elle se rappela pour la énième fois qu'il ne s'agissait pas d'un rendez-vous.

C'était beaucoup plus important qu'un rendez-vous.

« Ressaisis-toi, Lily », se sermonna-t-elle en traversant le parking. Elle fit une pause avant d'entrer dans le bar. Comme un golf était un endroit agréable et paisible ! remarqua-t-elle. Le soleil était en train de basculer derrière les crêtes éloignées des montagnes, et de longues ombres s'étiraient sur le terrain. L'air était tiède et chargé de parfums. Elle inspira et carra les épaules. « Très bien, se dit-elle. Va lui parler. »

Elle n'avait pas à avoir peur. Après tout, elle connaissait bien Sean, maintenant. Vu ce qu'ils partageaient, il ne pouvait en être autrement. Leur amour pour les enfants avait rapproché deux étrangers qui, dans des circonstances normales, ne se seraient même pas adressé la parole. Elle se demanda s'il s'en rendait compte et si, comme elle, il s'émerveillait de l'impact que ces trois orphelins avaient eu sur leurs vies.

Elle entra, et à peine ses yeux se furent-ils habitués à la pénombre que ses illusions se dissipèrent. Debout derrière un long comptoir en chêne, Sean bavardait avec trois femmes. Trois femmes séduisantes qui le draguaient ouvertement. La distance n'empêcha pas Lily de voir qu'au moins deux d'entre elles avaient des alliances.

Un jet de mécontentement inattendu et amer fusa en elle. *Vous avez charge de famille, maintenant ! Vous ne pouvez pas flirter comme ça avec des femmes mariées !*

Personne ne l'ayant remarquée, elle resta immobile, humant l'odeur de bière et observant un Sean inconnu. Les gestes précis, il servait des demis, préparait des cocktails, complétait les bols d'amuse-gueule, essuyait le comptoir et traitait les trois femmes comme si elles étaient les dernières représentantes au monde de la gent féminine. Il prépara un cocktail pour l'une d'elles, qui se pencha en avant pour glisser un billet dans le pot des pourboires, ce qui fit jaillir ses seins.

Luttant pour cacher son embarras, Lily s'approcha et se hissa sur un tabouret, le plus loin possible des trois vamps. Sean se tourna vers elle, son sourire de charmeur aux lèvres. À l'instant où il la reconnut, son sourire se figea et ses yeux prirent une expression inquiète. Il s'excusa auprès du trio et la rejoignit.

— Hé, Lily. Il y a un problème ?

— Pourquoi le seul fait que je sois ici vous fait penser qu'il y a un problème ?

— Vous, ici ? Pour me voir, moi ? Il faut qu'il y ait une urgence.

Elle serra les dents. Et voilà ! Elle était venue pour parler de lui, de son avenir, de sa carrière, et il se moquait d'elle.

— Peut-être que je suis venue pour fêter la fin de l'année scolaire, dit-elle.

— J'aurais volontiers fait la fête avec vous, mais Charlie et Cameron ont rapporté leurs bulletins scolaires aujourd'hui, remarqua-t-il.

Elle savait que les notes de Charlie méritaient d'être améliorées. Mais son frère...

— Cameron a pourtant toujours été un bon élève.

— Les habitudes sont faites pour être rompues.

L'une des trois séductrices appela :

— Seanie, je suis prête pour un autre kir royal, chéri.

— Seanie, répéta Lily avec un petit reniflement méprisant.

Il lui fit un clin d'œil, s'éloigna et, tout en plaisantant, prépara la boisson demandée, qu'il servit avec un grand geste théâtral. Lorsqu'il revint, Lily avait eu le temps de réfléchir et hésitait maintenant à aborder le sujet. L'endroit ne lui semblait pas idéal pour discuter des enfants.

— C'est votre fan-club ? demanda-t-elle en jetant un coup d'œil aux trois femmes.

— Ce sont mes clientes les plus généreuses. Hé, ne me regardez pas comme ça. Tout le monde ne peut pas exercer un métier noble.

Il appuya les mains sur le comptoir et se pencha vers elle.

— Bon, que puis-je vous servir ? demanda-t-il dans un chuchotement intime.

Lily se raidit.

— Quelle est la spécialité de la maison ?

— Le jus de prune, répondit-il avec un sourire angélique.
— Vous n'êtes pas drôle.
— Vous non plus.
Elle lui jeta un regard noir.
— C'est ce qu'on va voir.

Un coup de klaxon retentit à 8 heures du matin, alors que Sean était encore au lit. Qui diable osait débouler chez lui si tôt ?

Il s'était donné beaucoup de mal pour libérer sa journée afin de rester avec les enfants. Et Dieu sait qu'il aurait eu bien besoin de dormir un peu ! L'air peu amène, il descendit l'escalier et ouvrit la porte.

Vomissant un nuage de fumée, un énorme camping-car Winnebago ronronnait dans l'allée. Les roues de droite écrasaient le parterre fleuri qui bordait l'asphalte. Ce n'était pas un Winnebago pure souche : les flancs avaient été peints de façon à évoquer un énorme pain de marque Wonder Bread.

Le moteur toussa, se tut, et Lily Robinson mit pied à terre.

— Bonjour, lança-t-elle d'un ton enjoué.

Elle portait un jean et des tennis sous lesquelles, vu sa démarche, devaient se trouver des ressorts. On aurait dit une gamine. Qu'est-ce qui l'avait mise dans cet état d'excitation ? se demanda-t-il.

Écœuré par les gaz d'échappement, il fit la grimace et la salua d'un hochement de tête. Elle contourna le camping-car et remarqua qu'il ne reposait pas uniquement sur le bitume.

— Oh… j'ai encore des progrès à faire.

— Tâchez de vous entraîner dans un endroit où les gens n'essaient pas de dormir.

— Les occasions de m'entraîner ne manqueront pas dans les semaines à venir, répliqua Lily, dont le regard dérapa sur le torse nu de Sean.

Cela ne le mit pas du tout mal à l'aise. Au contraire, il se redressa fièrement.

— J'ai besoin d'un café, dit-il. Venez, je pense que vous avez quelques explications à me donner.

Elle le suivit dans la cuisine, où il alluma la cafetière et étouffa un bâillement derrière sa main.

— Ne dites rien, s'écria-t-il en se servant une première tasse avant que toute l'eau du réservoir se soit écoulée. Je sais ce que vous pensez du café.

— Savez-vous aussi que c'est une des causes du *yip* ?

Sur ce, elle ressortit et lui fit signe de la suivre.

— Comment ? s'écria-t-il, les yeux écarquillés.

— Vous savez bien, le *yip*.

Elle se glissa dans l'étroite porte du camping-car et recula pour faire de la place à Sean.

— C'est une sorte de mouvement incontrôlable des mains qui survient lorsqu'on fait un *putt*, et la cause en est l'anxiété excessive. Ben Hogan en souffrait, vous le saviez ?

— Oui. Mais je suis surpris que vous le sachiez aussi.

— J'ai décidé de m'instruire, dit-elle en désignant une petite étagère chargée de livres sur le golf. Il y a tant de choses à apprendre. J'ignorais que c'était un sport aussi complexe et fascinant.

— Ouais, enfin... il ne faut pas exagérer. Ce n'est pas de l'astrophysique.

— Non, c'est un sport très ancien inventé par des bergers écossais du comté de Fife, au XVe siècle.

Qu'avait donc avalé la maîtresse d'école à son petit déjeuner pour être dans cet état de surexcitation ? se demanda Sean. Sûrement quelque chose de plus fort que du café.

— Lily, que diable êtes-vous venue faire ici ?

— Vous aider à relancer votre carrière.

— Quoi ?

— Cameron m'a mise au courant.

— Dans ce cas, il vous a aussi dit que j'avais refusé, non ?

— Le sponsor, lui, tient bon, vous avez vu ?

— Comment aurais-je pu ne pas voir ?

Qu'allaient penser les habitants très distingués du quartier lorsqu'ils ouvriraient les yeux sur ce monstre ambulant ?

— Comme ma sœur avait besoin d'argent, le sponsor lui a loué le camping-car et a fait peindre son logo sur les flancs. Travailler avec ces gens-là est merveilleux.

Sean devina enfin les intentions de Lily. Il tenta de rester imperturbable, mais l'effort se révéla impossible à soutenir plus d'une seconde. Il éclata d'un rire qui le secoua tout entier.

Lorsqu'il se calma, il vit qu'elle l'observait.

— Vous avez fini ? demanda-t-elle.

— Pour le moment, oui. Mais merci. C'était rafraîchissant. Maintenant, si vous voulez bien m'excuser, je suis en retard pour mon petit roupillon du matin.

Elle se planta sur son passage, ce qui n'était pas difficile vu l'étroitesse de l'espace.

— Oh, non. Vous avez un contrat à signer et, vous et moi, nous avons un programme à établir, décréta-t-elle, avant de le pousser devant elle pour une visite guidée. Les filles dormiront ensemble ici, ajouta-t-elle en désignant une couchette au-dessus de la cabine. Je prendrai le lit à l'arrière, et Cameron et vous coucherez ici.

Elle lui montra une pièce sur le côté, de la taille d'un compartiment de train.

— Bon, il n'y a qu'une seule salle de bains, mais j'ai scotché sur la porte une feuille avec les horaires de chacun afin que…

— Lily ! s'écria-t-il en l'empoignant par les épaules.

— Les horaires ne vous conviennent pas ? Pas de problème. Je peux les modifier.

— Ce ne sont pas les horaires qui posent un problème. C'est le plan dans sa totalité qui ne marchera pas.

— Bien sûr que si. J'ai tout prévu dans le moindre détail.

Il n'en doutait pas. Elle avait très certainement pensé à tout.

— Ça ne marchera pas parce que nous ne partirons pas, dit-il en laissant retomber ses mains. Je refuse le contrat.

Elle se figea et le regarda dans les yeux.

— Lâche, dit-elle enfin.

— Oh, arrêtez !

— Non, c'est fascinant. J'ai enfin compris ce qui vous effraie. Ce n'est pas de vous occuper des enfants et d'être père de famille. Dieu sait que cela fait peur à beaucoup de monde, mais pas à vous. Ce que vous redoutez par-dessus tout, c'est ce que vous aimez plus que tout : le golf.

— Ce que vous pouvez dire comme conneries !

— Et maintenant, vous voilà agressif. Preuve de plus que j'ai touché juste et que vous avez la trouille.

— Vous ne comprenez donc pas ? Je pense aux enfants, à faire au mieux pour eux.

— Le mieux pour eux pourrait justement être ce voyage à l'autre bout du pays. Ils ont besoin de quitter cette maison et cette ville, au moins un certain temps. C'est trop triste ici, trop chargé de souvenirs. Vous vouliez que je fasse travailler Charlie. Si je vous accompagne, je profiterai des longs trajets pour la faire lire et écrire.

— Vous y étiez opposée.

— Je suis prête à adopter ce compromis. J'adore Charlie, et le changement de décor sera bénéfique pour tout le monde. C'est l'opinion de Cameron et, au cas où vous ne l'auriez pas remarqué, c'est un garçon très futé. Il m'a convaincue. Et, à propos, il m'a montré la veste verte.

— Sans blague ?

Sean gardait ce vestige de son passé enfoui dans un sac sans pouvoir se décider à le jeter.

— Il voulait que je voie de mes yeux ce dont vous étiez capable. Le soir où il est venu me parler du contrat et me montrer la veste, c'était la première fois depuis l'accident où il ne manifestait plus ni rage ni accablement, mais de l'espoir, de la curiosité pour l'avenir. Il croit en vous, Sean.

Le cœur de Sean se serra. *Il croit en vous.*

— Il se propose d'être votre caddie, ajouta-t-elle.

— Je ne vais pas transformer cette famille en publicité vivante pour Wonder Bread.

— Non. Ça, c'est le boulot du sponsor. Le vôtre est de vous montrer, de jouer au golf et d'avoir l'air propre sur vous.

Il examina le camping-car, et il lui sembla que ses murs en contreplaqué se rapprochaient, se refermant sur lui.

— Non, non, non ! Pas question que je fasse traverser le pays aux enfants dans un Winnebago de merde !

Cinquième partie

Le chagrin se débrouille très bien tout seul,
mais, pour profiter pleinement
d'une joie, il faut avoir quelqu'un
avec qui la partager.

Mark Twain

37

— Où est ce clignotant, bon Dieu ? demanda Sean, qui scrutait le tableau de bord tout en conduisant.

— Pas d'gros mots, babilla Ashley, dont le siège bébé était fixé derrière lui.

— Je n'ai pas dit de gros mots.

Il trouva enfin le clignotant et se rabattit à droite.

— Tu as dit « bon Dieu », signala Charlie.

— Bon, d'accord, admit-il en levant la main en signe de reddition. Excusez-moi.

— Je t'en prie, dit Charlie aimablement.

Il jeta un coup d'œil dans le rétroviseur et vit la petite fille qui, penchée sur la table, les jambes repliées sous elle, dessinait à grands coups de crayon énergiques. En face d'elle, Cameron avait le nez dans *Cinq leçons*, de Ben Hogan.

Puis Sean jeta un regard en coin au siège du copilote. Lily était plongée dans les cartes qu'elle avait imprimées et sur lesquelles elle avait surligné le trajet et noté toutes les distances au kilomètre près.

La veille, alors qu'ils se retrouvaient une dernière fois avant le départ, il avait été sidéré de voir le travail qu'elle avait effectué et le nombre de brochures qu'elle avait rassemblées.

« Je suis à peu près sûr qu'on aurait pu se débrouiller en suivant les panneaux des autoroutes, avait-il grommelé.

— À peu près sûr, ce n'est pas suffisant.

— Vous planifiez toujours tout comme ça ?

— Parfaitement », avait-elle répondu.

Ce souvenir le fit sourire.

— Comment ça va, mademoiselle Lily ? demanda-t-il.

— Bien, jusqu'à présent.

Ils avaient parcouru vingt kilomètres, et elle se sentait bien. Ouf!

— La raison pour laquelle je vous pose la question, c'est que vous êtes plutôt silencieuse. Ma façon de conduire vous rend-elle nerveuse?

— Non, dit-elle en regardant sa montre.

— C'est moi qui vous rends nerveuse?

— Non, répéta-t-elle, aussitôt contredite par le rouge qui lui monta aux joues.

Elle se tortilla sur son siège, l'air extrêmement mal à l'aise.

Et alors, pour une raison qu'il ne chercha pas à analyser, il continua de sourire. Ils avaient quitté un lieu où chaque minute de la journée était saturée de souvenirs tristes, et plus les kilomètres défilaient, plus l'air semblait léger et clair, comme s'ils sortaient du brouillard. Il se demanda si ses compagnons éprouvaient la même sensation. Cameron scrutait l'écran de son portable, guettant le signal qui lui indiquerait qu'il avait du réseau et pouvait appeler Becky. Il n'avait jamais dit qu'elle était sa petite amie, mais Sean savait comment interpréter son expression rêveuse.

Au milieu de la matinée, le paysage prit l'aspect sévère des gorges du fleuve Columbia, et l'autoroute devint presque déserte. Des montagnes chauves se dressaient le long du cours d'eau, avec parfois, à l'est, un aperçu sur la prairie jaunie par le soleil qui s'étendait à perte de vue. Ils trouvèrent un practice près de Gadsden, et Sean décida de s'arrêter là pour déjeuner. Bien qu'il n'y eût que deux véhicules dans le parking, il se sentit un peu honteux de conduire un camping-car aux flancs ornés de dessins de pains de mie.

— Personne ne mangera avant d'avoir tapé un seau de balles, déclara-t-il.

Il avait acheté d'occasion des clubs adaptés à la taille de Charlie et emporté pour Lily le sac en cuir rose qui contenait ceux de Crystal. L'institutrice fronça les sourcils.

— Qu'y a-t-il? demanda-t-il.

— Cet arrêt n'était pas au programme.

— Sur mon programme, si. Détendez-vous, Lily. Venez, je vais vous donner une leçon de *drive*.

Elle protesta, bien sûr, jusqu'à ce qu'il l'ait installée sur le parcours avec un seau de balles, un *driver* et un *tee*. Puis il la laissa gifler l'air à grands coups désespérés.

— Essaie comme ça, dit Cameron en lui faisant une démonstration. Non, ne tiens pas ton club aussi serré. Souplement.

Sean était très fier de son neveu. Le garçon avait des problèmes, c'était sûr, mais il avait aussi du cœur. Sean et Red avaient longtemps débattu du choix du caddie, l'agent désirant quelqu'un de plus âgé et expérimenté, le joueur s'obstinant dans son choix. Cameron serait son caddie, ou bien on ne parlait plus de ce tournoi.

— Comme ça, Cam ? demanda Charlie. Comme ça ?

Ashley et elle avaient chacune une balle en plastique qu'elles pourchassaient aux alentours.

Lorsqu'il regardait ce petit groupe improbable, Sean se sentait bizarrement ému. Deux mois plus tôt, l'idée de passer l'été avec trois gosses et une maîtresse d'école lui aurait paru relever de la plaisanterie – ou du cauchemar. Maintenant, il n'imaginait pas le passer autrement.

Ils se firent des sandwiches, mais Sean remarqua que Lily ne pouvait se résoudre à goûter au pain de mie que le sponsor avait fourni en quantités généreuses. Dès qu'ils reprirent la route, elle tint parole et fit travailler Charlie. Ensuite, profitant du trajet, elle leur raconta l'expédition de Lewis et Clark au début du XIXe siècle – en détail.

Sean jeta un coup d'œil dans le rétroviseur et vit Ashley sucer tristement son pouce et Charlie bâiller d'ennui. Cameron, lui, ne semblait même plus en état de bâiller.

Apercevant l'enseigne d'un Taste-T-Freeze, il quitta l'autoroute.

— Ça non plus, ce n'était pas au programme, dit Lily.

— Oh, si, fit-il en s'arrêtant devant le guichet du drive-in, où une carte proposait un grand choix de cornets glacés. Selon une tradition locale, Lewis et Clark ont fait une halte là au plus fort de l'hiver 1806 pour manger des oignons frits. Et c'est ici aussi que Sacajawea et son peuple les ont remerciés de leur avoir fait découvrir les sucreries. Car ces deux grands capitaines avaient pensé à emporter plusieurs sacs de bonbons.

— Très drôle, marmonna Lily.

— Je t'aime, oncle Sean, s'écria Charlie du fond du camping-car.

— T'aime, cria Ashley.

Sean étreignit sa poitrine.

— Seigneur, vous me tuez, les filles. Prenez le volant, Lily. Je meurs.

Des fous rires fusèrent derrière lui.

Une fois leurs commandes passées, Charlie décida d'apprendre à Ashley *Rainbow Connection*, et toutes deux en répétèrent sans fin le début. Cameron se boucha les oreilles à l'aide des écouteurs de son iPod.

— Et dire que c'est pour ça que vous avez renoncé à l'Italie ! s'exclama Sean devant l'expression de Lily.

38

Ce soir-là, Lily déambula près de la gorge de la Snake River. Une lune parfaitement pleine inondait le canyon d'une lumière pâle qui transformait le cours d'eau en un flot argenté. Devant elle, l'obscurité était trouée d'étoiles. Elle leva les yeux vers la lune. L'air était si pur dans cet endroit éloigné de tout que le disque livide se détachait sur le ciel aussi nettement qu'une hostie. Lily découvrit qu'en le fixant suffisamment longtemps le dessin des zones sombres et claires évoquait réellement un visage. Peut-être celui de Crystal.

« Comment est-ce que je m'en tire ? demanda-t-elle à son amie. Est-ce cela que tu aurais voulu ? »

Seul le silence lui répondit. Loin derrière elle s'étalait le camping Take it Easy, un rassemblement de tentes et de véhicules de toutes tailles remplis de voyageurs.

Elle enfonça les mains dans les poches de son jean et rejeta ses cheveux en arrière. Malgré l'heure tardive, elle ne se sentait pas épuisée, mais excitée. Une sensation inconnue la faisait vibrer.

Le rayon lumineux d'une lampe électrique se braqua sur elle. Elle se retourna, une main en visière.

— Qui est là ? demanda-t-elle en se rendant compte tout à coup du danger qu'elle courait, seule et au bord d'un précipice.

— C'est moi, fit la voix rassurante de Sean.

La vibration s'accéléra.

— Comment m'avez-vous trouvée ?

— Grâce à votre veste Wonder Bread. Les lettres du dos réfléchissent la lumière.

— Sans blague !

Elle l'enleva et l'examina. C'était une veste de style baseball dont le blanc satiné était tacheté de couleurs fluorescentes censées évoquer la marque de pain préférée des familles américaines. Le nom « Maguire » brillait sous la lune.

— Votre sponsor nous a gâtés. Des vestes, des chapeaux, des parapluies, des ponchos, des chemises, des sacs…

— Et assez de Wonder Bread pour nourrir une armée.

— Ne m'en parlez pas, fit-elle avec un frémissement d'horreur.

— Voyons, on a tous été élevés avec ce truc. Vous vous rappelez la pub ?

Oh, oui, elle s'en souvenait très bien. Enfant, la télévision avait été sa vie, son issue de secours. Grâce à cette fenêtre artificielle, elle fuyait sa famille et rejoignait celles des séries, les Brady, les Walton, les Jefferson. Même leurs problèmes lui semblaient enviables. Vingt-cinq minutes de disputes, et tout était réglé.

— Je ne crois pas avoir mangé de farine blanche ou de sucre raffiné depuis que j'ai quitté le campus de l'université, dit-elle.

— Peut-être ces vacances vont-elles être l'occasion d'imprudences délicieuses. Et finalement, vous allez vous amuser beaucoup plus que si vous étiez allée en Italie.

Sa voix guillerette troubla Lily. Heureusement, l'obscurité masquait sa réaction.

— Vous rougissez, non ?

— Pardon ?

Il prit la veste, la lui remit sur les épaules et la maintint. Le tissu satiné laissa passer la chaleur de ses mains.

— Je sais quand vous rougissez, dit-il dans un murmure intime.

— C'est impossible, protesta-t-elle dans un sifflement pas du tout intime.

— Si, si, je le sais. Je le sens.

Lily se sentit obligée de lui résister.

— Vous ne pouvez pas tout à coup…

— Ça n'a rien de soudain. Il y a longtemps que ça se prépare, affirma-t-il. Dites-moi que j'ai tort.

— Vous perdez l'esprit.

— Oui, fit-il en inclinant la tête. C'est vrai, je perds l'esprit.

Ses lèvres effleurèrent celles de Lily comme par accident.

Elle n'y tint plus. Ses bras se jetèrent autour de son cou, et elle se pressa contre lui. Ses lèvres étaient fermes, son corps fort et protecteur. Le baiser s'approfondit, plus qu'elle ne l'eût cru possible, au-delà de la raison, au-delà de la solitude. Elle se tendait vers lui, debout sur la pointe des pieds, au point d'en trembler. Les bras de Sean glissèrent sur ses hanches et ses mains l'étreignirent. Elle était incapable de penser. Tout cela était follement étrange, merveilleux, impossible, comme si elle décollait et s'envolait vers un monde inconnu.

Lorsque le baiser s'acheva, la tête lui tournait. Dans le ciel nocturne derrière Sean, les étoiles tourbillonnaient comme les lumières d'un kaléidoscope.

— Oh ! la la ! fit-elle, hors d'haleine et fébrile comme une gamine lors de sa première soirée dansante.

— Oh ! la la ! effectivement, renchérit-il, l'air ni essoufflé ni fébrile. Eh bien, mademoiselle Lily, je n'aurais pas cru ça.

— Pas cru quoi ?

— Que vous aviez un baiser comme ça en magasin, acheva-t-il en s'apprêtant à l'étreindre de nouveau.

Elle se hâta de reculer.

— Je ne sais pas à quoi je pensais.

— Moi, en tout cas, je sais très bien à quoi je pensais.

Seigneur, cette voix ! Même dans l'obscurité, alors qu'il n'était qu'une silhouette sombre, sa voix résonnait en elle comme le pincement de la corde d'un instrument délicat, ses vibrations subtiles et bouleversantes s'insinuant au plus profond d'elle-même.

Elle recula encore d'un pas.

— Ça ne me ressemble pas de faire ça. Je ne comprends pas pourquoi… C'est peut-être la lune qui m'a rendue folle. On dit qu'elle peut avoir cet effet-là sur les gens lorsqu'ils s'éloignent de toute civilisation.

— Lily.

— Oui ?

— Nous ne sommes ni dans la jungle ni dans le désert, mais dans un camping.

Il avança, elle s'écarta.

— Pour moi, ça revient au même, dit-elle. Lorsque je voyage, je descends dans des hôtels qui ont des piscines et des buanderies.

— Ah, vous ne voyagez qu'en première classe. Mais, Lily…

— Quoi donc ?

Elle serra les poings pour s'interdire de s'agripper de nouveau à lui.

— Il faut que je vous dise quelque chose.

— Oui ?

Elle oscilla, étouffa un gémissement, recula. Il lui fallait sortir du champ d'attraction de Sean, c'était la seule solution. Il l'attirait comme un aimant, et, près de lui, elle n'était plus qu'un morceau de métal sans défense.

— Si vous continuez dans cette direction, vous êtes bonne pour une vilaine chute.

— Comment ? Je ne…

L'air jaillit de ses poumons lorsqu'il l'agrippa et la reprit dans ses bras, son corps mince et musclé se pressant contre elle. Puis il la fit pivoter et braqua le rayon lumineux sur le sol. La lumière souligna le bord du précipice.

— Vous voyez ? Traitez-moi de fou, mais je doute que vous vouliez me fuir à ce point.

— C'est moi qui suis folle.

— Oui ? Eh bien, nous sommes sans doute tous les deux fous, ajouta-t-il. Allons, Lily, pas de panique. Ce n'était qu'un baiser.

— D'accord. Ce n'était qu'un baiser. Compris.

Soudain, comble de l'humiliation, ses yeux s'emplirent de larmes. Seigneur ! Allait-il deviner qu'elle pleurait comme il l'avait sentie rougir ? Elle se retourna et s'éloigna du précipice, de Sean, vers la sécurité.

— Qu'y a-t-il ? demanda-t-il en la suivant.

— Pour vous, ce n'était qu'un baiser, s'écria-t-elle malgré elle. Pour moi, c'était…

Elle s'interrompit et s'efforça de se contrôler.

— C'était quoi, Lily ? Je ne sais pas lire dans les pensées. Il faut que vous acheviez votre phrase.

— Très bien, écoutez. Ce n'est pas parce que ce genre de baiser est fréquent dans votre vie qu'il en est de même dans la mienne.

— Alors, vous avez de la chance. Nous pouvons combler cette lacune.

— Ça y est, c'est fait. Nous n'avons pas à recommencer.

— Je ne vous comprends pas, Lily. Je ne vous comprends pas du tout.

— Je voulais seulement savoir quel effet cela faisait d'embrasser quelqu'un comme vous, dit-elle. C'est tout.

— Quelqu'un comme moi, répéta-t-il. C'est-à-dire ?

Elle s'arrêta et lui fit face. La lumière de la lune, à présent haut dans le ciel, inondait la trouée de l'abîme. Très bien, se dit-elle. La franchise était peut-être la bonne solution.

— Quelqu'un de si beau qu'il ne me semble pas réel, avoua-t-elle dans un murmure hésitant. Quelqu'un dont le portrait orne des publicités de whisky irlandais faites à Taïwan.

— Au Japon, corrigea-t-il. J'ai fait cette pub au Japon.

— Peu importe, s'écria-t-elle avec impatience. Vous comprenez ce que je veux dire. Vous n'êtes pas le genre d'homme que je fréquente habituellement, alors j'étais curieuse.

— Quel genre d'homme fréquentez-vous habituellement ?

Le genre que je peux planter là sans problème. Elle s'éclaircit la gorge.

— Le dernier avec lequel je suis sorti était prof de gym.

— Eh bien, je suis un sportif, moi aussi, dit-il, perplexe.

Il y avait autant de différences entre un prof de gym et Sean Maguire qu'entre une luciole et un éclair.

— Celui d'avant collectionnait les modèles réduits de trains. Vous voyez, ils sont tous... ordinaires. Comme moi.

— Vous, ordinaire ? Laissez-moi rire.

— Ce que je veux dire, c'est que vous n'êtes pas mon type.

— Parce que votre type, c'est un mec ordinaire qui enseigne la gymnastique et collectionne les petits trains ?

— Exactement, dit-elle, soulagée qu'il ait enfin compris l'idée générale.

— Je sais pourquoi.

— Allons bon ! Vous allez me psychanalyser, maintenant ?

— Hé, après toutes les heures que j'ai passées avec le docteur Sachs, je suis qualifié. Vous voyez, ces types-là ne vous font pas peur parce que vous ne risquez rien avec eux. Tandis que, moi, je suis le type dont vous pourriez tomber amoureuse pour de bon. C'est pourquoi vous me résistez.

Lily se mit à rire.

— Si vos performances dans le tournoi sont à la hauteur de votre ego, vous n'avez pas de souci à vous faire.

Elle se dirigea vers le camping. Quelques fenêtres et dômes de tentes encore éclairés perçaient l'obscurité, et deux feux de camp achevaient de se consumer.

— Vous me plantez là ? s'écria-t-il d'une voix incrédule.

— Ça dépend.

— De quoi ?

— De vous. Soit vous me suivez, soit non.

Elle ne regarda pas derrière elle. Elle devait reprendre le contrôle. Il n'avait sans doute pas l'habitude que les femmes lui résistent. Eh bien, elle, elle n'avait pas l'habitude des hommes qui parlaient aussi aisément de tomber amoureux. Ils étaient quittes.

39

— « Soixante-dix bouteilles de bière sur le mur », chantaient Charlie et Ashley comme ils passaient devant une aire de repos ombragée.

Lily se disait que d'ici peu, elle aurait bien besoin des fameuses soixante-dix bouteilles de bière. Sa patience s'effilochait. Ce matin, Charlie avait été une élève récalcitrante, et la journée n'en finissait pas.

Soudain, la fillette s'arrêta de chanter. Seule Ashley continua :

— « Soissant'dix bouteilles de bièèèè… »

— Stop ! cria Charlie. Oncle Sean, arrête-toi tout de suite !

En entendant la note de panique dans la voix de la fillette, Lily se retourna, inquiète. Réagissant instantanément, Sean ralentit et s'arrêta sur le bas-côté.

— Qu'y a-t-il ?

— Il faut que tu retournes à cette aire de repos. Il faut que tu le fasses tout de suite, tout de suite, supplia-t-elle, au bord de l'hystérie.

— Chérie, il y a des toilettes dans le camping-car.

— S'il te plaît, vas-y, insista-t-elle. Je t'en prie. J'ai vu quelque chose.

Sean parut sceptique. L'intuition de Lily lui conseillait d'obéir à Charlie. Avant le départ, Violet lui avait dit : « N'oublie pas que lorsqu'on fait le métier de parent, on en sait plus qu'on ne croit. »

— On est en avance aujourd'hui. On peut s'arrêter quelques minutes, dit-elle, tout en espérant que la chose qu'avait vue Charlie n'était pas le cadavre d'une petite victime de la route.

La vue d'un animal mort sur le bas-côté faisait pleurer Charlie, Ashley l'imitait sans tarder, et ensuite, les kilomètres défilaient avec une lenteur épouvantable.

La route étant complètement déserte des deux côtés, Sean effectua un demi-tour complet. Dès qu'il pénétra dans l'aire de repos, Charlie bondit de son siège et, malgré les cris des deux adultes, ouvrit la porte au moment exact où le camping-car s'immobilisait.

Cameron sauta à terre derrière elle, en grand frère protecteur. Sean prit le bébé dans ses bras, et ils rejoignirent Charlie, qui désignait une pancarte écrite à la main.

— Vous voyez ? dit-elle. Vous voyez ? Je savais bien que je m'étais pas trompée. C'est marqué : « Je cherche de bons maîtres. » Ça veut dire qu'on peut le prendre.

— Prendre quoi ? demanda Cameron.

— Pour une gamine qui ne sait pas lire, elle a déchiffré cette pancarte rudement vite, murmura Sean.

Au pied de la table de pique-nique, une casserole contenait un fond d'eau sale et un gros sac de croquettes pour chien s'affaissait dans l'herbe, au milieu d'une colonne de fourmis rouges.

— Une autre personne l'a peut-être déjà pris, suggéra Lily, soulagée de ne voir aucun signe de vie.

La dernière chose dont ils avaient besoin était de s'encombrer d'un animal abandonné.

— Non, il y a un chien. Je l'ai vu quand on est passés devant, insista Charlie.

Elle fit trois pas en criant :

— Hou hou… Y a quelqu'un ?

Un adolescent dégingandé à l'air triste apparut au sommet du talus qui séparait l'aire de repos des champs voisins. Il fut rejoint par un autre garçon, plus jeune mais aussi maigre. Puis par un éclair noir et blanc qui ne tarda pas à gambader dans leurs pieds.

— Vous voyez ? dit Charlie. Vous voyez ? Hé, p'tit chien ! appela-t-elle en tapant des mains et en claquant des lèvres. Viens là.

L'animal, une vraie boule d'énergie, allait et venait frénétiquement. Ashley riait de plaisir. Cameron restait immobile, mais la scène l'intriguait visiblement.

— Vous le donnez ? demanda Charlie, les yeux écarquillés.

— Faut bien, dit l'aîné des garçons. Notre chienne a eu plein de chiots, et papa a dit qu'on pouvait pas les garder.

— Charlie, on doit s'en aller, intervint Lily.

— Attendez, murmura Sean en posant sa main libre sur son bras.

Son sourire rappela à Lily le baiser de la veille auquel, quels que soient ses efforts, elle ne cessait de penser.

— Il est gentil ? On peut le caresser ? demanda Charlie.

— C'est une fille, corrigea le plus jeune des garçons. Elle a six mois et elle est très maligne. On lui a appris à faire ses besoins dehors et à dormir dans son panier. Mais notre papa nous a dit de pas la ramener à la maison ce soir.

Son frère siffla en se tapotant la cuisse.

— Ici, Babe.

La chienne s'immobilisa, ses oreilles soyeuses pendant comme des drapeaux en berne. Elle fit demi-tour et, le ventre au ras du sol, s'approcha des garçons, la queue battante.

— Tu peux la caresser autant que tu veux, dit le plus jeune des garçons. On l'a appelée Babe parce qu'elle était la plus petite de la portée. C'est la seule qui nous reste.

— Mon Dieu, faites quelque chose, murmura Lily à Sean. Ça pourrait être dangereux.

— Gentille, gentille petite Babe, chantonna Charlie d'une voix douce et tendre.

Le chiot la rejoignit et roula sur le dos, ventre et pattes en l'air.

— Regardez, dit Charlie comme une langue rose léchait sa main. On est déjà amies.

— C'est hors de question, protesta Lily. On ne peut pas garder cette chienne. Nous la déposerons au refuge de la ville voisine, où on s'occupera bien d'elle en attendant de lui trouver une famille. Une famille qui a besoin d'un chien et qui pourra prendre soin d'elle.

Ses quatre compagnons de voyage la regardèrent fixement, ainsi que les deux frères.

— Pas de chien, insista-t-elle. On ne sait pas dans quoi on se lance quand on prend un animal. Surtout un animal inconnu. Elle a probablement des vers.

— Non. On l'a traitée contre les vers, précisa l'aîné des garçons.

Lily croisa les bras.

— Un chien, ça vous brise le cœur, je vous dis ! Un chien ne survit jamais à son maître.

— S'te plaît, Lily, gémit Charlie, qui gratouillait le ventre du petit animal.

— Pas de chien. C'est sans appel.

— Reste tranquille, Babe, dit Lily en faisant les gros yeux au membre le plus récent de la famille.

Cela faisait à présent deux jours et mille kilomètres que la petite chienne avait été adoptée. Le projet de la déposer dans un refuge de la ville d'Elko, dans le Nevada, avait été anéanti par quatre protestations véhémentes.

« On n'abandonne pas un animal sous prétexte qu'il est encombrant, avait dit Sean.

— Ouais, avait acquiescé Charlie.

Même Cameron avait exprimé son opinion :

— Ouais.

— À ton tour, avait dit Lily en regardant Ashley.

— Ouais », avait dit le bébé.

Et maintenant, à qui revenait la tâche de s'occuper de l'adorable bâtarde ? À Lily, bien sûr. Sean était allé prendre une douche et Cameron avait emmené les filles se défouler sur le terrain de jeux, la laissant avec la chienne, laquelle était très sale et sentait fort. Or, le lendemain, ils s'arrêtaient à Park City, où devait se dérouler l'une des compétitions du tournoi. Seule solution : la douche. Sans tenir compte de la pancarte « Interdit aux animaux », Lily s'était enfermée avec Babe dans une cabine de la taille d'une penderie et était restée vingt-cinq minutes sous le jet, jusqu'à ce que l'eau soit claire et limpide. Ensuite, ruisselantes, hirsutes et de mauvaise humeur, toutes deux avaient regagné le camping-car que Babe avait copieusement arrosé, à force de sauter sur les meubles et de s'ébrouer.

— Reste tranquille, répéta Lily.

Elle enveloppa le petit animal dans l'une des belles serviettes en coton égyptien de Crystal et se mit à le frotter vigoureusement. Ce qui eut pour effet immédiat d'interrompre ses gesticulations, car Babe n'aimait rien tant que se laisser frotter. Ils l'avaient découvert très vite lorsqu'ils l'avaient emmenée chez un vétérinaire de Tooele, dans l'Utah. Le jeune praticien avait ri tout en la caressant.

— Elle a moins d'un an, avait-il confirmé. Et elle est en excellente santé.

Lily frotta énergiquement la chienne, qui se mit à pousser des jappements d'extase.

Sean entra, l'air scandaleusement rafraîchi et détendu après sa douche.

— Ça sent le chien mouillé ici.

— Je me demande bien pourquoi, fit-elle en lui jetant un regard noir.

Il se pencha et gratouilla Babe sous le menton.

— Que tu es jolie !

— Maintenant, oui, approuva Lily. Il suffisait de lui offrir une séance de thalasso.

— J'ai l'impression que vous avez trouvé une nouvelle meilleure amie.

— Elle est très mignonne, mais je continue à penser que c'est une erreur de la garder, dit Lily en s'accroupissant.

— Les enfants sont fous d'elle, et c'est réciproque. Comment cela pourrait-il être une mauvaise chose ?

— Être fous l'un de l'autre n'est pas une raison pour rester ensemble.

Elle retrouva ses lunettes, qu'elle avait perdues au cours de l'essuyage de Babe, et les remit sur son nez. Les verres étaient couverts de buée, mais elle les laissa obstinément en place.

— Votre logique me tue, Lily. Vraiment.

— Je pense aux enfants. Ils ont déjà tant perdu. S'il arrivait quelque chose à Babe…

— Je vais vous dire ce qui va arriver à cette petite chienne, déclara-t-il. Elle sera notre animal de compagnie aussi longtemps que le destin le voudra. Combien de temps ? Personne ne le sait. Nous prendrons soin d'elle et ferons de notre mieux pour que ça dure toujours.

— Rien ne dure toujours, murmura-t-elle.

— Le plus longtemps possible, alors, répliqua-t-il avant de lui voler un baiser.

Elle faillit fondre sur place, mais s'écarta.

— Il faut que vous arrêtiez de faire ça.

— Oh, oui, j'arrêterai, promit-il en éclatant de rire. Quand les poules auront des dents.

Sur ce, il enfila à Babe le collier tout neuf qu'il lui avait acheté.

40

Jamais Lily n'avait eu autant besoin d'une amie de cœur. Une amie de cœur était la personne qu'on appelait lorsque les baisers d'un garçon vous faisaient oublier le reste du monde. Une amie de cœur était celle que vous préveniez dix minutes après être tombée amoureuse, ou du moins dès que vous le saviez. Enfin, une amie de cœur vous fournissait les arguments décisifs qui vous retenaient sur la voie du ridicule et vous empêchaient de vous laisser embobiner par un type dangereux.

Privée de Crystal, Lily n'avait plus personne à qui se confier. Violet l'aurait poussée dans le mauvais sens. Edna aurait trouvé une explication ésotérique à la surprenante réaction chimique qui se produisait entre elle et Sean. Appeler sa mère était hors de question. Le mieux était qu'elle essaie toute seule de refouler ces sentiments stupides.

Son sommeil était complètement perturbé. Elle restait éveillée jusque tard dans la nuit, incapable de chasser Sean Maguire de ses pensées. Elle essaya tout – écouter la respiration des filles, lire avec une minuscule lampe électrique fixée au livre, compter les kilomètres parcourus. Le chant des oiseaux la réveillait beaucoup trop tôt et, sans tarder, sa tête se mettait au boulot et évoquait Sean Maguire.

L'odeur du café lui apprenait qu'il était déjà debout. Pourquoi fallait-il que le café sente aussi bon ? Et pourquoi en préparait-il tous les jours ? Pour lui rappeler qu'elle avait tort de s'en priver ?

Elle s'obligeait à rester immobile jusqu'à ce qu'elle l'entende sortir la chienne. Finalement, elle renonçait à l'espoir de se rendormir, et l'impatience, des pensées impossibles et l'odeur insidieuse du café la chassaient du lit. Elle s'enfermait dans la minuscule salle de bains, où le miroir lui renvoyait l'image peu aguichante d'un visage bouffi, d'une tignasse hirsute et d'un pyjama gris informe.

— Même quand tu dors, tu as l'air d'une raseuse, marmonnait-elle avant de se brosser les dents.

Au sortir de la salle de bains, elle éteignait la cafetière qui la narguait et se préparait une tasse de thé au ginseng en mangeant une barre de céréales bio. Après un fantasme, bref mais brûlant, incluant le café, la boîte de Froot Loops qui traînait sur la table et Sean en personne, elle finissait son petit déjeuner diététique et s'obligeait à se ressaisir.

Puis elle mettait un short, un tee-shirt et des chaussures de sport, le tout aux couleurs de Wonder Bread, attachait ses cheveux en queue de cheval et s'élançait. Sans être une athlète, elle restait en forme grâce au jogging et à l'observation fidèle de son régime. Durant cette traversée du pays, elle avait couru au milieu des cactus et du mesquite du désert du Nevada, au pied des stupéfiantes montagnes enneigées de l'Utah et du Colorado, dans l'herbe dense des prairies du Midwest, le long de rivières ombragées et sur des routes de campagne vallonnées. Et pas un instant elle n'avait regretté d'avoir renoncé à son aventure italienne.

De retour au camping-car, elle trouvait Sean et les enfants attablés devant des Krispy Kremes et s'amusant à des jeux aussi stimulants pour l'esprit que simuler des pets en faisant claquer les aisselles ou bien chanter en rotant. Pourquoi aller en Italie quand on avait droit à tout ça ?

Ce matin-là, comme elle sortait du camping-car et refermait doucement la porte, elle sentit qu'elle était dans un endroit spécial. Le silence régnait, aussi léger et translucide que la brume matinale, étouffant les piaillements des oiseaux.

La veille, ils avaient atteint la destination de leur voyage. Pinehurst, en Caroline du Nord. C'était la première fois qu'elle voyait à la lumière du jour cette région célèbre pour ses terrains de golf et les compétitions qui s'y déroulaient, dont le Championnat colonial. Cinq personnes avaient traversé le pays pour que Sean puisse jouer. Et gagner.

Elle avait lu son guide, bien sûr, et appris que c'était un pays paisible de pins élancés comme des sucettes, de clôtures en bois blanc, de prés émeraude où paissaient des chevaux de chasse. Un réseau de pistes cavalières sillonnait les forêts, et chaque maison blanche reposait comme un bijou sur un coussin vert, tel un décor de cinéma. Des familles aux noms prestigieux y possédaient l'une de leurs nombreuses résidences – Firestone et Beauregard, Banfield et Whitney.

Mais aucun guide ne l'avait préparée à la splendeur de l'aurore, à la lumière qui s'insinuait entre les longues branches des pins, à la riche odeur d'herbe fraîchement coupée que transportait la brise. Le quartier dans lequel elle courut se nommait Royal Oaks – un nom prétentieux, songea-t-elle, tout en admettant que cette avenue de chênes avait quelque chose de majestueux.

Elle n'eut pas à aller loin pour trouver le terrain de golf où devait se terminer le tournoi. Le parking était désert, à l'exception de deux énormes camions. Le drapeau américain ornait les flancs de celui qui abritait un générateur; l'autre, d'un vert intense, contenait du matériel électronique. On aurait dit deux géants endormis.

Elle ralentit et, passant entre les camions, parvint à une pelouse impeccable bordée d'azalées magenta et d'une barrière blanche. Un index tendu sur un panneau indiquait la direction du practice.

Le chemin tapissé d'aiguilles de pin lui donna l'impression de pénétrer dans une forêt enchantée. Le silence était tel qu'elle put entendre le battement des ailes d'un oiseau au-dessus de sa tête et celui de son propre cœur dans sa poitrine. Il n'y avait pas un souffle de vent, mais la brume matinale refroidissait ses bras et ses jambes nus.

Elle reconnut les bruits à présent familiers du golf. Sean avait joué chaque jour de leur voyage, et elle avait appris à reconnaître le bruissement que faisait le club en fendant l'air, puis le bruit net produit par l'impact de la face du club sur la balle à fossettes. Un silence d'une longueur imprévisible s'ensuivait, ponctué par le son étouffé du projectile atterrissant au loin.

Elle en était même arrivée à distinguer les bruits que faisait Sean de ceux des autres joueurs. Elle reconnaissait la sonorité et le rythme de son jeu.

Contrairement à ce qu'elle avait pensé, Sean était seul à s'exercer dans la brume matinale. Il était tellement concentré qu'il ne la vit pas arriver.

Attachée à un arbre, la chienne haletait en lâchant des petites bouffées blanches dans l'air frais. Chaque fois qu'une balle s'envolait, ses oreilles se dressaient d'excitation, mais elle restait tranquille. Sean lui avait appris à rapporter la balle, mais seulement sur son ordre.

Craignant de le déranger, Lily demeura sur le chemin.

— Bonjour, dit-elle lorsqu'il fit une pause.

Babe se tortilla et renifla en guise de bienvenue, puis s'aplatit sur le sol en gémissant. Bien que Lily trouvât toujours stupide de s'encombrer d'une chienne, la voir atteindre des paroxysmes d'extase chaque fois qu'elles se retrouvaient l'amusait.

— Bonjour, mademoiselle Robinson, dit Sean.

— N'est-ce pas ce que votre caddie est censé faire ? demanda-t-elle en le voyant essuyer la tête de son club.

— La dernière fois que je l'ai vu, mon caddie avait le nez dans son oreiller.

— Il était dans la même position lorsque je suis sortie.

— Je suis sans doute trop tolérant.

— Probablement.

Il la regarda avec attention, ce qui la mit mal à l'aise. À côté du pantalon bien repassé et de l'élégante chemise de golf qu'il portait, sa tenue Wonder Bread lui faisait honte.

— Je pensais voir plus de joueurs, dit-elle. Pourquoi êtes-vous toujours le premier à vous entraîner ?

— Je dois rattraper le temps perdu et, par conséquent, travailler plus que les autres.

— Selon Red, vous êtes le plus doué.

— Le talent ne suffit pas. On doit s'entraîner comme si on n'avait aucune aide à attendre de Mère Nature. Parce qu'elle ne nous aidera pas. Un joueur qui s'est exercé neuf heures par jour battra toujours un joueur naturellement doué.

Il désigna un banc sur lequel il avait laissé ses chaussures de ville, une Thermos et une boîte de Devil Dogs.

— Je vous proposerais bien du café, dit-il, mais je sais déjà que vous allez refuser.

— Je pourrais vous surprendre un de ces jours, et prendre un café et des Devil Dogs.

— J'aimerais voir ça, dit-il avec un sourire espiègle. J'aimerais vous voir faire un tas de trucs.

Elle savait que la conversation s'approchait d'un terrain dangereux, mais il ne suffisait pas de le savoir pour s'en éloigner.

— Par exemple ?

— Je ne sais pas. Toutes sortes de choses, dit-il en s'asseyant pour changer de chaussures. Vous enivrer et enlever votre chemise. J'aimerais bien voir ça.

— Vous, comme tous les potaches de mon école. Comportez-vous en adulte, Maguire.

— Pourquoi ?

— Parce que vous êtes un adulte. Vous devriez vous conduire comme il convient à votre âge.

— Je m'aime comme je suis.

— Apparemment, *American Golfer* aussi, dit Red Corliss, qui les rejoignait et tendait un journal à Sean. En première page, mon ami. Ta prestation lors de la compétition de Park City a attiré l'attention des journalistes.

Sean bondit, un grand sourire aux lèvres.

— Red ! Je ne m'attendais pas à te voir.

Babe mourait d'envie de sauter sur le nouveau venu, histoire de faire connaissance. Sean lui enjoignit de garder son calme d'un simple geste de la main que Lily trouva fascinant.

Elle comprit qu'ils vivaient là un événement rare. Red Corliss était un agent très occupé qui n'avait pas le temps de se déplacer pour chacune des compétitions de ses clients.

— Red, tu te souviens de Lily ?

— Bien sûr, fit l'agent en serrant la main de la jeune femme. Je suis content de vous rencontrer en de plus heureuses circonstances… Comment vont les enfants ?

— Nous prenons un jour après l'autre, dit Sean.

Le « nous » accrut le sentiment de solidarité qu'éprouvait Lily à son égard. Peut-être cela expliquait-il l'alchimie qu'il y avait entre eux. Dans ce cas, la sagesse prescrivait d'éviter de s'engager dans une relation avec lui. S'éprendre d'un homme parce qu'il était chargé des trois enfants qu'elle aimait était une mauvaise idée.

— Allons voir s'ils sont levés, suggéra-t-elle.

— Voici notre nouvelle recrue, dit Sean en détachant la laisse de l'arbre. Elle s'appelle Babe. Charlie l'a repérée au bord de la route et nous l'avons adoptée.

— Charmante, fit Red. La marque Purina va peut-être lui proposer un contrat.

— Si tu te charges des négociations, je n'ai rien contre, dit Sean.

Ils prirent le chemin du parking des camping-cars. Lily observait Red avec amusement. Lui n'était sûrement pas habitué à voyager en camping-car. Crystal aurait su dire d'où venaient son costume et ses chaussures. Lily savait seulement qu'ils n'étaient pas bon marché.

— Que dit la presse sportive ? demanda-t-elle.

Il lui tendit le journal. Un gros plan montrait Sean, l'air concentré, qui suivait des yeux la balle qu'il venait de frapper. Le titre disait : « Du play-boy au père de famille. »

Elle éclata de rire.

— Allez-y, moquez-vous, dit Red. La presse adore ça… Mais n'oublie pas, Sean : aujourd'hui, ton histoire plaît au public, mais si demain tu joues mal, tu seras…

— Il a très bien joué jusqu'à présent et il s'est entraîné tous les jours, intervint Lily.

Elle ne connaissait rien au golf professionnel, mais elle savait d'instinct que souligner les aspects positifs était le meilleur moyen d'obtenir de bons résultats.

— Cameron et lui travaillent ensemble comme une machine bien huilée.

— C'est ce qu'on m'a dit. Je voulais que tu prennes un caddie plus expérimenté, mais finalement, tu as bien fait de garder le gamin. En plus, c'est bon pour ton image.

— Ce n'est pas pour ça que j'ai insisté, dit Sean. Je le veux parce qu'il me fait du bien.

41

Assis derrière le volant du camping-car, Cameron faisait semblant de conduire. Il devait être le caddie de son oncle dans la plus grande compétition de l'été, et il avait peur – peur de faire le caddie, peur d'embrasser une fille, peur de conduire, peur de tout. Bien calé dans son siège, il sentait la résistance des pédales sous ses pieds et la solidité de l'énorme volant dans ses mains. Il était seul. Les autres étaient au barbecue offert par les organisateurs du tournoi. Cameron s'était éclipsé pour appeler Becky, mais il n'avait pu la joindre. Elle travaillait encore.

Un décalage horaire de trois heures, c'était vraiment casse-pieds. Elle lui manquait tellement que, parfois, il avait l'impression de ne plus pouvoir respirer. C'était une fille intelligente, drôle et complètement indifférente à ce que les gens pensaient d'elle. Jusqu'à ce qu'ils deviennent amis, il ignorait comme ce pouvait être libérateur de ne pas tenir compte de l'opinion d'autrui. Un certain nombre de copains l'avaient laissé tomber après l'accident, et Becky lui avait dit de ne pas s'en faire pour ça.

— Le docteur Phil dit qu'on s'inquiéterait moins de ce que les gens pensent de nous si on savait comme ils pensent peu à nous.

Il aurait aimé conduire tout droit jusqu'à Sonora, en Californie, et retrouver Becky. Merde, il aurait aimé pouvoir conduire, point.

Il savait comment on faisait. Il avait été le meilleur élève du cours de conduite. Savoir ce qu'il fallait faire n'était pas le problème. Piquer une crise de panique au lieu de démarrer, c'était ça, le problème.

Pourtant, à cet instant, il se sentait remarquablement

calme. Le parking pour camping-cars était pratiquement désert, la plupart des concurrents ayant préféré s'installer dans les hôtels voisins avec service en chambre et piscine. À part un Airstream en forme d'obus à l'autre extrémité du parking, Cameron disposait d'un vaste espace pour lui tout seul.

Il remplaça la vue sur les bois par une image de l'autoroute s'étirant devant lui et le menant tout droit vers la ligne d'horizon. Bien qu'il ne l'eût pas fait depuis des années, il savait toujours imiter le bruit d'un moteur avec sa bouche. Aussi bien que lorsqu'il avait six ans et appartenait à une famille heureuse. Très vite, il se retrouva à mi-chemin de Memphis. À la sortie de Phoenix, il s'arrêta dans un chuintement de freins.

Quel enfantillage ! Il devait conduire pour de vrai.

Il sortit les clés de son short. Est-ce que celle qui ouvrait les portes permettait aussi de démarrer ?

Non. Il en éprouva autant de soulagement que de déception.

Il regarda le trousseau. Peut-être était-ce l'une des autres clés. Probablement celle marquée « contact ».

Bon, il n'avait plus d'excuses. Il disposait d'un parking vide et d'un camping-car rien que pour lui. C'était le moment. Bientôt, ils reprendraient la route de l'ouest et retrouveraient Comfort, les complications et les dilemmes qu'ils avaient laissés là-bas.

Un début de panique le frappa en pleine poitrine. Mais il inspira à fond et descendit pour détacher le véhicule des bornes de raccordement. Puis il remonta sur le siège du conducteur.

— Maintenant.

La ceinture. La clé dans le contact.

Le moteur s'éveilla, ébranlant la carcasse du Winnebago et remontant dans les tripes de Cameron. Il s'efforça de détendre ses doigts crispés sur le volant.

— Doucement, murmura-t-il. Vas-y doucement.

Étape après étape. Il desserra le frein à main et enclencha la première. C'était facile. Il l'avait fait un millier de fois dans sa tête. Puis, aussi légèrement qu'un poisson filant dans le courant, il laissa l'engin rouler. Il conduisait.

À la vitesse de l'escargot, d'accord, mais quelle importance ? Ce monstre avait la taille d'une péniche, et il fallait s'y habituer.

Cameron planait. Il traversa le parking, passa devant les emplacements vides, négocia chaque virage comme un vrai pro, repéra très vite à quel moment braquer et à quel moment redresser. Après trois tours complets, il se sentit assez détendu pour allumer la radio. Un morceau d'Aerosmith, parfait. Quelques tours de plus, et il s'accoudait à la vitre baissée comme un vrai routier.

Puis il franchit la sortie. Après toutes les activités de la journée, la famille serait fatiguée et contente de rentrer en camping-car, même s'il n'y avait que quelques centaines de mètres à parcourir.

Il traversa le quartier résidentiel en roulant largement en dessous de la vitesse autorisée, mais cela n'avait pas d'importance. Il n'y avait personne derrière lui.

Il entra dans le parking du golf en serrant à droite au cas où il croiserait un autre véhicule. Une odeur de viande grillée flottait dans l'air. Le camion d'un traiteur était garé devant le bâtiment principal, et des employés en vestes blanches allaient et venaient. Une fille qui ressemblait un peu à Becky traversait le parking en poussant une énorme poubelle.

Cameron lui accorda son attention une fraction de seconde de trop. Le temps qu'il regarde de nouveau devant lui, une deuxième poubelle émergeait de derrière le camion.

Bien qu'il roulât très lentement, le choc produisit une explosion. Tout ce que contenait la poubelle fusa – tasses et assiettes en carton, épis de maïs et hot dogs à moitié mangés, mégots, cendres, ketchup. Une giclée de quelque chose – du *coleslaw*, peut-être – éclaboussa le pare-brise du camping-car.

Cameron parvint à se mettre au point mort et à couper le moteur. Il ouvrit la portière et sauta à terre.

— Quelqu'un est blessé ?

La panique était de retour et brandissait ses griffes.

Un employé – qui, selon son badge, s'appelait Roy – le fusilla du regard. Il pesait sûrement plus de cent kilos, et une grande traînée de moutarde décorait son pantalon.

— Non, connard, dit Roy. Mais t'as du nettoyage à faire.

— Bien sûr, s'écria Cameron. Mon Dieu, je suis désolé. Je ne vous avais pas vu.

Que devait-il faire, maintenant ? Une petite foule s'était rassemblée. Des doigts se pointaient sur lui, des voix chuchotaient.

Super.

Un reporter et un photographe surgirent.

— Est-ce qu'il y a des blessés ? cria le journaliste. À qui appartient ce Winnebago ? Vous avez vu ce qui s'est passé ? demanda-t-il à Roy.

— Cet abruti roulait sans regarder devant lui.

Le photographe et le reporter pivotèrent face à Cameron. Une pensée lui traversa l'esprit : il ne désirait pas vraiment mourir, mais si la foudre le frappait à cet instant, finalement, ce ne serait pas si mal.

Raté. Son oncle se frayait un chemin dans la foule.

Et voilà ! Oncle Sean et lui s'entendaient bien, mieux que son père et lui. Mais, apparemment, il n'y en avait plus pour longtemps. Une fois de plus, il s'était comporté comme la nullité que son père avait toujours vue en lui, et Sean allait immanquablement se ranger à cet avis.

— T'as rien d'autre à te mettre sous la dent, Donny ? grommela Sean à l'adresse du reporter.

— Tu connais ce jeune homme ? demanda celui-ci sans se démonter.

— Lâche-moi les baskets, grogna Sean. Salut, fit-il en rejoignant son neveu.

— Salut, dit le garçon qui, les yeux baissés, se préparait à encaisser l'orage.

— Tu... euh... tu conduisais ce truc ?

— Oui, répondit-il simplement, malgré le millier d'excuses qui s'agglutinaient dans sa gorge.

— Tu crois que tu peux reculer afin de libérer l'endroit à nettoyer ?

Seigneur, sous les yeux de tous ces gens ?

— Oui, répondit Cameron en espérant réussir et ne pas ajouter un mensonge à sa honte.

Sean jeta un coup d'œil au pare-brise sur lequel dégoulinaient des morceaux de *coleslaw*. Son visage était fermé, ses lèvres serrées et ses yeux brillants. Jamais Cameron ne lui avait vu un air aussi furieux.

— Et tu sais comment mettre en route les essuie-glaces ? demanda Sean d'une voix tendue.

— Je pense que oui.

La bouche de Cameron était sèche, comme si la honte avait pompé toute l'humidité de son métabolisme. Puis il remarqua quelque chose d'autre chez son oncle. Ce n'était pas la fureur qui le rendait aussi rigide et fébrile à la fois. C'était l'envie de rire.

Et, finalement, il ne put se retenir plus longtemps. Le rire jaillit en gros éclats juste après ces mots, balbutiés plutôt que clairement articulés :

— Alors, t'as intérêt à t'en servir avant de démarrer.

S'occuper d'une collision entre un camping-car et une poubelle ne faisait pas partie du travail de Red Corliss, mais il tint à accompagner Cameron à la plus proche station de lavage. Ensuite, ils se retrouvèrent tous à l'hôtel de Red, car il avait promis à Charlie qu'elle pourrait profiter de la piscine.

Adjacent au terrain de golf, le *Colonial* était un grand hôtel élégant qui hébergeait presque tous les meilleurs joueurs du tournoi. Deux portiers, avec hauts-de-forme et queues-de-pie rouges, maintenaient les portes ouvertes sur un vestibule rutilant de marbre et de cuivre. Une réplique du *Christ voilé* de Sammartino occupait le milieu d'une rotonde. Lily s'arrêta pour l'admirer. C'était l'une des œuvres d'art qu'elle s'était promis de voir durant son voyage en Italie. Selon son guide, cette sculpture était si belle qu'on en avait les larmes aux yeux.

Bouleversée par cette image de la souffrance, elle faillit pleurer, effectivement. Un coup d'œil à Charlie, Cameron et Ashley la rasséréna. Le garçon n'avait d'yeux que pour une paire d'adolescentes aux cheveux lissés en arrière, vêtues de jupes minuscules et de tee-shirts réduits à l'état de bretelles. Charlie montrait à Ashley comment sauter à cloche-pied sur les dalles noires et blanches du sol. Sean et Red continuaient à marcher, plongés dans leur conversation. Et soudain, Crystal manqua tellement à Lily qu'elle en perdit le souffle. Où en était-elle avec cette famille brisée ? À certains moments, les choses semblaient s'arranger. Cameron avait fini par prendre le volant, ce qui était un réel progrès, quelle qu'en ait été l'issue. Mais, à d'autres moments, Lily se sentait complètement perdue, aussi perdue que Charlie lorsque, en se réveillant le matin, elle se rappelait que la mère dont elle venait de rêver n'était plus que cela : un rêve.

— Lily, fit Charlie en lui prenant la main. Regarde la piscine !

On pouvait voir le bassin derrière des portes vitrées, au bout de l'immense hall. Résolument turquoise et de forme octogonale, il était doté d'une version réduite de la fontaine de Trevi. Exemple parfait du luxe tape-à-l'œil.

Lily emmena les filles dans le vestiaire pour dames et les aida à mettre leur maillot de bain.

— Où est le tien ? demanda Charlie.

— Je vais juste vous regarder.

Le visage de Charlie exprima l'ahurissement le plus total.

— Regarder ? Tu as vu cette piscine ? Comment peux-tu vouloir seulement regarder ?

— Ça m'ira très bien, répondit Lily d'une voix enjouée.

Il était inutile qu'elle avoue sa peur de l'eau. Elle n'avait appris à nager que contrainte et forcée, parce que l'examen de secourisme était exigé pour enseigner durant l'été.

— Allez, Lily. Ça sera pas pareil si tu vas pas dans l'eau, dit Charlie.

Ashley et elle étaient adorables dans leurs maillots jaunes. Celui du bébé était orné d'un volant au niveau des fesses.

— Je n'ai pas emporté de maillot de bain.

Elle en avait un, enfoui dans un tiroir du camping-car, mais elle avait réussi à traverser le pays d'ouest en est sans avoir à le mettre.

— On va aller t'en acheter un, décréta Charlie, d'un ton à la fois affectueux et autoritaire qui rappelait étrangement sa mère. Il y a une boutique dans le hall.

— Les boutiques des hôtels sont trop chères.

— Oncle Sean va gagner un million de dollars demain, insista Charlie. Il te donnera de l'argent.

— Ton oncle ne me donnera pas un centime, protesta vivement Lily. Je gagne ma vie, j'ai de l'argent.

— Alors, utilise-le. Achète un maillot et n'y pense plus.

C'était exactement ce qu'aurait dit Crystal. Sur ce, Charlie reprit d'un ton déprimé :

— J'ai vraiment envie que tu nages avec nous.

— S'te plaît, dit Ashley, comme si elle avait compris toute la conversation.

— Vous, alors ! fit Lily dans un soupir.

Elle prit Ashley dans ses bras et, suivie de Charlie, l'emmena à la piscine pour la confier à Sean. À la vue de son corps presque nu et ruisselant, elle sentit sa bouche s'assécher et ne sut plus quoi dire. Détournant les yeux, elle inspira à fond avant d'expliquer qu'elle avait oublié son maillot de bain et devait en acheter un à la boutique de l'hôtel.

— Mettez-le sur ma note, dit Red qui, vêtu d'un short hawaïen, se reposait sur une chaise longue, un cigare éteint entre les dents.

— Non, voyons.

— Promettez-moi de le faire, sinon je viens avec vous pour les essayages.

— C'est une conspiration ! s'exclama Lily.

Charlie tint à l'accompagner. Elle avait hérité du goût de sa mère pour les couleurs et le style et écarta fermement les maillots informes noirs et bleu marine que Lily sélectionnait.

— Essaie celui-là, dit-elle en passant un cintre sous la porte de la cabine. Sans pleurnicher.

C'était un bikini cerise à la limite de l'indécence, mais Lily dut admettre que Charlie avait raison. C'était… sexy. Elle se hâta de payer avant de se raviser. Puis, au comble de l'embarras, elle revint à la piscine, poussée par Charlie. Laquelle anéantit en quelques mots tout espoir de se faufiler entre les autres clients de l'hôtel pour aller s'asseoir discrètement sur le bord du bassin.

— Oncle Sean ! cria la fillette. Regarde Lily. Elle m'a laissée choisir.

Ashley dans les bras, il se retourna. Le regard qu'il promena sur Lily la brûla comme un coup de soleil.

— Bravo, Charlie, dit-il. Saute à l'eau.

Lily avança timidement et s'assit sur le bord. L'eau était délicieuse après la chaleur étouffante de la journée. Elle s'imagina sombrer dedans, laisser l'eau se refermer sur sa tête, et l'image la fit frémir. Pourvu que personne ne remarque ses gestes précautionneux ! Elle ne voulait pas devoir expliquer qu'elle avait peur. Cela semblait idiot, mais la vieille terreur était très vivace.

Tandis que Red surveillait les filles dans le petit bassin, Sean nagea sous l'eau et émergea en face de Lily.

— Vous ne vous baignez pas ?

— Je me mouille les pieds.

— Je voudrais vous voir entièrement mouillée.

— Vous n'êtes qu'un pervers, vous le savez ?

Il écarta les bras et se renversa sur le dos.

— Je suis le père de famille modèle pour le monde du golf. Vous ne lisez pas les rubriques sportives ?

— Alors, conduisez-vous en père de famille, pas en pervers.

— Mais, chérie, quand je suis près de vous, c'est plus fort que moi.

42

En fait, Lily était devenue une lectrice passionnée des rubriques sportives. Le lendemain matin, au petit déjeuner, elle faillit s'étrangler avec une gorgée de thé en découvrant la page sportive du *Raleigh Durham Gazette*. Il y avait une photo de Sean, la main posée sur l'épaule de Cameron, la tête rejetée en arrière, hilare. Le garçon arborait une expression de soulagement prudent. Le titre disait : « L'Outsider du tournoi et le Caddie débutant. » Le journaliste, Donny Burns, avait écrit un article au second degré sur « l'incident de la poubelle », selon son expression.

Espérons que la collision du Winnebago de Sean Maguire et du conteneur à ordures monté sur roulettes ne préfigure pas le tournoi de samedi. Et espérons aussi que ce carambolage n'affectera pas le jugement du jeune Cameron Holloway. Bien que son pedigree soit prestigieux – il est le fils du regretté champion PGA Derek Holloway et le neveu de l'ancien vainqueur des Masters Sean Maguire –, il n'a jusqu'à présent participé à aucun tournoi. Sa prestation comme caddie de Maguire pourrait être la clé du succès – ou celle de l'échec…

— Qu'est-ce qu'il y a, Lily ? demanda Charlie, qui mangeait son muesli.

Lily, qui s'apprêtait à plier le journal, suspendit son geste. Il n'y avait aucune raison de cacher ça. Elle tourna la photo vers la petite fille.

— Le journal a publié un article de mauvais goût sur ton oncle et ton frère.

Charlie étudia l'article avec soin tandis que Lily coupait une banane en morceaux pour le bébé. Elles étaient seules. Sean et Cameron étaient sortis à l'aube afin de s'échauffer avant la compétition.

— C'est une bonne photo d'oncle Sean, remarqua Charlie.

Y en avait-il de mauvaise ? Lily en doutait.

— Mais le journaliste a tort, reprit Charlie. Cameron a déjà participé à un tournoi.

Lily sursauta.

— Qu'est-ce que tu viens de dire ?

— Je dis qu'il y a une erreur. Cameron a fait le caddie pour papa...

— Charlene Louise Holloway, coupa Lily en souriant. Tu as lu l'article toute seule.

La petite fille enfourna une cuillerée de muesli dans sa bouche, prit le temps de mâcher puis dit :

— On devrait y aller. Ça va être l'heure.

Lily noua ses cheveux en queue de cheval, mit la visière Wonder Bread et prit le fourre-tout assorti – blanc avec des taches de couleur. Crystal aurait été horrifiée de voir ça. « Une touche d'élégance pourrait te changer la vie », aurait-elle dit.

Cette idée fit sourire Lily. Crystal était convaincue qu'un changement d'aspect pouvait faire basculer une vie.

— Tu es jolie avec ce chapeau, dit Charlie. Tu vas mettre du rouge à lèvres ?

— J'en ai mis.

— Je voulais dire, du rouge à lèvres rouge.

— En pleine journée?

— Bien sûr.

Lily sortit les trois tubes dont elle disposait et, obéissant à Charlie, choisit Pastèque Sauvage.

— Et tu ne devrais pas mettre de chaussettes.

— Tu en mets bien, toi.

— Oui, mais je suis une enfant.

— C'est une petite fille de huit ans qui me donne des leçons d'élégance, remarqua Lily en tapotant la tête de Charlie. Tu es bien la fille de ta mère.

— Vraiment ?

— Absolument. C'est l'une des raisons qui font que je t'aime tant... Qu'y a-t-il ? demanda-t-elle comme le regard de Charlie s'attardait sur elle.

— Tu ne m'avais jamais dit ça.

— En voilà une bêtise ! Je n'arrête pas de te le dire.

— Non. Tu dis : « Je t'aime » tout le temps, mais ça, c'est différent, insista Charlie.

Lily sentit un grand remue-ménage se produire en elle. Plus les jours passaient, plus il lui devenait difficile de garder ses distances. Sans doute était-il trop tard, à présent. Il ne lui restait plus qu'à s'armer de courage en prévision de la chute.

Elles firent faire une dernière promenade à Babe avant de la ramener dans le camping-car. Même avec la climatisation et la radio allumée, la chienne n'allait pas s'amuser. Comme Lily l'installait avec un os en caoutchouc, une pensée lui traversa la tête : « Regarde un peu ce que ma vie est devenue. »

Elle était passée de l'indépendance absolue au rôle de la brave fille chargée de trois gosses et d'un chien. Elle enferma Babe et sortit, poursuivie par les jappements déchirants de la chienne.

— Prêtes ? demanda-t-elle aux filles.

— Prêtes, déclara Ashley.

Lily dut livrer son combat habituel contre la poussette, qui se faisait toujours prier pour se déplier. Cela fait, elle assit Ashley et l'attacha. Elle rajouta un peu de crème solaire sur les genoux nus du bébé, bien qu'elle-même et les filles en soient déjà bien enduites.

À peine entrée dans l'enceinte du golf, Lily sentit que tout avait changé. L'atmosphère était complètement différente. Aussi animé qu'un aéroport, le parking grouillait de spectateurs, techniciens, membres du service d'ordre et personnalités élégantes que Lily ne put identifier. L'air lui-même bourdonnait d'énergie.

Un frisson d'excitation parcourut la foule lorsqu'un long véhicule étincelant apparut et alla se garer devant le club house.

— Ne seraient-ce pas les Wonder Girls en personne ? s'écria Red Corliss, qui les rejoignait en s'essuyant le front.

— Et lui, qui est-ce ? demanda Lily en désignant la limousine.

Elle eut un bref aperçu d'une chemise noire et entendit le chuintement de chaussures Nike avant que le grand homme soit englouti par la foule.

— C'est Beau Murdoch. Il a été élu joueur de l'année, l'an dernier.

— Qui sont tous les gens qui l'accompagnent ?

— Son entourage. Voyons. Il a son caddie, son entraîneur de swing et son entraîneur de *putting*, son attaché de presse, probablement un avocat et un kiné – et ce n'est pas fini.

— C'est stupéfiant.

Ils durent montrer leurs badges à l'entrée. Un vigile à l'air sévère examina Lily.

— Vous êtes qui ?

Lily se redressa.

— L'entourage de Sean Maguire, claironna-t-elle.

Derrière elle, une femme d'un certain âge toute vêtue de rose sourit à Ashley et Charlie.

— Quelle belle famille ! Il en a de la chance, ce Sean Maguire.

Le visage en feu, Lily bafouilla quelques remerciements et avança en poussant Ashley.

— Ça arrive tout le temps, dit Charlie à Red. Les gens croient toujours qu'on est une famille.

— Ça t'ennuie ?

— Non.

— Je pourrais faire partie de ta famille, moi aussi ?

— Bien sûr, Red, répondit la petite fille en lui prenant la main. On dirait que tu serais le grand-père.

— Super, grommela-t-il.

Émue par cet échange, Lily baissa la tête. Red savait trop bien lire dans les pensées d'autrui, et elle-même était nulle pour cacher ses sentiments. Décidément, cet été, rien ne tournait comme elle l'avait imaginé. La compagnie de Sean et des enfants l'amenait à s'avouer certaines choses qu'elle s'était toujours cachées. Par exemple, que sa vie passée était trop solitaire, et finalement égoïste. Ou encore à quel point le lien qui l'unissait aux enfants de

Crystal lui était cher. Et, oui, celui qui s'était créé entre elle et Sean Maguire aussi.

Beau Murdoch prenait congé de sa femme. Leurs regards adorateurs semblaient sincères, mais Lily se demanda comment ils pouvaient supporter de s'embrasser sous la fusillade des flashs. Les Murdoch avaient des jumeaux, chacun dans sa poussette sous l'œil vigilant de sa nounou personnelle.

— Sa femme est une Firestone, murmura Red à Lily. Comme les pneus.

Souriant et très à l'aise, le couple faisait penser à un exroi et une ex-reine de promo. Un dernier flash jaillit, puis ce fut le tour de Lily et des filles. Debout devant l'écran portant les logos des sponsors, Charlie et Ashley se révélèrent stupéfiantes d'aisance et de charme. Elles possédaient en abondance les gènes de reine de beauté de leur mère. Se faire photographier les enchantait visiblement.

Lily se demandait si son appréhension se verrait sur les photos. Même sous les flashs, ses pensées étaient ailleurs. Elle savait que le tournoi d'aujourd'hui n'était pas un moment fatidique, du genre « ça passe ou ça casse », pour la carrière de Sean. Le golf n'en offrait pas. Mais ici, il pouvait saisir l'occasion de réintégrer le haut du classement PGA.

Elles le repérèrent peu après, qui s'échauffait au loin avec Cameron. Nombre de spectateurs avaient les yeux rivés sur lui, certains dans l'attente de l'échec, d'autres du triomphe.

Voilà à quoi leurs vacances avaient été consacrées, songea Lily, en proie à un léger vertige. Ils n'avaient traversé le pays que pour arriver à cette journée.

— Ils ont l'air bons, dit Charlie, qui sautillait d'excitation. Je suis fière d'eux.

— Moi aussi, dit Lily.

Elle prit le bébé dans ses bras et lui fit agiter la main derrière la corde tendue pour contenir le public. Sean et Cameron les aperçurent, et Sean répondit en soufflant un baiser. Lily aurait voulu enfermer cet instant dans son cœur, car il lui permettait d'espérer que cette petite fratrie allait s'en sortir. Durant l'été, elle avait vu les morceaux se rapprocher puis se rassembler en un tout, cabossé et fêlé mais à peu près soudé. Ce n'était pas le même genre de famille que lorsque Derek et Crystal étaient vivants, mais c'était indéniablement une famille. Et même si elle ne l'avait pas prémédité, Lily en faisait partie.

Sa première pensée, le matin, était pour les enfants et, toute la journée, elle ne prenait aucune décision sans les avoir en tête. En même temps, elle n'oubliait pas qu'elle n'avait aucun droit sur eux. Selon les résultats du tournoi, Sean pouvait être appelé à quitter Comfort, à emmener ses neveux Dieu seul savait où, afin de faire son chemin vers le sommet du classement PGA.

Il eût été plus raisonnable de souhaiter sa défaite, ce qu'elle ne faisait pas, bien sûr. Le bien des enfants passait avant le sien.

43

Des heures plus tard, Lily, la gorge nouée, attendait le passage de Sean au dix-huitième trou. Charlie se tenait devant elle, la poitrine pressée contre la corde. À côté, Red mâchait son troisième chewing-gum à la nicotine. Ils avaient laissé Ashley au club house, sous la surveillance de baby-sitters engagés par les organisateurs. Les golfeurs étant prolifiques, la petite fille avait de nombreux amis avec qui jouer.

Lorsque Lily vit Sean et Cameron remonter le *fairway*, elle dut se retenir pour ne pas enfoncer les ongles dans les épaules de Charlie. Sean n'était qu'à deux points du leader, Wyatt Allen. Red affirmait que sur un parcours aussi difficile, tout pouvait arriver. Le leader pouvait faire une faute. Un rival pouvait le rattraper. Un outsider pouvait surgir à l'improviste et dominer tous les autres joueurs.

Lily trouvait plutôt agréable d'être spectatrice. Relaxant, même. Une compétition de golf se déroulait avec une élégance désuète qui la séduisait. Elle aimait la façon dont les gens se déplaçaient docilement sur le terrain, les applaudissements courtois, le silence subit, chacun retenant son souffle, lorsque les membres du service d'ordre levaient les pancartes « Silence ».

Mais, à cet instant précis, elle n'était plus du tout détendue. Charlie non plus. Lily sentait la petite fille trembler d'excitation. Ses problèmes scolaires ne l'empêchaient aucunement de saisir les règles et les finesses d'un tournoi de golf.

— Qu'est-ce qu'il y a ? demanda-t-elle en sentant le regard de Red sur elle.

— Ne vous inquiétez pas. Notre garçon se débrouille très bien.

— C'est un moment très important, Red, expliqua doctement Charlie. Oncle Sean n'est qu'à un ou deux coups du green, tout dépend comment il joue. S'il fait un *birdie*, il sera deuxième.

— De qui parles-tu, petite demoiselle ? demanda un homme qui l'avait entendue.

— De mon oncle Sean. Sean Maguire, c'est lui, là, répondit fièrement Charlie.

Les pancartes « Silence » s'élevèrent. Les nattes de Charlie cinglèrent l'air lorsqu'elle tourna la tête pour regarder.

L'autre joueur susceptible de décrocher la deuxième place était Murdoch lui-même, qui semblait sûr de pouvoir dépouiller Allen de la première. Il effectua un coup parfait, et la balle atterrit près de l'eau. Le coup suivant l'amènerait sur le green, et ensuite, il n'aurait plus qu'à *putter* pour faire un *birdie* et gagner le tournoi. À moins que Sean réussisse l'impossible et le rattrape.

Au milieu du terrain, Sean et Cameron tenaient une conversation étouffée. Malgré la distance, Lily sentait la tension qui émanait d'eux.

Vu la position de sa balle, Sean avait une décision importante à prendre. Le green était à près de deux cents mètres et deux obstacles le protégeaient, un petit lac et un bunker juste sous le green. Wyatt Allen avait fait un *par* sur ce parcours difficile, ce qui n'était pas brillant mais suffisant pour le laisser en tête.

Faire un *par* n'aurait rien de honteux. Un *birdie* lui donnerait la place de deuxième. Un improbable *eagle* – deux points sous le *par* – lui accorderait la victoire.

La prudence était d'envoyer la balle juste au bord de l'eau, ce qui était assez facile. Ensuite, il lui ferait survoler les deux obstacles et atterrir sur le green pour marquer un *birdie*.

Alors, de quoi Cameron et lui discutaient-ils ?

Cameron essayait de le convaincre d'utiliser un fer, qui l'amènerait au bord de l'eau sans prendre le risque de tomber dedans.

Sean fit non de la tête. Au lieu du fer, il prit un bois.

Un halètement collectif s'éleva des spectateurs. Il ne prenait pas la route sûre. Il voulait essayer d'avaler d'une traite les deux obstacles et arriver directement sur le green, afin de tenter un *eagle* au coup suivant.

Red étouffa un juron.

— Je me demande bien pourquoi je me donne tant de mal pour ce type !

— Je l'ai vu faire ce coup une centaine de fois cet été, dit Lily.

— Il y a une différence entre un parcours de cette difficulté et un practice.

— Chut, fit-elle. Laissez-lui sa chance.

— Je l'ai fait et il est en train de la foutre en l'air !

— Chut, répéta Lily.

— Oui, murmura Charlie. Chut.

Cessant de discuter, Cameron prit une attitude encourageante. C'était, Lily le savait à présent, le signe d'un excellent caddie. Son boulot était de soutenir et d'aider le joueur, qu'il approuve ou non sa stratégie. *Bravo, Cameron.*

Lily retint son souffle. Lorsque Sean se mit en position, elle sentit toute tension se dissoudre et faire place à un calme étrange. Il pouvait y arriver. La vie ne serait pas assez cruelle pour le priver de ce succès.

Sean tapa la balle, du mouvement à la fois élégant et puissant qui lui était propre. Il n'y eut alors plus rien à faire, juste attendre et suivre des yeux le minuscule globe blanc qui montait en flèche vers le ciel.

Quelques personnes l'encouragèrent :

— Vas-y, vas-y, vas-y…

Ou bien :

— Plus haut, plus haut…

Non que Sean eût des quantités de fans. Mais les passionnés de golf aimaient que l'audace soit récompensée, et ce coup-ci était plus qu'audacieux. Lily se surprit à prier. La balle atteignit le sommet de son arc et commença à descendre vers la terre. Ou, en l'occurrence, vers l'eau.

Non, je t'en prie, ne tombe pas dans le lac.

— Mon Dieu ! dit quelqu'un à côté d'elle. Elle… elle va sur le green.

Lily n'en croyait pas ses yeux. La balle trouvait la pente lisse du green. Elle avait échappé au lac, dans lequel tant de balles avaient péri. Elle avait ignoré le bunker et atterrissait à présent sur le green, à quelques mètres seulement du trou.

Lily aperçut le visage de Sean sur l'écran qui retransmettait la partie. Sa joie était telle que ses yeux étincelaient.

— Trop fort, marmonna Red malgré les applaudissements et les cris d'encouragement.

— Et alors ? demanda Lily.

Un gémissement collectif monta de la foule. La balle roulait sur le green et atteignait l'herbe un peu plus haute qui le bordait.

« Arrête-toi là, supplia Lily. Arrête-toi tout de suite et il pourra encore faire un *birdie*. »

La balle ne s'arrêta pas. Elle continua de dévaler la pente en prenant de la vitesse puis tomba, comme un oiseau abattu en plein vol, dans le sable du bunker.

Les grognements de déception se changèrent en « tss tss » et en « je vous l'avais bien dit ».

Les commentateurs sportifs auraient de quoi jubiler. C'était à cause de cela que Maguire n'était qu'un bon joueur parmi d'autres et non un champion, diraient-ils. Il surestimait ses capacités. Il refusait de se soumettre aux contraintes d'un sport dont l'une des caractéristiques était de récompenser l'humilité.

Wyatt Allen ne sembla pas se réjouir de l'incident, et Lily l'admira pour cela. Gagner grâce à l'erreur d'un adversaire ne lui procurait aucun plaisir.

Murdoch arborait un visage neutre, mais sa démarche bondissante trahissait sa joie, ce qui n'échappa pas à Lily.

Vas-y, espèce de sournois, loupe ton coup.

Et, chose incroyable, ce fut ce qui arriva.

Le champion rata le coup pourtant facile qui aurait dû l'amener sur le green. La balle heurta le bunker, creusa un sillon dans le sable et s'arrêta à quelques mètres de celle de Sean.

Ce ne furent pas des gémissements qui parcoururent la foule, mais des exclamations étouffées d'incrédulité, et même d'indignation.

Lily prit Charlie par la main et suivit la foule vers le green. Elles passèrent devant un commentateur qui, la bouche pressée sur son micro, parlait à mi-voix d'un ton haletant.

— Mesdames et messieurs, les événements ont pris un tour incroyable. Tout simplement incroyable. Il semble que, par des techniques très différentes, deux rivaux se retrouvent exactement dans la même position.

C'était à Murdoch de jouer. Il fit le tour du bunker comme un prédateur qui examine sa proie, s'accroupit pour étudier la position de la balle, se déplaça prudemment autour d'elle, discuta avec son caddie – qui, soit dit en passant, était une charmante personne plus jeune et plus belle que son épouse. Puis il héla un officiel.

— Qu'est-ce qu'il fait, Red ? demanda Charlie.

— Ce connard demande à déplacer sa balle sans pénalité, grogna Red.

— Ce connard, répéta Charlie avec dédain.

Lily était trop tendue pour la reprendre. Après un long moment durant lequel elle sentit ses nerfs frôler le point de rupture, il fut décidé que la proximité d'une fourmilière causait une anomalie du terrain, et Murdoch fut autorisé à déplacer sa balle.

— Qu'il se la mette où je pense, marmonna Lily avec le sentiment jubilatoire de s'abandonner à la pire des grossièretés.

— Ouais, fit Charlie. Où je pense.

— Le golf est un sport impitoyable, conclut le commentateur dans son micro. Un joueur a le droit d'utiliser tous les avantages possibles.

— Pourquoi Sean ne demande-t-il pas lui aussi à déplacer sa balle sans pénalité ? s'enquit Lily.

— Il est trop loin de la fourmilière, expliqua Red d'une voix sarcastique.

Comme Murdoch s'apprêtait à jouer, Lily réitéra sa malédiction sournoise. Cette fois-ci, cela ne sembla pas marcher. La balle s'envola et retomba sur le green à peu de distance du trou.

— Oncle Sean doit mettre sa balle dans le trou tout de suite, déclara Charlie. D'un seul coup.

Les spectateurs qui les entouraient adressèrent à Charlie des regards attendris et indulgents.

— Elle a raison, acquiesça Lily, qui n'avait jamais pu supporter la condescendance de certains adultes envers les enfants. Il faut que son prochain coup l'envoie dans le trou.

— Ouais, et moi, il faut que je gagne à la loterie, fit un homme d'un ton blasé.

L'air confiant, Cameron tendit un club à Sean.

Sean se positionna du mieux qu'il put, compte tenu de la situation. Sa balle reposait sur la pente sablonneuse, sous une petite avancée de terre qui masquait le trou.

Il frappa la balle. Un nuage de sable cacha tout. Puis la balle réapparut, s'envolant au-dessus du bunker. Dédaignant le green, elle le survola et tomba directement dans le trou avec un bruit creux, ricochant sur les parois avant de s'installer douillettement dans le fond.

Il y eut une seconde de silence incrédule. Puis cris et applaudissements jaillirent de la foule maintenue par les cordes. C'était exactement cela que les gens étaient venus voir.

Sean leva la main dans un geste de suprême satisfaction. Ce ne fut qu'en le voyant traverser le green, se pencher sur le trou et brandir sa balle que Lily se souvint de respirer. Ensuite, il prit Cameron dans ses bras et déposa un baiser bruyant sur son crâne. Submergé par la joie, le garçon ne songea même pas à protester.

Charlie criait en bondissant sur place, ses nattes voletant autour de son visage.

Lily, elle, restait muette. Elle regardait Sean avec émerveillement et se sentait absurdement heureuse pour lui. Il se tenait très droit, raidi par le triomphe, le visage rayonnant de joie. Puis il la regarda. Lorsque leurs regards se croisèrent, le monde s'évanouit, le brouhaha s'éteignit, laissant la place à un bourdonnement indistinct. Elle n'entendait plus que le bruissement du sang dans ses oreilles, elle ne voyait plus que le sourire de Sean.

Posant la main sur son cœur, elle articula silencieusement : « Je suis fière de vous. »

Il parut comprendre. Son sourire s'élargit tandis qu'il portait la balle à ses lèvres et l'embrassait. Au même moment, Beau Murdoch ratait son *putt*.

44

— Une compétition comme tout le monde aime en voir, disait le commentateur d'ESPN lors du résumé télévisé. Jailli de nulle part, un outsider a ravi les cœurs des passionnés de golf…

Assise à côté de Sean, Lily regardait des extraits télévisés de la partie. Après l'agitation et le brouhaha qui avaient suivi le dernier trou, Red était resté avec les enfants tandis que Sean et Lily allaient au bar prendre un verre – et profiter d'un surcroît de brouhaha et d'agitation, bien sûr. Cela n'ennuyait pas Lily. Ce soir, elle avait l'impression de se retrouver parmi des amis. Quant à Sean, il avait l'air détendu d'un homme qui baigne dans son élément et riait des taquineries amicales des autres joueurs.

— Maguire a remporté là une belle victoire, disait le commentateur. Il a si bien joué qu'on se demande pourquoi il est resté si longtemps à l'autre bout du monde.

— Eh bien, Chad, intervint une journaliste sur un ton faussement compatissant, comme vous le savez sûrement, la vie privée de Sean Maguire a subi un grand bouleversement. La mort soudaine de son frère, le grand champion Derek Holloway, concorde avec son retour. Y a-t-il quelque chose à en déduire ? Je l'ignore.

— Rentrons, fit Lily en posant la main sur le bras de Sean.

Il fit non de la tête et garda les yeux rivés sur l'écran. Autour d'eux, les gens se tortillaient dans leurs fauteuils, mal à l'aise.

— La performance de Maguire après cette tragédie va forcément susciter de nombreuses spéculations, renchérit le dénommé Chad. On se demandera si c'est un coup de veine, ou bien s'il faut désormais compter avec lui.

— Et pourquoi il n'est apparu dans la lumière qu'une fois son frère hors du paysage, ajouta Jan avec un sourire fielleux.

— J'en ai assez entendu, dit Lily, qui avait l'impression que des jets de vapeur fusaient de ses oreilles.

— Calmez-vous, conseilla Sean. Il ne faut pas y voir plus qu'un pet lâché dans une église. On retient son souffle une minute, le temps que l'odeur se dissipe, puis c'est fini.

Le résumé offrit d'autres images. Un gros plan séduisant montra Cameron et Sean en train de discuter. Les voir sur l'écran donnait une impression d'irréalité.

— Vous êtes superbes, tous les deux, dit-elle.

— Vous n'êtes pas mal non plus, répondit-il en l'incitant à regarder encore la télévision.

— Ô Seigneur, murmura-t-elle. Pitié, non.

Red et l'attachée de presse du sponsor les avaient prévenus qu'ils seraient à tout moment sous l'œil de la caméra, ce que la fin palpitante de la compétition lui avait fait complètement oublier.

La caméra zooma sur elle, si bien qu'elle parut plus grande qu'elle ne l'était en réalité. Chaque geste, chaque nuance prit un air mélodramatique. Son regard extatique. La main qui se pressait sur son cœur. Les mots destinés uniquement à Sean : « Je suis fière de vous. »

Puis la caméra montra Sean qui la regardait en embrassant la balle.

— L'amour peut-il être absent de tant de dévotion évidente ? conclut sournoisement le commentateur.

— Très bien, dit Lily qui, les joues en feu, se leva. Il faut que je m'en aille, maintenant.

— Où ? demanda Sean.

— Me cacher sous une pierre, compris ?

Elle sentit tous les yeux la suivre tandis qu'elle se ruait vers la sortie, aveuglée par l'humiliation. Elle était horrifiée. La caméra n'avait pas menti. Elle avait révélé la vérité que Lily fuyait depuis son départ de Comfort dans le Winnebago de sa sœur.

N'importe quel crétin pouvait voir qu'elle était complètement et absurdement amoureuse de cet homme. Quelle honte ! Comment affronter le monde, à présent ?

— Lily, attendez, s'écria Sean en la rejoignant. Où allez-vous ?

Elle eut un rire amer.

— Mon choix est limité.

C'était douloureusement vrai. L'instinct de conservation lui hurlait de s'enfuir, mais par quel moyen de transport ? Elle était prise au piège.

— Allons nous promener, dit-il en prenant sa main d'un geste naturel. Dans un endroit un peu intime. C'est ce qui nous manque, dans cette relation – l'intimité.

La bouche de Lily s'assécha. Le mot avec un r. Il venait de prononcer le mot qui commençait par un r.

— Mais les enfants...

— Ce soir, c'est Red qui s'occupe des enfants.

Il s'arrêta et lui décocha son sourire redoutable, celui qui la faisait fondre.

— Je lui ai demandé de les garder longtemps. Très, très longtemps.

— Sean, je...

— Bonsoir, monsieur l'outsider, fit une voix joviale.

Bras dessus, bras dessous, Beau Murdoch et sa femme déambulaient dans le parking. Les deux joueurs se serrèrent la main.

— Vous avez fait du bon boulot aujourd'hui, dit Murdoch. Je voulais vous féliciter, mais vous avez été tout de suite assailli par la foule.

« Et vous, vous aviez hâte de vous écarter pour bouder tranquillement », ajouta mentalement Lily.

— Je suis sûre que vous allez devenir de grands amis, tous les deux, dit-elle en suivant des yeux le couple qui s'éloignait.

— Exact.

Les Murdoch marchaient étroitement enlacés, comme des lycéens amoureux, et pour une raison inconnue, les voir ainsi accrut l'embarras de Lily.

— Vous êtes sûr que les enfants sont bien avec Red ? demanda-t-elle.

— Absolument. J'ai entendu parler d'un bain dans la piscine, suivi d'une partie de black-jack.

— Ô Seigneur…

— Ô rien du tout. Savoir jouer au black-jack est une nécessité à l'heure actuelle.

— Ça ne figure pas dans mon CV.

— Croyez-moi, j'ai plus souvent fait appel à mon talent au black-jack qu'à ma maîtrise des divisions.

— Vous savez quoi ? Aujourd'hui, je ne vais pas vous laisser m'embêter. Cette journée a été incroyable, et je n'ai pas envie qu'on me la gâche.

— Je ne vous embête jamais.

— Bien sûr ! Vous devriez me demander ce qui a été incroyable aujourd'hui.

— Mon jeu.

« Vous ramenez tout à vous », lui reprocha-t-elle en son for intérieur, tout en sachant que c'était faux. Elle lui cherchait des défauts afin de se protéger.

— En plus de ça.

— Très bien, qu'est-ce que c'est ?

— Charlie a lu un article dans le journal ce matin.

Un sourire éclaira le visage de Sean.

— C'est vrai ?

— Elle fait de réels progrès. À ce rythme, elle sera prête pour le CM1 à la fin de l'été.

— Vous êtes vraiment quelqu'un, mademoiselle Robinson.

— C'est Charlie qui est vraiment quelqu'un… Je pense qu'elle se retenait, ajouta-t-elle après réflexion. Elle était capable de lire depuis le début, mais elle s'y refusait.

— Pourquoi ? Pour attirer l'attention ?

Lily fronça les sourcils. Les petits vols du printemps précédent, oui, c'était un classique de l'appel au secours. Éviter de lire, c'était plus complexe.

— Je ne sais pas, admit-elle. Il faut que j'y réfléchisse. Il y a longtemps que j'aurais dû l'aider. Si j'avais…

Elle se mordit la lèvre, incapable de poursuivre.

— Voyons, chérie, dit-il en posant la main sur ses reins dans un geste qui la bouleversa. Ne vous mettez pas à ressasser le passé, je sens que vous allez dire des bêtises.

— Ce ne sont pas des bêtises. Si j'avais donné des cours particuliers à Charlie dès le début, je n'aurais peut-être pas eu à convoquer Crystal et Derek ce jour d'avril. Et alors, jamais ils n'auraient…

— Bon sang, Lily, arrêtez ! s'écria Sean. Vous vous reprochez ce qui leur est arrivé, comme vous vous êtes reproché toute votre vie la mort de votre frère. Ça ne marche pas comme ça. Vous n'êtes pas importante à ce point. Il pleut sur le juste et sur l'injuste, vous ne le savez pas ?

— Vous citez la Bible ?

— Ne prenez pas cet air ahuri. Je suis un sportif inculte, soit, mais je connais mon catéchisme. Écoutez, ôtez-vous de la tête que vous êtes pour quelque chose dans la mort de Derek et Crystal. Cessez de vous croire responsable de l'état de l'univers.

Elle le regarda avec stupéfaction. Jamais il ne lui avait parlé avec une telle véhémence.

Véhémence qui parut le surprendre lui aussi. Il se calma et sourit.

— En fait, ce que je voulais vous demander d'ôter, c'est votre chemise.

Elle tenta de ne pas se laisser affecter par son humour et son regard malicieux.

— Je mourrais de froid.

Elle s'écarta de lui et, les mains dans les poches, suivit l'allée peu éclairée.

— Que pensez-vous de Cameron ? Il a été épatant aujourd'hui.

— Oh, j'ai compris. Changement de sujet.

— Il a vraiment été épatant, insista-t-elle. Red a eu un coup de fil à son sujet de la revue *Teen People*. Je vois d'ici le gros titre : « Du vandale au vainqueur. »… Une star des médias dans la famille, c'est suffisant, conclut-elle avec un grand frisson.

— Je suis une star des médias ?

— Les médias le pensent, en tout cas.

— J'espère que les journalistes vont souligner ce que je dois à Cameron. C'est le meilleur caddie que j'aie jamais eu.

— À mon avis, vous lui avez fichu la trouille au dernier trou.

— Hé, je me suis fichu la trouille.

— C'est vous qui avez décidé de viser directement le green. Cameron voulait que vous le fassiez en deux coups.

— Parfois, il faut se donner un coup de pied au derrière et oser.

— Cameron l'a compris. Il vous a fait totalement confiance.

Elle eut envie de le toucher, mais se retint.

— Il est différent depuis l'incident avec le camping-car, vous ne trouvez pas ?

Elle se cramponnait résolument à la routine familière de leurs discussions : les enfants, la santé des enfants, le travail des enfants, le moral des enfants… Ce qui les unissait, c'étaient les enfants, et elle tenait à ce que ça continue ainsi.

— À propos de cet incident, je voulais vous dire que je trouve que vous avez bien réagi. Au départ, je ne pensais pas que l'humour était la bonne solution, mais maintenant, je vois qu'il n'y en avait pas de meilleure.

— Tant mieux, parce que c'était plus fort que moi. Quand je regarde Cameron, je nous vois, Derek et moi, au même âge. Quels idiots nous avons été, à certains moments ! Tout comme ce garçon… Vous avez remarqué qu'on en revient toujours au même sujet, vous et moi ? Les enfants, ajouta-t-il tout à trac.

Remarquer ? Elle l'avait fait à dessein.

— C'est un problème ?

— C'est de nous qu'on devrait parler.

— L'unique raison de ce « nous », ce sont ces trois enfants que…

— Vous savez que c'est faux, Lily.

Il l'empoigna par les épaules, puis, sans lui laisser le temps de fuir ou de trouver des excuses, il l'embrassa ardemment, sa langue suscitant des sensations qui firent oublier à Lily de quoi ils discutaient, et même qu'ils étaient en train de discuter.

C'était le problème avec Sean. Il lui faisait tout oublier, y compris les principes qui réglaient sa vie. Que l'avenir appartenait à ceux qui se levaient tôt, et par conséquent se couchaient tôt. Qu'un régime sain et des exercices physiques réguliers étaient les clés d'une bonne santé. Qu'on ne pouvait aimer sans souffrir. Elle oublia tout ceci et bien d'autres dogmes et lui rendit son baiser avec une avidité et une intensité jamais éprouvées avant ce jour.

Lorsqu'il s'écarta doucement, elle se souvenait à peine de son propre nom.

— On devrait s'enivrer et faire la fête, dit-il.

— Il y a quelque chose qui me plairait plus que m'enivrer, répondit Lily dans un élan d'audace.

— Mademoiselle Robinson, murmura-t-il en lui caressant du pouce le contour de la mâchoire, vous êtes pleine de surprises.

Elle glissa les mains dans celles de Sean, entrelaçant ses doigts aux siens. Elle se sentait téméraire et un peu folle, pas du tout la Lily habituelle.

— Vous seriez encore plus surpris si vous saviez ce que j'aimerais faire maintenant.

Le rire de Sean résonna, doux et lisse comme une caresse.

— Alors, je ne vous lâcherai pas tant que vous ne me l'aurez pas dit.

45

Quelques minutes plus tard, ils étaient assis face à face dans le camping-car. Sean observait Lily. Les mains tremblantes, elle se lécha les lèvres, puis les ouvrit lentement et planta les dents dans un Devil Dog. Fermant les yeux, elle émit le genre de gémissement qu'il n'entendait d'ordinaire qu'au lit.

Elle mâcha lentement, l'air extatique, et avala. Sous la table, la queue de Babe battit. Puis, enfin, les paupières de Lily se soulevèrent.

— C'était… incroyable, dit-elle, hors d'haleine. Mes dents chantaient.

Il poussa une tasse fumante devant elle.

— Un café ?

Elle prit une gorgée.

— J'ai manqué ma vocation, avoua-t-elle. J'aurais dû me faire pâtissière.

— La caféine risque de vous garder éveillée toute la nuit.

— Ça tombe bien. On a tous ces Devil Dogs à manger.

Il en prit un et Lily un autre.

— Vous êtes vraiment étonnante, Lily Robinson.

D'un coup de langue, elle attrapa la crème blanche égarée sur le coin de sa bouche.

— Ah, bon ? Pourquoi ?

— Vous ne ressemblez pas du tout aux autres femmes que j'ai connues.

— J'ai de trop petits seins ? Ou bien un cerveau trop gros ?

— Je vois que vous me tenez en haute estime.

Si Lily était comme les autres, elle finirait par le quitter. C'était ce que faisaient en général les femmes. Elles le quittaient. Il ne savait ni comment les garder ni comment désirer les garder.

— Bon, dites-moi, en quoi suis-je différente ?

— D'habitude, avant d'aller au lit avec une fille, on boit du champagne ou des petits verres de tequila, et on mange quelque chose de raffiné comme du caviar ou du foie gras. On ne se contente pas de café et de gâteaux à la crème.

Elle se léchait les doigts, un à un, en prenant son temps, comme si elle était consciente de l'effet que cela avait sur Sean.

Il tendit la main et, très doucement, lui ôta ses lunettes et les posa sur la table. Puis il dénoua sa queue de cheval et regarda ses cheveux flotter librement. *Au revoir, maîtresse d'école.*

— Qu'est-ce qui vous fait penser que je vais aller au lit avec vous ?

Il se leva et contourna la table.

— Ça, répondit-il avant de se pencher et de l'embrasser.

— Vous avez le goût d'un Devil Dog, dit-elle en s'écartant, hors d'haleine.

46

Lily se réveilla avec un grand sourire aux lèvres. Des sensations chaudes et légèrement douloureuses lui rappelèrent les moments passés dans les bras de Sean avant que Red ne ramène les enfants. Bien qu'ils n'aient disposé que d'un temps limité, leur étreinte avait été une révélation. Un rêve. Une extase plus tendre, plus savoureuse qu'une douzaine de Devil Dogs.

« Sean Maguire, songea-t-elle en laissant le nom dériver dans sa tête comme le refrain d'une chanson inoubliable. Sean Maguire. Je suis amoureuse de Sean Maguire. »

C'était scandaleux et merveilleux. Jamais de sa vie elle n'avait éprouvé une telle frayeur, mais, pour la première fois, elle n'y céderait pas. Depuis des années, sans s'en rendre compte, elle se courbait sous le poids de la peur, au point qu'elle ne savait même plus relever la tête. Maintenant qu'elle avait donné son cœur, quelque chose d'inattendu s'était produit. Son fardeau s'était volatilisé. Elle se sentait aussi légère que l'air et prête à jouir de l'instant présent au lieu de planifier l'avenir. Elle avait l'impression de ne plus être elle-même, la Lily Robinson si bien organisée et tendue vers un but. Elle se retrouvait dans le même état que Carmen, Dalila… Cléopâtre. Amoureuse, quoi.

Seule dans son lit, elle se demanda ce que ce serait de dormir toute la nuit dans les bras de Sean. Aujourd'hui, il allait être accaparé par Red et les journalistes. Lily avait envie de s'éclipser, de savourer son bonheur en privé. Elle tendit l'oreille. Personne n'était levé. Elle attrapa son portable, poussa la chienne dehors et sortit. Serrant son sweat-shirt autour d'elle, elle appela Violet. Tant pis s'il était

5 heures du matin de l'autre côté du continent, elle avait besoin d'entendre sa voix. Elle avait enfin eu droit à la révélation de l'amour, domaine dans lequel sa sœur était très compétente.

Violet décrocha dès la deuxième sonnerie. Au début, Lily ne put que sangloter dans le téléphone. Elle parvint cependant à signaler qu'elle pleurait de joie et non de chagrin.

— Oh, Violet, dit-elle quand elle réussit enfin à se ressaisir. C'est la première fois que je suis amoureuse. Je ne sais pas comment on fait.

— Tu n'as rien à faire. Tu dois juste être amoureuse. Laisse l'amour faire le boulot.

— C'est à peu près ce qui s'est produit la nuit dernière.

— Eh bien, continuez comme ça, s'écria Violet en riant.

— C'est tellement… déraisonnable.

— Écoute-toi ! Déraisonnable, comme s'il s'agissait d'un mauvais investissement ! Sois heureuse avec Sean, et c'est tout.

— Chercher le bonheur avec quelqu'un, c'est comme guetter un arc-en-ciel. À peine l'a-t-on aperçu qu'il s'efface.

— Tu es folle, Lily, tu le sais ?

— Je m'inquiète déjà de l'impact que ça va avoir sur les enfants.

— Les enfants vont adorer vous voir amoureux. Comment pourraient-ils en souffrir ? Ils ont reçu un grand coup en pleine figure, avec la mort de leurs parents. Ils ont besoin de croire que leur vie ne s'arrête pas là. Qu'il y a du nouveau. Comme Sean et toi.

— Sean et moi, murmura Lily.

Il restait en elle une zone de méfiance, mais elle ne le dit pas à sa sœur. Les mots lui manquaient pour décrire ce qu'elle éprouvait.

— Il faut que j'y aille, dit-elle. Mais merci, Violet, et bravo. Toi, tu sais où sont tes priorités.

Lorsqu'elle revint au camping-car, Sean coiffait les filles en imitant l'air affecté d'un styliste.

— Il te faut juste un petit bouffant, là, chérie, dit-il en ébouriffant les cheveux fins d'Ashley, qui riait.

Ce matin, Charlie avait son look Heidi, avec ses nattes nouées sur le sommet du crâne. Les écouteurs dans les oreilles, Cameron tripotait la radio. La chienne fit irruption dans le camping-car, répandant de la boue un peu partout.

Lily s'arrêta sur le seuil. En les voyant tous les quatre, douillettement isolés du monde extérieur, un élan d'amour lui serra le cœur.

Sean l'aperçut et lui adressa un sourire qui l'émut autant qu'une caresse.

— Bonjour, madame, dit-il. Vous avez rendez-vous ?

— Hélas, non.

— Je vais voir si je peux vous caser. Un Devil Dog ? proposa-t-il en lui tendant la boîte.

Elle soutint son regard.

— Peut-être plus tard.

— Je voudrais aller me baigner dans la piscine de Red, dit Charlie. On peut, Lily ? S'il te plaît ?

— Ton oncle Sean a quelques rendez-vous aujourd'hui.

— Cet après-midi seulement, répondit Charlie. S'te plaît, Lily.

— Moi, ça me va, dit Sean.

Quelques minutes plus tard, ils se dirigeaient vers le *Colonial*. Red, qui prenait son petit déjeuner au bord de la piscine, les accueillit comme un oncle bienveillant.

— Bienvenue dans ta nouvelle vie, dit-il à Sean. C'est maintenant que la rigolade va commencer.

Le cœur battant, Lily s'approcha de l'eau. Elle allait mettre un pied dans le petit bassin lorsqu'elle changea d'avis et remonta les marches. Elle longea la piscine jusqu'à l'autre extrémité et grimpa sur le plongeoir. L'eau limpide et lisse lui parut très éloignée et très profonde. Les battements de son cœur se firent plus violents. Elle vit que Sean la regardait. Elle avait peur, mais pour une fois, elle n'en tiendrait pas compte. Sans se laisser le temps de se raviser, elle avança et sauta. Elle ne résista pas à l'eau, ne tenta pas de se maintenir à la surface. Elle se laissa sombrer, sentit ses pieds effleurer le fond, puis remonta lentement. Ses mouvements étaient maladroits, mais elle parvint à regagner le bord. Ce n'était pas si mal, se dit-elle.

Elle appuya les bras sur le bord et leva les yeux vers le ciel ensoleillé. Elle entendait les filles et Sean s'éclabousser en poussant des cris de joie. Assis de part et d'autre d'un petit déjeuner copieux dans lequel le garçon ne cessait de piocher, Red et Cameron étaient plongés dans une conversation sérieuse. Une accalmie se glissait dans le chagrin acharné qui avait été leur compagnon fidèle depuis le mois d'avril.

Elle regarda la volute d'un nuage dériver, puis ferma les yeux. Elle ne devait pas se leurrer. Tout cela n'était pas la vraie vie. Ici et sur la route, ils jouaient à être une famille. Mais l'été touchait à sa fin, et la vraie vie allait les happer de nouveau.

47

La fin de l'été et le retour à Comfort étaient synonymes de changements dont personne ne parlait, bien que chacun, hormis Ashley, se demandât ce que l'avenir lui réservait.

Pour Sean, c'était une carrière qu'il abordait avec une nouvelle maturité. Il n'avait pas à vivre sa valise à la main ni à s'inquiéter d'un classement mondial, juste à rester dans le jeu.

Cameron obtint son permis de conduire. La colère qui l'habitait semblait s'être apaisée. Il continuait à faire le caddie pour Sean lors des compétitions et comptait les jours qui le séparaient du retour de Becky Pilchuk.

Charlie lisait. Ses notes ne seraient peut-être pas au niveau de sa classe dans toutes les matières, mais elle pouvait lire et comprendre ce qu'elle lisait, et la rentrée scolaire ne l'effrayait pas comme Lily l'avait craint.

Ashley s'épanouissait comme une rose de la fin de l'été. Elle embellissait et parlait mieux de jour en jour. Parfois, Lily s'asseyait avec elle dans le salon, et elles regardaient ensemble des albums photo.

— Maman, disait consciencieusement Ashley.

— Ne l'oublie jamais, murmurait Lily. Je t'en prie, ne l'oublie pas.

— OK… Papa ? demandait-elle en tapotant la page.

— Là.

Lily lui montrait une photo de Derek. Cette enfant n'avait pas à savoir qu'il avait rendu Crystal très malheureuse. D'ailleurs, en regardant les photos de famille, elle avait l'impression qu'ils avaient aussi su se rendre heureux l'un l'autre. Du moins l'espérait-elle.

Depuis leur retour à Comfort, elle évitait de passer la nuit avec Sean, mais cela n'avait pas mis un terme à la folie de luxure qui la possédait. Elle était inquiète, et, parfois, terrifiée à l'idée de ce qui se cachait sous ces sentiments débridés. Ce n'était manifestement pas une aventure éphémère qui se terminerait avec la fin de l'été. Elle avait très peur que ce soit l'amour de sa vie. Situation qu'elle avait passé toute sa vie d'adulte à éviter. Avec un homme comme Sean, le potentiel de désastre était énorme, elle le savait. Ils étaient ensemble, bon, mais qu'est-ce que cela signifiait ?

Le mois de septembre approchait, et elle espérait que le rythme de la nouvelle année scolaire lui rappellerait que c'était ça, sa vie. Puis elle se demanda ce que cette vie-là avait d'intéressant.

Eh bien, c'était une existence normale. Rangée, prévisible, absolument pas stressante. La vie avec Sean et les enfants était exactement l'inverse, ce qui ne pouvait lui convenir.

Le jeudi précédant le week-end du Labor Day, ils eurent un rendez-vous avec Susie Shea, l'assistante sociale qui s'occupait d'eux depuis le début.

— Chapeau ! dit-elle à Lily et Sean. Les enfants s'en sortent bien... Et vous deux ? demanda-t-elle en les regardant tour à tour.

Lily paniqua. Sean s'éclaircit la gorge.

— Nous, ça va, répondit-il gauchement.

— Oui, dit Lily. Nous, ça va.

Susie ferma sa serviette et regarda sa montre.

— Je reviendrai dans un mois.

Dès qu'elle fut partie, Sean s'essuya le front d'un geste théâtral.

— Je me sens comme un gamin qui a rapporté un bon carnet de notes à la maison.

— C'est ce que tu as fait. C'est ce que nous avons tous fait, toi, les enfants et moi.

Le lendemain, Violet et sa famille vinrent reprendre le Winnebago et assister au tournoi de golf annuel de Paradise Ridge. Il était encore tôt, mais tout le monde était levé depuis longtemps lorsqu'ils arrivèrent chez Sean.

Chez Sean… Depuis quand n'y voyait-elle plus la maison de Crystal ? se demanda Lily.

Ils attendaient dans l'allée, au milieu des seaux, des chiffons et de l'aspirateur. Le camping-car étincelait, intérieur et extérieur. Le logo de Wonder Bread avait été ôté et les flancs repeints, ainsi que le stipulait le contrat. Lily fit les présentations. Les plus jeunes des enfants se lièrent tout de suite d'amitié et inventèrent un jeu dont même Ashley parut comprendre les règles.

— Félicitations pour votre saison, dit Rick en serrant avec enthousiasme la main de Sean. C'était impressionnant, vraiment. J'ai pu avoir des entrées pour ce week-end, si bien que nous serons là pour vous encourager.

— Merci. Je suis touché.

Le tournoi de Paradise Ridge était prestigieux et doté d'un prix élevé. Y figurer en bonne position était important pour la suite d'une carrière. Lily savait que Sean était prêt. Elle savait aussi qu'il était nerveux.

— Seigneur, murmura Violet en entraînant sa sœur à l'écart. Il est encore mieux que dans mon souvenir.

« Tu n'as pas idée », pensa Lily.

— Tu en as parlé à papa et maman ? demanda Violet.

— Pourquoi ferais-je ça ?

— Eh bien, d'abord, parce que c'est la famille. En général, les gens veulent que leur famille sache… Oh, laisse tomber. À toi de voir ce qui est le mieux pour toi, Lily, acheva Violet avec un geste d'impatience.

Rick, Violet et leurs enfants passeraient le week-end dans le camping-car, garé sur le parking du golf. Violet invita Charlie et Ashley pour la journée. Quelques minutes plus tard, tout le monde était parti, y compris Cameron, qui allait chercher Becky à la gare de Portland.

Lily regarda Sean. Elle baissa la tête et tenta de cacher le sentiment délicieux qui l'envahissait à l'idée de la suite de la journée, mais c'était inutile. Il lisait en elle à livre ouvert.

Sans mot dire, Sean regagna la maison à grandes enjambées. Il avait presque l'air fâché. Un peu perplexe, Lily le suivit. À peine eut-elle franchi la porte qu'il lui saisit le poignet, l'attira à lui et l'embrassa ardemment, jusqu'à ce qu'elle en ait la tête qui tourne.

— Tu m'as manqué, dit-il en la poussant contre le mur du couloir.

Ses mains la dépouillèrent de tout – lunettes, chemisier, short – tandis que sa bouche faisait courir une langue de feu dans son corps.

L'idée de protester traversa l'esprit de Lily, sans s'attarder. Protester contre quoi ? Elle le désirait autant que lui, il lui avait manqué autant qu'elle lui avait manqué, et tous deux le savaient. Une faim irrépressible les jetait l'un vers l'autre. Elle aurait dû en être choquée, mais non. Au contraire, cela l'excitait. Elle aimait sentir la violence de son désir, la façon dont il semblait vouloir l'engloutir. Bientôt, le plaisir les foudroya. Elle s'effondra sur l'épaule en sueur de Sean, un peu étonnée elle-même de la passion qui la possédait.

Ils haletaient tous les deux.

— Mademoiselle Robinson, il faut que je fasse de vous une honnête femme. J'aurais pu me bousiller le dos et, avec le tournoi, ç'aurait été embêtant.

— Entendu, je n'oublierai pas, dit-elle en finissant de reboutonner son chemisier. Tu n'as pas des tas de rendez-vous aujourd'hui ?

Le service de presse de Red avait organisé une ribambelle d'interviews.

— Si. On m'envoie une voiture.

On lui envoyait une voiture… Cela semblait irréel à Lily, presque autant que de le voir à la télévision.

Il la raccompagna jusqu'à la porte et la retint pour un dernier baiser.

— Ne crois pas que je vais oublier ma promesse. Je ferai de toi une honnête femme.

Encore étourdie par ses ébats avec Sean, Lily entra dans la salle 105 de l'école et essaya de se comporter comme s'il s'agissait de n'importe quelle rentrée scolaire. Comme si elle était toujours la brave vieille Mlle Lily Robinson, qui n'avait rien de plus important à faire que préparer sa salle de classe pour le premier jour d'école.

Pourtant, tout en étiquetant les casiers et en établissant le programme de la première matinée, elle se sentait distraite et troublée.

Elle n'était pas la même, pas du tout. Et sa nouvelle peau n'était pas très confortable.

Le but n'était pas d'être confortable, aurait dit sa sœur.

Le bruit rythmé d'un ballon de basket l'attira à la fenêtre. Un garçon dribblait dans la cour. Russell Clark, l'un de ses élèves préférés de l'année précédente. Comme il avait grandi durant l'été ! Pourvu qu'il ait gardé sa joie de vivre. Et qu'il ne la perde jamais.

Elle s'écarta de la fenêtre et se remit au travail. « Loretta S., Deanna K., Pete M... » écrivit-elle sur de petits cartons, d'abord en capitales puis en écriture cursive.

Le programme de la première heure était prêt : « Ce que j'ai fait pendant les vacances. » Tel était le sujet, année après année. Sans réfléchir, elle se mit à écrire avec un marqueur orange :

campé dans un Winnebago
passé des nuits blanches
envoyé une balle de golf à deux cents mètres
mangé des Devil Dogs
trouvé l'amour

— Eh bien, dites donc ! Vous avez été très occupée. Ils ont des Winnebago et des Devil Dogs en Italie ?

Le visage en feu, Lily se retourna vivement et découvrit Edna, fidèle à elle-même avec sa robe en batik et ses sandales ornées de perles. Elle arracha la feuille du bloc et la roula en boule.

— Je n'y suis pas allée.

Elle expliqua rapidement qu'elle avait passé l'été à traverser le pays dans un Winnebago avec les enfants Holloway et leur oncle. Dit à haute voix, ça avait l'air fou, fou et merveilleux.

— Comment vont-ils ? demanda Edna.

— Cent fois mieux qu'au début de l'été, bien qu'ils aient encore du chemin à faire. De plus en plus souvent, ils sont comme tous les autres gosses. Et puis il y a un incident –

on reçoit une lettre adressée à Crystal, ou bien l'un des enfants tombe par hasard sur une vieille carte de scores de Derek –, et je me rends compte qu'ils n'oublieront jamais.

— Il ne s'agit pas d'oublier, mais de guérir et d'aller de l'avant, dit Edna en rejetant en arrière ses cheveux argentés. Alors, vous êtes amoureuse de lui et vous ne le lui avez pas encore dit ?

Hélas, Edna avait tout lu.

— Pas avec des mots.

— Les mots ont de l'importance, Lily. Vous le savez.

Elle pensa à ses parents et au mal que pouvaient causer les mots. Mais ils pouvaient aussi guérir, elle le savait à présent.

En attendant, elle avait l'impression d'être une étrangère dans sa propre salle de classe, l'endroit où, il y avait peu, elle se sentait le plus à l'aise et en sécurité. L'endroit qui avait été son univers, son jardin dont les élèves étaient les fleurs. Aujourd'hui, elle n'arrivait pas à chasser Sean et les enfants Holloway de ses pensées.

— Je me sens déchirée, avoua-t-elle à Edna. Pour la première fois, je comprends ce qu'éprouve tous les jours une mère qui travaille.

— La plupart d'entre elles se débrouillent très bien, assura Edna. Néanmoins, la situation des enfants Holloway est spéciale. Alors, je me dis que vous devriez peut-être prendre quelques mois de congé afin d'arriver à former une famille.

Lily en resta bouche bée.

— Ce n'est pas ma famille.

— Ah, bon ? fit Edna en désignant la feuille roulée en boule que Lily tenait toujours. Relisez votre liste. Je ne fais pas cette suggestion à la légère. Vous êtes l'une de mes meilleures institutrices et je suis une idiote de vous proposer ça, mais si vous voulez prendre une période de congé sabbatique, j'approuverai sans discuter. La nouvelle moisson de CE2 pourra se débrouiller sans vous. Les Holloway, c'est moins sûr.

— Je n'en crois pas mes oreilles.

— Qu'est-ce que tu ne crois pas ? demanda Greg Duncan en entrant dans la pièce, un sourire rayonnant aux lèvres.

— Rien qui vous concerne, répondit Edna d'un ton taquin. Comment allez-vous, Greg ? Vous avez passé de bonnes vacances ?

— Très bonnes, merci, répondit-il. Salut, Lily.

— Salut.

— Demande-moi ce que je fais ce week-end, reprit-il. Vas-y, demande !

— Très bien, que fais-tu ?

— Je participe au tournoi de Paradise Ridge. Il y avait une place pour un amateur local, et je l'ai obtenue.

Lily lui sourit. Au cours de l'été, elle en était venue à apprécier à sa juste valeur le travail, le talent et la concentration nécessaires pour gagner une compétition de golf.

— Greg, c'est fantastique.

— Félicitations, renchérit Edna. Lily sera parmi les spectateurs, n'est-ce pas, Lily ?

— Je serai avec les filles Holloway. Leur frère fait le caddie pour leur oncle.

— Formidable, dit Greg. Souhaitez-moi bonne chance, mesdames.

48

Cameron arpentait le quai de la gare. Il s'était senti très bizarre toute la journée, depuis qu'il avait demandé à son oncle :

« Je peux prendre la voiture pour aller chercher ma petite amie au train ? »

Peu de temps auparavant, il ne pouvait s'imaginer s'asseoir dans la Subaru de sa mère, prendre le volant et rouler jusqu'à Portland. Il ne pouvait pas non plus s'imaginer dire à qui que ce soit que Becky Pilchuk était sa petite amie. Pourtant, ces deux choses, il les avait faites, et le monde ne s'était pas écroulé. Ça, c'était quelque chose.

Sean avait eu l'air distrait lorsqu'il avait accepté de lui laisser la voiture. Cameron était quasiment sûr que son oncle et Lily Robinson avaient une histoire ensemble. Il le soupçonnait depuis la victoire de Sean au Championnat colonial. Ce soir-là, Red les avait régalés, ses sœurs et lui, de côtelettes d'agneau, pommes de terre au four et glaces à la vanille nappées de chocolat chaud dans le restaurant très chic de son hôtel. Les meilleurs golfeurs du pays les entouraient et Cameron s'était conduit en vrai fan, mais cela avait été plus fort que lui. Lorsque Phil Mickelson l'avait complimenté sur son boulot comme caddie, Cameron s'était senti grandir de vingt centimètres. Il avait demandé un autographe à tous les joueurs en leur demandant d'écrire « pour Becky ».

Lorsqu'ils avaient regagné le camping-car ce soir-là, ils avaient trouvé Lily et Sean assis de part et d'autre de la table, les yeux dans les yeux, une boîte de Devil Dogs à moitié vide entre eux. Les cheveux de Lily étaient dénoués et ses lunettes traînaient sur la table. Une énergie différente émanait d'eux, et Cameron avait compris. Il ne savait pas pourquoi, mais il lui avait semblé évident qu'ils étaient ensemble, désormais. Qu'ils formaient un couple.

Cela lui avait fait une drôle d'impression. Une impression agréable, en fait, qu'il n'avait pas ressentie depuis l'époque où ses parents s'entendaient bien. Voir son oncle et Lily comme ça rendait la terre plus solide sous ses pieds. De retour à Comfort, il s'était attendu qu'ils en parlent, mais, jusqu'à présent, ils n'avaient rien dit. Il ne comprenait pas pourquoi. Après ce qui était arrivé à ses parents, il ne voyait aucune raison de s'interdire ce dont on avait envie.

Malgré tout, Cameron se sentait gauche et incxplicablement nerveux tandis qu'il attendait Becky. En même temps, le fait que le père de Becky ait accepté qu'il aille la chercher à la gare lui donnait la sensation d'être enfin adulte. Mais il y avait, comme toujours, cette tristesse sous-jacente qui ne le quittait jamais, comme une légère fièvre. Son père et sa mère ne sauraient jamais qu'il avait conduit jusqu'à Portland. Ils ne rencontreraient jamais Becky, ils ne le verraient pas se préparer pour le bal du lycée ni gagner le tournoi de golf de l'État. Ils ne seraient pas là pour l'aider à choisir son université, ni pour le féliciter, ni pour le critiquer. Ses parents lui manquaient tellement que, parfois, il avait du mal à se retenir d'envoyer un coup de poing dans un mur.

Ignorant le panneau « Voyageurs seulement », il descendit un escalier et remonta sur le quai. Le sol en ciment présentait des segments en forme de losange avec des stries afin d'éviter les glissades. Il se planta sur un segment et pensa à son père. Le docteur Sachs lui recommandait de faire souvent ça, de penser à ses parents de façon précise et délibérée, d'empaqueter cette pensée et de la ranger dans un endroit spécial.

« Même les pensées désagréables ? avait demandé Cameron.

— Même les désagréables. »

Baissant les yeux sur ses chaussures, Cameron pensa à la dispute qu'il avait eue avec son père le dernier jour.

« T'es qu'un vieux con, je te déteste ! Ce qui me botterait vraiment, ça serait de ne plus jamais voir ta sale tronche. »

Son père avait répliqué :
« Fous le camp et déteste-moi autant que tu veux, petit merdeux, je m'en tape. Mais tâche de ne pas louper ta compétition, ce week-end. »
Et lui, comme un crétin, il en avait rajouté une couche :
« Qu'est-ce que ça peut te foutre, puisque tu n'y assisteras même pas ? »
Voilà, il n'y manquait rien.
Et c'était censé aider ? se demanda-t-il en passant sur le segment voisin. Lorsque les papas des autres enfants leur apprenaient à faire du vélo, celui de Cameron lui montrait comment conduire une voiturette électrique de golf. Trop petit pour atteindre les pédales en restant assis, il pilotait debout. La première fois, il avait roulé sur le tuyau utilisé pour laver les balles, laissant dans son sillage un magma de nylon hérissé. Mais son père ne s'était pas fâché. Il avait ri et, ce jour-là, il lui avait appris à *putter*. Depuis, les *putts* de Cameron étaient d'une précision incroyable. « Tu es doué, disait son père. Mais fais attention. Savoir qu'on a un don rend paresseux. En vérité, il faut travailler deux fois plus dur. »
Le père de Cameron avait mené sa carrière de cette façon, en travaillant dur, en se concentrant, en refusant de se reposer uniquement sur son talent. Oncle Sean, lui, était l'exemple inverse. Sa carrière avait été erratique ; il avait gagné les Masters une année et perdu sa carte PGA l'année suivante. Aujourd'hui, il était devenu un autre genre de golfeur et contrôlait son jeu.
Cameron ne savait pas à quel frère il ressemblait le plus. Un peu aux deux, probablement. Mais, surtout, il était lui-même. Il avança sur un autre losange.
Une femme et un enfant dans sa poussette sortirent de l'ascenseur. L'enfant avait environ l'âge d'Ashley, avec une figure sale et un sourire qui proclamait à la face du monde qu'il était très heureux. Autrefois, son père s'asseyait sur le sol avec Ashley, empilait des cubes et feignait de piquer une colère lorsqu'elle les faisait tomber. Ça la faisait pouffer de rire, et son père adorait ça.
Avait-il su ? Cameron ne cessait de se poser la question.

Si son père avait su, cela n'avait pas modifié son amour pour l'enfant, c'était sûr. Autre certitude : s'il avait vécu et appris la vérité plus tard, son père n'en aurait pas moins aimé Ashley.

Ses parents avaient cessé de s'aimer bien avant la naissance d'Ashley. Son père avait été infidèle le premier, avant sa mère. Mais lui ne s'était même pas donné la peine de se cacher. La mère de Cameron s'y était mise plus tard, mais elle était allée carrément plus loin, puisqu'elle avait porté l'enfant d'un autre homme. À ce moment-là, bien sûr, la famille était déjà en morceaux. Parfois, on va avec la personne qu'il ne faut pas et l'on fait ce qu'il ne faut pas. Ce que sa mère avait fait.

C'était nul, mais maintenant, ils avaient Ashley. Et Ashley était... un cadeau, tout simplement. Un cadeau immérité pour cette famille complètement perturbée.

Avançant sur un autre losange, il vit que le bébé le regardait et lui fit un clin d'œil. Mais la mère ne le remarqua pas et poussa la poussette un peu plus loin. Cameron avait beau s'efforcer de moins penser à sa famille, tout la lui rappelait – un journal dont le gros titre annonçait la bataille juridique que se livrait un couple de célébrités pour la garde de leurs enfants, un prospectus proposant un divorce pour quatre-vingt-dix-neuf dollars. L'idée qu'Ashley pouvait leur être ôtée lui retournait l'estomac. Si cela arrivait, Charlie et lui étaient foutus, il le savait. Ils avaient tout juste survécu à la perte de leurs parents, alors s'ils devaient perdre le bébé...

Était-il possible de consulter discrètement un avocat, sans lui mettre la puce à l'oreille, en disant par exemple : « Ce n'est qu'une hypothèse, mais si un enfant est élevé par son oncle parce que ses parents sont morts et qu'on découvre tout à coup que ce n'est pas son oncle biologique, est-ce qu'on va lui retirer l'enfant ? »

Si c'était la loi, alors la loi était mauvaise. Dès qu'il aurait dix-huit ans, il voterait pour éjecter les imbéciles qui l'avaient faite.

Cameron se redressa. Le bruit et l'agitation de la gare parurent s'assourdir tandis qu'une pensée claire et merveilleuse s'imposait à lui. Dans moins de deux ans, il serait majeur.

Et lui, il était apparenté à Ashley par le sang. Il serait son tuteur. Personne ne la lui prendrait. Jamais. Le bébé resterait là où était sa place. Avec Charlie et lui.

Le train entra en gare avec fracas, portant la nervosité de Cameron à son comble. Il était bondé, et les gens mirent un temps fou à descendre. C'était pire que dans un avion, quand les passagers installés devant vous n'en finissent pas d'enfiler leurs manteaux et de sortir leurs sacs du compartiment à bagages. Une famille de six personnes venant de Mexico sortit en clignant des yeux d'une voiture de première classe, l'air à la fois content et intimidé. Un homme seul, le costume impeccablement repassé et les chaussures rutilantes malgré des heures de voyage, descendit sur le quai. Une femme très élégante portait à bout de bras une cage à oiseau, et deux jeunes types en âge d'aller à l'université traînaient leurs valises à roulettes. Pour la première fois depuis l'accident, Cameron s'imagina comme eux un beau matin, s'élançant vers l'avenir.

Au printemps précédent, il ne pensait pas à l'avenir. Il vivait au jour le jour, faisait l'imbécile avec des gens qu'il appelait ses amis. Maintenant, il savait ce qu'était un véritable ami – c'était une personne qui s'intéressait à vous et qui vous donnait envie d'être quelqu'un de bien. C'était ça qu'il voulait : être un type bien. Faire de son mieux en classe, parce que ça avait de l'importance. Il avait envie d'aller à l'université, de voir le monde, d'être quelqu'un de spécial, de veiller sur ses sœurs.

Dès qu'il aperçut Becky qui se débattait pour franchir la porte du wagon avec un énorme sac, son estomac se calma. Elle scrutait le quai, ce qui voulait dire qu'elle ne l'avait pas encore repéré. Il hésita un instant avant de courir la rejoindre. Elle avait l'air… différente. Très différente. Quelque chose lui était arrivé pendant l'été, quelque chose d'indéfinissable mais de très réel. Il se sentit un peu intimidé par la grande fille qui marchait sur le quai d'une démarche de mannequin, ses cheveux blonds décolorés par le soleil voletant derrière elle. Puis elle le repéra, et un sourire fit étinceler ses dents dépourvues d'appareil dans son visage bronzé. C'était la Becky qu'il connaissait, rayonnante.

Il joua des coudes dans la foule pour la rejoindre. Et maintenant ? Il se demanda s'il pouvait la prendre dans ses bras, peut-être même l'embrasser. Au lieu de quoi, il resta planté devant elle comme un idiot.

— Salut, fit-il.

— Salut, toi, répondit Becky, qui rougissait sous son bronzage. Merci d'être venu me chercher.

— Je t'en prie. Je peux t'aider ?

Il empoigna le sac et se dirigea vers la sortie. Idiot, se disait-il. Idiot, idiot, idiot.

Il ne cessait de lui jeter des regards en coin, et il remarqua qu'elle en faisait autant. Des deux côtés, les joues devenaient de plus en plus rouges. Les oreilles de Cameron étaient si chaudes que des flammes allaient sûrement jaillir. Ni l'un ni l'autre ne semblait savoir que dire, où mettre les mains, les pieds, ni que désirer.

— Ma voiture est là-bas, dit-il en la précédant.

Ma voiture. Pas la voiture de sa mère, mais la sienne. Cela sonnait bien, finalement. Il ouvrit le coffre et y mit le sac de voyage. Et, soudain, il cessa de réfléchir à ce qu'il devait dire ou faire. Il se tourna vers Becky et posa les mains sur ses épaules. Geste qui lui parut juste. Parfait.

— Tu m'as manqué, dit-il avant de s'incliner et de l'embrasser, tout simplement.

Elle avait un goût délicieux et des lèvres chaudes. Il sentit une vague de bonheur inouï le submerger.

Elle s'écarta et leva vers lui des yeux humides.

— Toi aussi, tu m'as manqué.

Il prit ses mains dans les siennes.

— Je ne t'ai pas embrassée pour te dire au revoir, dit-il. J'y ai pensé tout l'été. Je regrette de ne pas l'avoir fait.

— Tu m'as embrassée pour m'accueillir. C'est mieux.

Un courant d'air froid pénétra par la fenêtre ouverte, réveillant Cameron. Il devina qu'il allait bientôt pleuvoir. Il était très sensible aux changements de temps et sentait l'humidité dans l'atmosphère et le vent comme le souffle d'un fantôme sur sa nuque.

Il sortit du lit et descendit au rez-de-chaussée. La chienne l'accueillit avec des battements de queue et des gémissements extatiques. Il ouvrit la porte, laissant l'animal sortir et l'humidité du matin entrer. Des nuages sombres et ventrus écrasaient le quartier. Un coup de vent retourna les feuilles et montra leur enver décoloré.

Ça faisait bizarre d'être le premier levé, d'autant que, d'ordinaire, il était le dernier à émerger et que, la veille, il était resté longtemps dehors. Avec Becky.

Il ne put s'empêcher de sourire, et d'ailleurs, il n'essaya même pas. Frissonnant dans l'air froid du matin, il regarda Babe renifler le pourtour du jardin. Il prit machinalement son portable. Trop tôt pour l'appeler. Il avait terriblement envie d'entendre sa voix, bien qu'il sût ce qu'elle dirait. Elle lui demanderait s'il avait parlé avec son oncle. Ça, c'était Becky, directe et pragmatique. Lorsqu'il lui avait fait part de son dilemme au sujet d'Ashley et de la solution qu'il envisageait, elle avait dit qu'il devait d'abord prévenir son oncle et que plus il repoussait cette conversation, plus elle serait pénible.

Il perçut un mouvement du coin de l'œil, se retourna et vit Charlie qui approchait. Elle portait la longue chemise de nuit bleue de leur mère dans laquelle elle dormait, nuit après nuit, depuis avril. Le tissu commençait à s'user et ce vêtement était beaucoup trop long, mais personne ne l'aurait dit à Charlie. Elle relevait la chemise des deux mains tout en marchant et, durant une seconde, un instant étrange et irréel, la vue de Cameron se brouilla et transforma la petite silhouette qui venait à lui en celle, beaucoup plus grande, de sa mère. *Te voilà, chéri. Je te cherchais partout.*

Puis la vision disparut, cédant la place à une toute petite fille un peu perdue.

— Que fais-tu debout à cette heure-ci ? demanda-t-il.

En quelques bonds, Babe vint saluer Charlie et renifler ses pieds, puis elle repartit explorer l'herbe mouillée, le nez au ras du sol.

Charlie haussa les épaules.

— Mes yeux se sont ouverts d'un coup.

La chienne revint sautiller autour d'eux. Cameron trouva dans l'herbe une balle de tennis d'un vert duveteux.

Il la pressa pour l'essorer et la lança vers le fond du jardin. Babe traversa la pelouse comme une flèche et revint, la balle entre les dents. Elle la laissa tomber aux pieds de Cameron et leva vers lui des yeux remplis d'espoir.

— Beurk, c'est plein de bave, remarqua Charlie.

— C'est pas grave, ça se lave, dit-il en lançant la balle, avant de s'essuyer les mains sur son short.

— Et toi, pourquoi tu es debout si tôt ? demanda-t-elle.

— Je pensais à des trucs.

— Quels trucs ?

— Ashley, répondit-il simplement.

Charlie et lui évoquaient rarement ce sujet. Voyant le front soucieux de sa sœur, il se reprocha d'en avoir parlé. Le tonnerre gronda au loin. Charlie se rapprocha de Cameron. Ses sandales claquaient sur ses talons. Qu'elle était petite ! remarqua-t-il. Petite et effrayée. Il prit sa main et la serra.

— C'est *coach* Duncan, hein ? demanda Charlie d'une voix timide mais distincte.

Cameron se figea. Il faillit dire qu'il ne savait pas de quoi elle parlait, mais se retint. Il en avait marre de mentir. Pourquoi les gens mentaient-ils aux jeunes enfants, d'ailleurs ? Soit ils n'étaient pas dupes, soit ils finissaient par découvrir la vérité. En outre, cela faisait trop longtemps que Cameron portait ce fardeau. Il aimait le golf mais détestait Duncan, lequel était l'entraîneur de son équipe. Qu'était-il censé dire à Sean ? « Je ne veux pas jouer avec Duncan parce que maman a couché avec lui » ? Oh, quel truc génial à dire au frère de son père !

Sa gorge devint soudain sèche et irritée.

— Te tracasse pas pour ça.

Elle leva les yeux sur lui, puis les laissa errer sur la haie ébouriffée par le vent. Les premières grosses gouttes de pluie s'écrasèrent sur le bitume de l'allée. Babe revint avec la balle, et Cameron la lança avec toute la fureur qui l'habitait, si loin qu'elle tomba dans le jardin voisin. Ils purent voir ensuite la queue de la chienne se dresser au milieu des herbes hautes tandis qu'elle cherchait la balle.

— Les grandes personnes… lâcha Charlie avec un soupir désabusé. J'ai peur que *coach* Duncan emmène Ashley.

— Ça n'arrivera pas. C'est notre sœur, et je serai bientôt majeur. C'est moi qui m'occuperai d'elle.

Babe revint et lâcha la balle à ses pieds.

— C'est pas celle que tu as lancée, dit Charlie.

— Tu as raison, répondit Cameron en s'accroupissant pour ramasser la balle bleue. Ça n'a pas d'importance. Une balle, c'est une balle.

Il ne la lança pas mais la tint précautionneusement entre deux doigts et prit la main de Charlie. Babe folâtrant dans leurs pieds, ils rentrèrent juste au moment où d'énormes grêlons commençaient à marteler le toit. Un calme étrange envahit Cameron tandis qu'il préparait un bol de céréales pour sa sœur. Il n'avait plus à se tracasser. Il avait un plan.

49

Lily n'avait jamais invité Sean chez elle. Vu les événements de l'été, cela paraissait étrange. Elle avait livré son intimité à cet homme et était plus proche de lui que de quiconque.

Bref, il était temps. Violet avait insisté pour garder Charlie et Ashley, qui étaient enchantées de passer la soirée dans le camping-car. Cameron était sorti avec Becky, laquelle était maintenant officiellement sa petite amie. Aussi, quand Sean avait demandé à la voir, l'avait-elle invité chez elle – dans son cœur.

Résultat, elle était dans tous ses états. L'après-midi avait été consacré à un grand ménage. Ensuite, elle avait essayé et remis dans la penderie quatre tenues différentes. Que devait-on porter pour dire à un homme qu'on l'aimait ?

Elle finit par choisir une robe bain de soleil rose et des sandales assorties et renonça à la queue de cheval, car il avait avoué la préférer avec les cheveux dénoués. Elle mit un pack de six bières dans le réfrigérateur. Puis elle marcha de long en large en se tordant les mains. Elle se préparait à toutes sortes de souffrances, éventuellement un rejet pur et simple. Il ne lui avait jamais dit qu'il l'aimait. Peut-être n'y avait-il entre eux que l'intérêt qu'ils portaient aux enfants. Et le sexe aussi, bien sûr. Telle une ado en proie aux déchaînements hormonaux, elle ne pouvait s'empêcher d'y penser encore et encore. Mais l'amour ne se limitait pas à ça, quand même ?

C'était absurde. Elle ne pouvait pas faire une chose pareille. Quelques mois plus tôt, sa vie se déroulait conformément à ses plans. Depuis que Crystal était morte et que Sean et les enfants avaient déboulé dans sa vie, les rênes de son existence lui échappaient. Et maintenant, elle voulait offrir son cœur à un joueur de golf ? Il fallait qu'elle ait perdu la tête.

Interrompant ses allées et venues, elle s'arrêta devant la photo qui la montrait en compagnie de Crystal à Haystack Rock. Ces yeux brillants et ces visages gais avaient l'air terriblement jeunes, comme s'ils appartenaient à deux inconnues. Le chagrin la frappa aussi violemment qu'un coup de poing, avec autant de force que le matin où Sean lui avait appris l'accident. Lily s'assit tandis que les vagues de douleur la balayaient. Cela arrivait de temps à autre. Alors qu'elle commençait à penser qu'elle avait fait son deuil, le chagrin revenait la heurter de plein fouet, tel un orage dévastateur, un cataclysme naturel.

On frappa à la porte. Elle bondit et s'essuya les yeux en se hâtant d'aller ouvrir. Elle était idiote. Elle ne devait pas dire à cet homme qu'elle l'aimait. Cela ne ferait que compliquer la situation.

Il entra, l'air distrait, et l'embrassa du bout des lèvres. Visiblement, il pensait à autre chose. Elle scruta son visage et s'aperçut que c'était plus que de la distraction.

— Il faut qu'on parle, dit-il en entrant dans le salon.

L'heure n'était visiblement pas aux déclarations romantiques.

— Très bien, dit-elle, décidée à ne pas se laisser démonter. Assieds-toi et discutons.

Il s'assit sur le canapé, mais au lieu de se détendre, il se pencha en avant dans l'attitude de l'entraîneur sur le banc de touche, l'air sévère, les poignets sur les genoux et les mains pendantes.

— Tout va bien ? demanda Lily.

Question idiote. Elle savait déjà que non. Il était probablement venu lui signifier son congé. Il la larguait pour un mannequin filiforme ou une barmaid aux gros seins. Prête à tout entendre, elle attendit.

— Cameron m'a dit quelque chose que tu dois savoir.

Le cerveau de Lily examina les possibilités. Il y en avait trop.

— Oui ?

— Il a dit… qu'il sait depuis un moment maintenant que Derek n'est pas – n'était pas – le père d'Ashley.

C'était la dernière chose à laquelle elle s'attendait. Un cri d'incrédulité lui échappa. Le monde parut osciller.

— Tu le savais ? demanda Sean.

Les yeux plissés, il la dévisageait avec une insistance pénible.

— Non, bien sûr, puisque c'est faux.

Il se leva, enfonça les mains dans ses poches et regarda la pièce autour de lui. Son regard se posa sur la photo des deux jeunes filles qui riaient, bras dessus, bras dessous.

— Moi aussi, j'ai été surpris, admit-il. Quelle qu'ait été mon opinion sur Crystal, je n'avais jamais imaginé qu'Ashley puisse ne pas être la fille de Derek. Lui non plus, je le sais.

— Il y a une raison à ça, dit Lily. C'est qu'Ashley *est* la fille de Derek. Je ne sais pas d'où Cameron sort cette histoire. Il a dû se tromper, comprendre quelque chose de travers…

— Cameron n'est pas un imbécile. Il n'a pas compris de travers et il n'a rien inventé.

— C'est faux, tout simplement, insista-t-elle. Ce n'est pas un menteur, mais il a échafaudé ce truc absurde à partir d'un malentendu.

— Je ne suis pas venu ici pour débattre de ça avec toi, bon sang !

— Alors, pourquoi es-tu venu ? riposta Lily avec colère.

Voilà ce qu'il y avait de dément avec l'amour. La tendresse pouvait se volatiliser en une seconde et céder la place à la fureur. N'était-ce pas ce que clamait son intuition depuis toujours ?

— Pour te dire quelque chose d'important concernant une famille que tu es censée aimer.

— Censée ? Oh, tu parles de la famille avec laquelle j'ai passé tout l'été dans un vieux camping-car ? Ça alors, qu'est-ce qui a pu te donner l'idée que je m'intéressais à ces gens-là ?

Il inspira à fond et reprit :

— Bien, l'intérêt que tu leur portes est donc une chose avérée. C'est la raison qui m'a amené ici. Tu as le droit de savoir. Et je ne t'en aurais pas parlé si je n'avais pas eu une preuve.

Lily, qui s'apprêtait à se lever, se rassit.

— Une preuve ?

Il lui tendit une enveloppe.

— C'est le résultat d'une analyse de sang que Crystal a fait faire le lundi précédant l'accident. Je suis allé chercher un double chez son toubib dès que Cameron m'en a parlé. Le résultat enlève tout doute. Le groupe sanguin de Derek est AB, celui de Crystal est B. Ashley est O. N'importe quel élève de terminale te dira qu'elle ne peut pas être la fille de Derek.

La main tremblante, Lily écarta le papier du laboratoire. Malheureusement, elle se rappelait trop bien ses cours de biologie pour savoir que ce résultat d'examen ne pouvait mentir.

— Alors, qui... balbutia-t-elle.

— Le père est Greg Duncan, l'entraîneur de golf, et il ne le sait pas.

Lily s'aperçut qu'elle avait cessé de respirer. Elle recommença à petites bouffées paniquées. Greg Duncan. Elle avait travaillé avec lui, elle était sortie avec lui. Elle l'avait même embrassé une fois. Comment avait-elle pu ne pas s'en rendre compte ? Crystal avait pourtant essayé de la détourner de lui. « Ce type n'a aucun sens de la loyauté, avait-elle dit. Je sais qu'il n'est pas sincère. » Lily avait cru que Crystal voulait qu'elle trouve quelqu'un de sérieux dans le but de se caser définitivement. À présent, elle devinait que Crystal l'avait prévenue parce qu'elle-même avait connu intimement l'individu.

Elle retrouva enfin sa voix.

— C'est absurde.

Tout en parlant, elle comparait Ashley à Greg. Des cheveux et des yeux bruns... La belle affaire ! Des milliers d'hommes auraient pu l'engendrer. Mais Sean avait entrouvert une porte, et elle ne put s'empêcher de jeter un coup d'œil furtif. Trois ans de suite, Crystal avait tenu le rôle de maman de l'équipe de golf, c'est-à-dire qu'elle assurait un grand nombre d'allers-retours, organisait de petites fêtes, et Dieu sait quoi d'autre. Elle se rappela l'expression consternée de Crystal le jour où elle était venue la voir et lui avait dit : « Derek a quelqu'un d'autre. Et je suis enceinte. »

— Elle me l'aurait dit, reprit Lily. Elle me disait tout.

— Apparemment, non.

— Et elle l'aurait dit à Greg.

— Pas Crystal. Elle avait besoin d'être la victime du divorce, afin de toucher une pension alimentaire plus importante. Elle savait sûrement qu'elle obtiendrait plus d'argent d'un champion de golf que d'un prof de lycée.

— Quelle horrible chose à dire !

— Pas aussi horrible que d'attribuer à un homme le bébé d'un autre.

Lily se sentait nauséeuse.

— Crystal n'aurait pas fait ça. Non, elle ne l'aurait pas fait.

Elle regarda la date sur le papier du laboratoire et se souvint de ce jour-là avec une clarté aveuglante. C'était un lundi, le jour même où Charlie s'était mise à voler. Seigneur ! Était-il possible que Charlie ait été au courant ? C'était déjà assez dramatique que Cameron soit impliqué. Sa mère et son entraîneur… Rien d'étonnant à ce qu'il ait saccagé le green !

— Qu'est-ce que tu en penses ? demanda Sean.

— Vu la date de l'examen, elle-même ne l'a appris que peu avant sa mort. Elle a dû refuser de savoir. Jusqu'à ce résultat, elle a sans doute pensé qu'Ashley était la fille de Derek.

— Elle ignorait peut-être le groupe sanguin du bébé, mais elle savait forcément avec qui elle couchait.

— Mon Dieu, tu la détestais vraiment !

Il secoua la tête.

— Cette conversation ne mène à rien. J'ai eu tort de t'en parler, acheva-t-il en se dirigeant vers la porte.

— Attends, dit Lily d'une voix étouffée.

Trop basse, peut-être, pour qu'il l'entende. S'il sortait sans l'avoir entendue, elle ne le rappellerait pas.

Il l'avait entendue. Il s'arrêta et se retourna.

Elle se tordit les mains jusqu'à se faire mal.

— Il faut prévenir Duncan.

Prononcer cette phrase, c'était reconnaître l'infidélité de Crystal. Un malaise s'installait en elle, nourri de questions qui n'auraient jamais de réponses. Le problème, quand on en voulait à une personne décédée, c'était qu'on ne pouvait pas s'asseoir et discuter tranquillement, obtenir des explications et pardonner.

— Ce n'est pas ce que je voulais t'entendre dire, répondit-il.

— Je ne suis pas chargée de te dire ce que tu as envie d'entendre. Et ce ne sera jamais le cas, tu comprends ?

Les yeux de Lily brûlaient de larmes de fureur. À quoi s'était-il attendu, en venant déblatérer sur sa meilleure amie, la femme qu'elle avait aimée et respectée toute sa jeunesse ?

— Cameron et moi, nous en avons déjà discuté. On ne dira rien à Duncan.

Elle frémit à l'idée de Cameron discutant de l'infidélité de sa mère. *Comment as-tu pu, Crystal ? Comment as-tu pu faire ça avec l'entraîneur de ton fils ?*

— Sean, ce n'est pas un mensonge ou une autre trahison qui va arranger les choses. Greg a le droit de savoir, et il faudra aussi dire la vérité à Ashley quand elle aura l'âge de comprendre.

— Tu oublies une chose, Lily. J'ai la garde du bébé parce que je suis l'oncle des enfants. Si Duncan est le père d'Ashley, je ne suis rien pour elle. Lui, si. Alors, tu n'as pas intérêt à le lui dire.

— Hé, ne me menace pas.

— Ce n'est pas une menace. Tu n'as aucun droit sur ces enfants. Tu étais l'amie de Crystal, c'est tout. Juridiquement, ça ne compte pas. Le tuteur des enfants, c'est moi. La décision me revient.

Que voyait-elle dans ses yeux en plus de la colère ? De la peur ? Peu importait. Cette conversation était aux antipodes de celle qu'elle avait imaginée. Et cet homme furieux et autoritaire était très différent de celui qu'elle pensait connaître. Manifestement, elle ne faisait partie de cette famille que dans la mesure où elle approuvait les faits et gestes de Sean. Elle se leva, traversa la pièce et ouvrit la porte.

— Tu ferais mieux de t'en aller.

— Très bien.

Il franchit la porte, hésita et se retourna.

— Tu voulais me dire quelque chose ?

Quelques minutes plus tôt, elle s'apprêtait à lui dire qu'elle l'aimait. Ils auraient dîné ensemble, bu du vin et fait longuement l'amour. Elle ravala le nœud d'amertume qui s'était formé dans sa gorge.

Heureusement, elle n'avait rien dit. Au moins, elle ne lui avait pas donné de marteau pour se faire écrabouiller. Puis elle se rendit compte qu'elle se sentait quand même écrabouillée.

— Pas vraiment. Rien d'important, en tout cas.

Après le départ de Sean, Lily s'assit et ne bougea plus. L'obscurité envahit le salon, mais elle ne prit pas la peine d'allumer. Combien de temps pourrait-elle rester là, comme ça, avant que l'on remarque son absence ? Finirait-elle comme ces personnes oubliées de tous, dont on parlait parfois dans les journaux parce que l'odeur de leur cadavre avait alerté le voisinage ? Quelques mois plus tôt, elle appréciait son indépendance et sa solitude. Maintenant qu'elle avait goûté à la vie de famille, cela ne lui convenait plus. D'ailleurs, il s'en était fallu de peu que cette famille devienne vraiment la sienne. Sean ne lui avait pas demandé grand-chose, uniquement de garder le secret sur l'identité du père d'Ashley. Pourquoi avait-elle refusé ? L'amour était censé s'accompagner de compromis. Ils auraient pu trouver une solution satisfaisante pour tout le monde.

Une douzaine de fois, elle tendit la main vers le téléphone, puis se ravisa. Elle était vraiment nulle. Elle ne savait pas comment se comporter en femme amoureuse, ni comment sortir d'une dispute.

Elle décrochait le téléphone pour la treizième fois lorsqu'on sonna à la porte. Elle sursauta. Puis elle éclata de rire. Il était revenu.

Un grand sourire aux lèvres, elle alluma la lampe du porche et ouvrit la porte.

— Oh, fit-elle, le cœur battant. Bonsoir, maman. Bonsoir, papa.

Elle les embrassa consciencieusement et les invita à entrer.

— Nous avons décidé d'assister au tournoi, déclara son père. Violet nous a dit que c'était important.

— Violet vous a dit de venir ?

Sa mère lâcha un soupir d'impatience.

— Non, ton père voulait dire que c'était quelque chose d'important pour toi. Alors, nous avons décidé de venir.

— On a pris une chambre au *Hampton*, ajouta son père. Tu as déjà dîné ?

Le dîner. Elle avait préparé un bon repas pour Sean, mais la soirée s'était interrompue bien avant de passer à table.

— J'ai sûrement deux ou trois trucs à grignoter, répondit-elle avec un enjouement forcé.

Elle sortit du réfrigérateur la salade *caprese*, le homard froid et la mayonnaise. Sharon haussa les sourcils.

— Ce n'est pas ce que j'appelle du grignotage.

— Tu es trop habillée pour grignoter, renchérit son père.

— Je n'en reviens pas que vous me reprochiez ça, dit Lily avec un rire bref.

Elle servit ses parents dans la salle à manger et les traita comme des invités d'honneur. Sa mère se rendit vite compte qu'elle n'avait aucun appétit.

— Que se passe-t-il ?

— Rien.

Lily s'efforçait de reconstruire à la hâte le vieux mur derrière lequel elle se réfugiait jadis pour échapper à ses parents, mais elle avait perdu le coup de main.

— C'est ce que tu as toujours dit, remarqua son père.

— Parce que vous n'avez jamais voulu savoir la vérité.

Les mots avaient jailli d'eux-mêmes, surprenant tout le monde par leur franchise.

— Qu'est-ce qui te fait penser ça ? demanda sa mère.

— Vous voulez croire que je vais bien, que Violet va bien, que tout est merveilleux et l'a toujours été dans notre famille.

Ses parents échangèrent un regard perplexe.

— Mais non, voyons, dit son père.

— Nous avons toujours réglé avec réalisme les différents problèmes qui se sont posés, ajouta sa mère.

— Pas celui qui concerne Evan.

Voilà. Elle l'avait dit. Elle avait osé évoquer le pachyderme qui occupait un coin de la pièce, celui dont tout le monde connaissait la présence mais dont personne ne parlait. Cette fois-ci, elle les empêcherait de changer de sujet.

— Ça, on ne peut pas le régler, dit sa mère. On ne se remet jamais d'une perte pareille.

— Du coup, on laisse ce drame détruire son mariage et ses enfants, insista Lily.

— Je ne comprends pas pourquoi tu dis ça, protesta son père. Nous sommes mariés depuis trente-cinq ans et ta sœur et toi, vous allez très bien.

Lily pressa ses paumes moites sur la table comme pour y prendre appui.

— Je ne peux pas parler pour toi et maman, et je ne peux pas parler pour Violet. Mais moi, ça ne va pas. Je ne suis même pas capable de dire à l'homme que j'aime que je l'aime.

— En quoi est-ce notre faute ? demanda son père.

Il sortit un mouchoir de sa poche et entreprit d'essuyer ses lunettes.

— Ce n'est pas votre faute, mais je me suis toujours sentie responsable de la mort d'Evan, murmura Lily, à sa grande surprise. Pourquoi, à votre avis ?

Un silence consterné emplit la pièce. Le père de Lily s'apprêta à protester, mais sa mère lui toucha la main pour le faire taire.

— Terence, laisse-moi lui parler. Elle a raison, tu sais. Nous n'avons plus jamais été heureux après la mort d'Evan. Nous avons survécu, c'est tout. Mais, Lily, je ne t'en ai jamais voulu. Comment as-tu pu penser cela ? C'est à moi que j'en ai voulu. Je ne me suis jamais pardonné ce qui était arrivé. Et personne n'est plus dur envers ses enfants qu'une mère qui ne peut pas se pardonner.

Elle avait laissé sa main sur celle de son mari tout en parlant. Les yeux brillants de larmes, Lily posa la main sur les leurs.

50

— Lily ? J'ai peur d'oublier ma maman.

En sous-vêtements, Charlie tenait la chemise de nuit dans laquelle elle dormait toutes les nuits depuis l'accident. L'air grave, elle la déploya sous les yeux de Lily. Les coutures s'effilochaient, et des trous apparaissaient autour de la dentelle.

Lily s'assit sur le lit et prit Charlie sur ses genoux.

— Moi 'si, dit Ashley en grimpant à bord.

Lily huma leur odeur et sentit leurs corps chauds se détendre contre le sien. « Comment ai-je pu vivre aussi longtemps sans cela ? se demanda-t-elle. Comment pourrais-je m'en passer désormais ? » Elle inspira à fond et écarta cette pensée. Quels que soient ses différends avec Sean, ils ne changeraient rien à l'amour qu'elle portait aux enfants de Crystal. Lorsqu'elle était arrivée, ce matin-là, Cameron et Sean étaient déjà partis pour le tournoi, laissant les filles sous la surveillance de Mme Foster.

Charlie frotta le tissu satiné et usé entre le pouce et l'index.

— Quand elle sera complètement fichue, j'oublierai ma maman.

Lily prit le miroir de Barbie qui traînait sur la table de chevet.

— Chérie, c'est impossible. Regarde. Que vois-tu ?

— Ma figure.

— Et quelle autre figure elle te rappelle ?

— C'est rien que la mienne.

— Et celle de ta mère, dit Lily. Tu as ses yeux et son sourire, et chaque jour tu lui ressembles un peu plus. Surtout, elle est dans ton cœur. Tout l'amour qu'elle et ton papa t'ont donné est là, et il ne fera que grandir. C'est à toi de le garder pour toujours.

Ashley gazouilla gaiement et prit le petit miroir des deux mains.

Charlie s'effondra sur Lily.

— Je préférerais avoir ma maman. Et mon papa.

— Je sais, chérie, dit Lily en posant le menton sur le crâne de l'enfant.

Au bout d'une minute, Charlie se leva et, avec une solennité étrangement adulte, elle plia avec soin la chemise de nuit et la rangea dans un tiroir qu'elle ferma d'un coup décidé.

— Je vais peut-être mettre quelque chose d'autre pour dormir, déclara-t-elle. Oncle Sean m'a donné un tee-shirt *American Chopper*.

— J'ai une idée, dit Lily. Ça vous plairait que je vous emmène au tournoi de golf ?

— Oncle Sean a dit qu'on devait rester avec Mme Foster.

Il avait déduit de la soirée de la veille que Lily n'irait pas le voir jouer. Eh bien, il la connaissait mal. D'accord, elle l'avait envoyé paître et il était parti sans se faire prier, mais la visite de ses parents avait convaincu Lily que l'amour méritait qu'on se batte pour lui.

— Finis de t'habiller, dit-elle à Charlie. Je vais dire à Mme Foster qu'elle peut rentrer chez elle.

Jouer sans que Lily et les filles le regardent était très différent. Sean le remarqua rapidement. Elles étaient tout pour lui : son public, son objectif. Lorsqu'il sentait leurs regards, chaque coup lui apparaissait aussi clair et limpide que le ciel du matin.

Sans elles, le golf n'était qu'un sport. Un sport pour lequel il était bon, mais qui restait une façon éventuellement lucrative de passer la journée.

Cameron suivit la balle des yeux. Parfait. Elle tomba juste dans le creux d'un virage, ce qui permettrait d'atteindre directement le green.

— Qu'est-ce qui ne va pas ? demanda-t-il.

— Rien. Pourquoi penses-tu que quelque chose ne va pas ?

— Je t'ai regardé.

— La balle a atterri là où je voulais.

— Parce que tu es bon et que tu as eu du pot, mais tu ferais mieux de commencer à jouer ton jeu.

Sean le regarda tandis qu'ils marchaient.

— Tu parles comme ton père.

— Ah, bon ? fit Cameron en redressant les épaules.

Il sortit de sa poche la pièce avec la tête d'Indien, le vieux porte-bonheur de Sean.

— Je pense que tu devrais reprendre ça. Au cas où.

Sean hocha la tête et prit l'objet. Pour Cameron, il devait réussir, et donc oublier ses problèmes avec Lily. Il n'aurait pas dû s'emporter contre elle. Mais il avait vu rouge, hanté par la peur de perdre Ashley. S'il n'était pas son oncle par le sang, il n'avait aucun droit sur elle.

Cela rendait Greg Duncan encore plus difficile à oublier. Ils avaient des rapports cordiaux et professionnels, mais leur conversation de la veille avait accru la tension entre eux.

Après avoir quitté Lily, il avait roulé un long moment en pensant à ce qu'elle avait dit : « Ce n'est pas un mensonge ou une autre trahison qui va arranger les choses. » À contrecœur, il était allé voir Greg Duncan, et tous deux avaient eu une longue et pénible conversation.

Conversation dont il avait rendu compte ce matin à Cameron. C'était l'expression du garçon, lorsqu'il avait senti que le poids du secret passait en d'autres mains, qui soutenait Sean à présent.

Sean regarda son neveu et vit à quel point il avait mûri durant l'été. Ce n'était plus un adolescent furieux. Le chagrin ferait toujours partie de lui, mais à présent, il le portait en homme.

— Quoi ? demanda Cameron.

— Qu'est-ce que tu veux dire par « quoi » ?

— Tu me regardes bizarrement. Qu'est-ce qu'il y a ?

— Rien.

Puis, baissant la voix, il dit la vérité.

— Je suis fier de toi.

— Ouais, eh bien, j'en ai autant à ton service, riposta son neveu en lui souriant.

Bien que Sean menât, Duncan avait gagné le trou précédent, ce qui lui permettait de démarrer le dernier trou en premier. C'était un trou difficile, avec un *par* de quatre. Duncan avait besoin d'un *eagle* – c'est-à-dire deux coups de moins que le *par* – pour gagner.

Le *drive* de Duncan s'envola loin et atterrit en plein milieu du terrain.

Pour la première fois depuis le début de la compétition, l'estomac de Sean se noua. Ce n'était pas le moment de perdre son sang-froid. Les yeux plissés, il regarda le parcours, l'évalua et se souvint de toutes les fois où il l'avait fait avec un joli score. Il aurait aimé que Lily et les filles soient là. Bon Dieu, il aurait aimé que Derek soit là. C'était Derek le champion, pas Sean. C'était stupide d'imaginer qu'il pouvait remplacer son frère.

Il sut qu'il s'égarait à l'instant où la face du fer entra en contact avec la balle. En un battement de cœur, il vit la trajectoire dévier, la balle sortir des limites et plonger dans le *rough*.

Profitant de son avantage, Duncan joua et parvint à deux mètres environ du trou. Les spectateurs frémirent comme si une vague les parcourait, leurs sympathies vacillant d'un joueur à l'autre.

Sean se mit en position. Il pouvait sentir la tension qui émanait de Cameron. Des doutes l'assaillirent. Qu'était-il en train de faire, bon sang ? Pour qui se prenait-il ? Derek Holloway ?

Il abaissait le club dans l'herbe épaisse lorsqu'il vit des brins se courber. La balle roula – à peine – et vint se nicher contre la face du club. C'était une touche imperceptible, presque un baiser. Mais une touche quand même.

Tout était fini. Les règles étaient formelles. Il devait s'imposer une pénalité.

Mais personne ne l'avait vu. Même pas Cameron. Si Sean se taisait, personne ne le saurait.

Sa main commença à se lever pour héler un officiel.

— Oncle Sean, murmura Cameron, s'il te plaît.

Sean comprit alors que le garçon avait lui aussi vu la balle bouger. C'était toujours comme ça, au golf comme dans la vie. Aucune de ses erreurs ne passait inaperçue.

Derek, lui, aurait gardé le silence parce que le désir de gagner l'aurait emporté sur toute autre considération. Mais il n'était pas Derek, songea Sean. Regardant son neveu droit dans les yeux, il leva franchement la main. Cameron eut l'air d'être sur le point de pleurer, mais en même temps, son visage trahit une admiration étonnée.

Les spectateurs furent stupéfaits. Même Duncan parut estomaqué. Sean se sentait étrangement calme. Il allait perdre la compétition d'un point.

Puis il vit quelque chose derrière les cordes qui retenaient les spectateurs – un éclair blanc parsemé de points de couleur. Il se figea et éclata de rire.

— Mieux vaut tard que jamais, les filles, dit-il, bien qu'elles ne puissent pas l'entendre.

Leurs vestes et leurs chapeaux Wonder Bread se détachaient sur les tenues plus sobres de la foule.

— Je savais bien qu'elles viendraient, dit Cameron en souriant.

— Tiens donc, fit Sean. Pousse-toi de là, maintenant. Il faut quand même que j'atteigne ce foutu green.

Savoir que Lily était venue, même après les mots amers de la veille, lui redonnait confiance. Il se remit en position.

Ce fut un coup miraculeux, l'un de ceux dont on parle durant des années. La balle décolla du *rough,* survola le petit lac, atterrit sur le green et roula doucement sur la pente… jusque dans le trou.

L'excitation fit rugir la foule. Sean et Cameron se dirigèrent vers le green en s'arrangeant pour passer à proximité de Lily.

— Tu aurais pu gagner, lui jeta-t-elle. Il n'avait pas encore joué.

Il regarda Cameron, puis les trois filles et sentit leur amour se communiquer à lui. La vie avait-elle mieux à lui offrir ? Il en doutait.

— Ça n'a pas d'importance, cria-t-il par-dessus le brouhaha. J'ai déjà gagné.

Durant l'été, Lily avait appris à aimer le champagne. Elle avait aussi appris qu'au golf les victoires étaient rares et fugitives et qu'il n'y avait aucune honte à finir deuxième. Aujourd'hui, cependant, elle murmurait : « Non, merci » aux serveurs du club house qui lui proposaient du champagne, tout en cherchant Sean des yeux dans la foule. Après la compétition, les journalistes s'étaient jetés sur lui, s'étonnant qu'il ait « donné » un tournoi aussi important à un parfait inconnu.

— Je ne lui ai rien donné du tout, avait-il assuré. Il s'est bien battu et il a obtenu ce qu'il méritait. Maintenant, si vous voulez bien m'excuser, mesdames et messieurs...

Il s'était éloigné sans rien dire à Lily. Elle avait ravalé sa fierté pour venir assister au tournoi, mais peut-être n'était-ce pas assez pour lui. Elle se força à garder un sourire aimable et salua ses parents et Violet.

Sa mère lui toucha l'épaule. Ce n'était pas une embrassade, mais on s'en approchait. Après leur conversation de la veille, Lily la comprenait mieux. Elle jeta un coup d'œil derrière elle, mais Sean avait quitté la pièce.

— Venez voir les enfants de Crystal, proposa-t-elle à ses parents.

Cameron tenait ses deux sœurs par la main. Parfois, l'adoration qu'elles lui vouaient le mettait mal à l'aise, mais aujourd'hui, il avait l'air heureux. Becky Pilchuk, qui se tenait à côté de lui, n'y était sans doute pas étrangère. Elle était splendide, mince, blonde et toute dorée après avoir travaillé dehors durant deux mois. Cameron et elle se traitaient avec une tendresse émouvante.

Lily repéra Greg Duncan, qui s'était éloigné sur le parking pour téléphoner.

— Excusez-moi, murmura-t-elle en courant le rejoindre.

Elle ignorait ce qu'elle allait lui dire. Il avait eu une liaison avec sa meilleure amie, avait engendré un enfant sans le savoir et continuait à draguer toutes les femmes qui passaient à proximité – dont Lily.

— Greg ? appela-t-elle.

Dès qu'il reconnut Lily, son sourire triomphant s'effaça.

— Salut, Lily, dit-il en refermant son portable.

— Félicitations pour ta victoire.

Et maintenant, quoi ?

— Merci, dit-il. Écoute, Lily...

— Monsieur Duncan ! s'écria un journaliste, qui accourait en brandissant un micro. Dites-nous ce que votre victoire vous inspire. Qu'envisagez-vous à présent ?

D'autres reporters s'agglutinèrent autour de lui.

Lily recula, peu désireuse de rivaliser avec des journalistes agressifs. Pourtant, des centaines de questions tournaient dans sa tête, des questions très différentes de celles qu'on adressait au vainqueur. *Vous vous aimiez, Crystal et toi ? L'as-tu rendue heureuse ?*

La réponse de Greg parut s'adresser à elle.

— Je vais quitter Comfort.

Lily retint son souffle. Il partait ?

— Corliss a accepté de me représenter, et je vais essayer la Q School. Si tout se passe bien, vous me verrez classé PGA l'année prochaine.

Elle recula un peu plus et le laissa jouir de l'attention des journalistes. Il partait. À présent, elle était convaincue qu'il devait savoir la vérité.

Elle fit demi-tour vers le club house et buta sur Cameron.

— Où sont les filles ? demanda-t-elle sans tenter de cacher son inquiétude.

— Avec Becky. Tout va bien.

— Et ton oncle ?

Cameron fit un geste derrière lui. Au loin, des employés démontaient les barrières et les cordes et les entassaient dans des camionnettes. Une silhouette solitaire se détachait sur le coucher de soleil, près du dernier trou.

Comme elle restait là, déchirée par l'indécision, Cameron lâcha :

— Greg Duncan est au courant. Oncle Sean le lui a dit hier soir.

Elle en resta bouche bée. L'ahurissement, puis la joie la laissèrent sans voix. Ainsi, il l'avait fait, finalement. Il avait dit la vérité à Greg, et celui-ci avait quand même choisi de partir. Décidément, Sean était un bon connaisseur de la nature humaine.

— Tu vas bien ? demanda-t-elle à Cameron en cédant au besoin de toucher sa main.

Avec une dignité d'adulte, il se dégagea doucement.

— Tant qu'Ashley restera avec nous, nous irons tous bien.

Quand est-ce que ce garçon était devenu aussi grand ? se demanda Lily en levant les yeux vers lui.

— Ta mère était la meilleure amie que j'aie jamais eue et je l'aimais de tout mon cœur. Mais je ne vais pas lui chercher des excuses. Elle a fait des erreurs, comme tout le monde. Et celle-ci était une belle ânerie.

— Lily, plus personne ne dit « ânerie ».

— Peut-être, mais peu importe. Ce que j'essaie de dire, c'est que garder de la colère envers ta mère – et ton père – est une mauvaise idée.

— Je les aimais, dit-il à mi-voix. Et ça, ça ne changera jamais.

La vue de Lily se brouilla.

— Il y avait tellement de bon en eux, chez ta mère et ton père. Tant d'amour. Ils t'ont adoré dès ton premier souffle. Tu es la meilleure part d'eux, Cam, tu le sais ?

Il frotta ses pieds sur le sol.

— Ouais. Si tu le dis.

— Bon, je vais arrêter de t'embarrasser, dit-elle en regardant le parcours. Il faut que j'y aille.

Il sourit.

— Je sais. Becky et moi, nous surveillerons les filles.

Illuminé par les couleurs du coucher de soleil, Sean ressemblait à un personnage issu d'un rêve, et durant quelques secondes, Lily hésita à parler, de peur de se réveiller toute seule. Puis il se tourna vers elle, et elle se sentit idiote. Rien dans sa vie n'avait été aussi réel que cet instant.

— Tu l'as fait, finalement, dit-elle.

— Oui, répondit-il en enfonçant les pouces dans les poches arrière de son jean.

— Tu aurais pu me le dire.

Elle essayait d'avoir l'air fâchée, mais la joie s'entendait dans sa voix.

— Je voulais le faire, mais avec le tournoi…

— Sean.

Il ouvrit les bras et elle s'y jeta, si émue qu'elle ne pouvait plus parler.

— Il n'y aura pas de problème, Lily. Duncan ne réclame rien.

« Parce qu'il a déjà ce qu'il veut, acheva-t-elle sans le dire. Un agent réputé, la possibilité d'une carrière. »

— Tu lui as donné la victoire, s'écria-t-elle en s'écartant pour observer le visage de Sean. Tu as fait en sorte qu'il gagne aujourd'hui.

— Quelle imagination ! dit-il en inclinant lentement la bouche vers celle de Lily.

La brise du soir avait la fraîcheur subtile de l'automne. Lily se pressa contre Sean et perçut le battement régulier de son cœur. « Dis-le-lui, Lily, s'ordonna-t-elle, et elle crut entendre la voix de Crystal. Dis-le-lui maintenant. »

Elle avait peur, mais cette fois, ça ne l'empêcherait pas d'avancer. Aimer Sean avait changé sa façon de voir le monde. Certains jours, comme Dorothy dans *Le Magicien d'Oz*, elle avait l'impression de voir les choses en couleur pour la première fois.

— Ce n'est pas la vie que j'avais prévue, dit-elle. J'ai toujours tout planifié. D'ailleurs, je continue à planifier ceci et cela, mais il suffit que je me trouve avec toi, avec les enfants, pour que toutes mes ébauches d'organisation passent par la fenêtre.

— Je n'ai jamais rien planifié, et pourtant, nous voilà arrivés au même point, toi et moi. C'est parce que le destin l'avait décidé, Lily. J'en suis sûr.

— Ça pourrait tourner au désastre.

— Et alors ? Je t'aime, Lily. J'aime la personne que je suis quand je suis avec toi, et j'aime que nous soyons tous les deux fous de ces enfants.

Il s'inclina pour l'embrasser de nouveau.

— D'ailleurs, je trouve que nous devrions en faire d'autres.

Elle en perdit le souffle.

— Tu vas trop vite.

— Tu ne veux pas d'autres enfants ?

« Ô mon Dieu, pensa-t-elle. Ô mon Dieu. »

— Je t'aime tellement, Sean.

À peine eut-elle prononcé ces mots qu'elle comprit qu'elle avait répondu à sa question. La peur était partie.

À sa place, tel un feu couvant sous son cœur, palpitait l'envie de découvrir ce que lui réservait la vie. Elle savait que la souffrance n'en serait pas exclue, mais le bonheur non plus, et elle était prête à tout accueillir. Elle ne craignait plus de suivre son cœur.

— Il était temps que tu le dises.

— Je ne savais pas comment te le dire, avoua-t-elle. Cela ne semblait pas… prudent.

— Ah, Lily, fit-il en riant Ce n'est jamais prudent d'aimer, mais que cela ne t'arrête pas.

51

Quelque chose se préparait, Lily en était sûre. L'invitation, écrite de la main de Charlie et déposée par Cameron, disait :

Vendredi, 20 heures. Dîner à La Dolce Vita. *Tenue correcte exigée.*

Le message, sans fautes d'orthographe, était illustré d'un dessin représentant les quatre membres de la famille alignés par ordre de grandeur. À l'autre extrémité de la page, un portrait flatteur de Lily la faisait ressembler à Barbie, à part les lunettes.

L'écriture, nette et audacieuse, contrastait avec les gribouillis tremblants de l'année précédente. Son institutrice de CM1 affirmait que Charlie était au niveau dans presque toutes les matières. De temps à autre, la petite fille semblait s'éloigner, se perdre dans un océan de tristesse, mais cela ne durait pas. Le chagrin serait toujours une partie de sa vie, une facette de sa personnalité, mais la douleur ne la hantait plus au point de l'empêcher de grandir et s'épanouir. Son exubérance naturelle était revenue durant l'été, et Lily se sentait privilégiée d'avoir été témoin du processus.

Cameron avait rejoint l'équipe de golf du lycée et remporté le premier tournoi de l'année. Le week-end, il faisait le caddie pour son oncle. Lily adorait les voir ensemble, unis dans l'effort, Sean traitant Cameron comme son égal et l'expert qu'il était déjà. Avoir échangé un titre majeur contre Ashley ne l'empêchait pas d'améliorer son classement. On ne songeait même plus à le comparer à son frère.

Lily glissa l'invitation dans le cadre de son miroir et, pour la troisième fois, vérifia coiffure et maquillage. Elle pressentait une certaine solennité dans cette soirée. Ce n'était pas un simple dîner. *La Dolce Vita* était un grand restaurant où officiait un célèbre chef de Sorrente. Avec ses jardins raffinés et son atmosphère luxueuse, c'était le lieu que les gens choisissaient pour fêter une étape importante de la vie de l'un des leurs – anniversaires, bar-mitsva et… fiançailles ? Après le tournoi, après les choses que Sean et elle s'étaient dites, c'était l'étape suivante. Enfin, logiquement. Chacun était rentré chez soi, ce soir-là, Lily refusant de passer la nuit avec Sean de peur de troubler les enfants. Puis l'école avait commencé dans un tourbillon d'obligations, et le temps avait manqué pour explorer ce qui avait commencé entre eux ce soir-là.

La sonnette retentit, ce qui fit déraper le bâton de rouge à lèvres. Elle répara rapidement les dégâts. Puis, les nerfs tendus à craquer, elle courut ouvrir. Ils entrèrent tous, emplissant sa minuscule maison, et elle resta bouche bée. Sean portait un smoking. Les jambes de Lily flageolèrent. Avait-il une idée de l'effet dévastateur qu'il lui faisait ? Les enfants étaient superbes, Charlie avec ses tresses fixées sur le crâne comme une auréole, Ashley toute de rose vêtue, et Cameron dans un blazer qui lui donnait un air adulte saisissant. Ils lui souriaient, resplendissants comme des sous neufs.

— Waouh, fit Sean en l'examinant de la tête aux pieds puis des pieds à la tête. Regarde-toi.

— Je vous regarde, vous.

— Qu'est-ce qu'on attend ? demanda Charlie, qui sautillait d'excitation.

— Calme-toi, idiote, dit Cameron en posant la main sur son épaule. C'est juste un dîner.

— Mais non. Oncle Sean va demander à Lily…

— Viens, Lily, dit Ashley en tirant sur sa robe. S'te plaît.

Les yeux rivés sur Sean, Lily prit le bébé dans ses bras. Demander quoi à Lily ? s'interrogea-t-elle. Il sifflotait avec désinvolture. « Oh, je t'en prie », songea-t-elle.

— Joli, dit Ashley en tripotant les perles de la robe de Lily.

Elle l'avait achetée pour cette soirée, mais les escarpins et le sac orné de perles d'onyx avaient appartenu à Crystal. Comme elle l'ouvrait pour y mettre ses clés, elle remarqua un bout de papier plié contre la doublure en satin. C'était un de ces messages porte-bonheur que l'on trouvait dans certains biscuits.

La marée s'éloigne et revient. Numéros de la chance 44 25 61 78 99 17.

Pourquoi Crystal l'avait-elle gardé ? L'image de sa meilleure amie surgit dans la tête de Lily. *Tu me manques tellement. Tu me manqueras toujours.*

Discrètement, elle remit le papier dans son sac. Puis elle échangea un regard avec Sean et se demanda si son expression trahissait ses craintes et son désarroi.

— Courage, mademoiselle Robinson, dit-il en riant. On ne va pas vous faire de mal.

— On peut y aller ? s'écria Charlie d'une voix déchirante.

— Je vais conduire, dit Cameron.

Durant le court trajet, Charlie et Ashley babillèrent. Lily tenta d'accrocher le regard de Sean, mais il ne lui accorda qu'un sourire mystérieux. Elle dut se contenter de regarder par la fenêtre. Les couleurs chaudes de l'automne s'installaient progressivement dans le paysage.

Au restaurant, un voiturier vêtu comme un gondolier prit les clés de la voiture.

— Il est très tôt, dit Lily après un coup d'œil à sa montre.

— Oui, répondit Charlie en prenant son chandail. Oncle Sean voulait qu'on ait le temps de se promener dans les jardins.

Près d'exploser d'excitation, la fillette prit la tête de la petite troupe et passa sous une arche de lauriers. Un panneau précisait qu'il s'agissait d'une réplique des jardins de la villa d'Este, en Italie. Les haies de buis soigneusement taillés, les allées pavées et les charmilles romantiques, tout enchanta Lily. De la verveine tardive répandait son parfum et, sur la rivière en contrebas, des péniches et des bateaux de plaisance glissaient, dorés par le soleil couchant.

— Canards, dit Ashley en pointant le doigt. S'te plaît.

— Je vais l'emmener voir les canards, proposa Cameron en prenant le bébé des bras de son oncle. Viens, Charlie.

— Mets ton chandail, dit Sean.

Comme il se penchait pour aider la petite fille à se boutonner, une enveloppe verte, blanche et rouge glissa de la poche intérieure de sa veste et tomba sur les pavés de l'allée. Charlie la ramassa et la donna à Lily.

— Qu'est-ce que c'est ? demanda celle-ci.

— Ça devait être une surprise, répondit Charlie en se remettant à sautiller. C'est…

— Des billets d'avion pour l'Italie, murmura Lily, qui reconnaissait le logo de la compagnie aérienne Alitalia. Ce sont des billets pour l'Italie, répéta-t-elle en regardant Sean avec perplexité.

Elle les compta, cinq en tout, et vit que le départ était programmé pour la fin octobre, moins d'un mois plus tard.

Sean ne dit rien, mais rougit. Une première.

— Que se passe-t-il ? demanda Lily.

Elle chancela sur ses talons hauts, et Sean l'entraîna vers un banc en pierre. Ashley calée sur sa hanche, Cameron agrippa de sa main libre le poignet de Charlie. Ils s'éloignèrent, la fillette suivant son frère tout en regardant derrière elle.

Lily avait du mal à respirer.

— Assieds-toi, dit Sean en lui reprenant l'enveloppe.

— Que va-t-on faire en Italie ?

— Que dirais-tu de passer Noël à Amalfi ? demanda-t-il en lui souriant. Il y a un tournoi à Brescia. Red a tout arrangé, y compris la location d'une villa à Amalfi jusqu'au nouvel an. L'école et le lycée acceptent que les enfants travaillent par correspondance sous ta surveillance. Et Edna t'accorde un congé sabbatique. J'ai tout vérifié.

Elle avait du mal à enregistrer ces informations. Que les gens organisent les choses pour elle, l'incluent dans leurs propres plans, cela ne figurait pas dans ses habitudes.

— On ne peut pas partir comme ça.

— C'est vrai. Il faut d'abord que je te demande quelque chose.

Ça y est. Pourvu que ça soit ça.

Elle le vit poser un genou à terre, et son cœur s'envola. Elle sentit que les enfants les regardaient, et il lui parut juste qu'ils soient témoins de la scène. Lily éprouva une vague de gratitude envers Crystal. Pas seulement pour les années d'amitié qu'elles avaient partagées, mais parce qu'elle avait légué à Lily quelque chose de beaucoup plus précieux et d'inattendu que ses robes. Les familles ne sont pas forcément faites de chair et de sang. Cette famille-là était celle que Sean et elle avaient créée. Ils avaient tout fait à l'envers, en commençant par s'occuper des enfants puis en se découvrant l'un l'autre. Ce n'était pas parfait, mais ils avaient fait de leur mieux. « Je vais bien m'occuper d'eux, promit Lily à son amie. Je leur donnerai chaque parcelle de mon cœur et ne leur reprendrai jamais. Je te le jure. »

— Lily, je t'aime, dit Sean. Je te demande de m'épouser.

Lily n'avait plus de voix. Si elle se forçait à parler quand même, elle ficherait tout en l'air en sanglotant de joie.

Comme elle ne répondait pas, il lui prit la main. Elle sentit le froid de la bague qu'il glissait à son doigt, mais elle n'osa pas regarder. Elle ne voulait pas le quitter des yeux, de peur de rompre le sortilège.

— C'est moi qui parle, reprit-il, mais les enfants se joignent à moi pour te poser la question. Nous t'aimons, Lily. Nous voulons passer le reste de nos vies avec toi.

La gorge nouée, elle se leva, et il l'imita.

— « Oui » semble un mot bien petit et insuffisant.

— C'est tout ce dont j'ai besoin.

Il se pencha et l'embrassa en s'attardant une seconde.

Lorsqu'il dressa le pouce à l'adresse des enfants, elle rit de bon cœur et se sentit plus légère que l'air. Elle se laissa ensuite entraîner vers la salle à manger. Deux portiers leur ouvrirent les portes. D'un geste gauche et touchant à la fois, Sean posa la main sur les reins de Lily et l'escorta dans la salle peu éclairée.

— Une table pour deux ? demanda l'hôtesse.

— Non, dit Sean en se retournant pour faire signe aux enfants de les rejoindre. Une table pour cinq.

AVENTURES
& PASSIONS

Retrouvez les romans de la collection en magasin :

Le 1er septembre :
L'enchanteresse perverse ꝏ Meagan McKinney (n° 3239)
Prince charmant ꝏ Julie Garwood (n° 4087)
La vengeance d'un lord ꝏ Jillian Hunter (n° 8119)

Le 15 septembre :
Chère Pénélope ꝏ Sharon Ihle (n° 8120)
Une nuit avec un prince ꝏ Sabrina Jeffries (n° 8121)

Découvrez les prochaines nouveautés de la collection :

Le 2 octobre :
Les frères Malory — 7 Voleuse de cœur ꝏ Johanna Lindsey (n° 8150)
Jeremy Malory veut se venger d'un joueur invétéré, et pour cela il a besoin d'un voleur. Il trouve Danny et l'engage. Mais Danny n'est pas vraiment un garçon : sous son déguisement se cachent les traits d'une attirante jeune femme... Le charme de Danny viendra-t-il à bout de Jeremy, l'éternel séducteur ?

Un baiser dans la nuit ꝏ Wendy Lindstrom (n° 8201)
Le shérif Duke attrape un petit voleur et le ramène à ses parents. Quelle n'est pas sa surprise de tomber sur Faith, la sœur du jeune garçon... et très jolie femme ? Duke ne tarde pas à être séduit, mais Faith et sa famille cachent un lourd secret...

Nouveau ! 2 rendez-vous mensuels aux alentours du 1er et du 15 de chaque mois.

Le 18 octobre :

Tentations – Mary Reed McCall (n° 8151)

Lorsque Richard rentre en Angleterre, c'est pour apprendre que sa femme est devenue folle. Et c'est la douce Meg qui s'occupe d'elle et gère le domaine. Quand la femme de Richard meurt, Meg doit partir. Pas question! Comment Richard pourrait-il vivre sans sa gentillesse et sa tendresse ?

Les sœurs Meridew – 2 Première valse – Anne Gracie (n° 8160)

Sebastian Reyne cherche une épouse, mais plus qu'une femme, c'est une mère pour ses sœurs qu'il veut. Lady Elinore sera donc parfaite : certes, elle est un peu austère, mais elle s'occupe d'orphelins. C'est alors que la pétillante Hope fait irruption dans sa vie et bouscule toutes ses idées...

Nouveau ! 2 rendez-vous mensuels aux alentours du 1er et du 15 de chaque mois.

Si vous aimez Aventures & Passions, laissez-vous tenter par :

Passion intense

Quand l'amour vous plonge dans un monde de sensualité

Le 15 septembre :

Fantaisies du mardi soir – Lisa Beth Kovetz (n° 8126)

Quatre femmes : Margot, passionnée par le sexe, Aimée, la future mère, Brooke, qui attend de fonder une famille, et Lux, l'aguicheuse. Elles n'ont pas le même âge, pas le même statut, pourtant elles se réunissent une fois par semaine pour lire les nouvelles érotiques dont elles sont les auteurs. Et la poésie se met alors au service de la sensualité...

Nouveau ! 1 rendez-vous mensuel aux alentours du 15 de chaque mois.

Romance d'aujourd'hui

Le 15 septembre :

Pour l'amour de Kathleen ❧ Dinah MacCall (n° 8125)

Depuis dix-sept ans, Morgan refuse d'aimer et vit en solitaire. Jusqu'au jour où Kathleen, la femme qu'il aimait et qu'il croyait morte dans un incendie, réapparaisse dans sa vie, avec leur fille… Tallchief est bouleversé : pourquoi a-t-elle disparu ? Et surtout, pourquoi est-elle revenue ?

Retrouvailles en famille ❧ Susan Wiggs (n° 8124)

Célibataire effrayée par l'engagement, Lily se retrouve tutrice de trois enfants après la mort de ses meilleurs amis. Elle partage cette épreuve avec le séduisant Sean, oncle paternel des enfants. Tous les cinq vont devoir apprendre à se connaître, à surmonter leur douleur… Et à s'aimer.

Nouveau ! 2 titres tous les deux mois aux alentours du 15.

Retrouvez également nos autres collections :

SUSPENSE

Le 1er septembre :

Méfiez-vous des inconnus ❧ Meryl Sawyer (n° 3780)

Janna part sur l'île de Malte pour se remettre d'une douloureuse trahison. Là, elle rencontre Nick, un bel Américain qui l'attire irrésistiblement… Et qui manque d'être assassiné ! Qui veut sa mort ? En menant leur propre enquête, Nick et Janna découvrent des secrets qui leur montrent que toujours, tout peut recommencer…

Rancune tenace ❧ Suzanne Brockmann (n° 8122)

L'ex-mari d'Alessandra, Giffin, est assassiné par Tozzi, un patron de la pègre, à qui il avait dérobé de l'argent. À présent, c'est elle qui est en danger. Alessandra doit retrouver l'argent si elle veut rester en vie, et elle entend bien y arriver seule. C'est sans compter sur le séduisant agent du FBI, Harry O'Dell, qui poursuit Tozzi depuis longtemps.

Nouveau ! 2 rendez-vous mensuels aux alentours du 1er de chaque mois.

MONDES MYSTÉRIEUX

Le 1er septembre :

Les gardiens du destin ☙ Mary Jo Putney (n° 8123)

Par son père, Kathleen est de la race des Gardiens, des êtres supérieurs qui surveillent l'humanité. Lorsqu'elle rencontre Duncan, maître des éléments, elle sait que son destin va basculer : les astres ont annoncé qu'ils seraient un couple puissant. Mais aussi que Kathleen serait amenée à le trahir...

Nouveau ! 1 rendez-vous mensuel aux alentours du 1er de chaque mois.

Et toujours la reine du roman sentimental :

Barbara Cartland

Le 1er septembre :

Renaître à l'amour (n° 1373) *Collect'or*

La richesse de l'amour (n° 8129)

Le 15 septembre :

Un mensonge en or (n° 4167)

Nouveau ! 2 rendez-vous mensuels aux alentours du 1er et du 15 de chaque mois.

8124

Composition Chesteroc
Achevé d'imprimer en France (Manchecourt)
par Maury-Eurolivres
le 14 août 2006.
Dépôt légal août 2006. ISBN 2-290-35146-6

Éditions J'ai lu
87, quai Panhard-et-Levassor, 75013 Paris
Diffusion France et étranger : Flammarion